에코토피아 뉴스
NEWS FROM NOWHERE

에코토피아 뉴스

지은이 | 윌리엄 모리스
옮긴이 | 박홍규

개정 1판 1쇄 펴낸날 | 2008년 7월 20일
개정 1판 3쇄 펴낸날 | 2016년 5월 10일

펴낸이 | 이주명
편집 | 문나영
출력 | 문형사
종이 | 화인페이퍼
인쇄 | 한영문화사
제본 | 한영제책사

펴낸곳 | 필맥
출판등록 제300-2003-63호
주소 | 서울시 서대문구 경기대로 58 (충정로2가) 경기빌딩 606호
이메일 | philmac@philmac.co.kr
전화 | 02-392-4491
팩스 | 02-392-4492

ISBN 978-89-91071-58-2 (03840)

* 잘못된 책은 바꾸어 드립니다.
* 값은 뒤표지에 있습니다.

이 도서의 국립중앙도서관 출판시도서목록(CIP)은 e-CIP 홈페이지(http://www.nl.go.kr/cip.php)에서 이용하실 수 있습니다.(CIP제어번호: CIP2008002013)

에코토피아 뉴스

NEWS FROM NOWHERE

윌리엄 모리스 지음
박홍규 옮김   William Morris

필맥

| 역자 머리말 |

이 책은 윌리엄 모리스(William Morris)가 쓴 *News from Nowhere or An Epoch of Rest, Being Some Chapters from a Utopian Romance*의 번역이다. 1890년에 씌어진 책이니 1세기도 넘었다. 이 책은 유토피아 소설의 걸작 고전이라는 평가를 받는 작품으로, 그동안 역자는 이 작품이 우리말로 소개되기를 절실히 기다려왔다. 그러나 오랜 숙원은 끝내 이루어질 기미가 보이지 않았고, 이에 역자가 직접 소개하기로 마음먹고 번역을 해서 이렇게 국내 출간을 지켜보니, 이 책의 내용처럼 마치 꿈을 꾸는 듯하다.

역자는 1998년에 《윌리엄 모리스의 생애와 사상》(개마고원)이란 책을 썼다. 모리스에 대한 최초의 우리말 소개서인 그 책에서 당연히 모리스의 대표작인 이 소설을 다루었다. 그리고 역시 당연한 일이지만 이 소설이 누군가에 의해 완역되기를 희망했으나, 누구도 그 번역에 손을 대지 않아 어쩔 수 없이 역자가 그 일을 맡게 된 것이다.

그러나 19세기의 영어 소설을 영문학도가 아닌 역자가 번역한다는 것은 대단히 어려운 일이었다. 역자는 이전에 영어 책을 몇 권 번역한 적이 있으나 소설을 번역한 적은 없다. 최대한 노력을 했으나 혹시 나도 모르게 잘못 옮긴 부분이 있을지도 모르겠다. 다만 최대한 원서의 문장을 그대로 옮긴다는 원칙에서 단어 하나하나, 문장 한 줄 한 줄에 끝없이 고심했으나 원서를 우리말로 올바로 재현했는지에 대한 평가는 독자들에게 맡길 수밖에 없다. 나로서는 더 이상 미룰 수는 없다는 생각에서 다소 무리하게 한 이 번역 작업에 대한 독자 여러분의 이해와 비판을 기대한다.

비영문학도가 이 소설을 번역한 데 대해 한 가지 변명을 한다면, 이 책은 유토피아 소설의 원조라고 하는 토머스 모어(Thomas More, 1478~1535)의 《유토피아(Utopia)》(1516)와 마찬가지로 순수한 의미의 소설이 아니라 하나의 사상서에 가깝다는 점을 말하고 싶다. News from Nowhere란 제목은 모리스보다 한 세기 전의 영국 시인 블레이크(William Blake, 1757~1827)가 쓴 예언적인 작품의 제목을 그대로 딴 것이지만, 모리스의 이 책은 블레이크의 그것보다 모어의 그것에 더욱 가깝다. 그런 이유에서 부제에 '유토피아 로망스'라는 표현도 들어간 것이다. 그러나 모리스가 모어에 상당한 관심을 가졌다고 하더라도 모리스의 이 책은 본질적으로 19세기의 것이다.

'유토피아 로망스'의 로망스(romance)는 번역하기가 쉽지 않아 원어 그대로 표기했다. 우리가 말하는 '로맨스'와 표기는 같으나, 뜻은 그것과 달리 '꾸며낸 이야기'나 '허구'에 가깝다. 모리스가 산 19세기에 로망스란 사실주의 소설을 뜻하는 novel에 대응되는 것으로서, 19세기에 소설이 성행하기 이전의 전통적 문학양식이었다. 14세기에 초서(Geoffrey Chaucer, 1340?~1400)가 쓴 《캔터베리 이야기(The Canterbury Tales)》나 15세기에 맬러리(Sir Thomas Malory, 1400?~1471)가 쓴 《아서왕 이야기(Morte d'Arthur)》가 그 대표작품으로, 그 모두 모리스가 애독했던 작품이다. 오늘날에 로망스란 '판타지'라고 부르는 것과 통한다. 사실 대부분의 로망스는 갑옷의 기사, 아름다운 귀부인, 마법의 성, 신비의 숲, 죽음의 사막, 신비의 호수, 생명의 샘, 사랑에 대한 희구, 악에 대한 투쟁 등을 주제로 한다.

그런데 로망스는 보통 고어체의 운문(시) 형태를 취하지만, 이 책은 모리스의 다른 로망스처럼 시가 아닌 현대어로 된 소설의 형식을 취하고 있다. 보통 등장인물들의 심리를 묘사하는 것에 의해 특수한 경험을 세밀하게 보여주는 소설과 달리 로망스는 일반적으로 유형화된 인물을 중심으로 하나, 이 책은 주인공이 미래사회에서 느끼는 위화감, 갈등, 정열 등의 심리를 묘사하고 있다는 점에서 로망스보다 소설에 가깝다.

이 책 속에서 모리스는 미래 사람들로 하여금 소설을 비웃게 한다. 또한 독자들 중에는 이 책이 소설치고는 이상하다고 느낄 분도 계실 것이다. 사실 이 책을 순수한 의미의 소설이라고 보기는 어렵기에 모리스 자신도 로망스라고 했던 게 틀림없다. 우선 꿈이라고 하는 형식이 중세 로망스와 일치한다. 또한 그 구성이 템스 강 수영에서 시작되어 템스 강 수영으로 끝나는 것도, 다른 세계로 갔다가 되돌아오는 로망스의 구성과 유사하다. 그 밖에도 환상적으로 보이는 여러 장치가 등장한다.

그러나 로망스는 환상에 그치지 않는 역사적 상상력이다. 환상적인 미래 세계를 여행하는 주인공은 결코 그것에 동화되지 않고 그것을 자신의 비참한 시대와 언제나 대비시킨다. 그러한 대비를 통해 우리가 사는 시대의 문제점이 무엇인지가 부각되고, 이상적인 세계를 만들기 위해서는 무엇을 해야 하는지에 관한 비전이 제시된다.

부제가 '유토피아 로망스 중 평안의 시대'인 것은 이 책이 '유토피아 로망스'라는 것 가운데 일부임을 뜻한다. 그러나 모리스는 이 책과 연결되는 다른 '유토피아 로망스'를 쓴 적이 없다. 아마도 그가 그 전부를 상상해 놓고 있었는지는 모르나, 우리가 볼 수 있는 것은 이 책뿐이다. 사실 이 책은 한 사람이 닷새간 여행하면서 본 것을 이야기하는 내용에 불과하기에 그가 말한 '유토피아'에는 이 책의 내용 외에도 많은 이야기가 있으리라. 그리고 그것이 무엇인지를 추측해 보는 것은 우리의 몫이리라.

이 책의 주인공은 1장에서 저자가 소개하는 '우리의 친구'이다. 이 친구는 2장 이하에서 1인칭으로 이야기하나, 그 이름이 윌리엄이라는 것 외에는 끝까지 그가 누구인지가 분명히 드러나지 않는다. 따라서 우리는 그가 모리스 자신이라고 생각할 수 있다. 사실 '우리의 친구'는 저자인 모리스임이 책의 곳곳에서 드러난다. 그리고 저자가 중요 인물로 출몰하는, 소위 초서식 수법이 종횡으로 사용된다.

이 작품의 얼개를 간단히 소개하면 일주일에 걸친 일종의 여행기라고 할 수 있다. 즉, 전체 32개 장 가운데 여행출발 하루 전의 이야기인 1장과 여행을 끝내고 돌아오는 내용인 32장을 제외하고 나머지 30개 장이 닷새 동안 꿈속에서 런던과 그 주변을 돌아다닌 여행기다. 첫날은 런던 시내를 여행하고, 둘째 날부터 다섯째 날까지 나흘간은 템스 강을 여행한다. 다시 말해 첫날의 여행은 런던 서부 교외인 해머스미스(Hammersmith)에서 런던 시내의 블룸즈버리(Bloomsbury, 대영박물관 부근)까지 왕복하는 마차여행이고, 둘째 날부터 나흘간의 여행은 해머스미스에서 옥스퍼드 대학보다 상류에 있는 시골 마을까지 템스 강을 거슬러 올라가는 보트여행이다.

그런데 소설 전체의 양으로 보면 첫날 부분이 전체의 4분의 3(2~20장)가량을 차지해 압도적으로 많다. 나머지 나흘간의 템스 강 여행은 4분의 1(21~31장) 정도에 불과하다. 그리고 템스 강 여행은 하루하루가 각각 2~3개 장(둘째 날은 21~22장, 셋째 날은 23~24장, 넷째 날은 25~27장, 다섯째 날은 28~31장)에 그치고 있다.

따라서 언뜻 보기에 불균형하다고 할 수도 있다. 이 소설을 처음 연재한 잡지를 발간하던 사회주의자동맹(Socialist League)에서 모리스가 떠난 탓에 후반부가 예정보다 대폭 줄어든 게 아니냐는 의심을 할 수도 있으나, 저자가 처음부터 균형 잡힌 여행기를 쓸 의도는 없었던 게 명백한 만큼 그런 점은 문제가 되지 않는다. 전체 양의 반을 차지하는 해먼드 노인과의 대화가 11개 장(9~19장)에 걸쳐 있고 이 소설의 중심을 이루므로 해먼드 노인은 제2의 주인공 또는 제2의 모리스라고 할 수 있다. 소설 전체가 대부분 대화로 되어 있는 것도 이 작품의 특징이다. 그러나 해먼드 노인을 비롯한 모든 등장인물이 사실상 모리스의 분신이므로 우리는 이 소설을 읽으면서 처음부터 끝까지 모리스와 대화를 하게 되는 셈이다.

이 책을 주인공이 살았던 19세기의 런던 또는 이 소설에서 꿈의 시대로 그려진 22세기의 런던을 보여주는 여행기로 읽기에는 무리가 있다. 물론 그 둘은 끊임없이 비교되고 있으나, 소설의 대부분을 차지하는 것은 풍물이 아니라 생활의 비교다. 간단히 말하자면 인간의 자유, 자치, 자연이 파괴된 자본주의와 그것들이 다시 복원된 사회주의의 비교다. 그러나 여기서 말하는 사회주의는 마르크스주의와는 상당히 거리가 있다는 데 주의할 필요가 있다. 나는 그것을 나름대로 자유, 자치, 자연을 내용으로 하는 삼자주의(三自主義)라고 부르지만, 이 책에서는 오늘날 유행하는 말로 에코토피아라고 했다.

이 작품에 대해서는 뒤의 역자 해설에서 상세히 논의하겠지만 여러 가지 견해가 있다. 그러나 분명한 것은, 이 작품이 SF로 불리는 공상과학소설과는 아무런 관련이 없다는 점이다. 미래의 공산주의 사회를 그린 것도 아니다. 이미 톰슨(E. P. Thompson)이 지적했듯이 이 책의 절반은 자본주의 사회에 대한 비판이고, 다른 절반은 계급사회에서 왜곡된 인간의 참된 욕구를 보여준다. 모리스는 그 자신도 치열하게 참여한 '자본주의 사회에서의 무익한 투쟁' 속에서 사람들이 희구하는 평안의 세계를 이 작품에 담았다. 그래서 이 소설의 부제에 '평안의 시대'라는 표현이 들어가 있다.

그러나 화려한 이상향의 평안을 그리는 것이 모리스의 목표는 아니었다. 그의 목표는 그러한 평안에의 욕구를 통해 새로운 사회를 건설해 나가는 비전을 제시하자는 것이었다. 마지막 장에 나오는 다음과 같은 부분이 이 점을 웅변한다.

아니면, 그것은 정말 꿈이었는가? 만일 그렇다면, 나는 의혹과 고투에 찬 이 시대의 편견과 불안감, 그리고 불신에 여전히 사로잡힌 채 그 모든 새로운 생활을 그야말로 외부자로서만 바라보는 것이라고 그렇게까지 철저히 의식했던 것은 왜일까? (중략) "설령 어떤 고통과 노고가 필요하다고 해도 우정과 평안, 그리고 행복의 새로운 시대를 조금씩 건설해가기 위해 분투하면서 살아가십시오." 그래, 정말 그렇다! 내가 본 대로 다른 사람들도 볼 수 있다면, 그것은 하나의 꿈이라기보다 오히려 하나의 비전이라고 말할 수 있으리라.

물론 이 소설에는 꿈과 같은 '평안의 시대'가 그려져 있으나, 그것은 현실과 무관한 것이 전혀 아니다. 나름으로 완벽한 '인간의 자유롭고 자치적인 모습'이 자연과 함께 묘사되고 있으나, 그 어느 것이나 현실의 반영이다. 특히 강제적인 노동도 교육도 없고, 의회도 법원도 국가도 정치도 없는 사회가 그려져 있으나, 그것은 더욱 강력한 현실 비판이자 인간 고유의 욕구를 나타낸 것으로 읽혀져야 한다.

이 책은 1890년에 모리스가 사회주의 혁명이 일어나는 해로 설정한 1952년 이후, 더 정확하게는 과도기가 끝나는 시점인 2003년에서 150년이 더 흐른 2150년께의 미래세계에 가서 본 것들을 적은 것으로 되어 있다. 여기서 1952년과 2003년은 모리스가 특정한 미래에 벌어질 사건들에 대해 설정한 연도다. 이 책에서 묘사되는 미래는 1952년 이후 200년이 지난 시점이다. 여하튼 2003년은 모리스가 말한 사회주의 혁명이 일어나고 반세기가 지난 시점으로 사회주의로 가는 과도기가 끝나는 시점이나, 지금 그 실제 현실은 불행하게도 모리스가 꿈꾼 그 시대의 모습이 아니며, 그가 그렇게도 싫어해 미래를 꿈꾸면서라도 살아야 했던 1890년대 전후와 그다지 다르지 않다. 따라서 이 소설은 우리에게도 여전히 미래 유토피아 또는 에코토피아의 이야기다. 그런 점에서 1세기 전의 모리스 또는 이 소설의 주인공인 '우리의 친구'는 여전히 우리의 친구인 동시대인이다.

이 소설에 대한 그 밖의 소개는 책 끝에 붙였으니 참고가 되길 바라고, 여기서는 제목인 News from Nowhere의 번역과 주석에 대해 간단히 언급하고자 한다. 역자는 6년 전에 쓴 책에서는 'News from Nowhere'를 '유토피아 소식'이라고 번역했으나 이번에는 '에코토피아 뉴스'로 바꾸었다. 'Nowhere'는 문자 그대로 '아무 데도 없는 곳'이라는 뜻으로 반드시 이상사회인 유토피아만을 뜻하지는 않으나, 모리스의 이 작품에 대해서는 흔히 그렇게 이해되어 왔다. 그러나 유토피아 소설들 가운데 거의 유일하게 '에코', 즉 생태의 문제를 다룬 이 책의 특징을 강조한다는 점에서 이번에는 'Nowhere'를 '에코토피아'로 바꾸어 옮겼다. 이 책의 부제에 유토피아라는 말이 들어가 있으니 중복을 피하자는 뜻도 있다. 그리고 'News' 역시 단순히 '소식'으로 보기보다 새롭다는 점을 강조한다는 의미에서 '뉴스' 그대로 옮겼다.

 이 책은 앞서 말했듯이 1세기도 전에 영국에서 씌어졌다. 따라서 당시 사람들이라면 당연히 알았겠지만 그로부터 1세기 후의 사람들, 특히 우리나라의 독자로서는 모를 수밖에 없는 것들이 책 안에 아주 많다. 특히 이 책에는 당시의 인명은 물론 지명도 많이 나오는 탓에 역자가 일일이 주석을 붙일 수밖에 없었다. 이 책의 주석은 원작에 들어 있던 약간의 주(이것은 '모리스의 주'라고 표기했다)를 제외하고는 모두 역자가 붙인 것이다. 그중 일부에는 스티븐 아라타(Stephen Arata)가 편집한 브로드뷰(Broadview) 출판사 판(2003)에 실린 것을 참조했으나, 이미 일반적으로 널리 알려진 것들이므로 저작권을 주장하지는 못할 것이다.

 마지막으로 이 책의 고전적 가치를 일찍 인정해 역자에게 번역을 부탁하고 출판을 맡아준 필맥의 이주명 사장에게 진심으로 감사하며, 모리스가 꿈꾼 이상사회로의 과도기가 끝나는 2003년 말에 시작해 2004년 초봄에 번역을 끝낸 이 책의 내용과 같은 에코토피아의 꿈이 머지않아 실현되기를 빈다. 이 역시 꿈 같은 이야기이기는 하지만.

2004년 3월, 박홍규

| **원저의 판본에 대한 일러두기** |

《에코토피아 뉴스》는 몇 개의 판이 있다. 역자가 번역의 대본으로 삼은 판은 1891년에 런던의 리브스 앤드 터너(Reeves & Turner) 출판사에서 간행된 초판이다. 이것은 모리스가 편집을 맡았던 사회주의자동맹의 주간 기관지 〈코먼웰(Commonweal)〉이 1890년 1월 11일자부터 10월 4일자까지에 처음으로 게재한 글을 모리스 자신이 증보한 것이다. 모리스는 26장을 새로 추가했고, 그에 이어지는 한 장을 2개 장으로 나누었다. 그는 또 7장, 14장, 17장의 내용을 보완했고, 사회주의 혁명이 일어나는 시점을 20세기 초로 잡았다가 1952년으로 수정했으며, 사회주의가 완성되기까지의 과도기가 끝나는 시점을 1971년으로 잡았다가 2003년으로 수정했다.

모리스는 1892년에 켈름스콧(Kelmscott) 판을 새로 출간했다. 이 판에는 많은 소제목이 추가됐으나, 내용의 변화는 없었다. 모리스의 딸 메이 모리스(May Morris)가 편집하고 서문을 달아 1905~1915년에 출간한 전 24권의 《윌리엄 모리스 전집(The Collected Works of William Morris)》 중 제16권에 수록된 《에코토피아 뉴스》에서는 켈름스콧 판에 포함됐던 소제목이 사라졌고, 그 뒤 지금까지 나온 다른 판들도 소제목이 없기는 마찬가지다.

역자는 켈름스콧 판이 독자에게 보다 친절한 것이라는 생각에서 그것에 따라 많은 소제목을 첨가하는 것도 고려했으나, 그렇게 하는 것은 일반적이지 않다는 이유로 단념했다.

차례 NEWS FROM NOWHERE

역자 머리말 · 5
원저의 판본에 대한 일러두기 · 14

에코토피아 뉴스

1 토론과 취침 · 21
2 아침의 수영 · 25
3 게스트 하우스와 아침식사 · 38
4 도중에 들른 시장 · 52
5 거리의 아이들 · 57
6 간단한 쇼핑 · 68
7 트라팔가 광장 · 80
8 나이든 친구 · 92
9 사랑에 대하여 · 98
10 질의응답 · 115
11 정부에 대하여 · 133
12 삶의 제도에 대하여 · 141
13 정치에 대하여 · 150
14 쟁점은 어떻게 다뤄지나 · 151
15 공산주의 사회에는 노동유인이 없다는 주장에 대하여 · 160
16 블룸즈버리 시장 홀에서의 오찬 · 172

17 변혁은 어떻게 오는가 · 178

18 새로운 생활의 시작 · 218

19 해머스미스로 돌아가는 길 · 226

20 다시 해머스미스의 게스트 하우스에서 · 235

21 강을 거슬러 올라가며 · 238

22 햄프턴 코트와 과거 예찬자 · 243

23 러니미드의 이른 아침 · 258

24 템스 강을 거슬러 올라가며: 둘째 날 · 267

25 템스 강에서의 셋째 날 · 281

26 완고한 거부자들 · 288

27 템스 강의 상류 · 296

28 좁아진 강 · 312

29 템스 강 상류에서의 휴식 · 319

30 여행의 끝 · 326

31 새로운 사람들 속의 오래된 집 · 335

32 잔치의 시작 · 342

역자 해설 | 윌리엄 모리스의 생애와 사상 · 353

| 주석 | · 427

에코토피아 뉴스

1

토론과 취침

'동맹'[1]의 어느 날 밤 좌담에서 '혁명의 새벽'에는 어떤 일이 생길 것인가에 대한 열띤 토론이 벌어졌다가 완전히 발전한 새로운 미래 사회에 대해 다양한 친구들이 열렬하게 의견을 제시하는 것으로 끝났다고 한 친구가 말했다.

그 친구는 주제를 고려해볼 때 토론은 훌륭하게 진행됐다고 했다. 그곳에 있던 사람들은 공개집회와 강연 후의 토론에는 익숙했기에 설령 각자의 의견을 경청하지는 않았어도(그것은 그들에게서는 거의 기대할 수 없다) 여하튼 보통의 세련된 사교계에서처럼 흥미로운 주제가 토의되면 누구나 떠들어대는 짓은 하지 않았다고 한다. 그 밖에 그는 그 자리에 여섯 사람이 있어서 결국은 정당의 여섯 개 분파를 대표했고, 그중 네 명은 확고하면서도 다양한 아나키스트들이었다고 말했다.[2] 친구가 말하길, 그중 한 분파 사람은 자신도 잘 아는 사람인데 토론이 시작된 뒤 내내 침묵하다가 마지막에 토론에 끼어들어 너무나도 큰 소리로 고함을 지르면서 나머지 모두를 바보라고 비난했다. 그 후 한동안 소란이 이어지다가 다시 잠잠해졌다. 그 사이에 그 사람은 너무나도 부드럽게 인사를 하고, 문명이 우리에게 습관처럼 강요하는 교통수단을 이용해 서쪽 교외[3]에 있는 자기 집으로 돌아갔다. 성급하고 불만에 가득 찬 인류의 증기탕인 지하철 차량[4]에 들어가 앉은 그는 곧 다른 사람들처럼 불쾌하고 불안해졌다. 그때 불현듯 그의 머릿속에 완벽하고 결정적인 논증들이 떠올랐다. 정확하게 알고 있었지만 토론 때는 잊고 있었던 것들이었다. 그는 이성을 잃었던 자신의 조금 전 모습을 혐오스러워하며 잠시 자책하는 기분에 젖었지만, 이내 다시 토론의 주제에 대해 깊이 생각해 보았다. 그래도 여전히 마음속에 불만이 남았고 불행하다는 느낌을 지울 수 없었다. '여하튼 만일 내가 그 날을 본다면……' 하고 그는 속으로 생각했다.

"만일 내가 그 날을 볼 수 있다면!" 이 말이 그의 입 밖으로 새어나왔을 때 열차가 역에 정거했다. 그곳에서 오 분 거리에 있는 그의 집은 템스 강에 놓인 볼썽사나운 현수교[5]보다 약간 상류 쪽 강둑에 위치했다. 그는 역을 나와서도 계속 불만스러운 기분으로 투덜거렸다. "만일 내가 그 날을 본다면! 그 날을 볼 수만 있다면!" 그러나 강으로 몇 걸음 떼기도 전에(라고 그의 이야기를 전한 친구는 말했다) 모든 불만과 걱정은 완전히 없어진 것처럼 보였다.

초겨울의 아름다운 밤이었다. 공기는 지하철의 더위와 악취를 상쾌하게 씻어줄 만큼 차가웠다. 서쪽에서 북쪽으로 일이 도 정도 기울어져서 부는 바람이 구름을 말끔히 밀쳐내어 하늘에는 부드럽게 흘러가는 가벼운 구름 한두 점만 남아 있었다. 길거리의 높고 오래된 느릅나무 가지들 사이로 하늘에 떠 있는 초승달을 바라보면서 그는 자신이 지금 더러운 런던 근교가 아니라 어느 쾌적한 시골, 자신이 알고 있는 아주 외진 시골보다도 더 쾌적한 시골에 있는 것 같다고 느꼈다.

그는 곧장 강변까지 내려가 잠시 어슬렁거리면서 낮은 돌담 너머로 달빛을 받으며 일렁이는 강물을 바라보았다. 강물은 만조에 가까웠고, 치스위크 섬(Chiswick Eyot)[6]까지 소용돌이치면서 반짝였다. 그는 딱 한 번(이라고 친구는 말했다) 하류 쪽 강변에 불빛이 보이지 않음을 의식했을 뿐 그 볼썽사나운 다리는 보지도 않았을뿐더러 아예 생각조차 하지 않았다. 이어 그는 자기 집으로 가서 문을 열고 들어갔다. 문을 닫는 순간, 아까 있었던 토론을 그렇게도 빛낸 뛰어난 논리와 예견들이 그의 기억에서 모두 사라졌다. 그리고 평화와 휴식, 청정과 미소짓는 선의의 시대를 향한, 이제는 기쁨으로 변한 막연한 희망을 제외하고는 그 토론의 흔적은 전혀 남지 않았다.

그는 침대에 들었고, 늘 그렇듯이 이 분도 안 되어 잠들었다. 그러나 평소와는 달리 곧 다시 깨어났다. 이어 잘 자는 사람들도 가끔씩 놀라게 하는, 이상하게 말똥말똥한 상태가 이어졌다. 그것은 모든 정신이 말할 수 없이 예민해진 기운데 과거에 경험했던 모든 비참함과 혼란과 삶의 오욕과 실패의 기억이 강렬하게 밀고 나와서 그 예민해진 정신에게 자기를 고려해달라고 요구하는 상태였다.

그는 그런 상태를 거의 즐기게 될 때까지 누워 있었다(라고 친구는 말했다). 즉 자신이 했던 바보 같은 행동들이 재미있다고 여겨지고,

자기 눈앞에서 벌어져 자신이 분명히 본 여러 가지 상황이 하나의 즐거운 이야기의 형태를 갖추기 시작할 때까지 그는 침대에 그대로 누워 있었다.

    그는 한 시를 알리는 시계 소리를 들었고, 두 시와 세 시를 알리는 소리도 들었다. 그러고는 다시 잠들었다. 친구 말에 의하면, 그는 다시 잠에서 깨어났고, 그 뒤에는 정말로 놀라운 여러 모험을 했다. 그는 자신의 모험담을 반드시 우리 동지들, 그리고 누구보다도 일반 대중에게 전해야 한다고 생각했다. 그래서 지금 그 이야기를 나더러 대신 해달라고 한다. 그런데 친구는 마치 내가 그 모험을 한 사람인 양 일인칭으로 말하는 것이 좋겠다고 한다. 나도 그렇게 하는 것이 더 쉽고 자연스럽다. 이 동지의 감정과 소망을 이 세상 그 누구보다도 잘 이해하기 때문이다.

2
아침의 수영

그랬다, 깨어 보니 이불이 침대 밑에 떨어져 있었다. 자면서 발로 차 버린 것이다. 그럴 만도 했다. 날씨가 너무 더운데다 햇빛도 찬연했다. 나는 벌떡 일어나 세수를 하고, 서둘러 옷을 챙겨 입었다. 그러나 아직 잠에서 덜 깨어 정신이 몽롱한 상태였다. 마치 길고 긴 시간 동안 잠을 잔 뒤 아직 선잠의 무게를 떨치지 못하고 있는 것 같이 느껴졌다. 사실 나는 내가 내 집의 내 방에 있음을 눈으로 보아서 알았다기보다 그저 당연히 그럴 거라고 생각했다.

옷을 입자 더욱더 덥게 느껴져서 서둘러 방을 빠져나와 집 밖으로 나갔다. 신선한 공기와 부드러운 미풍의 구원을 받고 나니 비로소 상쾌함이 느껴졌다. 곧이어 나는 일종의 경이로움도 느꼈는데, 눈앞에 펼쳐진 전혀 가늠할 수 없는 장면 때문이었다. 어젯밤 침대에 들 때는 겨울이었는데 지금 강변의 나무들을 보면 여름, 그것도 유월 초의 아름답고 청명한 아침이었다. 그러나 눈앞에는 여전히 태양 아래 빛

나는 템스 강이 있었고, 강물은 어젯밤 달빛 아래 빛나던, 만조에 가까운 모습 그대로였다.

    나는 가슴이 눌리는 듯한 느낌을 받았다. 템스 강의 친숙한 모습을 보고도 여전히 당혹감을 떨쳐낼 수 없었다. 그때 나는 어디에 있었어도 그곳이 어디인지를 제대로 파악하지 못했을 것이다. 갑자기 현기증이 나고 기분이 나빠졌다. 그럼에도 나는 사람들이 강 중류에서 종종 보트를 타거나 헤엄치던 것을 떠올렸고, 나도 그렇게 하고 싶어졌다. 아직 좀 이른 시간인 듯도 했으나 비핀(Biffin) 나루에 가면 필경 나를 보트에 태워줄 사람이 있을 것이라는 생각이 들었다. 그러나 나는 비핀 나루까지 가지 않았다. 아니, 비핀 방향인 왼쪽으로 돌지도 않았다. 막 그곳으로 가려는 찰나 내 집 앞에 놓인 부잔교(浮棧橋)[7]가 눈에 들어왔기 때문이다. 원래 그곳에는 우리 옆집 사람이 만든 부잔교가 있었다. 그러나 어찌 된 영문인지 지금 내 눈앞에 보이는 것은 그 사람이 만든 것과는 사뭇 다른 게 아닌가. 나는 다리 쪽으로 내려갔다. 예상대로 거기에는 밧줄로 잡아매어 놓은 몇 개의 빈 보트가 늘어서 있었다. 그중 분명 수영하러 온 사람을 위한 것으로 보이는 튼튼한 보트에서 어떤 남자가 노에 기댄 채 누워 있었다. 그는 마치 기다렸다는 듯이 나에게 고개를 끄덕여 아침인사를 했다. 그래서 나는 아무 말도 하지 않고 올라탔다. 내가 수영을 하기 위해 옷을 벗자 그는 조용히 노를 젓기 시작했다. 보트가 나아가자 나는 수면을 바라보면서 이렇게 말하지 않을 수 없었다.

    "오늘 아침은 강물이 무척 깨끗하군요!"

"그런가요?" 그가 말했다. "저는 잘 모르겠는데요. 오히려 밀물 때라 조금 더럽지요."

"글쎄요… 나는 물이 반쯤 빠졌을 때도 매우 더러워진 것을 본 적이 있습니다만." 내가 말했다.

그는 아무 대답도 하지 않았지만 꽤 놀란 것 같았다. 그가 물결을 거슬러 보트를 멈추려 할 때 나는 묵묵히 옷을 벗고 강물에 뛰어들었다. 잠시 후 물 위로 머리를 들어올린 나는 몸을 돌려 다리를 찾았다. 순간 나는 내가 본 것에 너무나 놀라 물장구치기를 잊는 바람에 물 속으로 빠져들었다. 나는 허우적거려 물 위로 다시 고개를 내밀고 보트 쪽으로 똑바로 헤엄쳐갔다. 뱃사공에게 반드시 몇 가지를 물어봐야 한다는 생각이 들었던 것이다. 물을 머금은 내 눈에 언뜻 비친 광경은 너무나도 놀라웠다. 어느새 졸음과 어지럼증이 싹 가시고 머리가 맑아졌다.

그는 내가 보트에 올라설 수 있도록 사다리를 내리고 손을 내밀었다. 그러는 사이에 보트는 치스위크[8] 쪽으로 빠르게 흘러갔다. 그는 노를 부여잡고 뱃머리를 다시 돌리면서 이렇게 말했다.

"수영을 짧게 하고 마는군요, 이웃! 여행을 하셨으니 보나마나 물이 차가웠을 겁니다. 바로 강기에 내려 드릴까요 아니면 아침식사 전에 퍼트니(Putney)[9]까지 태워 드릴까요?"

그의 말투는 해머스미스의 뱃사공 입에서 나온 것이라고 보기에는 너무 예상 밖이었다. 나는 그를 바라보면서 대답했다. "배를 잠시 멈춰 주시겠습니까? 잠시 이 부근을 보고 싶군요."

"그러지요. 이 부근도 반 엘름스(Barn Elms)[10] 부근 이상으로 아름답습니다. 물론 아침 이 시간은 어디나 다 아름답긴 합니다만. 당신이 일찍 일어나서 기쁩니다. 아직 다섯 시예요."

강변 풍경에 놀랐던 나는 그제야 그를 바라볼 여유가 생겼다. 그런데 맑은 머리와 눈으로 그를 보는 순간 다시 한 번 놀라지 않을 수 없었다.

그는 멋진 젊은이로, 눈가에는 특유의 쾌활함과 친밀한 표정이 담겨 있었다. 곧 익숙해지기는 했지만, 내게는 전혀 새로운 표정이었다. 그는 검은 머리카락과 갈색 피부를 갖고 있었고, 체구가 튼튼하고 강인한 것이 근육운동으로 단련된 사람임이 분명해 보였다. 그러나 거칠지도 상스럽지도 않았고, 오히려 너무나 맑았다. 그가 입은 옷은 내가 본 현대의 어떤 옷과도 같지 않았다. 마치 14세기 풍속화에나 나올 법한 그 옷은 짙은 푸른색이었고, 아주 단순하지만 잘 짜여졌고, 얼룩 하나 없이 깨끗했다. 그는 허리에 갈색 혁대를 둘렀는데, 그 걸쇠가 아름답게 상감세공을 한 금속이어서 내 눈길을 끌었다. 요컨대 그는 각별히 남자답고 세련된 젊은 신사인데 재미 삼아 뱃사공 일을 하는 것으로 보였고, 나는 사실이 그렇다고 결론을 내렸다.

그와 대화를 좀 나눠야만 할 것 같은 생각이 들었다. 그래서 널빤지로 된 선창과 무언가를 감아올리는 권양기가 설치된 서리(Surrey) 쪽 강둑을 가리키며 말했다. "여기서 저런 것을 가지고 무엇을 합니까? 테이(Tay)[11] 강에서라면 연어 그물을 끌어올리는 데 사용되겠지만, 여기서는……."

"글쎄요." 그가 웃으며 말했다. "물론 그런 목적으로 사용되기도 하지요. 언어가 있는 곳에는 당연히 연어 그물이 있을 테니까요, 테이 강이든 템스 강이든. 그렇지만 그것을 계속 쓰지는 않습니다. 연어 철이라 해도 매일 연어를 잡지는 않으니까요."

나는 "여기는 템스 강이지요?"라고 말하려다 말고 입을 다물었다. 그리고 놀란 눈으로 동쪽에 놓인 다리와 런던의 강변을 바라보았다. 놀라웠다. 강물 위에는 다리가, 강둑에는 집들이 있었으나 그 모두가 어젯밤에 본 것과 얼마나 다르던지! 굴뚝으로 끝없이 연기를 뿜어내던 비누공장은 없어졌고, 기계공장도 사라졌으며, 납제품 공장도 보이지 않았다. 소니크로프트(Thorneycroft) 공장[12]에서 서풍을 타고 들려오던 못 박는 소리나 망치 소리도 들리지 않았다. 그리고 그 다리! 나는 그런 다리를 꿈꾸어보기는 했으나 실제로는 그림책에서밖에 본 적이 없었다. 피렌체의 베키오 다리[13]조차 그것에 견줄 수 없었다. 그것은 돌 아치로 되어 있고, 놀라울 정도로 견고하고 아름다우며 튼튼해 보였다. 또한 보통의 배가 쉽게 통과할 수 있을 정도로 높았다. 다리 난간 너머로는 고풍스럽고 멋진 작은 건물들이 보였다. 나는 그것들이 페인트칠을 하고 금박을 입힌 풍향계와 첨탑으로 장식된 집이 거나 상점들이리고 생각했다. 돌은 약간 풍화되었으나, 일 년 이상 지난 런던의 어느 집에서나 볼 수 있는 더러운 검댕의 흔적은 없었다. 그 다리는 내게 하나의 불가사의였다.

뱃사공은 너무 놀라워하는 내 표정을 보고 마치 내 생각에 대답하듯 말했다.

"그래요, 아름다운 다리예요. 상류 쪽에 있는 훨씬 작은 다리들도 저만큼 아름답지 않고, 하류 쪽의 다리들도 저 정도로 기품이 있거나 당당하지 않지요."

나는 나도 모르는 사이에 이렇게 물어보고 있었다. "얼마나 오래된 것인가요?"

"아, 그다지 오래되지 않았어요. 다리가 놓인 건, 아니 개통된 건 2003년[14]이었습니다. 그전에는 단순한 나무다리가 있었지요." 그가 대답했다.

그가 말한 연도를 듣는 순간 나는 맹꽁이자물쇠로 내 입술을 잠그기라도 한 것처럼 입을 다물었다. 만일 내가 더 말하면 설명할 수 없는 사태가 발생해 서로 엇갈리는 질문과 답변을 연결시켜야 하는 게임에 빠져들 것 같았기 때문이다. 나는 애써 무관심한 표정을 지으면서 당연하다는 눈길로 강의 양 둑을 바라보는 척했다. 그러나 사실은 그 다리까지 가는 동안, 아니 그보다 약간 위쪽의 비누공장 근처까지 가는 동안에도 줄곧 나는 그 다리를 바라보고 있었다. 양쪽 강가에서 조금 떨어진 곳에는 낮고 그다지 크지 않은 아름다운 집들이 강을 따라 각각 한 줄로 늘어서 있었다. 집들은 대부분 붉은 벽돌과 타일 지붕으로 되어 있었고, 무엇보다도 편안해 보였다. 그리고 마치 살아 있으면서 그 안에 사는 사람들의 삶에 공감하는 듯했다. 각 집들에 딸린 정원은 물가까지 이어졌고, 화려하게 만개한 꽃들이 강 위로 드리워져 감미로운 여름향기를 담은 물결을 자아내고 있었다. 집들 뒤로는 거대한 플라타너스들이 서 있었으며, 퍼트니 쪽으로 가는 지류의 입구는 나무가 무성한 숲으로 둘러싸여 있어서 마치 호수처럼 보였다. 나는 독백하듯, 그러나 큰 소리로 중얼거렸다.

"음, 집들이 반 엘름스 너머에 세워져 있지 않아 좋군!"

하지만 나는 곧 바보 같은 말을 했다는 생각에 얼굴이 붉어졌고, 나의 동료는 반쯤 미소를 지으며 그런 나를 바라보았다. 나는 멋쩍음을 감추려고 말했다. "물가에 내려 주시겠습니까? 아침을 먹고 싶군요."

그는 고개를 끄덕이더니 단숨에 뱃머리를 돌려 순식간에 선창에 보트를 댔다. 그는 보트에서 뛰어 내렸고, 나도 그의 뒤를 따라 뛰어 내렸다. 나는 먼저 내린 그가 나를 기다리고 있는 것을 보고 놀라지 않았다. 그는 동료시민에게 서비스를 한 뒤에는 으레 기대하는 것이 있다는 태도였고, 나도 그런 것쯤은 잘 알고 있었기 때문이다. 나는 웃옷 주머니에 손을 집어넣고는 물었다. "얼마지요?" 그렇지만 말을 하면서도 신사에게 돈을 준다는 게 아무래도 찜찜했다.

그는 당황하는 것 같았다. "얼마라니요? 무엇에 대해 물으시는 건지…, 조수간만에 대해선가요? 그렇다면 그것은 곧 바뀔 때가 됐습니다."

나는 얼굴을 붉히고 중얼거렸다. "저의 질문을 불쾌하게 여기지 않으셨으면 합니다. 나쁜 뜻은 아니니까요. 제가 당신에게 돈을 드려야 하지 않습니까? 그런데 아시다시피 저는 외국인이라서 당신들의 습관이나 화폐에 대해 잘 모릅니다."

그러고 나서 곧바로 나는 사람들이 외국에서 흔히 하듯이 주머니에서 한 움큼의 돈을 꺼냈다. 그때 나는 은화가 산화되어 흑연을 바른 난로와 같은 색을 띠고 있음을 보았다.

그는 여전히 당혹한 표정을 짓고 있었으나, 결코 기분이 상한 것 같지는 않았다. 그리고 상당한 호기심을 드러내며 동전을 들여다보았다. 나는 '그래, 그는 뱃사공이니까 당연히 돈을 받으려 할 거야'라고 생각했다. 게다가 그는 돈을 좀 많이 주어도 아까운 생각이 들지 않을 정도로 좋은 사람인 것처럼 보였다. 뿐만 아니라 나는 그의 이지적인 분위기에 끌려 하루나 이틀 정도 그를 안내자로 고용하고 싶다는 생각까지 들었다.

나의 이 친구는 사려 깊게 대답했다.

"무슨 뜻인지 알겠습니다. 제가 당신에게 서비스를 했다고 생각하시는 거지요? 그래서 저 같은 경우에는 이웃이 무언가 특별한 것을 해주었을 때 이외에는 주지 않는 것을 당신은 제게 주어야 한다고 느끼신 거지요? 저도 그런 것에 대해 들은 적이 있습니다. 그러나 실례지만 우리는 왜 그래야 하는지를 잘 모르겠습니다. 그것은 우리에게 성가시고 쓸데없는 관습처럼 보입니다. 사람들을 보트에 태워 강을 건네주거나 한 바퀴 유람시켜 주는 것은 제 일이며, 누구에게나 해주는 일입니다. 따라서 마땅히 할 일을 하고서 그에 대한 선물을 받는 것은 매우 이상합니다. 뿐만 아니라 만일 어떤 사람이 저에게 무엇인가를 주면 그 다음 사람도, 그 다음다음 사람도 그렇게 할지 모릅니다. 무례인지는 모르지만, 저는 그런 엄청난 우정의 기념물을 다 받아다가 어디에 두어야 할지 모르겠습니다."

그리고 그는 마치 그가 한 일에 대해 보수를 받아야 한다는 내 생각이 매우 우스운 농담인 양 큰 소리로 즐겁게 웃었다. 그는 너무나 정상으로 보였지만, 나는 그가 미친 게 아닌가 하는 걱정이 들기 시작했음을 고백한다. 그때 우리는 물이 깊고 물살이 빠른 곳을 지나고 있었는데, 나는 내가 수영을 잘한다는 사실이 다행스럽게 느껴졌다.

그러나 그는 결코 미친 사람 같지 않게 이야기를 계속했다.

"당신이 가지고 있는 동전은 희한하지만, 그렇게 오래된 것은 아니고 빅토리아 시대[15] 것 같군요. 그것은 소장품이 변변찮은 박물관에 갖다 주면 될 겁니다. 우리 박물관은 그런 동전을 충분히 많이 소장하고 있거든요. 그것보다 더 앞선 시대의 동전도 많은데 거의 대부분이 아름답습니다. 그런데 당신이 갖고 있는 것 같은 19세기 동전들은 너무 볼품없지 않나요? 우리 박물관에는 에드워드 3세 시대[16] 것도 있습니다. 그것은 작은 표범과 붓꽃 무늬가 가장자리에 장식된 배에 왕이 타고 있는 모습을 정교하게 새긴 것입니다. 보시다시피," 그는 일부러 웃으면서 말했다. "저는 금이나 좋은 금속으로 세공하는 것을 좋아합니다. 이 버클은 저의 초기 작품이에요."

아무래도 그때 내가 그를 좀 경계하는 것처럼 보였던 듯하다. 하긴 아까부터 그가 정상인지를 계속 의심하고 있었으니 그렇게 보일 만도 했다. 그는 잠시 말을 멈추었다가 다시 친절하게 말했다.

"제가 당신을 따분하게 했나 보군요. 미안합니다. 아무래도 당신은 영국과는 매우 다른 곳에서 온 외국인인 것 같네요. 단도직입적으로 말씀드리면, 당신에게 이곳에 대한 정보를 한꺼번에 드려서는 안

될 것 같습니다. 당신이 그것을 조금씩 받아들일 수 있도록 하는 게 가장 좋을 것 같아요. 게다가 당신이 처음 만난 사람이 저이니, 저를 우리의 새로운 세계를 당신에게 보여주는 안내자로 삼으시는 친절을 베푸신다면 그렇게 하겠습니다. 물론 누구나 훌륭한 안내자가 될 수 있고 저만큼 안내를 해줄 좋은 사람도 많습니다. 따라서 제가 당신의 안내자가 되느냐 마느냐는 오로지 당신이 제게 친절을 베푸실 것인지 여부에 달려 있지요."

확실히 그에게 코니 해치(Colney Hatch)[17]의 낌새는 없었다. 게다가 그가 정말 미쳤음이 확인된다 해도 나는 그를 쉽게 뿌리칠 수 있을 것 같았다. 그래서 말했다.

"매우 고마운 제안이지만, 받아들이기는 어렵군요. 만약……," 나는 '만약 저로 하여금 당신에게 적절한 대가를 지불하게 하시지 않는다면'이라고 말할 참이었다. 그러나 코니 해치의 냄새를 불러일으킬지 모른다는 우려에서 말을 바꾸었다. "제가 당신의 일, 즉 즐거움에서 당신을 떼어놓는 게 아닌가 해서요."

그러자 그가 말했다. "오! 그 점은 걱정 마십시오. 제 친구 중에 여기서 제가 하는 일을 하고 싶어 하는 이가 있거든요. 만약에 제가 일을 쉰다면 그에게 좋은 기회를 주는 게 되는 겁니다. 그는 요크셔 (York-shire) 출신의 직공으로 그동안 직공 일과 수학 공부를 너무 많이 했어요. 아시다시피 둘 다 방 안에서 하는 일인지라 그는 무언가 집 밖에서 할 일이 없을까 해서 저를 찾아 왔었지요. 그러니 괜찮으시다면 저를 안내자로 삼으십시오."

그러더니 연이어 이런 말도 했다. "사실은 강 상류 쪽에 사는 각별한 친구 몇몇에게 조만간 방문하기로 약속을 했습니다. 건초 베기를 하려고요. 만약 당신이 저와 동행하신다면 그 좋은 친구들을 만날 수 있을뿐더러 옥스퍼드셔(Oxfordshire)에서의 우리 생활습관을 관찰하실 수도 있으실 겁니다. 물론 건초를 베려면 일주일 이상 더 기다려야 하니, 친구들이 아직 우리를 맞을 준비가 안 돼 있을지도 모릅니다. 그래도 당신이 시골을 보시고 싶다면 그렇게 하는 것이 가장 좋은 방법입니다."

내가 어떤 결정을 하든 그에게 감사해야겠다는 생각을 하고 있는데 그가 다시 입을 열었다.

"좋습니다. 그럼, 이렇게 결론을 내리지요. 제 친구에게 연락하겠습니다. 그는 지금 당신처럼 게스트 하우스에 머물고 있습니다. 이렇게 좋은 여름 아침에 그가 아직 일어나지 않았다면, 얼른 일어나게 해야죠."

그는 허리춤에서 작은 은피리를 꺼내어 두세 번 날카로우면서도 경쾌한 소리를 냈다. 그러자 나의 옛집(이에 대해서는 뒤에 좀 더 설명하겠다)이 있던 자리에 서 있는 집에서 한 청년이 나와 우리가 있는 곳으로 어슬렁거리며 걸어왔다. 그는 뱃사공 친구처럼 멋지지도, 강해 보이지도 않았다. 그는 갈색 머리카락에 창백한 얼굴, 그리고 별로 튼튼할 것 같지 않은 몸을 갖고 있었다. 그러나 그의 얼굴은 내가 그의 친구에게서 본, 행복감과 친절함으로 꽉 찬 표정을 하고 있었다. 웃으면서 우리에게 다가오는 그를 보면서 나는 뱃사공에게 품었던 코니 해치 가설을 포기해야 함을 깨닫고 마음이 가벼워졌다. 왜냐하면 두 정신이상자가 한 정상인 앞에서 지금 그들처럼 행동할 리는 없기 때문이었다. 그의 복장은 뱃사공 친구의 복장과 거의 같았으나 약간 더 화려했다. 외투는 옅은 녹색이었고, 가슴 부분에 작은 나뭇가지 모양의 황금색 자수가 놓여 있었으며, 혁대는 섬세한 은세공으로 만든 것이었다.

그는 내게는 매우 정중하게, 자기 친구에게는 매우 유쾌하게 인사한 뒤 말했다.

"디크, 이 아침에 무슨 일인가? 내가 할 일이 생겼나? 혹시 자네의 일을? 나는 어젯밤 우리 둘이 강을 거슬러 올라가며 낚시를 하는 꿈을 꿨어."

"그래, 봄!" 뱃사공이 말했다. "자네가 내 일을 대신 좀 해줘. 만일 이 일이 힘들다 싶으면 조지 브라이틀링도 일자리를 찾고 있으니 그의 도움을 받으면 될 거야. 그는 자네가 머물고 있는 곳에서 아주 가까운 데 있다네. 여기 계신 외국분이 오늘 내게 큰 즐거움을 선사하셨어. 나를 자신에게 우리의 시골 모습을 보여줄 안내자로 삼으셨지. 이런 기회를 놓치지 않으려는 내 마음을 자네는 이해하겠지? 그러니 자네가 당장 보트 일을 시작해 주었으면 좋겠군. 그렇다고 자네에게 너무 오랫동안 이 일을 맡기지는 않을 생각이네. 며칠 내로 건초를 베러 가야 하거든."

그러자 이 새로운 청년은 기뻐서 두 손을 비비며 나를 향해 친근하게 말을 건넸다.

"이웃, 당신도 디크도 운이 좋습니다. 둘이서 오늘 하루를 즐겁게 보내실 수 있을 겁니다. 저도 마찬가지고요. 그러나 먼저 저와 함께 무엇이든 먹는 게 좋겠습니다. 그렇게 하지 않으면, 즐거움에 푹 빠져서 식사하는 걸 잊게 될지도 모르니까요. 당신은 어젯밤 제가 잠자리에 든 후 저 게스트 하우스에 오셨지요?"

나는 긴 설명을 하고 싶지 않아 그저 고개만 끄덕였다. 긴 설명을 해봐야 아무런 의미도 없을 것이고, 진실을 말하자면 그때 나는 스스로도 내가 하려던 설명을 의심하기 시작했기 때문이다. 우리 세 사람은 함께 게스트 하우스의 문 쪽으로 걸어갔다.

3
게스트 하우스와 아침식사

나는 게스트 하우스를 잘 살펴보기 위해 두 사람보다 조금 뒤처져서 천천히 걸어갔다. 그 집은 앞서 말한 대로 내가 살던 집 자리에 서 있었다.

그것은 꽤 긴 건물로 양쪽 박공(牔栱, gable)[18]은 도로와 각을 이루고 있고, 우리를 향한 벽에는 트레이서리(tracery)[19]로 장식된 길쭉한 창문들이 조금 낮은 위치에 설치된 집이었다. 그것은 붉은 벽돌과 납 지붕으로 멋지게 지어진 집으로, 창문들의 위쪽 벽면에는 구운 점토로 만든 조각상이 이어져 있었다. 그 조각상들은 너무나 훌륭했고, 내가 현대의 작품에서는 본 적이 없는 힘과 솔직함(directness)[20]으로 디자인되어 있었다. 나는 그 주제를 금방 알아보았는데, 그것은 사실 내가 매우 잘 아는 것들이었다.

나는 이 모든 것을 아주 짧은 시간 동안밖에 볼 수 없었다. 곧 집안의 홀에 들어섰기 때문이다. 홀 바닥은 대리석으로 모자이크되어 있었고, 천장은 나무로 되어 있었다. 강 반대쪽으로는 창문이 없는 대신 각 방으로 연결되는 아치들이 있었고, 그중 한 아치를 통해 맞은편의 정원이 보였다. 아치 위쪽 벽면에는 바깥 벽면과 비슷한 주제의 조각상(나는 그것이 프레스코(fresco)[21]라고 생각했다)이 화려하게 이어져 있었다. 모든 것이 너무 멋졌고, 재료도 매우 견고했다. 홀은 그리 크지 않았으나(크로스비 홀(Crosby Hall)[22]보다 약간 작아 보였다) 눈을 사용하는 습관을 가진 여유 있는 사람들을 만족시키는 건축물에서 언제나 느낄 수 있는 공간과 자유의 감각을 느끼게 하는 곳이었다.

나는 물론 그곳이 게스트 하우스의 홀임을 알았다. 그 쾌적한 곳에서 세 명의 젊은 여성이 요리조리 경쾌하게 움직이고 있었다. 나는 이토록 청명한 아침에 내가 만난 최초의 여성들을 주의 깊게 바라보지 않을 수 없었다. 그리고 그녀들이 정원, 건축물, 그리고 남자들 못지않게 훌륭함을 알아차렸다. 나는 그녀들의 옷차림도 자세히 봤는데, 직물 옷을 멋지게 걸치고, 장신구를 신경써서 달고 있었다. 안락의자에 천을 씌우듯 옷을 입는 우리 시대 대부분의 여성들과 달리 이 여성들은 정말 여성스럽게 차려입고 있었다. 요컨대 그녀들의 옷은 고대의 고전적인 복장과 보다 간소한 14세기 의상의 중간에 해당되는 것이었으나 그 어느 쪽의 모방도 아니었다. 옷감은 가벼워 보였고, 계절에 맞게 화려했다. 옷뿐 아니라 그녀들 자체를 만나게 된 것도 정말 즐거웠다. 그녀들은 너무나 친절했고, 행복한 표정을 짓고 있었으며, 날씬하고 균형 잡힌 몸이 건강하고 튼튼해 보였다. 모두 아름다웠지만, 그중 한 여성이 특히 아름다운 균형미를 갖추고 있었다. 그녀들은 유쾌하게, 그리고 전혀 내숭떨지 않고 우리에게 다가오더니 마치 긴 여행에서 막 돌아온 친구의 손을 잡듯 내 손을 잡았다. 그러나 그때 나는 내 복장을 곁눈질하는 그녀들의 눈길을 놓치지 않았다. 내가 어젯밤에 입고 있던 옷을 그대로 걸치고 있었기 때문이다. 뭐, 어쨌거나 나는 옷치장을 좋아하는 사람이 아니었다.

직공인 로버트가 한두 마디 하자 그녀들은 바삐 움직이기 시작하더니 금세 우리에게 다시 다가와 손을 잡고 홀에서 가장 쾌적한 위치에 있는 탁자로 안내했다. 탁자 위에는 아침식사가 차려져 있었다. 우리가 자리에 앉자 그녀들 가운데 한 명이 방들 사이로 급히 나갔다가 잠시 후 커다란 장미다발을 들고 다시 돌아왔다. 지금까지 해머스미스에서 보던 장미와는 크기나 질에서 큰 차이가 났지만, 예전에 시골 정원에서 기르던 것과는 매우 비슷한 장미였다. 그녀는 다시 식품저장실로 가더니 우아한 꽃병을 들고 와서 거기다 꽃을 꽂아 탁자 중앙에 놓았다. 다른 한 여성도 나갔다가 커다란 양배춧잎에 딸기를 담아 들고 돌아왔다. 그중에는 아직 채 익지 않은 것도 있었다. 그녀는 딸기를 탁자 위에 내려놓으며 말했다. "자, 드세요. 오늘 아침 일어나기 전에 딸기를 생각했어요. 그런데 딕, 이 외국분이 당신의 보트에 타는 것을 보고는 그것을 완전히 잊어버렸지 뭐에요. 그래서 지빠귀들이 날아들기 전에 다 따지 못했어요. 하지만 오늘 아침에 해머스미스의 그 어디에서도 구할 수 없는 좋은 것도 조금은 있답니다." 그러자 로버트가 친숙한 몸짓으로 그녀의 머리를 토닥였다.

우리는 아침을 먹기 시작했다. 음식은 매우 간소했으나, 맛있게 요리되어 탁자 위에 정성스럽게 놓여져 있었다. 특히 빵맛이 기가 막혔다. 내가 제일 좋아하는, 크고 결이 고우며 단맛이 나는 농가풍의 검은 빵에서부터 예전에 토리노[23]에서 먹어본 담뱃대 모양의 밀가루 빵에 이르기까지 여러 종류의 빵이 있었다.

처음으로 한입 가득 음식을 넣을 때 옥스퍼드 칼리지 홀의 하이 테이블(High Table)[24]과 비슷하게 생긴 탁자 뒤쪽의 판벽에 금으로 새겨진 문구가 눈에 들어왔다. 그 문구 안에 들어 있는 낯익은 호칭은 나로 하여금 그것을 단숨에 읽게 했다. 그것은 다음과 같았다.

손님과 이웃이여, 이 게스트 홀 자리에는 한때 해머스미스 사회주의자들의 강의실이 있었다. 그 추억에 건배하라! 1962년 5월.[25]

그 문구를 읽었을 때 내가 어떤 느낌을 가졌는지를 독자인 당신에게 말하기란 쉽지 않다. 내가 얼마나 감동했는지가 나의 얼굴 표정에 그대로 드러났던 게 분명하다. 왜냐하면 나의 두 친구가 나를 희한하다는 듯 바라보았고, 우리 사이에 잠시 침묵이 흘렀기 때문이다.

뱃사공만큼 예의바르지는 않은 직공이 내게 다소 어색하게 말을 건넸다.

"손님, 당신을 어떻게 불러야 할지 몰라서 그러는데, 존함을 여쭈면 실례가 될까요?"

"그게 말이지요……, 실은 저도 어떻게 말해야 할지 좀 혼란스럽습니다. 그러니 저를 그냥 손님(Guest)이라고 부르세요. 그것을 성이라고 생각하고, 거기에 윌리엄을 붙이시죠."

이런 내 말에 디크는 친절하게 고개를 끄덕였다. 그러나 직공의 얼굴에는 근심의 그림자가 스쳤다. 그가 말했다.

"혹시 어디에서 오셨는지 말씀해 주실 수 있나요? 제 질문을 언짢게 생각하지 않으시기 바랍니다. 저는 단지 학문적인 이유에서 이런 호기심을 가질 뿐이니까요."

디크가 탁자 밑에서 발을 움직여 그를 찼다. 그러나 그는 얼굴도 그다지 붉히지 않은 채 꽤나 진지하게 내 대답을 기다렸다. 나는 무심코 "해머스미스"라고 말할 뻔했다. 하지만 그러면 우리가 혼란에 빠질지도 모른다는 생각이 들었다. 그래서 약간의 진실을 담은 장황한 거짓말을 지어내기 위해 뜸을 들였다가 말했다.

"말씀드렸다시피 저는 오랫동안 유럽을 떠나 있었기에 지금은 모든 게 낯설게 느껴집니다. 그러나 저는 에핑(Epping) 숲의 끝, 즉 월섬스토(Walthamstow)[26]와 우드퍼드(Woodford)에서 태어나고 자라났습니다."

"그곳 역시 아름다운 곳이지요." 디크가 끼어들었다. "너무 멋진 곳이에요. 1955년의 대규모 주택정리 이후 나무들이 다시 자라날 시간이 있었지요."

직공은 말을 억누를 수 없는 듯했다. "존경하는 이웃, 당신이 예전의 그 숲을 안다고 하시니, 19세기에 그 나무들의 우듬지가 모두 잘렸다는 소문이 어디까지가 사실인지 제게 말씀해 주시겠어요?"[27]

그 말은 자연사에 대한 나의 고고학적 관심을 불러일으켰다. 나는 그때 내가 어느 시간, 어느 곳에 있는지를 잊어 버리고 그 올가미에 걸려들었다. 그래서 이야기를 시작했다. 라벤더의 잔가지를 비롯해 좋은 향기가 나는 허브들을 홀 바닥에 뿌리고 있던 아름다운 한 젊은 여성이 이야기를 들으려 다가와서 내 등 뒤에 섰다. 그녀는 내가 밤(balm)이라고 부르던 식물을 쥔 손을 내 어깨에 얹었다. 그 강렬하면서도 감미로운 향기는 우드퍼드의 채마밭에서 놀던 나의 아주 어릴 적 기억과, 허브 밭 근처 담장을 덮었던 커다랗고 푸른 자두나무를 머릿속에 떠올리게 했다. 그것은 사내아이라면 누구든지 금세 아는 것들에 대한 기억의 연상이었다.

나는 이야기를 시작했다. "제가 어렸을 때, 그리고 그 후로도 오랫동안 그 숲은 엘리자베스 여왕의 사냥궁전 부근에 있는 한 구역[28]과 하이 비치(High Beech)[29] 주변을 제외하고는 거의 전부가 가시나무 잡목과 우듬지가 잘린 자작나무로 덮여 있었습니다. 하지만 약 25년 전에 런던 시청이 그곳을 접수한 뒤로는 과거에 그곳 주민들의 권리에 속했던 우듬지 자르기와 가지치기가 없어져 나무가 다시 자랄 수 있게 됐지요. 저는 단 한 번, 우리 동맹 사람들이 하이 비치로 놀러갔을 때를 제외하고는 몇 년간 그곳에 간 적이 없습니다. 그때 저는 그곳에 수많은 집이 들어서서 완전히 변한 모습을 보고 엄청난 충격을 받았지요. 그리고 언젠가는 속물들이 그곳에 풍경정원(landscape garden)[30] 공사를 한다는 소문을 들었습니다. 그러나 지금 그 공사가 중단되고 나무가 자라고 있다고 하신 당신의 말은 정말 좋은 뉴스입니다. 아, 그러니까 제 말은……."

순간 나는 디크가 말한 연도를 기억해 내고는 약간 당황하여 이야기를 급히 멈추었다. 호기심 넘치는 직공은 나의 혼란을 알아채지는 못했으나, 마치 스스로도 예의를 무시하고 있음을 잘 안다는 듯이 급하게 물었다. "그런데 당신은 몇 살인가요?"

디크와 아름다운 소녀는 마치 로버트의 행동을 별나다는 구실로 용서할 수 있다는 듯 웃음을 터뜨렸다. 디크가 웃으면서 말했다.

"그만둬, 봅. 손님에게 그런 질문을 하면 곤란하네. 글쎄 자네는 너무 학문적이어서 문제야. 자네는 시시한 옛 소설에 나오는 급진적인 구두수선공을 떠올리게 하는군.[31] 그 구두수선공은 공리적인 지식을 추구하고 모든 예의를 무시하겠다고 각오한 사람이지. 사실 나는 자네가 수학에 빠져서, 그리고 경제학에 관한 바보 같은 낡은 책들(히! 히!)을 너무 열심히 연구한 탓에 머리가 몽롱하게 되어 어떻게 행동해야 하는지도 잊어버린 게 아닌가 하는 생각이 들어. 정말 이제 자네는 집 밖에서 일해야 할 때가 됐고, 그렇게 함으로써 자네 머릿속에 쳐진 거미줄을 걷어내야 해."

직공은 그냥 쾌활하게 웃었다. 젊은 여성이 다가가서 그의 뺨을 가볍게 다독거리고 웃으면서 말했다. "불쌍한 양반, 그렇게 태어난 걸 어쩌겠어요."

나는 약간 혼란스러웠으나 반은 동조로, 반은 그들의 편안한 행복과 좋은 기분에 즐거워져서 따라 웃었다. 그리고 로버트가 내게 사과하려고 하기 전에 말했다.

"이웃들, (나도 이제 이웃이란 말을 사용하기 시작했다.) 저는 제가 대답할 수만 있다면 그 어떤 질문을 받아도 상관없습니다. 얼마든지 물어보세요. 제게도 즐거운 일이니까요. 제가 어렸을 적의 에핑 숲에 관한 모든 것을 말씀드리지요. 그리고 저는 보시다시피 요조숙녀가 아니니, 제 나이도 당연히 말씀드릴 수 있어요. 저는 곧 쉰여섯이 됩니다."[32]

방금 예의에 관한 설교를 들었음에도 불구하고 직공은 놀라움에 "예에?"라고 길게 말했다. 다른 사람들은 그의 소박함이 너무 재미있어서 흥겹다는 표정을 얼굴에 띠었으나 예의상 실제로 웃지는 않았다. 나는 당황하여 한 사람 한 사람의 얼굴을 쳐다보며 말했다.

"말씀해 주세요. 왜 그러시는지. 저는 여러분에게서 배우고 싶습니다. 얼마든지 웃으셔도 좋은데, 까닭은 말씀해 주십시오."

그러자 그들이 웃음을 터뜨렸다. 나도 따라 웃었다. 마침내 그 아름다운 여성이 달래듯 말했다.

"그래요, 그래. 그는 예의가 없는 딱한 친구지요. 그러나 저는 그가 생각하는 바를 당신에게 말씀드리는 게 좋겠다고 생각합니다. 그는 당신이 나이에 비해 너무 늙어 보인다고 생각한 것입니다. 하긴 당신은 여행을 하셨으니 그렇다 해도 이상할 것은 하나도 없지요. 당신의 말씀으로 미루어보건대 그 여행지는 분명 비시회저인 나라들이었겠지요. 불행한 사람들 속에서 살면 나이를 아주 빨리 먹게 된다는 것은 사람들이 흔히 얘기하는, 의심할 바 없는 진실이지요. 또한 사람들은 영국 남부가 훌륭한 얼굴을 유지하기에 좋은 장소라고 말합니다." 그러더니 그녀는 얼굴을 붉히면서 이렇게 물었다. "저는 몇 살로 보이세요?"

"글쎄요." 나는 말했다. "저는 여성의 나이는 얼굴에 그대로 나타난다고 생각합니다. 불쾌하게 하거나 아첨할 생각 없이 말씀드리면 당신의 나이는 분명 스무 살일 겁니다."

그녀는 즐겁게 웃으면서 말했다. "제가 찬사를 듣기 위한 미끼를 잘 던진 것 같네요. 사실 저는 마흔둘이에요."

나는 그녀를 유심히 쳐다보았다. 그러자 그녀는 다시 음악소리처럼 경쾌한 웃음을 터뜨렸다. 나는 주름 하나 없는 그녀의 얼굴을 더욱 자세히 들여다봤다. 피부는 상아처럼 고왔고, 두 뺨은 포동포동하고 둥글었으며, 입술은 그녀가 들고 온 장미처럼 붉었다. 일을 하기 위해 드러낸 아름다운 두 팔은 어깨부터 손목까지 탄탄하게 균형 잡혀 있었다. 그녀는 나를 여든 살 된 남자로 보는 것이 분명했지만, 나의 눈길에는 얼굴을 조금 붉혔다. 이런 분위기를 얼렁뚱땅 넘겨보려고 나는 입을 열었다.

"옛말이 틀리지 않다는 게 다시 한 번 증명되었군요. 당신이 나로 하여금 질문을 하도록 유혹하지 못하게 해야 했어요."

그녀는 다시 웃으면서 말했다. "그래요. 젊든 나이가 들었든 남자분들, 저는 이제 제 일을 하러 가야겠습니다. 실은 제가 어제부터 멋진 고서적을 읽기 시작했거든요. 우선 지금 하던 일부터 빨리 깔끔하게 해치우고 난 다음 오늘 오전에는 그 책을 계속 읽고 싶어요. 그럼 안녕히들 계세요."

그녀는 우리에게 손을 흔들고 가벼운 걸음으로 홀을 나갔다. 그녀가 나가자 (스콧[33])의 표현을 빌리자면) 우리 탁자에서 태양이 다는 아니어도 반쯤은 사라진 것 같았다.

그녀가 가버리자 디크가 말했다. "그럼 손님, 여기 있는 우리 친구에게 한두 가지 묻지 않으시렵니까? 이번엔 당신이 물으셔야 공정하지요."

"기꺼이 대답하겠습니다." 직공이 말했다.

"제가 묻고 싶은 것은 그다지 대답하기 어려운 게 아닙니다. 저는 당신이 직공이라고 들었기 때문에 그 직업에 대해 몇 가지 묻고 싶습니다. 그 일에 흥미가 있거든요, 아니 흥미가 있었거든요."

"오!" 그는 말했다. "별로 도움이 되지 못할 것 같아 두렵군요. 저는 여기 있는 디크와는 달리 시시한 직공일 뿐입니다. 가장 기계적인 종류의 직물짜기를 하고 있을 뿐이죠. 직물짜기 외에도 기계인쇄와 식자를 조금 하고 있습니다만 아주 정교한 인쇄는 잘 하지 못합니다. 게다가 기계인쇄는 책 만들기의 유행병이 쇠퇴함에 따라 죽어가기 시작했습니다. 그래서 저는 관심 있는 다른 일로 전환할 필요가 있을 듯해 수학도 하고 있지요. 또한 저는 19세기 말엽의 평화로운 사생활의 역사라고 할 만한 것에 대한 책을 호사가적인 취미로 쓰고 있습니다. 그 책에서 저는 무엇보다도 전쟁이 시작되기 전의 나라에 대해 묘사하고 싶은데, 당신에게 에핑 숲에 대한 질문을 한 이유도 바로 그 때문입니다. 그런데 당신의 정보는 매우 흥미롭지만, 솔직히 말해 저를 더욱 혼란스럽게 만들었습니다. 나중에 디크가 없을 때 당신과 더 많은 이야기를 나누었으면 합니다. 디크는 저를 지독한 공부꾼이라고 생각하고, 손재주가 그다지 좋지 않다고 무시합니다. 그것이 요즘의 경향이지요. 저는 19세기 문학작품을 상당히 많이 읽었는데, 그 작품들을 보면 그 시대에는 손을 사용할 수 있는 사람들을 무시했더군요. 지금의 흐름은 그 시대의 어리석음에 대한 일종의 복수인 게 분명하다는 생각이 듭니다. 그러나 내 오랜 친구 딕크, '지나치면 하지 않느니만 못하다'는 말도 있으니 너무 과하게 나아가지는 말게."

그러자 딕크가 말했다. "내가? 나야말로 이 세상에서 가장 관대한 사람 아닌가? 나야 자네가 나한테 수학 공부를 하게 하거나 자네의 새로운 미학에 관심 갖게 하지 않고 금이나 쇠, 대롱, 정교한 작은 망치로 실용미학을 하게만 해주면 만족하지 않나? 그런데 저기 좀 보게. 손님, 당신에게 질문할 사람이 또 한 명 오는군요. 봅, 자네도 이번에는 나와 함께 손님을 도와드려야 하네."

"이봐, 보핀!" 그는 잠깐 멈추었다가 다시 소리쳤다. "여기야! 근데 무슨 일인가?"

나는 뒤를 돌아봤다. 그때 홀에 쏟아지는 햇살 속에서 섬광이 번쩍였다. 나는 아예 돌아앉아 편안한 자세로, 저쪽에서 당당한 체구의 사람이 천천히 걸어오는 것을 보았다. 그의 외투는 자수가 많이 놓인 우아한 것으로, 햇빛을 반사시켜 마치 황금갑옷처럼 보였다. 그는 키가 크고, 머리카락은 검었으며, 매우 늘씬했다. 얼굴은 그 누구 못지않게 친절한 표정이었고, 아름다운 남녀가 흔히 그렇듯 상당히 기품있는 몸짓으로 움직였다. 그는 웃는 얼굴로 우리 탁자에 다가와서 앉았다.

키가 크고 체격이 좋은 그는 거드름을 피우지 않으면서도 유유한 태도로 긴 두 다리를 뻗고 팔을 의자 위에 걸쳤다. 그는 한창때의 남자였으나, 막 새로운 장난감을 손에 넣은 아이처럼 행복해 보였다. 그는 나에게 품위 있게 절을 하고는 말했다.

"방금 애니가 말한 손님이 바로 당신이군요. 당신은 우리와 우리의 생활방식에 대해 잘 모르는 어떤 먼 나라에서 오신 분이라고 들었습니다. 그렇다면 제가 던지는 몇 가지 질문에 대해 당신은 기꺼이 대답해 주시겠지요? 왜냐하면 당신은……"

이때 디크가 끼어들었다. "잠깐, 보핀! 잠시 멈추게. 자네는 당연히 이 손님이 행복하고 편안하기를 바랄 것이네. 이분은 아직 우리 주변의 새로운 관습이나 사람들에 대해 혼란스러운 상태인데, 갖가지 질문에 다 대답해야 한다면 어떻게 되겠나? 안 되네, 안 돼. 나는 이분을 스스로 질문하고 답을 얻을 수 있는 곳으로 모시려고 하네. 그곳은 바로 블룸즈버리에 사는 나의 증조부 댁이지. 자네도 반대하지 않으리라고 나는 확신하네. 그러니 이분을 귀찮게 하는 대신, 내가 이분을 증조부 댁으로 모셔갈 수 있도록 제임스 앨런에게 가서 마차를 한 대 빌려와 주지 않겠나? 짐에게 그 늙은 잿빛 말을 보내 달라고 전해 주게. 나는 거룻배는 잘 다루지만 마차는 잘 다루지 못하기 때문이네. 오랜 친구, 얼른 뛰어가 주게. 그러나 실망하지는 말게. 우리 손님이 나중에 자네 이야기를 기꺼이 들어주실 테니."

나는 디크를 쳐다보았다. 그토록 고귀해 보이는 사람에게 이렇게 허물없는 어투로 거침없이 말하다니! 나는 디킨스의 소설에 나오는 유명한 인물[34])과 같은 이름으로 불리는 보핀 씨가 적어도 이 이상한 사람들의 대표임에 틀림없다고 생각했다.

그러나 보핀은 자리에서 일어나면서 이렇게 말하는 게 아닌가. "좋네, 늙은 뱃사공, 자네 말대로 하겠네. 오늘은 내가 바쁜 날도 아니니. 설령, (나에게 점잖게 절하고) 이 학식 있는 손님과 말을 나누는 즐거움이 미뤄지더라도 나는 이분이 자네의 훌륭한 친척을 가능한 한 빨리 만나야 한다고 생각하네. 게다가 이분도 자신의 의문에 대한 답을 얻고 나면 내 질문에 대해서 더 잘 대답하실 수 있게 될 거야."

그러고는 몸을 돌려 홀 밖으로 휙 사라졌다.

그가 나간 뒤에 나는 물었다. "실례지만 보핀 씨가 어떤 분인지 물어도 될까요? 여하튼 그의 이름은 저에게 디킨스를 읽으면서 보냈던 즐거운 시간을 회상하게 했습니다."

디크가 웃으며 말했다. "그래요, 맞아요. 당신도 우리의 풍자를 아시는군요. 물론 그의 본명은 보핀이 아니고 헨리 존슨입니다. 우리는 농담으로 그를 보핀이라고 부르는 거예요. 그 하나의 이유는 그가 쓰레기를 치우는 청소부이기 때문이고, 또 다른 이유는 그가 매우 화려하게 차려입고 중세의 귀족처럼 황금을 주렁주렁 달고 다니고 싶어해섭니다. 물론 그가 원한다면야 그러지 못할 이유는 없지요. 별난 친구들인 우리는 그런 그를 놀리는 것일 뿐이고요."

나는 뭐라 할 말이 없었다. 그러자 디크가 말을 이었다.

"그는 좋은 친굽니다. 당신도 그를 좋아하지 않을 수 없을 거예요. 하지만 그에게는 약점이 있습니다. 반동적인 소설을 쓰는 데 시간을 허비하고 있지요. 그는 소위 지방색을 바르게 묘사하는 일에 대단한 자부심을 갖고 있습니다. 그는 당신이 불행한 사람들이 사는 어느 잊혀진 땅에서 왔다고 생각하고 있어요. 그런 곳은 작가에게 흥미롭기 그지없는 곳이지요. 그래서 그는 당신에게 뭔가 정보를 얻을 수 있지 않을까 하는 생각을 하고 있습니다.[35] 그는 매우 단도직입적으로 당신에게 그 정보를 달라고 요구할 겁니다. 부디 당신의 평안을 위해 그를 주의하십시오!"

"그렇지만, 디크." 직공이 강경하게 말했다. "나는 그의 소설이 매우 훌륭하다고 보네."

그러자 디크가 말했다. "물론 자네는 그렇겠지. 같은 유형이니까. 수학과 호사 취미의 소설은 비슷한 바탕 위에 서 있다고 할 수 있지. 그런데 그가 벌써 돌아오는군."

황금 청소부가 홀 입구에서 큰 소리로 우리를 불렀다. 우리는 모두 일어나 현관으로 갔다. 현관 앞에는 튼튼한 잿빛 말이 마차를 뒤에 달고 우리를 기다리고 있었다. 마차가 내 눈을 잡아끌었다. 간소하고 편리해 보이는 그 마차는 우리 시대의 마차, 그중에서도 특히 소위 '우아하다'는 마차가 지닌 메스꺼운 천박함을 전혀 풍기지 않았다. 도리어 웨섹스(Wessex)[36]의 마차치럼 단아하고 쾌적해 보였다. 디크와 나는 마차에 올랐다. 현관에 나온 여성들은 손을 흔들며 우리를 배웅했다. 직공은 친절하게 고개를 끄덕였고, 청소부는 음유시인[37]처럼 우아하게 절을 했다. 디크가 고삐를 흔들자 마차가 출발했다.

도중에 들른 시장

우리는 강변을 떠나 곧바로 해머스미스를 가로지르는 대로로 나섰다. 만일 강변에서 출발하지 않았다면 내가 어디에 있는지 전혀 감을 잡지 못했으리라. 킹 스트리트(King Street)는 없어졌고, 도로는 양지바른 넓은 목장과 정원같이 보이는 경작지로 통했기 때문이다. 우리가 단번에 건넌 수로는 하수관이 없어져 원래의 상태로 복구돼 있었고, 그 아름다운 다리를 건너자 여러 크기의 화려한 보트들로 가득 찬, 넘실거리는 강물을 볼 수 있었다. 도로변이나 경작지 가운데에 집들이 서 있었는데 하나같이 풍요로운 정원에 둘러싸여 있었고, 입구까지 소로가 깔끔하게 잘 닦여져 있었다. 소지주의 저택처럼 시골풍으로 지어진 그 집들은 매우 아름답고 견고해 보였다. 강변에 있는 집들처럼 붉은 기와를 얹은 집 몇 채를 제외하면 대부분의 집들은 중세시대의 가옥처럼 목재와 회반죽으로 지어졌고, 그 구조도 중세시대의 가옥과 비슷했다. 그야말로 14세기에 온 것 같은 느낌이었다.

이런 느낌은 길에서 만나거나 지나친 사람들의 옷차림을 보고는 더욱 강해졌다. 그들의 옷에는 근대적인 점이 전혀 없었다. 대부분이 우아한 옷을 입고 있었지만, 여성들의 옷차림은 특히 더 우아했다. 그곳 여성들이 얼마나 멋졌는지 내가 무심결에 탄성을 터뜨리는 바람에 내 주변에 있던 사람들도 그 여성들을 쳐다보았다. 사람들의 사려 깊은 얼굴에서 나는 너무나 고귀한 표정을 보았다. 불행의 흔적이 있는 얼굴은 없었으며, 대다수(우리는 상당히 많은 사람을 만났다)는 솔직하게 드러내놓고 즐거워하는 표정이었다.

몇 개의 도로가 합쳐지는 곳이 보였다. 브로드웨이(Broadway) 같았다. 그 북쪽 길가에는 빌딩과 저택이 늘어서 있었다. 낮지만 웅장하고 화려하게 지어진 그 건물들은 주위에 있는 소박한 가옥들과 뚜렷한 대조를 이루었다. 웅장한 건물 내부에 있을 법한 거대한 홀을 감싸 덮듯 납으로 된 지붕이 상부가 위로 치솟은 모양을 한 버팀벽 위로 가파른 선을 그리며 씌워져 있었다. 그것은 북유럽 고딕 건축양식의 가장 빼어난 부분에다 사라센 건축양식[38]과 비잔틴 건축양식을 융합한 것이었지만, 그중 어느 것도 단순히 모방하지는 않은 것으로 보였다. 반대편인 남쪽 길가에는 지붕이 높은 팔각형 모양의 빌딩이 서 있었다. 그 빌딩은 회랑[40]이 설치된 달개[41]로 둘러싸인 점을 빼면 피렌체의 세례당(Baptistry)[39]과 비슷했다. 이 건물 역시 매우 우아했다.

쾌적한 들판 한가운데서 만난 의외의 그 건축물들은 심오한 아름다움을 지녔을 뿐 아니라 생명의 엄청난 관대함과 풍요로움까지 느끼게 해주었다. 흥분과 즐거움 속에서 나는 혼자 미소짓지 않을 수 없었다. 그런 나를 이해한 듯 내 친구는 만족감과 애정 어린 관심이 담긴 시선으로 나를 바라보며 앉아 있었다. 우리는 수많은 마차들이 서 있는 곳에 멈추었다. 그 마차들 안에는 멋지고 건강하게 보이는 남자, 여자, 아이들이 우아한 복장을 하고 앉아 있었다. 너무도 맛있어 보이는 시골 작물을 가득 싣고 있는 것으로 보아 그 마차들은 시장에 온 마차들임이 분명했다.

나는 물었다. "여기가 어디냐고 물어볼 필요도 없겠군요. 한눈에 시장이란 걸 알겠으니까요. 그런데 대체 어떤 시장이기에 이리도 호화스러운가요? 저 장엄한 홀, 그리고 저 남쪽의 빌딩은 무엇입니까?"

디크가 대답했다. "아, 이곳은 바로 해머스미스 시장입니다. 우리가 정말 자랑스럽게 여기는 곳이지요. 이곳이 당신의 맘에도 드는 것 같아 기쁘군요. 저기 보이는 홀은 겨울철 집회장인 모트하우스(Motehouse)[42]입니다. 여름에는 대체로 반 엘름스의 맞은편 강 아래 들판에서 집회를 하지요. 그리고 오른쪽 빌딩은 극장입니다. 그곳도 당신 맘에 들었으면 좋겠네요."

"싫어한다면 바보지요."라고 나는 말했다.

그러자 그가 얼굴을 약간 붉히면서 말했다. "그렇다니 저도 기쁘군요. 실은 저곳을 지을 때 저도 거들었습니다. 상감세공을 한 저 거대한 청동문들이 제가 만든 것입니다. 지금은 멈추지 않고 계속 가야 하니까 기회가 된다면 나중에 한번 저것들을 보도록 하지요. 또 시장에도 다시 한 번 더 와보도록 합시다. 지금처럼 한산할 때 말고 사람들이 북적대는 시간대를 골라서 말입니다."

나는 그에게 감사하며 말했다. "저 사람들이 보통의 시골 사람들입니까? 저들 중에는 정말 아름다운 여성도 더러 있군요."

이렇게 말할 때 한 아름다운 여성의 얼굴이 눈에 들어왔다. 큰 키와 검은 머리카락, 흰 피부를 지닌 여성이었고, 계절과 날씨에 걸맞은 엷은 녹색 옷을 입고 있었다. 그녀는 나를 보고 친절하게 미소를 지었는데, 디크에게는 더욱 친절한 미소를 지어보이는 것 같았다. 그런 그녀를 보느라 잠깐 말을 멈추었던 나는 다시 말을 이었다.

"시장에서 흔히 볼 수 있는 시골사람처럼 보이는 사람들, 그러니까 시장에서 물건을 파는 사람들은 왜 없는지 궁금합니다."

"무슨 말씀이신지? 당신이 보리라고 예상했던 사람들은 어떤 사람들이며, 당신이 말하는 시골사람이란 또 어떤 사람입니까? 저 사람들은 우리 이웃으로 템스 강가에서 자란 사람들입니다. 이 섬나라에는 지금 우리가 있는 이곳보다 더 황량하고 비가 많이 내리는 지역들이 있습니다. 그런 곳에 사는 사람의 옷은 더 소박하지요. 그들은 우리보다 거칠고 완고한 편이지만, 더 훌륭한 면도 있습니다. 그들의 개성이 좀 독특하다고들 합니다만, 그것은 취향의 문제지요. 여하튼 우리와 그들이 결혼하면 대부분 결과가 좋습니다." 그가 신중하게 말했다.

나는 그의 말을 듣고는 있었으나, 눈은 이미 그에게서 떠나 있었다. 앞서 말한 그 아름다운 여성이 새로 딴 완두콩을 담은 커다란 바구니를 들고 어떤 문 안으로 사라졌기 때문이다. 나는 두 번 다시 만날 수 없는 흥미롭거나 사랑스러운 얼굴을 거리에서 보았다가 놓쳤을 때 느끼곤 하던 실망감을 맛보았다. 나는 잠시 침묵하다가 다시 입을 열었다. "그러니까 제 말은, 이 주변에서 가난한(poor) 사람을 한 명도 보지 못했다는 겁니다."

그는 눈썹을 찡그리며 당황한 얼굴로 말했다. "당연하지요. 몸이 안 좋으면(poorly) 집안에 있거나, 정원을 산책하겠죠. 그러나 지금은 아무도 아프지 않습니다. 어째서 길거리에서 병자를 보게 되리라고 생각하셨어요?"

나는 대답했다. "네? 저는 병자를 말한 것이 아닙니다. 가난한 사람, 그러니까 당신이 말한 그 거친 사람을 말하는 겁니다."

"그래요?" 그는 즐겁게 웃으며 말했다. "그나저나 저는 무슨 말씀을 하시는지 점점 더 모르겠네요. 여하튼 서둘러 저희 중조부에게로 갑시다. 그는 당신을 나보다 더 잘 이해하실 겁니다. 가자, 잿빛 말아!"

그가 고삐를 흔들자 말은 동쪽으로 쾌활하게 움직여갔다.

5
거리의 아이들

브로드웨이를 지나자 거리 양쪽에 늘어선 집의 수가 줄어들었다. 우리는 나무가 점점이 서있는 구역을 흐르는 아름다운 시냇물을 건넜다. 그리고 잠시 뒤 또 다른 시장과 시청이라고 부를 만한 것이 있는 곳에 닿았다. 그 주변에는 나에게 친숙한 것은 아무것도 보이지 않았으나, 나는 우리가 어디에 있는지를 명확하게 알 수 있었다. 그래서 나의 안내인이 간단하게 "켄싱턴(Kensington) 시장"이라고 말했을 때 놀라지 않았다.

우리는 곧 집들이 늘어선 짧은 길에 이르렀다. 그곳은 목재와 회벽으로 지어지고 앞에는 아름다운 회랑이 붙어있는 길쭉한 집이 길 양쪽에 각각 한 채씩만 서 있는 보행로라고 말해도 될 만한 거리였다.

디크가 말했다. "여기가 켄싱턴의 중심입니다. 사람들이 밀집한다고 할 정도로 많이 모이는 곳이지요. 그들은 숲의 로맨스를 좋아하기 때문입니다. 자연주의자들도 자주 옵니다. 왜냐하면 여기서 보시다시피 원시 그대로의 곳이기 때문입니다. 숲은 남쪽으로는 그다지 멀리 뻗어 있지 않지만 북쪽과 서쪽으로 패딩턴(Paddington)에 이르고 그 근처에 노팅 힐(Notting Hill)[43]도 있습니다. 숲 속의 좁은 오솔길은 킹즈랜드(Kingsland)를 거쳐 스토크-뉴잉턴(Stoke-Newington)과 클래프턴(Clapton)에 이르고, 그곳에서 다시 리(Lea) 늪지 위 언덕을 따라 이어집니다. 늪지의 반대쪽에는 아시겠지만 에핑 숲이 그곳으로 손을 뻗치고 있습니다. 지금 우리가 막 닿은 곳은 켄싱턴 가든(Kensington Garden)[44]이라는 곳입니다. 왜 가든이라고 하는지는 모릅니다만."

나는 "저는 압니다"라고 말하고 싶었다. 그러나 내가 모를 거라고 그가 짐작하는 것 말고도 주위에 내가 알지 못하는 것이 너무나 많았기에 나는 침묵하는 쪽이 낫다고 생각했다.

길은 단숨에 아름다운 숲 속으로 들어섰다. 숲은 양쪽으로 퍼져 있었으나, 분명 북쪽이 더 깊었다. 그곳에는 오크나무와 멋진 밤나무가 훌륭하게 자라 있었다. 그보다 더 빨리 자라는 나무들(특히 플라타너스와 큰 단풍나무가 아주 많아 보였다)은 정말이지 거대하게 잘 자라 있었다.

낮이 되면서 점점 여름날씨답게 더워지고 있었기 때문에 얼룩진 그늘 아래로 지나는 게 무척 즐거웠다. 나무그늘이 주는 시원함은 흥분된 내 마음을 부드럽게 누그러뜨려주고 꿈꾸는 듯한 즐거움을 선사했다. 나는 그 상쾌한 신선함 속에 영원히 머물러 있고 싶다는 느낌이 들었다. 나의 동료도 같은 생각을 하는 듯했다. 우리는 느리게 말을 몰면서 녹색 숲의 향기, 그중에서도 특히 길섶 가까이에서 짓밟힌 고사리가 뿜어내는 향기를 들이마셨다.

켄싱턴 숲은 낭만적이었지만 고적하지는 않았다. 무수히 많은 사람들이 숲을 오가며 산책을 하고 있었는데, 특히 예닐곱 살부터 열여섯, 열일곱 살까지의 아이들이 많았다. 마치 각 세기 사람들의 훌륭한 표본처럼 보이는 그 아이들은 더 할 나위 없이 한껏 즐기고 있었다. 그들 가운데 몇 명은 잔디 위에 세워진 작은 텐트 주변을 어슬렁거렸다. 텐트 곁에 피워놓은 불 위에는 마치 집시가 걸어놓은 듯한 냄비가 걸려 있었다. 디크는 숲 속에 집이 산재해 있다고 내게 설명했다. 실제로 우리는 집을 한두 채 볼 수 있었다. 대부분 아주 자그마한 그곳의 집들은 이 나라에 노예가 있었던 시대에는 오두막이라고 불렸으나 즐겁게 살기에 충분하고 숲에도 어울리는 것이라고 디크는 말했다.

"숲 속의 집에는 꽤나 많은 아이들이 있겠군요." 나는 길에 나온 많은 아이들을 가리키면서 말했다.

"아! 저 아이들은 여기서 가까운 집이나 숲 속의 집에서 온 아이들이 아니고 대부분 시골에서 온 아이들입니다. 아이들은 여름에 종종 무리를 지어 숲에 와서 보시다시피 텐트에서 함께 몇 주일씩 놀며 보냅니다. 우리는 아이들에게 그렇게 하도록 경려하지요. 아이들은 그렇게 지내면서 스스로 사는 법을 배우고 야생의 생물을 관찰합니다. 아시다시피 아이들은 집안에 틀어박혀 있는 시간이 적으면 적을수록 좋습니다. 사실은 어른들도 여름에는 숲 속에서 생활하지만 대부분 윈저(Windsor)나 딘(Dean) 숲, 또는 북쪽의 황무지와 같이 더 큰 숲으로 갑니다. 그렇게 하는 것이 주는 다른 즐거움은 제쳐놓더라도, 그런 숲 속 생활을 하려면 거친 일도 좀 하게 되지요. 그런 거친 일은 유감스럽게도 최근 오십 년 동안에는 좀 드물어졌지요."

그는 잠시 멈추었다가 말을 이었다. "이런 얘기를 하는 이유는, 비록 내놓고 말씀하시지 않더라도 당신이 마음속으로 생각하고 있는 여러 의문들에 제가 답을 드려야 한다고 생각하기 때문입니다. 제 친척은 저보다 더 상세하게 말씀해 주실 거예요."

나는 다시금 내가 이해불능 상태에 빠졌음을 깨달았다. 그래서 단지 난처한 상황을 넘기기 위해 무슨 말이든 해야 한다고 생각했다.

"어쨌든 여기 있는 아이들은 여름이 끝나고 다시 학교(school)로 돌아가야 할 때 모두 생기발랄하게 돌아가겠군요."

"스쿨이라고요? 대체 무슨 뜻으로 말씀하신 건지? 그것이 아이들과 어떤 관계가 있나요? 물론 우리도 청어 떼(school of herring)니 그림의 유파(school of painting)니 하는 말을 하긴 합니다. 만약 청어 떼와 같은 말이라면 '아이들 무리'라는 말을 하신 것이겠지만, 그게 아닌 다른 뜻으로 말씀하신 거라면······." 그가 웃으며 말했다.

원 세상에! 도대체 무슨 말인가! 이 새로운 혼란을 해결하지 못한다면 나는 더 이상 입을 열 수 없을 것 같았다. 그러나 나는 내 친구의 어원 이해를 바로잡고자 노력할 생각은 하지 않았다. 나는 내가 언제나 학교라고 불러온 아이들 사육장(boy-farm)에 대해 아무 말도 하지 않는 것이 최선이라고 생각했다. 이곳에는 더 이상 학교가 존재하지 않는 게 분명한 듯했다. 그러나 나는 조금 더듬거리다가 이렇게 말하고 말았다. "그러니까 저는 그것을 교육 시스템이라는 뜻으로 사용한 겁니다."

"교육(education)이라고요? 저는 그 말이 '이끌어내다'라는 의미를 가진 라틴어 educere에서 나왔다는 정도는 압니다. 그렇지만 지금까지 그 뜻을 명확하게 설명할 수 있는 사람을 만난 적은 없습니다."

이 솔직한 고백을 들었을 때 내가 나의 새로운 친구를 어떻게 생각했을지 독자인 당신은 충분히 상상할 수 있으리라. 그래서 나는 좀 교만하게 말했다. "그래요. 교육이란 어린 사람들을 가르치는 시스템을 뜻합니다."

"왜 나이든 사람은 아닌가요?" 그는 눈을 반짝이면서 말했다. "우리 아이들은 교육 시스템을 통하건 통하지 않건 배우고 있다는 사실을 분명히 말씀드릴 수 있습니다. 이 주변에 있는 아이들은 사내아이든 여자아이든 모두 수영을 할 줄 압니다. 숲에서 작은 망아지를 타고 노는 데도 익숙하고요. 저기 그런 아이가 하나 있네요! 그리고 모두 요리를 할 줄 압니다. 좀 큰 아이는 풀베기를 할 수 있고, 지붕을 덮는 일이나 목공 일도 할 줄 압니다. 또는 상점을 경영하는 방법을 아는 아이도 있습니다. 나는 당신에 아이들이 많은 것을 알고 있다고 말할 수 있습니다."

"잘 알겠습니다. 그러나 그들의 지적 교육, 다시 말해 그들에게 정신을 가르치는 것은……." 나는 친절하게 내가 사용한 단어의 뜻풀이까지 해가면서 말했다.

"손님! 아마 당신은 내가 방금 말한 것들을 아직 익히지 않으셨을 겁니다. 그렇더라도 그런 것을 하기에는 특수한 기술이 필요 없고 그런 작업에는 그다지 정신을 사용하지 않는다고 지레짐작하지는 않으시겠지요. 만약 당신이 도시트셔(Dorsetshire)의 소년이 지붕을 이는 모습을 본다면 생각을 바꾸실 겁니다. 아마도 당신은 책을 통한 학습에 대해 말하고 계신 듯한데 그것은 간단합니다. 모든 아이들이 다 그런 것은 아니지만, 대부분의 아이들은 여기저기 흩어져 있는 책을 보고 네 살까지는 글을 읽을 줄 알게 됩니다. 쓰기의 경우 우리는 아이들이 너무 빨리 아무렇게나 쓰게 하지 않습니다. 쓰기를 너무 빨리 시작하면 보기 싫은 서투른 글씨를 쓰는 버릇이 생기기 때문이지요. 거친 글씨라면 얼마든지 쉽게 인쇄할 수 있는 시대에 서투른 글씨쓰기를 해서 뭐하겠습니까? 우리는 글씨를 아름답게 쓰는 것을 좋아합니다. 그래서 책을 만들 때도 많은 사람들이 스스로 혹은 다른 사람의 손을 빌려 직접 글을 쓰지요. 물론 이는 시나 시와 유사한 글을 담은 책이 단지 몇 권 정도만 필요할 경우의 이야깁니다. 잠시 말이 샜군요. 용서하십시오. 저 자신이 쓰기에 관심을 가지고 그것을 잘하는 사람이기에 이런 말을 하게 됐습니다." 그가 말했다.

"그러면," 내가 말했다. "아이들이 읽고 쓰기를 익힌 뒤에 다른 것은 공부하지 않습니까? 가령 언어라든가."

그러자 그가 대답했다. "물론 하지요. 경우에 따라서는 읽을 수 있게 되기 전부터 바다 건너에서 사용되는 언어 가운데 우리에게 가장 가까운 언어인 프랑스어를 말할 수 있게 되고, 대륙의 많은 지역이나 대학에서 사용되는 독일어도 할 줄 알게 됩니다. 이런 것들이 영어나 웨일스어, 또는 웨일스어의 변종인 아일랜드어와 함께 이 섬나라에서 지금 우리가 사용하는 주된 언어들입니다. 아이들은 그 언어들을 매우 빨리 익힙니다. 함께 생활하는 어른들이 모두 그 언어들을 알고 있는데다가 바다 건너에서 오는 손님들이 아이들을 데리고 오면 그 아이들과 우리 아이들이 함께 모여 서로 자신들의 언어를 섞어 쓰기 때문이지요."

"그렇다면 더 오래된 언어는?" 내가 물었다.

"아, 네. 아이들이 단순히 현대어를 익히는 것 이상의 다른 것도 하고자 한다면 현대어와 함께 라틴어와 그리스어도 배우게 합니다." 그가 대답했다.

"그러면 역사는? 여기서는 역사를 어떻게 가르칩니까?" 나는 또 질문을 했다.

"글쎄요. 읽을 수 있게 되면 물론 자신이 좋아하는 것을 읽지요. 그리고 이러저러한 문제에 대해 읽어야 할 가장 좋은 책을 추천해줄 사람이나, 읽고 있던 책에서 이해할 수 없는 부분에 대해 설명을 해줄 사람을 쉽게 만날 수 있습니다." 그가 말했다.

"그것 말고 더 배우는 것은 없나요? 아이들이 역사만 공부하지는 않을 텐데." 내가 말했다.

"물론입니다. 그 수가 많을 것 같지는 않습니다만, 역사에 관심이 없는 아이들도 있습니다. 사람들이 역사에 큰 관심을 갖는 시대는 대부분 동란과 투쟁, 그리고 혼란의 시대라는 말을 증조부로부터 들은 적이 있습니다. 그러나 아시다시피," 나의 친구는 다정한 미소를 지으면서 말을 이었다. "지금은 그런 시대가 아닙니다. 아니, 많은 사람들은 사물과 상황의 생성과정과 원인, 그리고 그 결과에 관한 사실을 연구합니다. 그런 연구가 올바르게 행해진다면 지식이 우리를 풍요롭게 합니다. 그리고 어떤 사람들은 당신이 아까 만난 친구 봅처럼 수학을 하는 데 자기 시간을 쓰기도 합니다. 사람들에게 취향을 강요하는 것은 무익한 일입니다."

내가 말했다. "설마 아이들이 그 모든 것을 다 공부한다는 말은 아니지요?"

그가 말했다. "그건 아이에 따라 다르겠지요. 각각 개별차가 무척 크니까요. 보통 아이들은 열다섯 살 이전까지는 책을 많이 읽지 않습니다. 두세 가지의 이야기책을 읽는 정도에 그치지요. 우리는 아이들이 일찍부터 책을 좋아하도록 권장하지 않습니다. 다른 사람보다 빨리 독서에 관심을 보이는 아이들이라 해도 예외는 아닙니다. 너무 어릴 때부터 책을 많은 책을 읽는 것은 그리 좋지 않습니다. 그러나 책을 읽지 못하도록 방해하는 것도 무익한 일이겠지요. 보통 책 읽기는 오래 지속되지 않고, 스무 살이 되기 전에 누구나 자신의 수준을 알게 됩니다. 아시다시피 아이들은 대부분 주위 어른을 닮는 경향이 있어서 그들이 건축, 도로 포장, 정원 가꾸기와 같은 일을 진심으로 즐기는 것을 보게 되면 그것이야말로 자신이 하고 싶은 일이라고 생각하게 됩니다. 그래서 저는 책을 통해 공부를 하는 사람이 꽤 많아지더라도 두려워할 필요는 없다고 생각합니다."

내가 무슨 말을 할 수 있겠는가? 나는 자칫 새로운 혼란에 빠지게 될까 두려워 침묵을 지키며 앉아 있었다. 그리고 늙은 말이 저렇게 걸어가서야 언제 런던 시내에 들어갈 수 있을지, 그리고 그곳은 어떨지를 생각하면서 온 힘을 다해 눈을 굴리며 주위를 두리번거렸다.

그러나 나의 친구는 그 이야기를 그만둘 생각이 전혀 없는 듯 생각에 잠겨 말을 이어갔다.

"그러니까 저는 설령 아이들이 책을 좋아하는 연구자로 성장해도 그것이 그들에게 커다란 해악을 끼친다고는 생각하지 않습니다. 다른 사람들이 찾지 않는 일을 하는 사람들이 매우 행복해 하는 것을 보는 것도 지극히 즐거운 일이지요. 나아가 그런 연구자들은 일반적으로 매우 유쾌한 사람들입니다. 매우 친절하고 기질이 부드러우며 겸손하고, 동시에 그들이 알고 있는 모든 것을 다른 사람들에게 가르치는 일에도 매우 열성적입니다. 저는 지금까지 수없이 만난 그런 사람들을 정말로 좋아합니다."

나는 이 알 수 없는 이야기에서 벗어나기 위해 말머리를 돌려 다른 질문을 하려고 했다. 그런데 바로 그때 우리는 언덕의 꼭대기에 이르렀다. 오른쪽 아래 숲 사이에 길게 누워 있는 공터에 당당하게 서 있는 건물이 눈에 들어왔다. 나는 그 윤곽이 너무 친숙해 소리쳤다. "웨스트민스터 사원(Westminster Abbey)[45]이다!"

"맞습니다. 웨스트민스터 사원, 그 잔해입니다." 디크가 말했다.

"도대체 무슨 짓을 한 거지요?" 나는 깜짝 놀라서 말했다.

"무엇을 했냐고요?" 그가 말했다. "별로 한 것이 없습니다. 단지 그것을 깨끗이 했을 뿐이지요. 그런데 보시다시피 외부는 몇 세기 전에 이미 모조리 파손됐습니다. 내부 쪽은, 중조부 말씀에 따르면 한때 그곳에 가득 차 있던, 바보와 악당들을 기리는 야만적인 기념비에 대한 대청소가 백여 년 전에 이루어진 뒤에는 그 아름다움이 보존돼 있습니다."[46)]

우리는 좀 더 앞으로 나아갔다. 나는 오른쪽을 보면서 더욱 의아한 목소리로 말했다. "저것은 국회의사당이었지요. 당신들은 저것을 아직도 사용하고 있습니까?"

그가 웃음을 터뜨렸다. 얼마 뒤 겨우 자신을 추스른 그는 내 등을 툭 치면서 말했다.

"이웃! 무슨 말씀인지 알 만합니다. 아마도 우리가 저것을 그대로 놔두고 있는 게 매우 이상하게 여겨지시겠지요. 저도 저곳에 대해서는 조금 압니다. 제 친척 어르신이 저곳에서 행해진 기묘한 게임에 대해 쓴 책 몇 권을 제게 주셨거든요. 저것을 지금도 사용하느냐고요? 그렇습니다. 지금 저것은 일종의 보조시장과 거름창고로 사용되고 있습니다. 강변 쪽에 있기 때문에 그런 데 사용하기에 편리합니다. 우리 시대의 초기에는 분명히 저것을 헐어버릴 작정이었습니다. 그러나 과거에 약간 좋은 일을 한 바 있는 이상한 고물연구가협회[47)]가 국회의사당을 허는 것에 반대하고 나섰다더군요. 그 협회는 대부분의 사람들이 무가치하다고 보거나 공해라고 인정한 다른 많은 건물들에 대해서도 마찬가지 행동을 했습니다. 그 협회는 꽤나 열심이었고, 그럴듯한 이유도 내세워 사람들의 지지를 받았습니다. 결과적으로는 저도 그렇게 되어 기쁩니다. 왜냐하면 저 우스꽝스러운 과거의 건축물이 아무리 나쁘다 해도 지금 우리가 짓는 아름다운 건축물을 더욱 돋보이게 하는 역할은 하기 때문입니다. 이 주변에서 그런 모습을 보시게 될 겁니다. 가령 제 증조부가 사는 곳이라든가 세인트 폴 대성당(St. Paul's Cathedral)[48] 같은 큰 건축물들이지요. 그렇지만 볼품없는 건물이 몇 채 세워져 있다고 해서 불평할 필요는 없습니다. 건축물은 다른 곳에 언제든 세울 수 있지 않습니까. 또한 그런 즐거운 일을 일부러 만들어 내려고 할 필요도 없습니다. 굳이 일을 만들지 않아도 새로 지은 건축물에는 언제나 일할 거리가 넘쳐나기 때문이지요. 건축물의 내부에는 일을 할 공간이 많기 때문에 부득이할 경우에는 외부의 공간을 희생시켜도 괜찮다고 저는 생각합니다. 건축물에는 장식도 할 수 있는데 우리는 그에 대해 보다 적극적인 관심을 가질 필요가 있습니다. 주택은 매우 쉽게 장식을 할 수 있는 반면 회의장으로 사용되는 홀이나 시장의 건축물은 그렇지 못합니다. 증조부는 가끔 저에게 건축물을 아름답게 짓고 장식하는 문제에 대해 제가 좀 집착하는 경향이 있다고 하십니다. 하지만 사실 저는 인간의 에너지는 바로 그런 일을 하는 데 특히 유용한 것이라고 생각합니다. 다른 많은 것에는 한계가 있지만, 이 방면으로는 그 일에 끝이 없기 때문이지요."

6
간단한 쇼핑

그가 그렇게 말하는 동안 우리는 별안간 숲에서 벗어나, 훌륭하게 지어진 집들이 늘어선 짧은 길에 이르렀다. 나의 동료가 곧바로 피커딜리(Piccadilly)[49]라고 말해주었다. 집들의 아래층에는 상점이라고 부를 만한 것들이 있었다. 만일 그 상점들을 보지 못했다면, 나는 그동안 본 것들로만 판단해 이곳 사람들은 물건을 사고파는 방법을 모른다고 생각했으리라. 인테리어가 멋진 각 상점 입구에는 손님을 유혹할 만한 디스플레이가 돼 있었고, 사람들은 밖에 서서 물건을 바라보거나 안으로 들어가 물건을 산 후 매우 만족스럽다는 듯 그것을 팔에 걸고 나왔다. 거리 양쪽에는 보행자를 위한 우아한 회랑이 고대 이탈리아 도시의 그것처럼 이어져 있었다. 거리 안쪽으로 반쯤 걸어 들어가자 예상했던 대로 거대한 빌딩이 보였다. 그 빌딩은 일종의 이 거리의 중심이자 특별한 공공건물인 것 같았다.

디크가 말했다. "이곳은 다른 대부분의 시장들과는 다른 목적으로 조성된 시장입니다. 저 건물들의 위층은 게스트 하우스로 사용됩니다. 각지에서 온 사람들이 자주 이곳에 모이기 때문이지요. 그 시기에 거리는 사람들로 가득 차는데 그 군중을 좋아하는 사람들도 있습니다. 저는 비록 그렇지 않습니다만."

나는 전통이 이렇듯 길게 이어진 것을 보고는 미소 짓지 않을 수 없었다. 여기서는 과거 런던의 환영이 하나의 중심, 필시 하나의 지적 중심으로 지금도 여전히 스스로를 주장하고 있었다. 그러나 나는 그에 대해서는 아무 말도 하지 않고, 상점에 진열된 아름다운 물건들을 볼 수 있도록 마차를 천천히 몰아달라는 말만 했다.

디크가 말했다. "이곳에서는 아름다운 물건들, 호화로운 고급품을 주로 팝니다. 양배추나 순무, 맥주나 값싼 포도주 따위를 사려면 근처에 있는 '의회시장'을 이용하면 됩니다."

그러면서 그는 호기심에 가득 찬 눈으로 나를 바라보며 말했다. "혹시 간단하게 쇼핑 한번 해보고 싶지 않으세요?"

나는 여태껏 시민들을 만나면서 그들의 화려한 복장과 내 복장을 많이 비교해 봤기 때문에 내가 입고 있는 거친 푸른 옷에 신경이 쓰였다. 이곳 사람들의 눈에는 내가 매우 특이해 보일 게 분명했다. 나는 그런 내 모습이 이 나라 사람들의 흥미를 끌지언정 막 짐을 부린 배의 경리 담당 사무장처럼 보이지는 않기를 바랐다. 그러나 그동안 여러 차례 경험했음에도 불구하고 내 손은 또다시 주머니로 들어갔다. 실망스럽게도 손에 만져진 금속은 두 개의 녹슬고 낡은 열쇠뿐이었다. 나는 해머스미스의 게스트 홀에서 아름다운 애니에게 보여주기 위해 주머니에서 꺼냈던 동전들을 그곳에 그냥 놔두고 왔음을 알아차리고는 안색이 좀 어두워졌다. 그런 나를 보며 디크가 소리 높여 물었다.

"대체 무슨 일입니까? 무슨 걱정이라도 있는 건가요?"

"아닙니다. 근데 잃어버린 게 있어서." 내가 말했다.

"그래요? 무엇을 잃어버렸든 이 시장에서 다시 구할 수 있을 테니 걱정일랑 붙들어 매세요." 그가 말했다.

그때 나는 정신을 차리고 이 나라의 놀라운 풍습을 머릿속에 떠올렸다. 사회경제학이나 에드워드 왕조의 주화에 대해 또 한 차례의 강의를 하고 싶지는 않았다.[50] 그래서 나는 그냥 이렇게 말했다. "제 옷, 보시다시피 이런 제 옷을 어떻게 할까요? 어떻게 하면 좋을까요?"

그는 웃을 기미는 전혀 보이지 않고 그야말로 진지하게 말했다. "아! 아직은 새 옷으로 바꿔 입지 마세요. 말씀드렸다시피 저의 증조부는 고물연구가여서 지금 그대로의 당신 모습을 보고 싶어 하실 겁니다. 그리고 설교할 생각은 아닙니다만, 지금 당신이 자신을 다른 사람들과 똑같이 만들어 당신의 복장을 바라보는 사람들의 즐거움을 빼앗는다면, 그것은 결코 옳다고 할 수 없습니다. 그렇지 않습니까?"

아름다움을 사랑하는 사람들을 위해 자신을 구경거리로 놔둬야 할 의무는 내게 없었다. 나는 그의 말에 무언가 뿌리 깊은 편견이 담겨 있다고 생각했다. 하지만 이 새 친구와 논쟁을 해봐야 소용이 없다는 생각이 들어서 그냥 "아무렴요, 그래요, 그래"라고 말해 버렸다.

그러자 그가 즐겁게 말했다. "자, 당신은 저 상점들 안이 어떻게 돼 있는지 궁금하시죠? 원하는 물건이 있으세요?"

나는 말했다. "담배와 담뱃대를 구할 수 있을까요?"

"물론이죠. 지레짐작하지 않고 당신한테 직접 여쭤보길 잘했군요. 그래요, 봅이 늘 제게 말하는 것처럼 비흡연자는 이기주의자일지도 모르지요. 어쨌든 들어갑시다. 여기는 정말 편리한 곳이에요." 그가 말했다.

그는 고삐를 당기고 뛰어내렸고, 나도 마차에서 내렸다. 그때 무늬가 그려진 실크 옷을 멋있게 걸친 매우 아름다운 여성이 천천히 지나가며 상점의 창문을 들여다보고 있었다. 디크가 그녀에게 말했다. "아가씨, 우리가 잠시 상점 안에 들어가 있는 동안 이 말 고삐를 잡고 계셔 주시지 않겠습니까?" 그녀는 우리에게 친절하게 미소지으며 아름다운 손으로 말을 쓰다듬었다.

"참으로 아름답지요?" 상점 안으로 함께 들어가면서 내가 디크에게 말했다.

"네? 저 잿빛 말 말입니까?" 그가 씩 웃으며 말했다.

"아니, 아니요. 저 금발 미인 말입니다." 내가 말했다.

"아! 아름답네요. 청년들이 모두 미인과 사귈 수 있을 만큼 미인이 많다는 것은 참으로 다행입니다. 그렇지 않으면 미인을 둘러싼 싸움이 벌어지겠지요. 사실," 이렇게 말하며 그는 매우 진지한 표정을 지었다. "지금도 가끔은 그런 일이 생기긴 합니다. 아시다시피 사랑에 빠지면 분별력을 제대로 발휘할 수 없고, 사랑한다면서 고집과 억지를 부리는 경우가 도덕군자들이 생각하는 정도보다 더 흔하지요." 그는 더욱 엄숙한 어조로 말을 덧붙였다. "바로 한 달 전에 우리에게 불운한 일이 생겨 결국 두 남자와 한 여자가 목숨을 잃었답니다. 마치 태양이 잠시 우리에게서 사라진 것처럼. 나중에 다시 이야기할 테니 지금은 그 일에 대해 더 이상 묻지 말아 주세요."

그때 우리는 막 상점 안으로 들어섰다. 카운터와 선반이 설치된 그 상점은 화려하지는 않았으나 매우 깔끔했다. 그 외에는 내가 이전에 보았던 상점과 특별히 다른 점이 없었다. 그곳에는 두 아이가 있었다. 한 아이는 갈색 피부를 가진 열두 살가량의 사내아이였는데 앉아서 책을 읽고 있었고, 다른 한 아이는 그보다 한 살쯤 많아 보이는 귀여운 소녀였는데 카운터 뒤에 앉아서 역시 책을 읽고 있었다. 그들은 남매인 게 분명했다.

"안녕, 어린 이웃들. 여기 내 친구가 담배와 담뱃대를 원하는데, 있니?" 다크가 말했다.

"네, 그럼요." 여자아이가 사람들을 즐겁게 해주는 품위 있는 기민함을 보이며 말했다. 사내아이가 얼굴을 들고 외국인 같은 내 복장을 바라보다가, 마치 자신이 점잖지 못하게 행동한 것을 알았다는 듯 이내 얼굴을 붉히고는 머리를 돌렸다.

"손님!" 여자아이가 상점을 지키며 노는 아이치고는 근엄한 표정을 지으며 말했다. "어떤 담배를 좋아하세요?"

"라타키아(Latakia)."[51] 나는 한편으로는 아이들의 장난을 거드는 기분으로, 다른 한편으로는 혹시 가짜를 갖다주지 않을까 걱정하면서 대답했다.

그러나 여자아이는 자기 옆의 선반에서 고상하게 보이는 작은 바구니를 꺼내어 들고 항아리 쪽으로 가더니 항아리에서 상당량의 담배를 꺼내 바구니에 담더니 그 바구니를 내 앞의 카운터 위에 올려놓았다. 나는 냄새와 모양으로 그것이 최상품의 라타키아임을 알 수 있었다.

"저울에 달아봐야 하지 않니? 내가 그것을 얼만큼 가져갈 수 있을까?" 내가 물었다.

"네?" 소녀가 말했다. "손님 가방에 가득 채우시는 게 좋겠어요. 라타키아를 구할 수 없는 곳에 가시게 될 수도 있으니까요. 그런데 가방은 어디 있지요?"

나는 염색된 무명 천 조각으로 만들어진 내 담뱃주머니를 끄집어냈다. 소녀가 다소 경멸하는 듯한 눈길로 그것을 바라보며 말했다.

"손님, 제가 그 무명 주머니보다 더 좋은 것을 드릴게요." 그러고 나서 소녀는 가벼운 발걸음으로 진열장 쪽으로 갔다가 다시 돌아왔다. 여자아이가 남자아이를 곁을 지나가면서 그의 귀에 뭔가 속삭이자 그는 고개를 끄덕이고 일어서서 밖으로 나갔다. 여자아이는 화려한 자수가 수놓인 붉은 모로코가죽으로 만든 가방을 손에 들고 말했다. "자, 여기요. 손님을 위해 골랐어요. 아름다운데다 담배도 많이 담을 수 있을 거예요."

소녀는 그 가방에 담배를 담아 내 곁에 놓으면서 말했다. "다음은 담뱃대지요? 그것도 제가 고르게 해주세요. 방금 들어온 멋진 담뱃대가 세 개 있어요."

소녀는 다시 사라졌다가 잠시 후 대통이 큰 담뱃대를 손에 들고 돌아왔다. 그것은 견고한 나무를 매우 정교하게 조각해서 거기다 작은 보석이 점점이 뿌려진 황금을 박아 넣은 것이었다. 한 마디로 내가 지금까지 본 적이 없는 아름답고 화려한 장난감 같았다. 일본제 세공품 같기도 했지만, 그보다 더 훌륭했다.

나는 담뱃대에서 눈을 떼지 못한 채 말했다. "이것은 내게 너무 과하다 싶을 만큼 훌륭하구나! 아니, 세계를 지배하는 황제가 아닌 다음에야 누구에게나 과분할 것 같구나. 게다가 나는 그것을 잃어버리게 될 거야. 나는 언제나 담뱃대를 분실하곤 하니까."

소녀는 약간 당황스러워하며 물었다. "마음에 들지 않으세요?"

"그런 건 아니란다. 마음에는 들어." 내가 말했다.

"그럼, 그냥 갖고 가세요. 그리고 분실은 걱정하지 마세요. 설령 잃어버린다 해도 아무 상관 없어요. 분실된 것은 분명 누군가가 주워 사용할 테고, 손님은 다른 것을 다시 가지실 수 있어요." 소녀가 말했다.

나는 아이에게서 그것을 받아 들고 바라보면서 신중함을 잃고 말했다. "그런데 이렇게 좋은 물건을 갖고 가려면 돈을 얼마나 내야 하니?"

그때 디크가 내 어깨에 손을 얹었다. 돌아보는 내게 그는 우스꽝스러운 눈짓을 지어보였다. 그의 눈짓은 이 나라에서 사라진 상도덕을 내가 다시 끄집어내는 데 대해 경고하고 있었다. 나는 얼굴을 붉히며 말을 멈추었다. 그러는 동안 아이는 정말 심각한 얼굴로, 마치 전혀 이해할 수 없는 터무니없는 말을 하는 외국인을 바라보듯 나를 바라보았다.

"너무나 고맙구나." 나는 결국 목메어 말하면서 주머니에 담뱃대를 집어넣었지만, 마음 한편으로는 이런 일로 판사 앞에 불려 가지는 않을까 하는 걱정이 들기도 했다.

"고맙다니요, 천만의 말씀이에요." 어린 여자아이는 매우 세련된, 그리고 마치 어른 같은 태도로 말을 계속했다. "손님 같은 노신사 분께 봉사하게 되어 기뻐요. 게다가 손님이 해외에서 오셨다는 것을 누구라도 금세 알 수 있으니 더욱 영광이에요."

"그래. 나는 긴 여행을 했단다."

내가 예의상 이런 거짓말을 할 때 남자아이가 쟁반을 들고 돌아왔다. 그 쟁반 위에는 긴 병 하나와 아름다운 유리잔 두 개가 올려져 있었다. "손님들!" 여자아이가 말했다(여자아이의 동생은 부끄러움을 너무 많이 타서 말은 모두 여자아이가 했다). "가시기 전에 우리를 위해 한 잔 하세요. 왜냐하면 두 분과 같은 손님이 매일 오지는 않으니까요."

남자아이는 쟁반을 카운터 위에 올려놓고 긴 잔에 딸기색 포도주를 조심스레 따랐다. 사실 날씨가 더워 너무 목말랐기에 나는 즐겁게 그것을 마셨다. 나는 내가 아직 이 세상에 살아 있고, 라인 강변의 포도가 아직 그 향기를 잃지 않았다고 생각했다. 그것은 고급 스타인버그(Steinberg)[52]였다. 나는 여지껏 그렇게 맛있는 포도주를 마셔본 적이 없었다. 그러면서 나는, 정작 자신이 만든 맛있는 포도주는 마시지 못하고 대신 싸구려 위스키나 마시면서 일을 해야만 하는 노동자들이 없어졌을 텐데 어떻게 그런 맛있는 포도주를 만들 수 있는지를 나중에 디크에게 물어보겠다고 마음먹었다.

"어린 이웃들, 너희도 우리를 위해 한잔 하지 않겠니?" 내가 물었다.

여자아이가 말했다. "저는 포도주를 마시지 않아요. 레모네이드가 더 좋아요. 그렇지만 손님들의 건강을 기원해요."

"저는 진저비어(Ginger Beer)[53]를 더 좋아합니다." 사내아이가 말했다.

그럼 그렇지! 나는 아이들의 입맛은 별로 변하지 않았다고 생각했다. 우리는 그들과 작별하고 상점을 나왔다.

실망스럽게도, 마치 꿈이 변한 듯이 그 아름다운 여인 대신 키 큰 노인이 우리의 말을 돌보고 있었다. 그는 더 이상 기다릴 수가 없게 된 여인을 대신해 자기가 말을 돌보고 있었다고 설명했다. 그는 우리의 얼굴이 실망으로 일그러지는 것을 보자 윙크하며 웃었다. 우리도 함께 웃지 않을 수 없었다.

"어디로 가는 길인가?" 그가 디크에게 물었다.

"블룸즈버리로 갑니다." 디크가 말했다.

"만일 자네들 둘끼리만 있기를 원하는 게 아니라면 나도 함께 가겠네." 노인이 말했다.

"좋지요. 내리시고 싶을 때 말씀해주시면 마차를 세워드리겠습니다. 자, 가시지요." 디크가 말했다.

우리는 다시 출발했다. 시장에서 아이들이 손님을 맞는 것이 일반적이냐고 내가 묻자 디크가 대답했다. "항상 그런 것은 아니지만, 무거운 것을 다루는 경우가 아니면 대개는 그렇습니다. 아이들은 그런 일을 하는 것을 즐거워하고, 그 속에서 유익함을 얻기도 하지요. 여러 가지 물건을 많이 다루면서 그 물건들이 어떻게 만들어지고 어디에서 오는지 등을 배우게 되니까요. 게다가 그런 일은 누구나 할 수 있는 매우 쉬운 일입니다. 우리 시대의 초기에는 태만이라고 불리는 질병에 유전적으로 감염된 사람들이 많았다고 합니다. 그들은 과거의 저 나쁜 시절에 자신을 위해 다른 사람들에게 강제로 노동을 시킨 사람들, 그러니까 역사책에 노예소유자나 노동사용자로 기록된 사람들의 직계 후손이었지요. 태만이라는 병에 감염된 사람들은 그들의 시간 전부를 상점에서 보냈습니다. 그것 말고는 그들이 도움이 될 만한 일이 거의 없었거든요. 사실 한때는 그들이 그런 일을 하도록 강제되었다고 나는 생각합니다. 왜냐하면 그들, 특히 그들 중 여성이 태만이라는 질병에서 벗어나지 못하면 차마 볼 수 없을 정도로 추하게 변하고, 아이를 낳아도 추한 아이를 낳았기 때문입니다. 그러나 다행스럽게도 그런 것은 모두 과거의 일이 되었습니다. 이제 태만이란 질병은 사실상 없어졌고, 일부 남아 있다 해도 약간의 설사약을 복용하는 것만으로도 쉽게 나을 정도로 가볍게만 존재하지요. 지금 그 질병은 우울증(Blue-devils)이라든가 의기소침증(Mulleygrubs)이라고도 불립니다. 이름이 이상하지 않습니까?"

"그렇군요." 나는 심사숙고하면서 말했다. 그러자 노인이 끼어들었다.

"그렇다네. 모든 게 사실이야. 나도 그런 불쌍한 늙은 여자들을 본

적이 있네. 그런데 나의 아버지는 그들이 젊었을 때를 알고 계셨다네. 아버지는 그들이 젊었을 때도 젊은 여성답지 않았다고 말씀하셨지. 그들은 꼬챙이 다발 같은 손, 막대기 같은 초라한 팔, 모래시계 같은 허리, 얇은 입술, 날카로운 코, 창백한 뺨을 지녔다고 하네. 그 여자들은 타인이 자신에 대해 어떤 말이나 행동을 하면 무조건 화내는 듯한 태도를 보였다더군. 모욕을 당했다면서 말이야. 그런 그들이 추한 아이를 낳는 것은 전혀 이상한 일이 아니었지. 왜냐하면 같은 종류의 남자가 아닌 한 어떤 남자도 그런 여자를 사랑할 수 없었기 때문이네. 얼마나 안된 일이었겠나?"

그는 말을 멈추고 잠시 자신의 과거를 음미하는 듯하다가 다시 말했다.

"그리고 아는가? 한때 사람들이 태만이라는 병을 걱정했다는 것을? 그때 우리는 그 병에 걸린 사람들을 치료하기 위해 많은 노력을 기울였다네. 이런 주제에 대한 의학서적을 읽은 적은 없나?"

노인이 나를 보며 물어봤기 때문에 나는 "없습니다"라고 대답했다.

그가 계속해서 말했다. "당시 그 병은 먼 중세의 나병이 일부 살아남아 내려온 것으로 여겨졌지. 사람들은 그 병에 매우 쉽게 감염됐고, 병에 걸리면 오랫동안 격리된 채, 잘 식별되는 이상한 복장을 한 다른 병자들의 보살핌을 받아야 했다네. 그들은 털실로 짠 바지를 입었는데 그 재료는 예전에는 흔히 플러시(plush)라고 불리던 것이었네."

노인의 이야기에 흥미를 느낀 나는 그가 계속 더 많은 이야기를 해주길 바랐다. 그러나 디크는 고대사가 너무 길게 이어지자 싫증을 느끼는 표정이었다. 그는 자기 증조부를 만날 때까지 내가 생생한 컨디션을 유지하기를 바라는 듯했다. 그래서인지 그가 큰 소리로 웃으면서 말했다. "죄송합니다만, 말씀을 방해하지 않을 수 없군요. 일하기를 좋아하지 않는 사람도 있다니 놀랍네요! 너무 이상해요. 어르신도 일하는 것을 좋아하시지요? 가끔은 말이에요." 그는 채찍으로 늙은 말을 부드럽게 때리면서 말을 이었다. "참으로 기이한 질병이군요. 정말이지 의기소침증이라고 불릴 만도 합니다."

그러고는 다시 굉장히 요란하게 웃어댔다. 평소의 예의 바른 모습과는 다르게 다소 지나친 태도인 듯했다. 친구를 위해 나도 함께 웃긴 했지만, 겉으로만 웃었을 뿐이다. 독자 여러분도 충분히 상상할 수 있겠지만, 나는 일하기를 좋아하지 않는 사람이 웃긴다고는 전혀 생각하지 않았기 때문이다.

7
트라팔가 광장

나는 다시금 주변을 바라보기에 바빴다. 피커딜리 시장을 완전히 벗어나 장식이 많고 우아한 집들이 늘어선 지역에 들어섰기 때문이다. 만일 그 집들이 추악하고 과시적이었다면 별장이라고 불렀을 테지만, 전혀 그렇지 않았다. 집들은 모두 세심하게 가꾼, 꽃이 만발한 정원에 둘러싸여 있었다. 정원수에서는 지빠귀들이 더없이 아름다운 목소리로 노래하고 있었고, 여기저기 서 있는 월계수나 드문드문 무리 지은 라임나무를 제외한 나머지 나무들은 모두 과실수 같았다. 특히 체리나무가 많았고, 그루마다 열매가 가득했다. 우리가 정원을 지날 때마다 아이나 젊은 여성이 맛있는 과일이 들어있는 바구니를 건넸다. 이 모든 정원과 집들 속에서 옛 거리의 흔적을 찾기란 불가능했다. 그러나 중심 도로는 옛날 그대로인 것 같았다.

우리는 곧 남쪽으로 약간 경사진 넓은 공간으로 들어섰다. 햇볕이 잘 드는 쪽은 살구나무 위주의 과수 재배지로 이용되고 있었고, 채색과 금박을 한 나무로 만든 작고 아름다운 휴게실 같은 건물이 그 안에 있었다. 과수원 남쪽에서 길이 하나 길게 뻗어 있었고, 키가 크고 늙은 배나무가 그 길 위에 얼룩덜룩한 그림자를 만들어놓고 있었다. 그 도로 끝으로 국회의사당, 즉 이제는 거름시장이 된 건물의 높은 첨탑이 보였다.

묘한 흥분이 밀려왔다. 아름다운 정원 위로 햇살이 부서져내렸다. 나는 잠시 부신 눈을 감았다. 순간, 다른 시대의 변화무쌍한 광경이 주마등처럼 내 눈앞을 스쳐갔다. 높고 추악한 건물들로 둘러싸인 광장. 그 구석에는 추악한 교회[54]가 있었고, 내 등 뒤로는 무어라 말하기 어려울 정도로 추악한 둥근 지붕이 달린 건물[55]이 있었다. 거리는 땅에 젖고 흥분한 군중으로 붐비고 있었고, 그 주위에서 구경꾼들이 승합마차들에 가득 탄 채 바라보고 있었다. 중앙에는 분수가 있었고, 포장된 광장에는 푸른 옷을 입은 남자들과 지극히 추악한 수많은 청동 조각들이 서 있었다(그중 하나는 높은 원기둥[56]의 꼭대기에 있었다). 푸른 옷의 거대한 남자들이 4열로 서서 도로를 메우고 그 광장을 지키고 있었다. 그리고 남쪽 도로 건너편에는 일단의 기마대 헬멧들이 싸늘한 11월 오후의 어두침침한 회색 속에서 탁한 백색을 띠고 있었다.[57]

나는 다시 눈을 뜨고 햇볕을 받으며 주위를 둘러보았다. 그리고 속삭이는 나무들과 향긋한 꽃들 속에서 소리쳤다. "트라팔가 광장(Trafalgar Square)이다!"[58]

디크가 고삐를 당기며 말했다. "네, 그렇게 불리지요. 우스꽝스러운 이름이라고 느끼시는 것도 당연합니다. 그러나 결국은 누구도 그 이름을 바꾸려 하지 않았습니다. 아무런 뜻도 없는 어리석은 이름이어야 말썽을 일으키지 않기 때문이었겠지요. 그러나 가끔 저는 1952년에 여기서 벌어진 거대한 싸움을 기념하는 이름을 붙여도 좋으리라고 생각합니다. 만일 역사가가 거짓말을 한 게 아니라면 그 싸움이야말로 정말로 중요한 사건이었기 때문입니다."

노인이 끼어들었다. "역사가는 대개 거짓말을 하네. 적어도 과거에는 그랬다네. 자네들은 어떻게 생각하나? 나는 제임스(James)의 《사회민주주의사(Social Democratic History)》라는 바보 같은 책에서 정확한 날짜는 기억이 안 나는데 1887년께 여기서 벌어진 투쟁에 대해 엉망진창으로 설명해놓은 것을 읽은 적이 있네. 그 책에 의하면 어떤 사람들이 여기서 자치회의라는 것을 열려고 하자 런던 시청과 시의회, 위원회, 또는 어설프게 음모한 바보들의 야만적인 집단들이 무장을 하고는 시민들(당시에 그들은 이렇게 불렀네)을 습격했다고 하네. 그러나 그 내용은 진실이라고 믿기에는 너무 터무니없어. 게다가 그 책은 당시 특별한 일은 전혀 발생하지 않았다고 설명하고 있네. 사실이라고 믿기에는 정말 터무니없는 설명이지, 암."

"그러니까…" 나는 말했다. "제임스의 글이 다 틀린 것은 아닙니다. 적어도 어르신께서 인용하신 부분은 사실입니다. 그러나 싸움이 전혀 없었다든가, 무장하지 않은 평화로운 사람들이 곤봉으로 무장한 폭도에게 습격당하기만 했다는 부분은 사실과 다릅니다."

"그렇다면 사람들이 그냥 참고 있었다는 말입니까?" 디크가 그 온

화한 얼굴에 처음으로 불쾌한 표정을 지으며 말했다.

나는 얼굴을 붉히며 답했다. "우리는 참지 않을 수 없었습니다. 어쩔 수 없었어요."

노인은 날카로운 눈빛으로 나를 쳐다보며 말했다. "자네는 그 일에 대해 많은 것을 알고 있는 것 같군. 그때 아무 일도 일어나지 않았다는 게 사실인가?"

"그로부터 생겨난 일은 … 많은 사람들이 감옥에 갇혔다는 겁니다."

"곤봉으로 때린 사람들이 말이오? 나쁜 놈들!"

"아니, 아닙니다. 곤봉에 맞은 사람들이 갇혔다는 말입니다."

그러자 노인이 황당하다는 듯 말했다. "이보게, 자네는 시시껄렁한 거짓 기록을 읽고서는 너무나 쉽게 그것을 믿은 것 같군."

"분명히 말씀드리지만, 제 말은 다 사실입니다."

"알았네, 알았어. 자네가 그렇게 생각한다는 것을 잘 알겠네. 무얼 믿고 그리 호언장담하는지는 모르겠네만." 노인이 말했다.

나는 그 이유를 설명할 수 없었기에 말문을 닫았다. 그동안 미간을 찌푸리고 생각에 잠겨 앉아 있던 디크가 마침내 천천히, 그러나 매우 슬프게 말했다.

"그들도 우리와 같은 사람들이었을 텐데, 이 아름답고 행복한 나라에 살면서 우리와 같은 감정과 기분을 가졌을 텐데 그런 지독한 짓을 했다니 정말 이해할 수 없군요."

나는 설교조로 말했다. "그래요. 하지만 알고 보면 그 시대도 그 이

전의 시대와 비교하면 크게 개선된 시대였습니다. 두 분은 중세 또는 그 시대 형법의 잔인함에 대해 읽은 적이 없습니까? 당시 사람들은 동포를 고문하는 것을 공공연히 즐겼다고 합니다. 그 점에서 그들은 신을 고문자나 간수 정도로 만들었지요."

"그런가요?" 디크가 말했다. "그 시대에 대한 좋은 책들이 있고, 나도 그중 몇 권은 읽었습니다. 그러나 19세기가 크게 개선된 시대였다는 말씀은 받아들일 수 없습니다. 결국 당신이 중세 사람들의 신에 관해 한 말(그것은 사실이지요)대로 그들은 양심에 따라 행동했고, 그들이 타인에게 부과한 것이 자신들에게 그대로 부과되는 것을 기꺼이 감수했지요. 반면 19세기 사람들은 위선자들이어서 겉으로는 인도적인 체하면서 자기들이 고문을 가하고자 하는 사람들을 감옥에 집어넣고 계속 고문을 가했습니다. 그것도 단지 자기들이 감옥의 주인이 되겠다는 것 외에는 다른 이유도 전혀 없이……. 아! 생각하는 것만으로도 끔찍합니다."

"그러나 필경 그들은 감옥이 어떤 곳인지 몰랐을 겁니다."

디크는 흥분했고, 심지어 성을 내는 것처럼 보였다. "그렇다면 더욱 부끄러운 일이지요. 이제 세월이 흘러 당신과 내가 그것을 모두 알고 있습니다. 보십시오, 친구. 그들 역시 감옥이라는 것은 최선의 경우에도 국가에 치욕이지만 자기들의 시대에 그것이 최악의 것에 접근했다는 사실을 몰랐을 리 없습니다."

"그런데 여기는 감옥이 전혀 없습니까?" 내가 물었다.

이 말을 입 밖에 내자마자 나는 실수했다는 걸 깨달았다. 디크는 얼굴을 붉히며 미간을 찌푸렸고, 노인은 고통스러울 정도로 놀란 것처럼 보였기 때문이다. 디크는 그래도 자제하면서 분노에 찬 목소리로 말했다.

"뭐라고요? 어떻게 그런 질문을 할 수 있습니까? 정말로 믿을 만한 책들의 의심할 바 없는 증언을 토대로, 그리고 상상력을 덧붙여 말씀드리면, 감옥이란 게 도대체 어떤 곳인지는 우리도 압니다. 당신은 길이나 거리에서 만난 사람들이 얼마나 행복해 보이는가를 말씀하셔서 특히 제 주의를 끌지 않았습니까? 만일 그들이 자기 이웃이 감옥에 갇혀 있음을 알고도 그런 상황을 그저 조용히 참고 있는 상황이라면, 과연 그렇게까지 행복한 얼굴을 할 수 있을까요? 더군다나 만일 감옥에 사람들이 갇혀 있다면, 가끔씩 일어나는 살인사건을 은폐하듯 그 사실을 은폐할 수는 없습니다. 가끔씩 일어나는 살인사건은 감옥이라는 제도와는 달리 사람들이 그 살인범을 철면피하게 뒷받침하는 가운데 계획적으로 저질러지는 게 아닙니다. 그러나 감옥이란 정말로……. 아! 안 됩니다. 안 돼요."

그는 말을 멈추고 냉정해지면서 부드럽게 말했다. "용서하세요! 지금은 있지도 않은 감옥 때문에 제가 흥분할 필요는 없었는데 잠시 이성을 잃었습니다. 그렇다고 저를 나쁘게 생각하지는 않으셨으면 합니다. 물론 외국에서 온 당신이 이런 일들을 이해하실 거라 기대하는 것은 무리겠지만……. 여하튼 불편하게 해드려서 죄송합니다."

그가 나를 다소 불편하게 한 것은 사실이었다. 그러나 나는 흥분했을 때도 관대한 모습을 보여준 그가 더욱 좋아졌다. "아닙니다. 참으로 바보 같은 소리를 한 제가 잘못입니다. 화제를 바꿉시다. 우리 왼쪽 플라타너스 숲 끝에 보이는 저 당당한 건물은 무엇입니까?"

"아! 그것은 19세기 전반에 세워진 오래된 건물입니다. 보시다시피 그다지 아름답지도 않고, 기묘한 양식으로 지어졌습니다. 그러나 안은 훌륭한 것들로 채워져 있지요. 그 대부분은 그림으로 매우 오래된 것도 있습니다. 국립미술관(National Gallery)[59]이라고 부르는데, 나는 가끔 그 이름이 무슨 뜻인지 이리저리 생각해보곤 합니다.[60] 어쨌든 그림을 골동품으로 영구히 보관하는 곳은 어디나 그렇게 불리고 있으니, 아마도 그런 관례에 따른 이름이겠지요. 우리나라에는 곳곳에 그런 곳들이 있습니다."

그를 가르치는 게 너무 힘들어서 나는 설명을 포기하고 대신 멋진 담뱃대에다 담배를 꽂아 피웠다. 말이 다시 달리기 시작했을 때 나는 이렇게 말했다.

"이 담뱃대는 매우 정교한 장난감 같네요. 이 나라 사람들은 매우 합리적이고 건축물도 아주 훌륭합니다. 그래서인지 이렇게 작은 것도 만들어낸다는 게 좀 신기하군요."

그 좋은 선물을 받고서 이런 말을 한 것이 은혜를 모르는 태도라는 생각이 불현듯 들었다. 그러나 디크는 나의 무례함을 의식하지 못한 듯 말했다.

"글쎄요. 잘 모르는 저도 그게 멋지다는 것만큼은 확실히 알겠습니다. 만일 사람들이 그런 것을 좋아하지 않는다면 만들 필요가 없겠지만, 좋아하는 사람이 있는데도 그것을 만들지 않을 이유는 없지요.

만일 조각가들이 많지 않다면 그들은 모두 당신이 건축이라고 부르는 일에만 열중할 것이고, 그렇게 되면 이런 장난감(좋은 말입니다)은 아마 만들어지지 않겠지요. 그러나 조각을 할 수 있는 사람은 아주 많습니다. 사실 거의 모든 이들이 조각을 할 줄 알지요. 하지만 이런 일감은 아주 드물기 때문에, 또 이런 일감이 더 줄어들까 걱정돼서 사람들은 이런 작은 일도 마다하지 않는 거랍니다."

그는 굳은 얼굴로 생각에 잠기는가 싶더니 곧 밝은 얼굴로 말했다. "여하튼 그 담뱃대가 깔끔하고 부드럽게 조각된 매우 아름다운 물건이라고 당신도 생각하시는 게로군요. 담뱃대치고 너무 정교하다고 하시겠지만, 그래도 아주 아름답지요."

"용도에 비해서는 값이 너무 비쌀 것 같은데요." 내가 말했다.

"무슨 말씀이신지?"

내가 그를 이해시키기 위해 성과도 없을 노력을 시작하려 할 때 우리는 산처럼 거대한 건물의 입구에 도착했다. 그 안에서는 어떤 작업이 이루어지고 있었다. "저것은 무슨 건물입니까?" 내가 매우 궁금해하며 물었다. 모든 낯선 것들 가운데 약간 눈에 익은 듯한 것을 보게 돼 반가웠기 때문이다. "공장 같아 보이는데."

"맞습니다. 당신이 말한 공장이 무엇을 뜻하는지 압니다. 저것이 바로 그것입니다. 지금은 공장이라고 부르지 않고 집단작업장(Banded-workshop)이라고 부릅니다. 즉 함께 일하고자 하는 사람들이 모인 곳이지요."

내가 물었다. "어떤 동력을 사용하기 위해서 함께 모이나 보군요."

"아닙니다. 사람들은 누구나 또는 적어도 자신이 살고 있는 동네에서 두세 집마다 하나씩은 동력을 갖고 있을 텐데, 왜 군이 동력 사용을 위해 함께 모이겠습니까? 사람들이 집단작업장에 모이는 이유는 함께 일할 필요가 있거나 그렇게 하는 게 편리한 수작업을 하기 위해서입니다. 그런 일은 대부분 매우 즐겁지요. 저곳에서 사람들은 도자기와 유리를 만듭니다. 저기 용광로의 꼭대기가 보이지요? 또한 저곳에는 적당한 크기의 화덕과 가마, 유리 제조용 용해용기가 구비돼 있습니다. 물론 그것들을 이용해 만들어야 할 물건이 많다면 더욱 좋겠지요. 저런 곳은 수없이 많습니다. 만일 항아리 만들기나 유리 불기를 좋아하는 사람이 그 일을 하기 위해 어느 한 곳에서만 살아야 하거나, 그럴 수 없어서 자기가 하고 싶은 일을 하지 못한다면 얼마나 안타깝겠습니까."

"근데 용광로에서 연기가 나지 않는군요."

그러자 다크가 물었다. "연기요? 왜 연기가 나야 하지요?"

나는 침묵했다. 그러자 그가 말을 이었다. "건물 밖은 평범하지만, 안은 훌륭합니다. 저 안에서 하는 작업에 대해 말씀드리자면, 도자기를 만들기 위해 점토를 녹로에 올려놓고 모양을 빚는 것은 굉장히 즐거운 일이지요. 하지만 유리 불기는 땀이 나는 일[61]인데도 어떤 이들은 정말로 그 일을 좋아합니다. 저는 그게 전혀 이상하지 않아요. 뜨거운 금속을 다루는 일도 익숙해지면 거기서 역동감을 느끼게 되니까요. 그 역시 매우 즐거운 일이지요." 그가 웃으면서 계속 말했다. "그 물건들은 사람들이 아무리 소중히 여긴다고 해도 언젠가는 부서

질 것이므로 할일이 언제나 넘쳐난답니다."

나는 생각에 잠겼다.

바로 그때 우리는 도로보수공사하는 곳과 맞닥뜨려 잠시 지체하게 되었다.[62] 하지만 나는 전혀 언짢지 않았다. 지금까지 여름휴가의 한 토막 같은 광경만 보아온지라 그렇잖아도 나는 이곳 사람들이 어쩔 수 없이 해야만 하는 일을 할 때는 어떤 모습인지가 못내 궁금하던 참이었다. 때마침 우리가 그곳에 도착했을 때 그들은 휴식을 취한 뒤 막 작업을 재개하고 있었다. 곡괭이 소리가 생각에 잠긴 나를 깨웠다.

열두어 명가량의 젊고 건장한 남자들로 구성된 도로보수공들은 마치 내가 기억하는 시대에 본 옥스퍼드의 보트 팀처럼 보였다. 그들은 일하는 것을 힘들어하지 않았다. 여섯 살쯤 돼 보이는 사내아이가 그들이 벗어서 길섶에 차곡차곡 개어둔 웃옷을 지키고 있었다. 아이는 털이 짧고 덩치가 큰 개의 한 종류인 마스티프의 목에 팔을 두르고 앉아서 마치 이 여름날이 자기만을 위해 있는 것처럼 행복하게 게으름을 피웠다. 옷 더미에서 황금빛과 실크 장식이 눈에 띄는 것으로 보아 도로보수공들 가운데 몇몇은 해머스미스의 청소부와 같은 취향을 갖고 있는 듯했다 옷 더미 옆에는 차가운 파이와 포도주가 담겨 있음직한 멋지고 큼직한 바구니가 놓여 있었다. 젊은 여자 여섯 명이 도로보수공들이 일하는 모습을 바라보며 서 있었다.

도로보수공들도, 그들이 작업하는 광경도 모두 볼 만했다. 열두 명이나 되는 다부진 체격의 남자들이 너무도 능숙하게 곡괭이질을 하며 땅을 파는 모습은 여름날에는 좀처럼 보기 힘든 멋진 장면이었다.

그들은 자기들끼리 또는 여자들과 즐겁게 웃으며 이야기했다. 그때 그들 중 한 명이 우리가 멈춰 선 것을 보았다. 그는 곡괭이질을 멈추고 큰 소리로 말했다.

"어이, 여러분. 이웃이 지나가려고 하니 잠시 쉽시다."

그러자 다른 사람들도 일을 멈추고 우리 곁으로 다가와서 늙은 말이 마차를 끌고 아직 보수되지 않은 길을 지나갈 수 있게 도와주었다. 그러고는 무슨 유쾌한 일이라도 기다리고 있다는 듯이 우리에게 짧게 인사를 건넨 뒤 서둘러 작업하던 곳으로 되돌아갔다. 잿빛 말이 천천히 걷기 시작하기도 전에 벌써 그들의 곡괭이 소리가 들려왔다.

디크는 어깨 너머로 그들을 돌아보며 말했다. "저들은 오늘 운이 좋네요. 곡괭이질을 한 시간 동안 얼마나 할 수 있는지 시험해 보는 것은 그야말로 스포츠 중에 스포츠예요. 나는 저들이 저 일에 익숙하다는 것을 단번에 알아챘습니다. 저런 일에 능숙해지는 것은 단지 힘의 문제만은 아니지요. 그렇지 않습니까, 손님?"

"맞습니다. 그런데 사실 저는 저런 일을 직접 해본 적이 없습니다"라고 내가 답하자 그가 진지하게 말했다. "그래요? 그것은 유감이로군요. 저 일은 근육을 단련하는 데 좋아요. 저는 저 일을 좋아합니다. 일을 시작하고 첫 번째 주보다는 두 번째 주가 더 즐겁지요. 그렇다고 제가 저 일에 능숙한 것은 아닙니다. 친구들은 제가 저 일을 할 때마다 놀리곤 하지요. '아주 좋아, 후미!', '어이, 일등 뱃사공. 좀 더 열심히 젓게!'라고요."

"그다지 놀리는 말도 아닌데요."

"그런가요. 하긴 좋은 동료들과 함께 유쾌한 일을 하고 있을 때는 주변에서 떠들썩거리는 말이 모두 농담처럼 들리지요. 기분이 아주 좋아지고요."

나는 다시금 침묵 속에 잠겼다.

8
나이든 친구

우리는 쾌적한 샛길로 접어들었다. 길가에는 거대한 플라타너스 가지들이 우거져 있고, 그 뒤로 낮은 집들이 오밀조밀 모여 있었다.

다크가 말했다. "여기는 롱 에이커(Long Acre)[63]입니다. 이곳은 한때 옥수수밭이었던 게 분명합니다. 저렇게 변했는데도 옛 이름을 그대로 갖고 있다니 이상하지요. 집들이 얼마나 밀집되어 있는지 보십시오. 그런데도 여전히 새 집들을 짓고 있습니다."

"맞아." 노인이 말했다. "옥수수밭이었던 이곳에는 19세기 전반부터 집들이 계속 지어져왔지. 이 주변이 런던에서 가장 밀집된 지역들 가운데 하나라더군. 나는 이만 여기서 내려야겠네. 롱 에이커 뒤에 있는 정원에 사는 친구를 방문해야 하거든. 그럼, 친구들 잘 가게."

그는 마차에서 내려 청년처럼 씩씩하게 걸어갔다.

"저 이웃은 몇 살인가요?" 그의 모습이 시야에서 사라졌을 때 나는 디크에게 물었다. 나는 늙은 오크나무처럼 마르고 강인한 모습을 지닌, 내가 여지껏 한 번도 본 적 없는 유형의 노인인 그의 나이가 궁금했다.

"아흔 살 정도 됩니다." 디크가 말했다.

"이 나라 사람들은 정말 장수하는군요."

"네. 우리의 수명은 유대인의 《잠언집》에 기록된 인간의 수명인 일흔 살[64]을 확실히 능가했습니다. 그러나 당신도 아시겠지만 《잠언집》은 덥고 건조한 나라인 시리아에서 씌어진 것입니다. 그곳 사람들의 수명은 우리처럼 온화한 기후 속에서 사는 사람들의 수명보다 짧지요. 그러나 나는 인간이 살아있는 동안 건강하고 행복하다면 수명은 문제가 안 된다고 생각합니다. 그런데 손님, 이제 친척 어르신 댁이 매우 가까워졌으니 다른 질문들은 모두 그분께 하는 게 좋을 것 같군요."

나는 그러겠다며 고개를 끄덕였다. 우리는 곧 왼쪽으로 돌아 아름다운 장미가 만개한 정원을 지나 경사가 완만한 언덕을 내려갔다. 그 장미정원이 있는 곳은 엔델 스트리트(Endell Street) 쪽인 듯했다. 조금 더 가서 집이 여기저기 드문드문 서 있는 긴 직선도로에 들어서자 디크가 말고삐를 잡아당겼다. 그는 손으로 좌우를 가리키면서 말했다. "이쪽은 홀본(Holborn) 거리이고 저쪽은 우스퍼드 거리입니다. 이곳은 한때 로마시대나 중세 때 쌓은 오래된 성벽의 바깥쪽에 있었던 번잡한 도시의 중요한 지역이었습니다. 중세 봉건귀족의 다수는 홀본의 양쪽에 대저택을 갖고 있었다고 합니다. 셰익스피어의 연극 《리처드 3세》에 나오는 엘리 주교관[65]을 기억하시지요. 그 유적이 지금도 약간 남아 있습니다. 그러나 이제 이 길은 과거처럼 중요하지는 않고, 고대 도시도 성벽도 모두 사라졌습니다."

그는 다시 마차를 몰았다. 나는 그렇게도 대단한 시대인 것처럼 말해졌던 19세기가 셰익스피어를 읽고 중세를 잊지 않은 이 사람의 기억에는 아무것도 아닌 것이 돼있음을 알고는 쓸쓸하게 웃었다. 우리는 길을 가로질러 정원들 사이의 짧고 좁은 샛길로 접어들었다가 다시 널찍한 도로로 나왔다. 그 한쪽에는 길과 각이 지게 박공이 설치된 거대하고 긴 건물이 있었다. 나는 그것이 또 하나의 공공건물임을 금방 알아볼 수 있었다. 그 반대쪽에는 벽이나 울타리가 전혀 없는 넓은 정원수 재배장이 있었다. 나는 나무들 틈으로 그 너머를 쳐다보다가 참으로 친숙한, 기둥으로 떠받친 현관을 발견했다. 그것은 다름 아니라 오랜 친구와 같은 대영박물관(British Museum)[66]이었다. 나는 숨이 멎을 만큼 기뻤지만 아무 말도 하지 않고 디크가 입을 열 때까지 기다렸다. 그가 말했다.

"저것은 대영박물관입니다. 제 증조부께서 생의 대부분을 보내신 곳이지요. 그러니 제가 나서서 저것에 대해 많은 말씀을 드리지는 않겠습니다. 왼쪽 건물은 '박물관 시장'입니다. 우리의 잿빛 말에게 귀리도 먹일겸 저곳에 일이 분 정도 들렀다 갑시다. 당신은 오늘 남은 시간의 대부분을 제 친지와 함께 하게 될 겁니다. 사실 그곳에는 제가 특별히 만나고 싶어했던 사람이 있습니다. 아마도 전 그 사람과 긴 대화를 나누게 될 듯합니다."

그는 얼굴을 붉히면서 한숨을 쉬었다. 나는 그때 그가 즐거워보이지 않는다고 생각했지만 아무 말도 하지 않았다. 그는 아치 아래의 통로로 말을 몰았다. 우리는 아주 넓고 포장이 된 사각형 모양의 안뜰에 들어섰다. 네 모퉁이에는 커다란 단풍나무가 서 있었고, 한가운데 있는 분수에서는 물 떨어지는 소리가 들려왔다. 분수 가까이에는 매점이 몇 개 있었고, 매점마다 화려한 줄무늬의 리넨 천으로 만든 차양이 쳐져 있었다. 그 주변에서는 여성과 아이가 대부분인 사람들이 조용히 움직이며 그곳에 진열된 상품을 보고 있었다. 안뜰을 둘러싸고 있는 건물의 1층은 넓은 회랑이었는데, 나는 그 환상적이면서도 힘찬 건축미에 경탄하지 않을 수 없었다. 거기서도 몇 사람이 어슬렁거리거나 벤치에 앉아 책을 읽고 있었다.

디크가 변명하듯 말했다. "다른 곳과 마찬가지로 여기도 오늘은 거의 아무것도 없군요. 금요일에는 북적이는 사람들로 매우 번잡한데 말이에요. 그날 오후에는 분수 주변에서 음악을 들을 수도 있답니다. 아마 오늘도 점심때는 많은 사람들이 모일 겁니다."

우리는 마차를 달려 안뜰과 아치 아래 통로 곁을 지나 반대쪽에 있는 크고 아름다운 마구간에 들어갔다. 그곳에다 서둘러 우리의 늙은 말을 세우고 먹이를 준 뒤 다시 시장으로 걸어 나왔다. 디크는 뭔가 생각을 하는 것 같아 보였다.

사람들이 상당히 강렬한 눈빛으로 나를 주시했는데, 내 옷과 그들의 옷을 비교해보면 그럴 만도 했다. 그러면서도 그들은 나와 눈이 마주치면 매우 상냥하게 인사하는 표정을 지었다.

우리는 박물관 앞마당으로 곧장 걸어갔다. 울타리가 없어지고 속삭이는 나뭇가지들이 가득 찬 것 외에는 아무것도 변한 게 없었다. 내가 예전에 보았던 바로 그 비둘기들이 건물 주변을 선회하거나 박공벽의 장식 위에 앉아 있었다.

딕크는 약간 얼이 나간 것 같아 보였으나, 나에게 그 건물에 대해 설명하지 않을 수 없다는 듯 말했다.

"저것은 아주 볼썽사나운 옛 건물이지 않습니까?[67] 많은 사람들이 저것을 부수고 다시 짓자고 했지요. 만일 할일이 없어진다면 지금이라도 그렇게 할지 모릅니다. 그러나 이따 저의 증조부께서도 말씀하시겠지만, 그게 그렇게 간단한 일은 아니지요. 저 안에는 갖가지 골동품이 매우 많이 수집돼 있을 뿐 아니라 굉장히 아름다운 책들과 아주 유용한 수많은 진짜 기록물, 고대 작품의 원전들을 소장한 거대한 도서관이 있으니까요. 그 모든 것을 옮길 때 발생할 수 있는 문제에 대한 근심과 걱정이 저 건물을 구했습니다. 게다가 아까 말했듯이 우리의 선조가 멋진 건물이라고 생각했던 것들 중 몇 개는 기념물로 보존하는 것도 나쁘지 않겠지요. 왜냐하면 그런 건물에는 엄청난 노력과 자재가 들었을 테니까요."

"동의합니다. 근데 이제 서둘러 당신의 증조부를 만나러 가야 하지 않을까요?" 나는 그가 시간을 허비하고 있다고 생각하며 이렇게 말했다.

그가 말했다. "알겠습니다. 곧바로 안으로 들어갑시다. 증조부께서는 이제 박물관 일을 하시기에는 너무 연로하셨습니다. 그분은 오랫동안 장서 관리자로 일하셨지요. 지금도 대부분의 시간을 여기서 보내고 계십니다. 사실 저는," 그가 미소지으며 말했다. "증조부께서 자신을 책의 일부라고 생각하시는지, 아니면 책이 자신의 일부라고 생각하시는지 잘 모르겠습니다."

그는 좀 오래 머뭇거리다가 얼굴을 붉히며 나의 손을 잡아끌며 말했다. "자, 그럼 들어갑시다." 그는 관사로 보이는 한 낡은 집의 문 쪽으로 나를 안내했다.

9
사랑에 대하여

우리가 다소 따분할 정도로 고전적인 집으로 막 들어갔을 때 내가 말했다. "친척분은 건물의 아름다움에 대해서는 그다지 관심이 없으신가 보군요." 실제로 그 집에는 6월의 꽃이 핀 커다란 화분이 몇 개 놓여있는 것 외에는 별다른 장식이 없었다. 물론 화분들은 매우 청결했고, 멋지게 흰색 칠이 되어 있었다.

"글쎄요." 디크가 별로 마음을 쓰지 않고 말했다. "증조부께서도 이제 백다섯 살이 넘으셨으니 절대 적은 연세가 아니지요. 그래서 움직이시려 하지 않습니다. 물론 증조부께서 원하시기만 하면 더 아름다운 집에서 지내실 수 있습니다. 누구라도 그러하듯이 증조부 역시 한 곳에서만 살아야 할 의무는 없으니까요. 자, 이쪽으로 오시지요."

그는 나를 계단 위로 안내했다. 우리는 문을 열고 꽤 넓은 구식 방으로 들어갔다. 그곳은 그 집의 다른 곳들과 마찬가지로 소박했고, 꼭 필요한 가구만 몇 가지 놓여 있었다. 그것들도 매우 간소하다 못해 거칠기까지 했으나 견고해 보였고, 디자인은 훌륭했지만 조금 서투른 조각이 새겨져 있었다. 방에서 가장 구석진 곳의 창가에 놓인 책상 앞 쿠션이 깔린 오크 의자 위에 자그마한 노인이 앉아 있었다. 그는 오래 입어서 낡은 푸른 서지 천의 노포크 재킷(Norfork jacket)[68]에 같은 천으로 된 바지를 입고 회색 털양말을 신고 있었다. 디크를 본 그는 의자에서 벌떡 일어나 노인치고는 큰 목소리로 말했다. "어서 오너라, 디크! 클라라도 여기 와 있다. 너를 보면 아주 기뻐할 게야. 그러니 힘을 내렴."

디크가 말했다. "클라라가 여기에 있다고요? 미리 알았다면 손님과 함께 오지 않았을 거예요. 적어도 저는……."

그는 당황한 듯 더듬거렸다. 내가 이상하게 여길 만한 말을 하지 않으려고 애쓰느라 그런 것 같았다. 그제야 나를 발견한 노인이 친절하게 인사를 건네왔.

"용서하십시오. 디크의 몸집이 너무 커서 옆사람을 가리는 바람에 친구분이 함께 왔다는 걸 몰랐군요. 환영합니다! 보아하니 바다 건너 먼 나라에서 오신 듯한데, 그렇다면 바다 저편의 소식을 전해주어 이 노인을 기쁘게 해주실 게 분명하니 더더욱 환영합니다."

그러더니 다시 목소리 톤을 바꾸어 사려 깊게 물었다. "분명 외국인인 듯한데, 어디에서 오셨습니까?"

나는 무심히 대답했다. "전에 영국에서 산 적이 있는데 이번에 다시 돌아왔습니다. 어젯밤에는 해머스미스에 있는 게스트 하우스에서 잤습니다."

그는 정중하게 고개를 숙여 인사했지만, 나의 대답에 약간 실망한 듯했다. 나는 실례가 될 정도로 그를 빤히 쳐다보았다. 왜냐하면 마치 마른 사과와 같은 그의 얼굴이 이상하게도 친숙하게 느껴졌기 때문이다. 마치 어디선가 본 듯한 얼굴이었다. 어쩌면 거울 속에서 봤는지도 모르겠다고 나는 속으로 중얼거렸다.

노인이 말했다. "그랬군요. 어디에서 오셨든지 당신은 우리 친구입니다. 내 증손자인 리처드 해먼드[69]는 제가 당신에게 무언가 도움이 되도록 하려고 당신을 여기에 모시고 온 것 같군요. 그렇지, 디크?"

갈수록 점점 더 얼빠진 사람이 되어가던 디크가 불안한 태도로 문 쪽을 계속 바라보다가 말했다. "네. 이 손님은 세상이 너무 변해 이해할 수 없는 게 많은 모양이에요. 한데 제가 그런 데는 문외한이잖아요. 그렇지만 할아버지께서는 최근 이백 년 동안 일어난 일이라면 다른 누구보다도 잘 아시기 때문에 이 손님을 모시고 왔어요. 그런데 저건 무슨 소리예요?"

그러면서 그는 다시 문 쪽으로 시선을 돌렸다. 밖에서 발자국 소리가 들렸다. 문이 열리고 매우 아름다운 젊은 여성이 들어왔다. 그녀는 디크를 보자 잠시 멈칫하는가 싶더니 장미처럼 얼굴을 붉히고 그의 얼굴을 다시 바라보았다. 디크도 그녀를 응시했고, 그녀에게 팔을 반쯤 뻗쳤다. 그의 얼굴에 정감이 어렸다.

노인은 그들을 그런 수줍은 불편함 속에 오래 놔두지 않으려는 듯 미소를 지으며 말했다. "우리 디크, 그리고 사랑하는 클라라! 여기 이

두 노인이 방해가 되는 것 같군. 너희 둘은 서로 할 말이 많을 것 같으니 위층에 있는 넬슨의 방으로 가는 게 좋겠어. 넬슨은 지금 외출 중이고, 모든 벽이 중세 책들로 가득 채워져 있는 그 방은 재회의 기쁨에 빠진 너희 둘에게 더 잘 어울릴 수 없을 만큼 아름다운 방일 게야."

젊은 여성이 손을 뻗어 디크의 손을 잡더니 정면을 똑바로 바라보면서 방 밖으로 나갔다. 그녀의 얼굴을 붉게 물들게 한 것은 행복이지 분노가 아니었다. 사실 사랑은 분노보다 자의식을 훨씬 더 많이 일으키는 감정이다.

두 사람이 나가고 문이 닫히자 노인이 내게로 돌아서며 미소를 머금고 말했다.

"손님, 내 이 늙은 혀를 놀릴 수 있도록 일부러 와주신 거라면 정말이지 고마운 일입니다. 대화에 대한 나의 열정은 여전하답니다. 아니, 갈수록 더 커지고 있지요. 나는 저 아이들이 마치 온 세상이 자기들의 키스에 달려 있다는 듯 (사실 실제로도 어느 정도는 그렇지만) 참으로 진지하게 붙어다니는 모습을 보는 것이 마냥 즐겁습니다만, 저 아이들은 나의 옛 이야기에 별 흥미를 못 느끼는 것 같습니다. 최근의 수확, 최근의 신생아, 시장에 나온 최신 유행의 조각물도 저 친구들에게는 역사에 속하는 것이지요. 내가 젊었을 때는 달랐습니다. 당시는 지금처럼 지속적인 평화와 풍요를 보장받지 못했기 때문이지요. 그래요, 그래. 당신에게 질문하자는 것은 아니지만, 이것만은 확인합시다. 내가 당신을 우리의 현대 생활양식에 대해 조금은 알고 있는 연구자라고 생각해야 하나요? 아니면 생활의 토대 자체가 우리 것과는 다른 곳에서 오신 분이라고 생각해야 하나요? 다시 말해 당신은 우리에 대해 무언가 알고 계신가요, 아니면 전혀 모르십니까?"

그는 나를 날카롭게 바라보았다. 말하는 동안 그는 점점 더 경이로워하는 눈빛을 보였다. 나는 낮은 목소리로 대답했다.

"이곳의 현대 생활에 대해 제가 아는 것은 해머스미스에서 여기까지 오면서 제 눈으로 직접 보았거나 리처드 해먼드에게 물어 알게 된 것들뿐입니다. 그러나 그는 제 질문을 거의 이해하지 못했습니다."

나의 말에 노인이 웃음을 지으며 말했다. "그럼 내가 대답해 드리지요. 당신은 마치……."

"마치 다른 혹성에서 온 것 같지요?" 내가 말했다.

당연히 증손자와 마찬가지로 성이 해먼드인 노인은 웃으면서 고개를 끄덕이고는 묵직한 오크 의자를 내쪽으로 돌리며 거기에 앉으라고 권했다. 나는 그 의자에 새겨진 진귀한 조각에 눈을 고정시켰다. 그는 그런 나를 바라보며 말했다.

"그래요. 보시다시피 나는 과거에, 내 과거에 묶여 있답니다. 이 가구들 역시 내 어린 시절보다도 더 이전의 시대에 만들어졌습니다. 내 아버지 대에 만들어졌지요. 만일 최근 오십 년 사이에 만들어졌더라면 더욱 현명하게 제작됐겠지만, 그랬다고 해서 내가 그것들을 더 좋아하지는 않았을 겁니다. 그때는 우리가 다시금 새로이 시작한 시기였습니다. 활기차고 격렬한 시기였지요. 내가 너무 수다스럽다고 여기실 것 같군요. 이제 손님께서 질문을 해 보세요. 무엇이든 물어 보십시오. 나는 말을 하고 싶으니 이왕이면 내가 당신에게 도움이 되는 말을 할 수 있게 해 주셨으면 좋겠군요."

나는 잠시 침묵하다가 약간 긴장하며 말했다. "실례지만, 저는 리처드에게 흥미가 있습니다. 그는 전혀 모르는 제게 너무도 친절했지요. 어째서인가요."

해먼드 노인이 말했다. "만일 그가 모르는 사람을 친절하게 대하지 않았다면 이상한 사람으로 몰려 다른 사람들로부터 소외됐을 겁니다. 계속 질문하십시오. 부끄러워하지 마시고."

"저 아름다운 여성…. 그는 그녀와 결혼할 건가요?"

"그렇습니다. 그는 이전에도 그녀와 한 번 결혼했었지요. 지금 그는 그녀와 다시 결합하고자 하며, 분명 그리 될 거라고 장담합니다."

나는 살짝 호기심을 드러내며 말했다. "그래요?"

그러자 노인이 대답했다.

"전부 다 말씀드리지요. 그다지 복잡할 것도 없는 이야깁니다. 처음에 그들은 이 년간 함께 살았습니다. 두 사람 다 아주 젊었을 때였지요. 그런데 그녀가 다른 사람을 사랑하게 되어 가련한 디크의 곁을 떠났습니다. 제가 '가련한 디크'라고 말한 것은, 그에게는 오직 그녀뿐이었기 때문입니다. 그러나 그녀가 다른 사람과 지낸 것은 일 년 정도로 그리 오랜 기간이 아니었습니다. 그녀는 문제가 있을 때마다 버릇처럼 이 늙은이에게 와서 디크가 어떻게 지내는지, 그가 행복한지 등을 물었습니다. 나는 그때마다 그가 매우 불행하며 전혀 잘 지내지 못한다고 말해주었습니다. 물론 그 말은 거짓이었지만. 나머지는 상상하실 수 있겠지요? 클라라는 오늘 나와 긴 대화를 나누러 이곳에 왔지만, 오히려 디크가 그녀에게 더 도움이 될 겁니다. 사실 만일 그가 오늘 우연히 이곳에 오지 않았다면, 내가 내일이라도 그를 부를 참이었습니다."

"그랬군요. 아이도 있습니까?"

"네. 둘입니다. 그 아이들은 클라라가 그랬듯이 지금 내 딸과 함께 살고 있습니다. 나는 그들이 반드시 다시 합칠 것이라고 느꼈기 때문에 그녀를 내버려두고 싶지 않았습니다. 그리고 디크는 정말 좋은 사람입니다. 그는 그녀처럼 다른 사람을 사랑하지도 않았지요. 그래서 저는 과거에도 그랬던 것처럼 둘 사이의 모든 문제를 중재했습니다."

"그렇군요. 분명 어르신은 그들을 이혼법원으로 데려가고 싶지는 않으셨겠지요. 그러나 일반적으로 그런 문제는 이혼법원이 해결에 나설 수밖에 없다고 생각됩니다만."

그러자 그가 말했다. "그건 좀 비상식적인 생각 같군요. 과거에 이혼법원과 같은 매우 어이없는 것이 있었다는 사실은 나도 잘 압니다. 그러나 생각해 보십시오. 그곳에 가는 사건은 모두가 재산분쟁 사건이었습니다. 그리고 손님," 그는 미소지으며 말했다. "설령 당신이 다른 혹성에서 오셨고 우리의 세계를 단지 겉으로만 바라보았다고 해도, 오늘날 우리에게는 사적 소유와 관련된 분쟁이 있을 수 없다는 점을 아실 겁니다."

사실 도중에 쇼핑을 해보지 않았다 해도 해머스미스에서 블룸즈버리까지 마차로 오면서 본, 참으로 조용하고 행복한 생활을 말해주는 수많은 단서들은 지금까지 우리에게 익숙하게 여겨지던 '신성한 소유권'이라는 것이 여기서는 더 이상 존재하지 않는다는 점을 나로 하여금 알아차리게 하기에 충분했다.

그래서 나는 노인이 일단 중단한 이야기를 다시 계속할 때까지 침묵하며 앉아 있다가 말했다.

"재산분쟁이 더 이상 가능하지 않다면 법정이 처리해야 할 일로는 어떤 게 남아 있습니까? 열정이나 감정의 계약을 강제하는 법정을 상상할 수 있을까요? 만일 그런 법정이 계약 강요를 위한 '간접증명법(reduction ad absurdum)'의 장치로 존재한다면, 바로 그런 바보 같은 짓을 우리에게 하겠지요."

그는 잠시 침묵하다가 말했다. "당신이 분명히 이해해야 하는 점은 우리가 그러한 문제를 개혁했다는 것입니다. 또 우리는 과거 이백 년 동안[70] 변화를 거쳐오면서 그러한 문제를 바라보는 방식도 변했다는 것을 아셔야 합니다. 사실 우리는 남녀 사이의 교제에서 생기는 모든 분쟁을 없앨 수 있다고 믿거나 그렇다고 우리 자신을 기만하지 않습니다. 남녀 간에 생기는 자연적인 열정이나 감정을, 서로 관계가 좋을 때에 순간의 환상에서 깨어나는 과정을 부드럽게 해주는 우정과 혼동하는 데서 초래되는 불행에 우리가 직면할 수밖에 없다는 것도 잘 압니다. 그러나 생계문제와 서로 간의 지위에 관해, 그리고 사랑과 정욕의 결과로 태어난 자녀를 지배할 권한에 관해 치사한 입씨름을 하여 그런 불행 위에 타락까지 누적시킬 정도로 정신을 잃지는 않았습니다."

그는 잠시 쉬었다가 말을 이었다. "풋사랑, 평생 지속될 것만 같은 영웅적 감성으로 오인되나 일찍 시들어 절망으로 변하는 젊은이들의 풋사랑. 한 여성의 평범한 인간적 친절과 인간다운 아름다움을 초인간적인 완전성으로 이상화하고 그것을 자기 욕망의 유일한 대상으로 삼아 그 여성에게 자신이 세상에 둘도 없는 소중한 사람이 되고자 하는, 성숙된 나이의 남자에게 엄습해 오는, 저 설명할 수 없는 욕망. 또는 우리가 참으로 사랑하는 이 세상의 아름다움과 영광의 전형 그 자체로 보이는 어떤 아름답고 현명한 여성과 가장 친한 친구가 되고자 하는, 강인하고 사려 깊은 남자의 분별 있는 갈망. 우리는 그런 사랑에 따르는 모든 정신적 즐거움에 환희를 느끼는 동시에 그에 따르는 슬픔도 견뎌냅니다. 그래서 나는 저 고대 시인의 이런 시구를 떠올리게 됩니다. '이를 위해 신은 인간의 깊은 슬픔과 불운한 나날을 만들었네, 이후에도 여전히 인간을 위해 그것이 이야기와 노래가 되도록.' [71] 그렇지요, 모든 이야기가 없어지고 모든 슬픔이 사라지는 일은 있을 수 없겠지요."

말을 마친 그는 잠시 침묵했다. 나는 그를 방해하고 싶지 않았다. 잠시 후 그가 다시 이야기를 시작했다. "그러나 이 시대의 우리는 튼튼하고 건강하며 편안하게 살고 있다는 것을 당신은 반드시 알아야 합니다. 우리는 자연과 무리 없이 겨루며 인생을 보내고 있고, 우리 자신의 한 부분만이 아니라 모든 부분을 활동시키면서, 이 세계의 다른 어떤 생명보다 더 강렬한 즐거움을 누리며 살아가고 있습니다. 그래서 우리에게는 자기 본위가 아닌 것이 가장 영예로운 태도입니다.

한 사람이 슬프다고 해서 세계가 끝나야 한다고는 생각하지 않습니다. 따라서 우리는 이러한 정서와 감수성의 문제를 과장하는 것은 어리석다고, 심지어는 죄악이라고도 말할 수 있다고 생각합니다. 우리는 육체적 고통을 중시하는 이상으로 슬픔이라는 감정을 과장할 생각이 없습니다. 우리는 사랑하는 것 외에도 다른 즐거움이 있음을 알고 있습니다. 우리는 오래 살며, 따라서 지금은 남성과 여성의 아름다움이, 인간이 스스로 불러들인 질병에 심하게 시달렸던 과거의 시대에 그랬던 것처럼 금방 시들지 않는다는 사실을 잊지 말아 주십시오. 우리는 그러한 슬픔을 쫓아내기 위한 방도를 취했습니다. 아마도 그것은 과거의 감상주의자라면 비영웅적이라고 경멸했을 방법이라고 생각되지만, 그것이야말로 인간적인 방법이며 지금 우리가 꼭 취해야 할 행동입니다. 그 방법이란, 사랑에 있어서 계산적으로 생각하거나 행동하지 않고 부자연스러우리만치 어리석게 굴지는 않는 것입니다. 천성에서 오는 어리석음, 미성숙한 인간의 무분별, 나이가 들어 수렁에 빠지는 것은 감수해야겠지만, 그것은 크게 부끄러운 것이 아니라고 생각합니다. 그러나 진부하게 감각적이거나 감상적으로 되는 것은……. 내가 늙어서 기가 꺾였다고 할지도 모르겠군요, 친구. 어쨌거나 나는 우리가 적어도 예전 세계의 어리석음 가운데 일부는 떨쳐 버렸다고 생각합니다."

그는 마치 내 이야기를 기다리는 듯 멈추었다. 그러나 내가 침묵을 지키자 다시 말을 이었다. "적어도 우리는 자연의 횡포와 변덕 또는 스스로의 경험부족으로 인해 당하는 고통 앞에서는 상을 찌푸리거나 거짓말을 하지 않습니다. 결코 헤어질 마음이 없었던 사람들이 헤어져야 할 때도 그래야 합니다. 결합의 실체가 이미 없어졌는데도 마치 결합하고 있는 것처럼 꾸밀 필요도 없습니다. 또한 우리는 불멸의 감정이란 있을 수 없다는 것을 잘 알 법한 사람들에게 그들이 실제로는 느낄 수도 없는 감정을 고백하게 할 필요도 없습니다. 따라서 돈으로 충족시켜야 하는 육욕이라는 괴물은 더 이상 있을 수 없고, 더 이상 그런 것이 필요하지도 않습니다. 감정과 정열의 계약 이행을 강요하는 법정은 이제 존재하지 않는다는 말에 충격을 받으신 건 아니지요? 하지만 인간이란 희한하게 만들어진 존재인 탓에 그런 법정을 대신하는, 하지만 법정과 마찬가지로 폭압적이고 불합리한 것이 될 수 있는 '여론의 법' 같은 것마저도 없다고 말씀드리면 필경 충격을 받으실 겁니다. 사람들이 자기 이웃의 행동에 대해 불공정한 판단을 내리는 경우가 전혀 없다고 말하려는 것은 아닙니다. 그러나 그런 불공정한 판단의 근거가 되는 불변의 법체계는 존재하지 않는다는 점을 분명히 말씀드리고 싶군요. 사람들의 정신과 삶을 잡아 늘이거나 죄어 붙이는 프로크루스테스(Procrustes)의 침대[72]는 더 이상 존재하지 않습니다. 아울러 무의식적인 관습에 의해 사람들이 위선적인 파문을 당하지도 않고, 좀 약한 징계의 위협에 의해서도 사람들이 위선적인 파문을 당하지 않습니다. 충격적인 이야긴가요?"

나는 약간 주저하며 말했다. "아닙니다, 아니에요. 그렇지만 모든 것이 너무도 다르군요."

"여하튼 한 가지는 보증할 수 있습니다. 어떤 감정이든 감정은 현실적이고 보편적입니다. 그것은 특별하게 세련된 사람들에게만 한정되는 게 아닙니다. 방금 힌트를 주었듯이 나는 분명히 확신합니다. 지금은 사랑에 따르는 고뇌가 남자에게든 여자에게든 과거처럼 격렬하지 않습니다. 이 문제에 대해 너무 장광설을 늘어놓아서 죄송합니다. 그렇지만 당신을 다른 혹성에서 온 사람처럼 대해 달라고 한 것은 바로 당신이었습니다."

"정말이지 너무 고맙습니다. 이제 제가 이 사회에서 여성의 지위가 어떤지에 대해 여쭤봐도 되겠습니까?" 내가 물었다.

그는 호탕한 웃음을 터뜨리며 대답했다. "내가 자세하고 꼼꼼한 역사학도라는 명성을 얻은 데는 나름대로 이유가 있지요. 사실 나는 19세기의 여성해방 운동에 정통합니다. 현재 살아 있는 사람 중에 이 문제에 대해 나만큼 잘 알고 있는 사람이 또 있을 것 같지는 않네요."

"그런가요?" 그의 유쾌함이 약간 거슬렸다.

"네. 물론 당신도 아시다시피 그 모든 것이 지금은 없어진 논쟁이지요. 이제는 남성이 여성을, 또는 여성이 남성을 억압할 기회 자체가 없으니까요. 모두가 과거에나 있었던 일이지요. 이제 여성은 자신이 가장 잘 할 수 있는 것이나 자신이 가장 좋아하는 것을 하고, 남성은 여성이 그런다고 해서 질투하거나 상처를 입지 않습니다. 이는 말씀드리기가 민망할 정도로 상식적인 이야깁니다."

"그런가요? 그러면 입법에서는 어떻습니까? 일반 사람들도 입법에 참여합니까?"

노인은 웃으며 말했다. "그 질문에 대한 대답은 이따 우리가 입법

문제에 대해 본격적인 대화를 나눌 때 하도록 하지요. 아마 당신은 입법과 관련해서도 많은 점이 신기하게 여겨질 겁니다."

"좋습니다. 그럼 여성 문제에 대해 여쭙겠습니다. 저는 게스트 하우스에서 여성들이 남성들의 시중을 드는 것을 보았습니다. 그것은 좀 반동적으로 보였습니다만?"

"그래요? 아마도 당신은 가사를 존중할 만한 가치가 없는 일이라고 생각하시는 것 같군요. 그런 생각은 19세기의 진보적인 여성들과 그들을 지지하는 남성들의 의견이었다고 저는 봅니다. 만일 당신도 그런 사람이라면 제목이 《남자는 어떻게 가정을 보살폈나》[73]였던가 하는 노르웨이 민화를 한 번 보시라고 권하고 싶습니다. 그 민화에서는 남자가 가족을 보살핀 결과는, 여러 시련을 겪은 뒤에 남자와 그 집 젖소가 로프의 양 끝에 매달려 있는 것입니다. 남자는 굴뚝 중간에, 젖소는 지붕에 매달려 있지요. 그 지붕은 그 나라의 풍습에 따라 잔디로 만들어졌고 땅에까지 내려오는 것입니다. 나는 그게 소에 대한 학대라고 생각합니다. 물론 당신처럼 훌륭한 분에게는 그런 재난이 일어날 리가 없겠지요." 그는 껄껄 웃으며 말했다.

나는 이 노골적인 조롱에 약간의 불쾌감을 드러내며 앉아 있었다. 사실 두 번째 질문에 답하는 그의 태도에는 나를 경멸하는 듯한 구석이 있었다.

"자, 친구. 현명하고 능숙하게 가정을 꾸려서 집안 사람들이 모두 만족스러운 얼굴로 자신에게 감사하도록 만드는 것이 여성에게 있어 큰 즐거움이라는 것은 알고 계시지요? 그 경우 누구라도 아름다운 여성에게서 이런저런 지시를 받는 것을 좋아하게 될 겁니다. 그것은 가장 유쾌한 형태의 소꿉장난 같은 연애라고 할 수 있지요. 당신도 그런 연애를 기억하지 못할 정도로 나이가 드시지는 않았습니다. 나 또한 그것을 잘 기억합니다." 이 말을 한 뒤 그는 껄껄 웃다가 마침내 큰 소리로 웃었다.

잠시 뒤 웃음을 그친 노인이 다시 말을 이었다. "죄송합니다. 그런데 나는 당신의 생각을 비웃은 게 아니라 저 19세기의 어리석은 풍조를 비웃은 겁니다. 소위 교양인이라고 하는 부자들 사이에 유포됐던 풍조, 나날의 식사가 제공되는 모든 절차를 자기들의 고상한 지성에 비하면 너무나도 저급한 것이라고 보고 무시하던 풍조 말입니다. 쓸모없는 바보들! 저는 지식인입니다. 우리처럼 기이한 사람들을 가리켜 그렇게 부르지요. 그러나 나는 요리도 잘합니다."

"저도 그렇습니다."

"그래요? 그렇다면 당신은 제 말을 생각보다 더 잘 이해하실 게 분명하다는 확신이 드는군요."

"어쩌면요. 그러나 사람들이 생활의 일상적인 일에 관심을 갖고 있을 뿐 아니라 누구나 다 그런 일을 실제로 하고 있다는 게 저로서는 더욱 놀랍습니다. 이에 대해 한두 가지 묻고 싶습니다. 우선 이 사회 여성의 지위 문제로 되돌아가서, 19세기 여성해방 문제를 연구하는 어르신께서는 뛰어난 여성들 가운데 일부가 지적인 여성을 출산으로부터 해방시키고자 했던 것을 기억하시지요?"

노인은 다시 심각한 얼굴을 하고는 말했다. "그 터무니없이 괴상한 바보짓거리를 당연히 기억하지요. 그것은 그 시대의 다른 모든 어리석음과 마찬가지로 당시 행해진 엄청난 계급적 폭정의 결과였습니다. 당신은 지금 우리가 그것을 어떻게 생각하는가를 물으시려는 것이지요? 그에 대한 대답은 간단합니다. 우리는 어머니라는 것, 즉 모성을 매우 명예로운 것으로 존중합니다. 어찌 안 그럴 수 있겠습니까? 어머니로서 겪어야 하는 자연적이고도 필연적인 고통은 남녀 간 결합에 유대감을 부여하고, 남녀 간 사랑과 애정에 특별한 자극이 되지요. 그리고 이 점은 널리 인정되고 있습니다. 그 밖에 모성에 부과되는 인위적인 부담은 모두 없어졌음을 기억해 두십시오. 어머니는 아이들의 장래에 대해 욕심 사나운 걱정을 더 이상 하지 않습니다. 아이들은 잘 될 수도 있고, 나쁘게 될 수도 있습니다. 어머니의 가장 높은 기대에 어긋나게 자랄 수도 있지요. 이러한 걱정은 인간의 생활을 구성하는 즐거움과 고통 가운데 일부분입니다. 그러나 적어도 어머니는 인위적으로 조장된 무능력으로 인해 자기 아이가 제대로 된 남자나 여자로 성장하지 못하게 될지도 모른다는 두려움(과거에는 이것이 두려움이라기보다 확실한 사실이었습니다) 없이 살아갑니다. 어머니는 아이들이 각자 자신의 재능에 따라 생활하고 행동할 것임을 알고 있습니다. 과거의 시대에는 사회가 유대의 신과 과학자들로 하여금 '부모의 죄는 아이들에게 전해진다'[74]고 주장하게 했던 게 분명합니다. 그 과정을 거꾸로 하여 유전으로부터 그 독소를 제거하기 위해서는 어떻게 해야 하는가가 오랫동안 우리 가운데 사려 깊은 사람들이 언제나 가장 걱정해 온 것들 중 하나였지요. 그래서 아이를 낳아 키우는 사람으로 존경받고, 사랑받는 반려자가 되고, 아이들의 장래에 대해 불안해 하지 않는 보통의 건강한 여성은(이 나라의 여성들 대부분은 건강하고 아름답습니다) 과거의 가난 탓에 힘겹게 일하던 사람의 어머니 또는 자연적인 사실에 대한 무지를 뽐내면서 성장하거나 숙녀인 체하고 병적인 갈망이 뒤섞인 분위기 속에서 자란 과거 상류계급의 여성보다 더 많은 모성 본능을 갖고 있습니다."

"좀 흥분하셨군요. 그렇지만 옳은 말씀이긴 합니다."

그러자 그가 물었다. "네. 나는 당신에게 우리가 자유를 통해 획득한 이점들 가운데 하나를 증거로 제시하고자 합니다. 당신은 오늘 만난 사람들의 얼굴을 보고 무슨 생각을 하셨습니까?"

"다른 어떤 문명국에서도 아름다운 얼굴을 한 사람들을 그렇게 많이 만날 수는 없을 거란 생각을 했습니다."

그는 마치 늙은 새처럼 목소리를 높였다. "네? 우리가 아직도 문명국에 살고 있다고요? 여하튼 용모로 본다면 영국인과 주트인[75]의 피가 지배적인 우리는 원래 미인이 적었습니다. 그러나 나는 우리가 스스로를 발전시켰다고 생각합니다. 내가 아는 사람 중에 19세기 사진을 복사한 초상화를 많이 수집한 사람이 한 사람 있는데, 그가 가지고 있는 초상화들을 면밀히 살펴보고 이 시대의 보편적인 얼굴과 비교해 보면 우리의 용모가 그동안 많이 발전했음을 확인할 수 있습니다. 이러한 아름다움의 발전은 앞에서 말한 사안들과 관련된 우리의 자유 및 양식과 연관성이 있는 게 분명하다고 생각하는 사람들도 있습니다. 그들은 설령 사랑이 일시적인 것이라고 해도 남자와 여자 사이의 자연스럽고 건강한 사랑에서 태어난 아이는 체면만 생각하는 계산적인 결혼에서 태어난 아이 또는 가난 탓에 힘겹게 일하는 사람들의 단조로운 절망 속에서 태어난 아이보다 여러 측면에서, 특히 육체적인 아름다움에서 훨씬 훌륭하다고 믿고 있습니다. 즐거움은 즐거움을 낳는다는 말이지요. 당신은 어떻게 생각하십니까?"

"저도 물론 그렇게 생각합니다."

10
질의응답

노인이 의자에 앉은 채 방향을 바꾸면서 말했다. "질문을 계속하십시오. 첫 질문에 답하는 데 시간이 많이 걸렸군요."

"교육에 대한 어르신의 생각을 한두 마디 더 말해주십시오. 저는 디크에게서 이 나라 사람들은 아이들이 멋대로 굴게 내버려두고 아무것도 가르치지 않는다고 들었습니다. 교육을 너무 순화시킨 나머지 이제는 교육이 아예 없어졌다고 하더군요."

"디크의 말을 잘못 알아들으신 듯하군요. 그러나 나는 당신이 교육에 대해 생각하는 바를 이해합니다. 그것은 과거의 것으로, 당시는 잘 알려진 것처럼 생존경쟁(한편으로는 식량을 얻기 위한 경쟁, 다른 한편으로는 특권을 많이 갖기 위한 노예소유자의 경쟁)의 시대였습니다. 그런 생존경쟁은 대다수 사람들에 대한 교육을 그다지 정확하지도 않은 사소한 정보들을 나눠주는 것으로 축소시켰습니다. 그리고 사람들이 좋아하든 좋아하지 않든 원하든 원치 않든 개의치 않고 교육에 무관심한 사람들까지도 모두 끌어들여 그것을 끝없이 되풀이해 씹어 삼키고 소화하도록 강요했지요."

나는 노인의 높아가는 분노를 멈추게 하기 위해 웃으면서 말했다. "그러나 어르신은 적어도 그런 방식으로 교육을 받지는 않으셨을 테니 뭐 그렇게 화를 내실 거야 없지 않습니까?"

그가 웃으며 말했다. "그래요, 그래. 내가 지금 우리가 말하고 있는 그 시대에 살고 있는 듯한 느낌이 종종 들곤 해서 말이지요. 아무튼 지적해주셔서 고맙습니다. 좀 더 냉정하게 말하지요. 당신은 아이들이 각자가 지닌 능력이나 기질과는 무관하게 일정한 나이가 되면 학교에 들어가고, 그곳에서 획일화된 학습 과정을 밟는 것이 교육이라고 생각하지요? 하지만 친구, 그런 방식은 육체적, 정신적 성장을 완전히 무시하는 처사라고 보지 않나요? 그런 맷돌에서는 누구든 상처를 입지 않고서는 **빠져나올** 수 없습니다. 엄청난 반항정신을 가진 아이들만이 그 속에서 산산조각 나는 것을 피할 수 있을 뿐이지요. 다행히 시대를 불문하고 대부분의 아이들은 그런 강렬한 반항정신을 가지고 있습니다. 만약 그렇지 않다면 우리가 과연 현재와 같은 상황에 이를 수 있었을까요? 이제는 그 모든 것들이 어떻게 되었는지 아시겠지요. 과거의 것들은 빈곤의 결과였습니다. 19세기의 사회는 조직화된 수탈에 바탕을 두고 있었기에 비참하게 가난했습니다. 참된 교육을 한다는 것은 꿈 같은 소리였지요. 당시의 사람들은 고문과도 같은 방식을 사용해서든 아무짝에도 쓸모없는 헛소리를 해서든 간에 아이들의 머릿속에 지식을 쑤셔넣어야 한다고 생각했습니다. 그것이 자신들의 아이가 지식이 부족한 상태로 평생을 살아가지 않게 하기 위해 궁핍한 그들이 취할 수 있는 유일한 방법이었지요. 그러나 모두 흘러간 옛이야깁니다. 지금 우리는 궁핍하지 않고, 지식이라는 것도 누구든 그것을 자발적으로 추구할 의향만 있다면 언제라도 손에 넣을 수 있습니다. 다른 것들과 마찬가지로 이 점에서도 우리는 풍요로워졌지요. 우리에게는 자신의 성장에 몰두할 시간의 여유가 있습니다."

"알겠습니다. 그러나 그 아이, 청년, 성인이 결코 지식을 얻고자 하지 않고, 기대하는 방향으로 성장하지 않는다고 가정해봅시다. 예컨대 산수나 수학을 배우는 것을 기피한다고 해보지요. 그 아이가 성장한 뒤에는 그에게 그것을 강요할 수 없겠지요. 그러나 아이가 성장하고 있는 동안에는 그것을 강요할 수 있을뿐더러 당연히 강요해야 하지 않을까요?"

내가 이렇게 말하자 그가 물었다.

"당신은 산수와 수학을 억지로 배워야만 했나요?"

"어느 정도는요." 내가 대답했다.

"지금 당신은 몇 살이지요?"

"쉰여섯입니다."

"그럼 지금은 산수와 수학을 어느 정노나 알고 있습니까?" 그가 다소 조롱 섞인 목소리로 물었다.

"아쉽게도 전혀 모릅니다."

해먼드는 그저 조용히 웃기만 했을 뿐 나의 고백에 대해 아무런 평도 하지 않았다. 나는 교육 문제에 대해서는 그와 더 대화해 봐야 소용없다고 판단하고 그에 관한 이야기를 접었다.

나는 잠시 생각하다가 말했다. "어르신께서는 조금 전에 가족에 대해 말씀하셨는데, 제게는 그것이 과거 시대의 관습과 유사한 것처럼 들렸습니다. 이 나라 사람들은 좀 더 공공적(公共的)으로 살고자 한다고 생각했는데 말이에요."

그가 말했다. "협동사회(Phalanstery)[76]를 말씀하시는 거라면, 아닙니다. 우리는 우리가 좋아하는 대로 살고 있습니다. 우리는 대개 이미 친숙한 사람들과 한 집에서 함께 사는 것을 좋아합니다. 다시금 돌이켜 생각해보십시오. 빈곤은 이제 사라졌습니다. 푸리에주의적 협동사회 또는 그와 비슷한 종류의 것들이 당시에는 자연스러운 생각이었을지 모르지만, 결국 그것은 처절한 궁핍으로부터의 도피일 뿐입니다. 최악의 빈곤 상태에 처한 사람들만이 그런 생활방식을 꿈꿀 것입니다. 그와 동시에 이해해야 할 것이 있습니다. 그것은 개별적인 가족들이 존재하는 것이 우리가 보통 살아가는 방식이고, 가족마다 관습이 다소 다르다는 점입니다. 그럼에도 가족을 이루고 사는 다른 사람들과 마찬가지로 한 집에서 함께 생활하는 것에 만족하는 성격 좋은 사람이라면 누구에게나 각 가정의 문은 열려 있습니다. 물론 어떤 사람이 어느 가정에 잠깐 들러 그 가족에게 자신이 좋아하는 방식으로 그들의 습관을 고쳐 달라고 요구한다면 그것은 잘못된 행동이지요. 그는 자기가 좋아하는 방식대로 살 수 있는 곳을 찾아가야 하고 그런 곳은 얼마든지 많지요. 그러나 이런 것들에 대해서는 지금 길게 이야기할 필요가 없습니다. 왜냐하면 당신은 디크와 함께 강을 거슬러 올라가 이런 문제들이 어떻게 처리되는지를 직접 경험할 수 있을 테니까요."

잠깐 쉬었다가 내가 말했다. "이 거대한 도시는 어떻습니까? 저는 런던을 '현대판 바빌론 문명'이라고 표현한 글을 읽은 적이 있는데 그런 런던은 이제 없어진 것처럼 보입니다만."

"아, 예. 지금의 런던은 19세기의 '현대판 바빌론'이라기보다 고대의 바빌론과 더 유사합니다. 그러나 그런 이야기는 그만둡시다. 이곳과 해머스미스 사이에 있는 땅에는 인구가 많습니다. 그런데 당신은 이 도시에서 가장 인구가 많은 곳을 아직 못 보셨습니다."

"그럼, 말씀해주십시오. 동쪽은 어떻습니까?" 내가 물었다.

"멋진 말을 타고 이 집을 출발해서 빠른 속도로 한 시간 반 정도 달려가도 여전히 번화한 지역을 벗어나지 못하던 시대도 있었습니다. 그렇게 달려간 곳의 대부분은 이른바 '빈민굴'이라고 불렸지요. 다시 말해 죄도 없는 사람들을 고문하는 곳, 아니 더 나쁘게 말하자면 고문조차 일상적이고 당연한 삶인 것처럼 보이는 타락 속에서 사람들이 태어나 자라는 슬럼가였습니다."

"압니다. 저도 잘 압니다." 나는 다소 조급하게 말했다. "그것은 옛날 일이지요. 지금은 어떤지를 말씀해 주십시오. 옛날 것 중 남아 있는 게 있습니까?"

"남아 있는 건 전혀 없습니다. 그러나 다행스럽게도 당시에 대한 기억은 조금이지만 남아 있습니다. 지금도 일 년에 한 번 오월 일일

메이데이에 런던 동부지역에서 '빈곤 일소'라는 것을 기념하는 엄숙한 축제를 열고 있습니다. 그날 우리는 예전의 기억이 아직 남아 있는 옛 빈민굴들 가운데 최악의 몇 개가 있었던 장소에서 음악과 춤, 즐거운 게임, 행복으로 가득 찬 잔치를 엽니다. 과거 오랜 기간에 걸쳐 매일같이 계급살해(class-murder)라는 끔찍한 범죄가 일어났던 바로 그 땅에서 가장 아름다운 소녀들로 하여금 옛 혁명의 노래를 몇 곡 부르게 하거나, 과거에는 그토록 절망적으로 사회적 불만을 품은 사람들이 내던 신음을 표현한 노래를 부르게 하는 것이지요. 과거에 집이라고 부르기도 어려울 정도로 초라한 집, 좀 더 정확히 말하자면 남자와 여자들이 통 속의 밴댕이들처럼 꽉 낀 채 오물 속에서 뒤섞여 살던 굴이 있던 작은 언덕 위에 오늘날 우아하게 차려입은 아름다운 젊은 여성이 가까운 초원에서 딴 꽃으로 장식한 모자를 쓰고 행복감에 충만한 사람들에 둘러싸여 서 있는 것을 볼 때 저처럼 열심히 역사를 연구한 사람들은 만감이 교차하면서 마음이 짠해집니다. 과거에 그곳 굴집에는 인간다움과는 거리가 먼, 타락하지 않고서는 견뎌낼 수 없는 방식으로 남자와 여자들이 살았다고 합니다. 제 귀에는 과거에 그곳 여인의 부드럽고 아름다운 입술에서 흘러나오던 위협과 한탄의 끔찍한 말과, 그녀가 후드(Hood)의 〈셔츠의 노래〉[77]를 부르던 소리가 들립니다. 그런데 그 여인은 자신이 부르는 노래가 어떤 의미를 가진 것인지도 전혀 몰랐을 겁니다. 비극은 그 여인도, 그 여인의 노래를 듣는 사람들도 상상하지 못한 수준으로 컸습니다. 그런 상태를 상상할 수 있다면 상상해 보십시오. 그리고 인생이 얼마나 훌륭하게 바뀌었는지를!"

"그렇군요. 그런데 저로서는 도무지 상상이 안 되는군요."

나는 그의 눈이 빛나고 생생한 생명이 그의 얼굴에서 뿜어져 나오는 것을 바라보며 앉아 있었다. 나아가 그가 어떻게 그 나이에 이 세상 사람들의 행복에 대해 생각할 수 있는지, 또는 다음번 식사 이외의 것을 생각할 수 있는지 의아했다.

"상세하게 말씀해 주세요. 블룸즈버리 동쪽에는 지금 무엇이 있나요?" 내가 물었다.

"과거에는 이곳과 시 바깥 지역 사이에는 집이 거의 없었지요. 그러나 지금은 집과 인구가 밀집해 있습니다. 처음으로 빈민굴을 일소했던 19세기 말에 도시의 상업지구라고 불렸고, 그 뒤에는 '도둑의 소굴'로 알려진 지역에 있는 집들을 우리 선조들은 성급하게 헐어내지 않습니다. 그곳의 집들은 보기 흉할 정도로 빽빽하게 서 있기는 했지만, 내부가 널찍한데다 상당히 견고하고 깨끗했습니다. 그 집들은 주택으로 사용되기보다는 도박장 정도로만 사용되었기 때문이지요. 그래서 일소된 빈민굴에서 쫓겨난 가난한 사람들이 그곳을 숙소로 삼고 거기서 생활하게 됐습니다. 당시에 사람들이 그 집들을 어떻게 사용하는 게 가장 좋은지를 생각할 여유를 갖기까지는 그랬습니다. 그래서 그 집들은 서서히 철거됐고, 다른 곳들보다도 그곳에 사람들이 더욱 많이 모여 살게 됐습니다. 그곳은 지금도 런던, 아니 아마도 이 섬나라 전체에서도 가장 인구가 조밀한 지역일 겁니다. 하지만 그곳은 매우 쾌적합니다. 이는 그곳의 건물들이 호화로워서이기도한

데, 아마도 당신이 다른 곳에서 본 그 어떤 건물들보다 더 호화로울 겁니다. 당신도 들어본 지명이겠지만 앨드게이트(Aldgate)[78]라는 거리도 인구밀도로 치면 그곳에 버금갑니다. 그 너머에는 집들이 넓은 초원 부근에 산재해 있습니다. 그 초원은 매우 아름답지요. 특히 스트랫퍼드(Stratford)와 올드퍼드(Old Ford)라는 곳 근처의 사랑스러운 리(Lea) 강(아시겠지만 아이작 월턴[79] 노인이 자주 낚시를 했던 강) 주변에 있는 집들은 더욱 아름답습니다. 그곳은 과거에 로마인들이 왕성하게 활동했던 곳이지요. 물론 당신은 그 지명을 들어본 적도 없을 테지만."

들어보지도 못했을 거라고! 나는 혼자서 생각했다. 이 얼마나 묘한 일인가! 리 강변의 초원이 보여주었던 아름다움의 마지막 흔적이 파괴되는 것을 지켜본 내가 그 아름다움이 완전히 회복되어 그곳이 아름답다고 하는 말을 듣게 되다니.

해먼드는 말을 이었다. "템스 강변으로 내려가면 부두가 하나 있습니다. 그 부두는 19세기에 만들어진 것으로, 지금도 사용되고 있지만 옛날처럼 붐비지는 않습니다. 왜냐하면 우리는 가능한 한 중앙집중을 억제하고 있고, 이 나라가 세계의 시장이라는 허세는 오래전에 버렸기 때문이지요. 부두 주변에는 훌륭한 집이 몇 채 있으나, 많은 사람들이 상주하고 있지는 않습니다. 그곳 사람들은 자주 왔다갔다 하는데다 토지도 너무 낮은 습지여서 주거지로는 쾌적한 곳이 아니거든요. 부두를 지나 동쪽 육지 쪽은 몇몇 정원이 있는 곳을 제외하면 과거에는 늪이었으나 지금은 모두 평평한 목장으로 바뀌었지요. 그곳에는 사람들이 상주하는 집이 거의 없습니다. 가축우리 몇 동이 있고, 그곳에 방목되는 거대한 가축 떼를 돌보기 위해 그곳에 가는 사람들을 위한 오두막이 있을 뿐입니다. 그러나 여러 동물과 사람들이 함께 있고, 붉은 기와집들이 흩어져 있고, 거대한 건초 더미가 있는 그곳에서 햇볕이 좋은 가을 오후에 온순한 망아지를 타고 돌아다니면서 강과 그 강을 오르내리는 배들을 바라보고, '사냥꾼의 언덕(Shooters' Hill)'[80]이나 켄트의 구릉에 올라가서 하늘이 거대한 둥근 선을 그리고, 태양이 먼 지평선까지 평화로운 빛을 비추는 에섹스 늪지대를 바라보는 것도 휴일을 나쁘지 않게 보내는 방법입니다. 그곳에는 캐닝스타운(Canning's Town)[81]이라고 불리는 곳이 있고, 그보다 더 멀리 보이는 아름다운 초원에는 실버타운(Silvertown)이 있습니다. 그러나 한때는 그곳도 아주 불결한 빈민굴이었을 겁니다."

그 지명들은 내 귀에 거슬렸으나[82] 노인에게 이유를 설명할 수는 없었다. 그래서 나는 말을 돌렸다. "강의 남쪽은 어떻습니까?"

"그곳도 해머스미스 주변에 있는 지역들과 거의 비슷합니다. 땅이 높아지는 북쪽에는 햄스테드(Hampstead)[83]라는 쾌적하고 멋진 마을이 있습니다. 그곳이 바로 런던의 북쪽 끝이며, 당신이 거쳐 온 숲의 북서쪽 끝이 그곳에서 보입니다."

나는 미소로 답했다. "과거에 런던이었던 곳에 대한 이야기는 그 정도로 충분합니다. 이 나라의 다른 도시들에 대해서도 말씀해 주십시오."

"한때 제조업의 중심지이자 도박시장(gambling market)의 기능만

했던 음울한 대도시들은 벽돌과 회칠의 사막이었던 런던과 마찬가지로 이제 그 흔적조차 남아있지 않습니다. 물론 기계적 동력을 사용함으로써 생긴 거대한 변화 덕분에 그게 쉽게 진행되었지요. 설령 우리가 관습을 크게 변화시키지 않았다 해도 그런 공업 중심지들의 해체는 어느 정도 진전됐을 겁니다. 그 도시들의 상태가 너무나 심각해서 사람들이 어떤 희생을 치르더라도 그와 같은 소위 '제조업 지역'을 없애려 했을 테니까요. 그 밖에 우리가 필요로 하는 석탄이나 광석은 가능한 한 불순물을 적게 하고 사람들의 조용한 삶을 고통스럽게 만들지도 않게끔 갱 밖으로 끌어내어 그것을 필요로 하는 곳들로 보내졌습니다. 오늘날 사람들은 19세기에 그런 지역들이 어떤 상태였는지에 대한 기록을 읽고는 그곳들을 지배했던 이들이 악의를 가지고 당시 사람들을 괴롭히고 욕보이고 타락시켰다고 생각하기도 합니다. 그러나 사실은 그렇지 않았습니다. 우리가 아까 말했던 잘못된 교육과 마찬가지로 그런 지역의 당시 상태도 지독한 빈곤에서 비롯된 것이었지요. 당시 사람들은 모든 것을 무조건 참아야 했고, 심지어 싫은 것을 좋아하는 양 꾸미기도 해야 했습니다. 반면 지금의 우리는 모든 것을 합리적으로 처리할 수 있고, 자신이 바라지 않는 것을 억지로 짊어지지 않아도 됩니다."

나는 노인에게 질문을 던져서, 자신이 살고 있는 시대에 대한 그의 찬양을 중단시켰다. 고백하건대 나는 그러면서도 전혀 미안한 생각이 들지 않았다. 내가 물었다. "좀 더 작은 도시들은 어떻습니까? 제 생각에는 작은 도시들도 완전히 없앴을 것 같습니다만."

"아니, 아닙니다. 오히려 작은 도시들에서는 상당한 건물개축이 이뤄졌습니다. 전원에 둘러싸인 교외의 작은 도시는 평범한 시골이 됐고, 그런 도시의 중심에는 공터나 여유지가 생겼습니다. 그러나 지금도 거리와 광장, 시장이 있는 마을이 있습니다. 이런 작은 도시들을 통해 지금의 우리는 구세계 도시들, 가장 번성했을 때의 구세계 도시들이 어떤 곳이었는가를 어느 정도 알게 되지요."

"예를 들어 옥스퍼드에 대해서 말씀해 주십시오." 내가 말했다.

"네. 옥스퍼드는 19세기에도 아름다웠으리라 생각합니다. 지금도 상업주의 이전의 건물이 상당히 많이 남아 있으므로 매우 흥미롭고 아름다운 곳입니다. 그러나 그에 못지않게 아름다운 도시도 많이 있습니다."

내가 말했다. "한 가지 더 묻겠습니다. 옥스퍼드는 지금도 학문의 도시인가요?"

"지금도라고요?" 그가 웃으며 말했다. "글쎄요. 그곳은 그 최고의 전통으로 되돌아갔습니다. 그러니 그곳이 19세기의 상태와 얼마나 달라졌을지 상상해 보십시오. 지금 그곳에서 추구되는 것은 참된 학문, 다시 말해 지식 그 자체를 위하여 함양되는, 요컨대 '지식의 예술(The Art of Knowledge)'이며, 이는 과거의 상업주의 학문과는 전혀 다른 것입니다. 19세기에는 옥스퍼드와, 그보다 덜 흥미로운 자매도시인 케임브리지가 명백히 상업주의적으로 되었음을 아마 당신은 모르실 겁니다. 그 두 곳의 대학(특히 옥스퍼드)은 스스로 교양이 있다고 말하는 특수한 기생충 계급의 양성소였습니다. 그들은 당시의 소위 교육받은 계급이 일반적으로 그러했듯이 참으로 냉소적이었습니다. 그들은 박식하고 세상일에 밝다는 말을 듣기 위해 냉소적인 태도를 더욱 과장했지요. 부유한 중산계급(이들은 노동자 계급과는 아무런 관계가 없었습니다)은 마치 중세의 귀족이 자기가 거느린 광대를 대하듯 일종의 경멸적인 관용으로 그들을 대했습니다. 그러나 그들은 사실 그 사회의 따분한 존재였으므로 결코 중세의 광대처럼 유쾌한 존재도 아니었다는 말도 하지 않을 수 없네요. 그들은 조롱과 멸시를 받았고, 그리고 돈을 받았습니다. 이 마지막의 것, 즉 돈을 받는 게 그들의 목적이었지요."

도대체 무슨 소린가! 역사는 사실에 대한 동시대인의 판단을 참으로 잘도 전복시키는구나 하는 생각이 들었다. 그렇게까지 저질이었던 것은 그들 가운데 가장 못된 무리뿐이었지 않은가. 물론 나는 그들이 대부분 젠체하는 사람들이었고, 게다가 상업적이었다는 점은 인정하지 않을 수 없었다. 나는 해먼드 노인을 향해서라기보다 나 자신을 향해 큰 소리로 말했다. "그러나 그들이 어떻게 그들을 만든 시대보다 더 훌륭하게 될 수 있었겠습니까?"

"그렇습니다. 그러나 그들은 그 시대보다 훌륭한 체했습니다."

"정말로 그랬나요?" 내가 웃으며 말했다.

"저를 계속 궁지로 몰아넣는군요." 그 역시 웃으며 말했다. "적어도 그들은 소위 '야만적 중세' 시대에 옥스퍼드가 품었던 포부의 가련한 결과라고 말할 수는 있습니다."

"네, 그렇게는 말할 수 있겠지요." 내가 말했다.

"또한 그들에 대해 제가 말씀드린 것들은 대체로 진실입니다. 더 물어보십시오." 그가 말했다.

내가 물었다. "지금까지 런던, 공업지역, 보통의 도시에 대해 들었습니다. 그러면 시골은 어떻습니까?"

"19세기 말엽에 시골마을들은 거의 다 파괴됐습니다. 공업지대의 단순한 부속물이 되거나 아예 마을 자체가 일종의 소공업지역으로 변한 곳만이 파괴되지 않고 살아남았지요. 사람들이 떠난 집들은 점차 폐허로 변해갔고, 건물들은 말로 다 표현할 수 없을 정도로 조잡하고 추악해졌습니다. 노동력이 부족해졌음에도 불구하고 임금은 떨어졌고, 사람들은 나무토막을 팔아 몇 푼이라도 벌기 위해 나무를 베어 냈습니다. 과거 시골 사람들에게 그나마 작은 즐거움을 주었던 시골풍의 생활예술은 모두 사라졌습니다. 농민들의 손으로 지은 작물은 그들이 먹기에도 부족했습니다. 당시의 거칠고 무신경한 농경에도 불구하고 풍요롭던 들과 밭이 극도로 비열하고 옹색한 빈곤이 지배하는 곳으로 바뀌었습니다. 이 모든 것에 대해 당신은 어렴풋하게라도 아십니까?"

"그랬다고 들었습니다. 그 뒤에는 어떻게 됐습니까?" 내가 물었다.

"변화가 일어났지요. 그것도 믿을 수 없을 정도로 빠른 속도로 말입니다. 사람들이 시골로 모여들기 시작했고, 마치 야수가 먹이에 덤벼들 듯 방치된 토지에 덤벼들었습니다. 얼마 안 가 영국의 마을들은 14세기 이후 그 어느 때보다도 인구가 많아졌고, 그 후로도 계속 급속한 인구증가가 이어졌습니다. 물론 이렇게 갑자기 사람들이 시골로 몰려드는 현상은 제대로 대처하기가 매우 어려운 사안으로, 만일 사람들이 여전히 계급적 독점의 속박 아래 있었다면 엄청난 불행을 초래했을 겁니다. 그러나 실제로는 상황이 저절로 호전됐습니다. 사람들은 각자 자신에게 맞는 일을 발견했고, 반드시 실패하게 돼 있는 일에 스스로를 밀어 넣는 노력을 그만뒀지요. 시골로 침입해 들어간 도시사람들은 먼 옛날에 무력을 앞세워 침입했던 자들이 그랬듯이 그들을 둘러싼 환경의 힘에 굴복해 시골사람이 됐습니다. 그리고 그들의 수가 도시의 인구보다 더 많아짐에 따라 도시사람들에게도 영향을 끼쳤습니다. 그리하여 도시와 시골의 차이는 점점 줄어들었습니다. 당신이 처음으로 맛본 저 행복하고 여유로우면서도 열정적인 생활을 낳은 것은 도시에서 자란 사람들의 사고방식과 활발함이 더해짐으로써 활기를 띠게 된 시골세계의 모습입니다. 시행착오도 많았지만 우리에게는 그것을 바로잡을 시간이 있었습니다. 제가 더 젊었던 시기에 살던 사람들에게는 처리해야 할 것들이 많이 남아 있었습니다. 상업시대가 그나마 우리에게 남겨준 외적 경관의 아름다움마저, 사람들이 여전히 빈곤의 공포에 의해 압박을 받아 일상생활의 즐거움을 기대할 수 없었던 이십 세기 전반의 치졸한 사고방식 때문에 상당히 많이 파괴된 상태였습니다. 물론 저도 인정합니다. 자유롭게 된 뒤에도 사람들은 스스로 입힌 상처로부터 아주 서서히, 아주 늦게야 회복될 수 있었다는 것을요. 그러나 엄청나게 느리긴 했어도 어쨌거나 회복은 실제로 이루어졌습니다. 지금의 우리를 보세요. 보면 볼 수록 당신은 우리가 행복하다는 것을 더욱더 분명히 알게 될 겁니다. 그리고 우리가 유약하게 될지 모른다는 두려움 따윈 느끼지 않고 살고 있다는 것과, 우리에게는 할 일이 많으며 전반적으로 일하는 것을 즐긴다는 것도 알게 될 겁니다. 인생에서 뭐 더 바랄 게 있겠습니까?"

그는 마치 자신의 생각을 표현할 말을 찾는 듯 잠시 멈추었다가 다시 말을 이었다.

"이것이 현재 우리의 상태입니다. 영국은 숲과 황무지를 개척한 땅 위에 세워진 나라로 처음에는 그 안에 봉건제후의 군대가 있는 요새, 민중을 위한 시장, 직인들의 집회장이 있는 몇 개의 도시들이 산재해 있었지요. 그러다 공장주들에게 강탈되어 가난에 찌든 농장으로 둘러싸인 거대하고 오염된 공장들과 그보다 더 많이 오염된 도박장으로 뒤덮였습니다. 그러나 지금 이 나라는 하나의 정원입니다. 낭비되거나 손상되는 것은 아무것도 없고 필요한 주택, 오두막, 공장은 모두 정돈돼 있고 깔끔하며 아름답게 산재해 있습니다. 이렇게 될 수 있었던 이유는 우리가 황폐함과 비참함을 수반하는 대규모 물자생산을 허용하는 것은 아주 부끄러운 일임을 깨달았기 때문입니다. 친구, 조금 전에 이야기한 가정주부들은 이보다 더 나은 것을 우리에게 가르쳐줄 겁니다."

내가 말했다. "변화가 지닌 그러한 측면은 분명히 개선이겠지요. 저도 이제 곧 그런 마을 몇 군데를 직접 보게 될 텐데 예비지식을 준다는 뜻에서 그 마을들에 대해 한두 마디만 해주십시오."

"아마도 당신은 그런 마을들의 19세기 말 이전 모습을 담은, 그런

대로 괜찮은 그림을 보신 적 있을 겁니다. 그런 그림들이 있지요."

"그런 그림을 몇 점 본 적 있습니다." 내가 말했다.

"그러셨을 겁니다. 우리의 시골마을들은 그런 그림에 그려진 옛 마을들 가운데 가장 훌륭한 것과 상당히 유사합니다. 그 중심 건물은 교회이거나 사람들이 이웃과 만나는 집회장이지요. 그 주변에는 어떤 가난의 흔적도 없다는 점에 주목하십시오. 황폐한 회화미(picturesque)[84]는 전혀 없습니다. 사실대로 말씀드리면, 그런 식의 그림은 건축물을 그릴 능력이 없는 화가가 자신의 무능을 은폐하면서 그린 것입니다. 그런 그림은 어떤 비참함도 보여주지 않지만, 우리의 마음에는 들지 않습니다. 중세의 사람들처럼 우리는 정돈되고, 청결하고, 질서 있고, 밝은 것을 좋아합니다. 건축의 힘에 대한 감각을 조금이라도 가진 사람이라면 그런 것을 좋아하지요. 왜냐하면 그런 상태에서는 사람들이 자신이 바라는 것을 가질 수 있음을 알게 되고, 자연을 대할 때 어떤 터무니없는 자연의 작용도 무조건 참으려 하지는 않을 테니까요."

"마을 밖에 흩어져 있는 시골집도 있습니까?" 내가 물었다.

"네, 많습니다. 사실 황무지나 숲 속, 그리고 모래언덕(서리(Surrey)주에 있는 하인드헤드(Hindhead)와 같은)을 제외하면, 집을 한 채도 볼 수 없는 곳은 거의 없습니다. 듬성듬성 서 있는 집들은 거대하고, 이전의 보통 주택과 같다기보다 오히려 옛 대학과 같습니다. 사회를 위해 그렇게 지어진 것이지요. 그런 집에는 꽤 많은 사람들이 살고 있습니다. 그리고 그들은 거의 모두 농사일을 돕긴 하지만 그렇다고 모두 농민인 것은 아닙니다. 시골의 그런 거대한 주택에서 생활하는 것은 매우 즐겁습니다. 학문을 가장 좋아하는 사람들에게 그곳 생활은 특히 더 즐겁지요. 요컨대 그런 곳에는 다양한 정신과 기질을 갖고 있는 사람들이 모여 살며, 이런 점이 그곳 사회를 밝고 활기차게 만든답니다."

"상당히 의외네요. 말씀을 들어 보면 인구가 꽤 많은 것 같은데 전혀 문제가 되고 있지 않은 것 같아서요." 내가 말했다.

"그렇습니다. 전체 인구는 19세기 말과 거의 같습니다. 대신 우리는 인구를 분산시켰습니다. 우리를 필요로 하는 다른 나라들로도 이주해서 그곳의 인구증가를 돕기도 했지요."

내가 말했다. "어르신께서는 이 나라를 가리켜 '정원'이라고 말씀하셨는데 그 정원과는 어울리지 않는다고 여겨지는 게 하나 있습니다. 바로 어르신께서도 언급하신 황무지와 숲입니다. 저도 이 나라의 미들섹스(Middlesex)와 에섹스의 숲이 시작되는 곳을 본 적이 있습니다만, 왜 그런 것을 '정원' 속에 남겨놓고 있는 건가요? 그건 낭비 아닌가요?"

"친구, 우리는 황무지와 숲 같은 야생의 자연을 좋아하고, 그런 지역들을 남겨둘 여유가 있기에 그것들을 남겨두고 있는 것입니다. 더군다나 숲은 우리에게 필요한 나랑의 목재를 제공해주지 않습니까. 앞으로 우리의 후손도 목재를 필요로 할 거고요. 과거에는 정원에다 관목을 심고 암석을 설치했다고 들었습니다. 저는 그런 인공적인 것은 좋아하지 않지만, 정원에 자연암석이 있는 것은 분명 볼 만한 가치가 있다고 확신합니다. 북쪽으로 가서 컴벌랜드(Cumberland)나 웨스트모어랜드(Westmoreland)의 암석들을 둘러보십시오. 그곳에 가면 양을 치는 모습도 볼 수 있을 텐데, 그걸 보면 그곳 토지가 당신이 생각하는 것처럼 낭비되고 있지 않다는 걸 알게 될 겁니다. 잉글버러(Ingleborough) 산과 페니괜트(Pen-y-gwent) 산 사이에 있는 목양장에도 가 보십시오. 그리고 그곳을 본 후에 다시 제게 말해 주세요. 여전히 우리가 토지를 낭비한다고 생각하는지, 19세기에는 주된 사업이었으나 지금은 아무도 원하지 않는 것을 제조하기 위해 그 땅을 온통 공장으로 뒤덮어 놓아야만 토지를 낭비하지 않는 거라고 생각하는지 말입니다."

"그곳에 꼭 가봐야겠군요." 내가 말했다.

"그건 그리 어렵지 않을 겁니다."

11
정부에 대하여

"이제," 내가 말했다. "어르신께서 대답하시기에 시시하거나 설명하시기에 어려울 것 같은 질문을 몇 가지 드려야겠습니다. 그러나 좋든 싫든 이런 질문은 반드시 해야 한다고 아까부터 생각했습니다. 이 나라의 정부 형태는 어떻습니까? 공화주의가 결국 승리했습니까? 아니면 19세기의 일부 사람들이 민주주의의 궁극적 귀결이라고 예언한 단순한 독재체제에 이르렀습니까? 사실 이 마지막 질문은 이 나라 사람들이 과거에 국회의사당이었던 건물을 거름창고로 쓰고 있다는 사실에 비추어 볼 때 그다지 비합리적인 질문은 아닌 것 같습니다만. 만약 그렇지 않고 의회가 아직도 있다면 어디에 있습니까?"

노인은 나의 미소에 큰 웃음으로 화답하면서 말했다. "아, 네. 거름창고에 보관하는 분뇨는 최악의 부패물이 아닙니다. 분뇨는 적어도 땅을 비옥하게 해주니까요. 그러나 또 다른 형태의 부패에서는 오직 굶주림이 생길 뿐입니다. 바로 그런 부패를 크게 지지하는 무리가 과거에 저 건물 안에 있었지요. 손님, 지금 우리는 의회를 한 곳에 두기가 어렵습니다. 왜냐하면 모든 사람이 우리의 의회이기 때문이지요."

"무슨 말씀이신지 모르겠습니다." 내가 말했다.

"그럴 겁니다. 당신에게는 분명 충격이겠습니다만, 지금 우리에게는 다른 혹성에서 태어난 당신이 생각하는 것 같은 정부는 없습니다."

"어르신이 생각하시는 것만큼 충격적이지는 않습니다. 저도 정부라는 것에 대해 어느 정도는 알고 있으니까요. 아무튼 저는 이 나라 사람들은 그것을 어떻게 운영하고 있으며, 어떻게 해서 이런 상태에 이르게 되었는지 알고 싶습니다." 내가 말했다.

그가 말했다. "우리가 우리의 문제들을 다루기 위한 어떤 제도를 만들어야 한다는 것은 맞는 말입니다. 그것에 대해서는 당장이라도 질문하실 수 있습니다. 또한 그러한 제도의 세부사항들에 대해 모든 사람의 의견이 언제나 일치한 것은 아니라는 것도 사실입니다. 그러나 더 나아가 사람들을 자신과 다른 의견을 가진 다수, 즉 자신과 동등하지만 뜻이 다른 다수의 사람에게 굴종하게 만들기 위해서 육군, 해군, 경찰을 갖춘 정부라는 정교한 조직을 둘 필요는 더 이상 없다는 것도 사실입니다. 이는 사람들에게 자신의 머리와 돌담이 동일한 순간에 동일한 공간을 차지할 수 없다는 점을 이해시키는 데 그런 조직이 필요하지 않은 것과 마찬가집니다. 더 자세한 설명이 필요합니까?"

"네, 좀 더 자세히 말씀해주세요." 내가 말했다.

해먼드 노인은 즐거운 표정으로 의자에 앉았다. 그의 표정은 나를 긴장시켰다. 나는 그가 학문적인 논의를 시작할 것 같아 두려워서 한

숨을 쉬면서 가만히 앉아 있었다. 그가 말했다.

"나는 과거의 나쁜 시대에 정치가 어떻게 이루어졌는지 당신이 잘 알고 있다고 생각합니다만?"

"안다고 생각합니다." 내가 말했다.

(해먼드) 그럼, 당시의 정부는 어떤 것이었습니까? 그것은 진정한 의회였거나 그 일부였습니까?

(나) 아닙니다.

(해먼드) 의회는 한편으로는 상류계급의 이권이 어떤 피해도 입지 않도록 감시하는 일종의 감시위원회였고, 다른 한편으로는 민중을 기만하여 그들이 의회가 자신들의 문제를 다루는 데 어느 정도 관여하고 있다고 느끼게 하기 위한 일종의 눈가리개 아니었습니까?

(나) 역사는 그랬다고 말해주는 것 같습니다.

(해먼드) 민중은 자신들의 일을 어느 정도나 스스로 다루었습니까?

(나) 제가 들은 바로 판단하면, 사람들은 가끔 이미 발생한 어떤 변화를 합법화하는 법률을 의회로 하여금 만들게 했습니다.

(해먼드) 그 밖에는?

(나) 없었습니다. 제가 들은 바에 의하면, 만일 민중이 자신들에게 불만을 야기한 원인을 다루려고 시도하면 법률이 간섭하여 그것은 선동이다, 반란이다, 또는 기타 무엇이다 하면서 그러한 시도를 한 주모자를 학살하거나 고문했습니다.

(해먼드) 그때 의회가 정부가 아니었고 민중도 정부가 아니었다면, 무엇이 정부였습니까?

(나) 어르신께서 말씀해 주시겠습니까?

(해먼드) 행정부의 지원을 받는 법정이 정부였다고 해도 틀린 말은 아닐 겁니다. 법정이 폭력을 조종하고, 기만당한 민중은 그 폭력을 법정이 자기 목적을 위해 사용하는 것을 허용했습니다. 우리가 말하는 폭력은 육군, 해군, 경찰을 가리킵니다.

(나) 이성적인 사람이라면 어르신의 말씀이 옳다고 할 것입니다.

(해먼드) 당시의 통념에 따르면 법정은 모든 일을 공정하게 다루는 장소였지요? 그렇다면 빈민도 그곳에서 자신의 재산과 인격을 충분히 옹호할 수 있었나요?

(나) 부자에게도 소송은, 설령 승소한다고 해도 엄청난 불행인 게 보통이었는데, 빈민은 말할 것도 없지요. 법률의 손아귀에 사로잡혔던 빈민이 감옥행이나 완전한 파멸을 면할 경우 그것은 정의와 자비의 기적이라고까지 여겨졌습니다.

(해먼드) 그렇다면 19세기에는 '법정과 경찰'이 사실상의 정부였고, 그 정부는 불평등과 빈곤이 신의 법이고 세계를 연결하는 끈이라고 선언한 계급제도 아래에서 살던 당시의 민중에게는 별로 좋은 정부가 아니었던 것 같군요.

(나) 사실 그랬던 것 같습니다.

(해먼드) 이제는 그 모든 것이 변했지요. 어떤 물건을 확실하게 소유하고 그 물건에 절대로 손대지 말라고 이웃에 대고 외치는 식의 '재산권'은 이제 완전히 사라졌습니다. 따라서 그런 어리석음을 비웃는 것조차 이제는 불가능하지요. 이런 상황에서 그런 정부가 있을

수 있겠습니까?

(나) 있을 수 없겠지요.

(해먼드) 그렇습니다, 행복하게도! 그런데 과거에 부자를 빈민으로부터, 강자를 약자로부터 보호하는 것 외에 또 어떤 목적을 위해 정부가 존재했습니까?

(나) 정부의 직무는 다른 나라의 공격에 대항해 자국민을 보호하는 것이라는 말을 들었습니다.

(해먼드) 그렇게들 말했지요. 그러나 사람들이 과연 그렇게 믿었을까요? 가령 영국 정부는 영국민을 프랑스 군대로부터 지켰나요?

(나) 그랬다고들 말하더군요.

(해먼드) 만일 프랑스군이 영국을 침입하고 정복했다면, 그들은 영국 노동자들이 잘 사는 것을 허용하지 않았을 것이라는 말인가요?

(나, 웃으면서) 제가 알기로는, 영국의 노동자들을 부린 영국의 고용주들은 그랬다고 합니다. 그들은 자기 멋대로 노동자들의 생계수단을 빼앗았습니다. 단지 자신들에게 필요하다는 이유로.

(해먼드) 프랑스군이 영국을 정복했다면, 그들은 영국 노동자들로부터 더 많은 것을 빼앗으려고 했을까요?

(나) 저는 아니라고 생각합니다. 그랬다가는 영국 노동자들이 굶어 죽을 것이고, 결국 영국을 정복한 프랑스군은 영국의 말과 가축이 영양 불량으로 죽는 상황이 발생하는 경우와 마찬가지로 파멸하고 말 테니까요. 그러니 결국 영국 노동자들은 프랑스군에 정복당했다 해도 그로 인해 생계가 더 나빠지지는 않았을 겁니다. 프랑스 고용주들

이 영국 고용주들 이상으로 영국 노동자들로부터 생계수단을 빼앗지는 못했을 것입니다.

(해먼드) 맞습니다. 이로써 우리는 다른 나라로부터 가난한(그래서 유용한) 사람들을 지킨다는 정부의 주장이 거짓이라는 점을 명확히 알게 됐습니다. 그러나 정부가 그런 거짓 주장을 하는 것은 어찌 보면 당연합니다. 앞에서 이미 살펴본 것처럼 정부의 기능은 부자들을 빈민들로부터 지키는 것이었기 때문이지요. 정부가 자기 나라의 부자들을 다른 나라의 국민으로부터 지켰다는 말은 사실이 아닐까요?

(나) 저는 부자들이 스스로를 방어해야 했다는 말은 듣지 못했습니다. 오히려 두 나라가 전쟁을 벌일 때도 각국의 부자들은 언제나 서로를 상대로 아주 많은 도박을 벌였고, 자기 나라의 국민을 죽이는 무기를 다른 나라에 팔았다고 합니다.

(해먼드) 요약하자면 이렇게 말할 수 있겠지요. 정부가 법정이라는 수단을 통해 재산을 보호한다고 하는 것이 사실은 부의 파괴를 의미한다면, 전쟁이나 전쟁위협이라는 수단을 통해 다른 나라의 시민들로부터 자국의 시민들을 방위한다는 것도 마찬가지로 부의 파괴를 의미한다고 말입니다.

(나) 부인할 수 없군요.

(해먼드) 그렇다면 정부는 사실상 부의 파괴를 위해 존재했던 게 아닙니까?

(나) 그렇다고 생각합니다. 그렇지만…….

(해먼드) 무슨 말씀을 하시려는 겁니까?

(나) 그 당시에는 부자가 많았습니다.

(해먼드) 그랬던 상황이 나중에 어떻게 됐는지 알고 있지 않습니까?

(나) 저도 안다고 생각합니다만, 어떻게 됐는지 말씀해주십시오.

(해먼드) 정부가 상습적으로 부를 파괴했다면 나라가 가난하게 되었겠지요?

(나) 당연히 그랬을 것입니다.

(해먼드) 그러나 빈곤 속에서도 자신들을 위해 존재하는 정부를 가진 사람들은 어떤 일이 생겨도 스스로 부자라고 주장하지 않았습니까?

(나) 그랬습니다.

(해먼드) 만일 가난한 나라에서 몇 사람이 다른 사람들을 희생시키면서 스스로 부자라고 주장한다면 필연적으로 어떤 일이 일어나겠습니까?

(나) 다른 사람들에게는 말로 다 할 수 없는 가난을 안겨주겠지요. 그렇다면 모든 빈곤은 우리가 말한 파괴적인 정부에 의해 생긴 것인가요?

(해먼드) 아니, 그렇게 말하는 것은 옳지 않습니다. 정부 그 자체가 민중을 염두에 두지 않은 무계획적인 그 시대 전제정치의 필연적인 결과, 즉 전제정치의 기관에 불과하니까요. 이제 전제정치는 끝났고, 우리는 더 이상 그런 기관을 필요로 하지 않습니다. 우리는 자유롭기 때문에 그런 기관은 결코 이용하지 않습니다. 따라서 우리는 당신이

생각하시는 의미의 정부를 갖고 있지 않습니다. 이제 이해하시겠습니까?

(나) 네, 이해됩니다. 그러면 이제 이 나라 사람들이 자유인으로서 어떻게 자신의 문제들을 다루는지에 대해서 몇 가지 묻고 싶습니다.

(해먼드) 기꺼이 물어주십시오. 환영합니다.

12
삶의 제도에 대하여

"자, 이제는 정부를 대신한다고 말씀하신 제도에 대해 설명해 주십시오." 내가 말했다.

"이웃! 우리는 과거보다 생활을 간소화시키고 우리의 선조에게 많은 고통을 준 수많은 인습과 허구적 욕구를 추방했습니다. 그런데 그런 우리의 삶이 어떻게 짜여져 있는지를 말로 상세히 설명하기란 매우 복잡하군요. 그것은 당신이 우리와 함께 생활하면서 직접 깨달아야 합니다. 대신 우리가 하지 않는 것에 대해 말해드리겠습니다. 그것이 우리가 하고 있는 것에 대해 말하는 것보다 더 쉬우니까요."

"아, 네." 내가 말했다.

"이렇게 말해도 좋겠군요. 우리는 적어도 150년 동안[85] 대체로 현재의 방식으로 생활해왔고, 그 과정에서 우리에게도 생활의 전통이나 습관이 형성됐습니다. 그 습관이란 것은 전체적으로 최고의 것을 목표로 삼아 행동하는 습관입니다. 우리는 서로 상대방의 것을 빼앗지 않고도 얼마든지 잘 살 수 있습니다. 물론 서로 다투고 훔칠 수도 있습니다만, 우리에게 그것은 싸움이나 약탈을 억제하는 것보다 더 하기 어려운 행동입니다. 요컨대 이런 게 우리의 생활과 행복의 기초입니다."

나는 물었다. "과거에는 싸움과 약탈을 하지 않고 살아나가기가 정말로 힘들었습니다. 지금과 같은 훌륭한 상황에서는 부정적인 행동을 하는 게 오히려 더 어렵다고 한 어르신의 말씀도 이와 같은 맥락인 거지요?"

"그렇습니다. 사실 당시는 살기가 매우 어려웠겠지요. 그래서 이웃에게 언제나 공정하게 행동하는 사람은 성자와 영웅으로 칭찬 받고 최대의 숭상을 받았지요."

"그들이 살아 있는 동안에요?" 내가 물었다.

"아니, 죽고 난 뒤에 말입니다."

"그렇다고 이 시대에는 그런 좋은 우애라는 습관을 위반하는 사람이 하나도 없다고 말씀하시려는 것은 아니겠지요?" 내가 물었다.

"물론 아닙니다. 그러나 그러한 위반이 있게 되면 위반한 사람 자신은 물론이고 다른 사람들도 모두 그것이 무엇인지를 압니다. 즉 그것은 친구가 저지른 실수이지, 사회에 대한 적의를 품게 된 사람들의 상습적인 행동은 아니라는 겁니다."

"알겠습니다. 이 나라에는 '범죄자 계급'이 없다고 말씀하시는 거지요?" 내가 물었다.

"어떻게 우리가 그런 것을 갖고 있겠습니까? 국가의 불공정함을 통해 국가에 반대하는 적을 키우는 부자계급이 없는데 말입니다."

내가 말했다. "조금 전에 말씀하신 것으로 미루어볼 때 이 나라에서는 민법을 폐지된 것 같은데, 맞습니까?"

"민법은 저절로 없어졌습니다, 친구. 제가 앞서 말씀드렸듯이 민사법정은 사유재산을 방어하기 위해 설치된 것이었지요. 폭력으로 사람들을 서로 공정하게 행동하게 하는 것이 가능하다고 말하는 사람은 이제 전혀 없습니다. 게다가 사유재산이 폐지되자 사유재산이 만들어 냈던 법률이나 법률에 의한 범죄도 모두 사라졌습니다. 훔쳐서는 안 된다는 말은 행복하게 살기 위해서는 일하지 않으면 안 된다는 말로 바뀔 수밖에 없었습니다. 그러한 명령을 폭력으로 강제할 필요가 있겠습니까?"

"음, 알겠습니다. 저도 동의합니다. 그러나 폭력범죄는 어떻습니까? 그것이 발생한다면(어르신께서도 그런 것이 발생한다는 사실을 인정하시겠지요) 형법이 필요한 것 아닙니까?" 내가 물었다.

그가 대답했다. "당신이 말씀하시는 의미에서는 형법 역시 필요 없습니다. 좀 더 면밀하게 생각해 보면 폭력범죄가 어디에서 비롯되는지를 알 수 있습니다. 과거의 시대에 일어난 폭력범죄의 대부분은 사유재산법이 낳은 결과였습니다. 그런 법률은 특권을 지닌 소수를 제외한 나머지 모든 사람늘이 그들의 자연스러운 욕망을 만족시키는 것을 금지했습니다. 그런 명백한 탄압이 폭력범죄를 초래한 것이지요. 지금은 그러한 원인들이 모두 사라졌기 때문에 그로 인한 폭력범죄는 발생하지 않습니다. 과거에 폭력행위를 초래했던 또다른 원인은 과도한 질투나 왜곡된 성욕이었습니다. 이에 대해 주의 깊게 살펴보면, 그 근저에는 대개 여성은 남편이든 아버지든 형제든 기타 누구든 간에 남성의 소유물이라는 관념(법률이 만든 관념)이 깔려 있었음을 알 수 있습니다. 지금은 그러한 관념도 사유재산과 함께 사라졌습니다. 자연스러운 욕구를 비합법적인 방식으로 추구하는 여성은 파멸한다는 바보 같은 생각도 역시 없어졌습니다. 이런 생각도 물론 사유재산법 때문에 생긴 것이었습니다. 폭력범죄의 또 다른, 그러나 뿌리는 같은 원인은 과거에 수많은 소설과 이야기의 주제였던 가정 내 전제였습니다. 이 또한 사유재산의 결과였지요. 물론 그런 가정 내 전제도 모두 없어졌습니다. 왜냐하면 지금의 가족은 법적 혹은 사회적인 강압이나 속박에 의해서가 아니라 서로에 대한 사랑과 애정에 의해 구성되니까요. 남자든 여자든 자신의 의지에 따라 자유롭게 가족이 되거나 가족에서 벗어납니다. 나아가 명예와 공적 평판에 대한 우리의 기준은 과거의 기준과 전혀 다릅니다. 이웃을 이겨 성공하는 것이 명성을 얻는 길로 통하던 관습은 사라졌고, 앞으로도 영원히 부활하지 않기를 희망합니다. 모든 사람은 각자 지닌 고유한 재능을 최대한 발휘할 자유를 누리고 있고, 누구나 그럴 수 있도록 서로 격려합니다. 그래서 우리는 시인들이 언제나 나름대로의 이유로 증오와 연결시켜온 험악한 질투를 몰아냈습니다. 과거에는 그런 질투로 인해 산처럼 많은 불행과 적의가 생겨났고, 그런 적의는 성마르고 정열적인 남성, 즉 힘이 넘치고 활동적인 남성을 쉽게 폭력으로 이끌었지요."

내가 웃으며 말했다. "어르신께서는 아까 인정했던 것을 부정하시고, 이곳 사람들 사이에는 폭력이 전혀 존재하지 않는다고 말씀하시는군요."

"그럴 리가요. 나는 내 말을 전혀 부정하지 않았습니다. 아까 말씀드렸던 것 같은 폭력은 일어납니다. 격분에 의한 실수도 가끔 생기지요. 어떤 남자가 다른 남자를 때리고 맞은 사람이 다시 자기를 때린 사람을 때린 결과로 최악의 경우에는 살인이 벌어지기도 합니다. 그러나 그 다음엔 어떻게 해야 할까요? 서로 이웃인 우리가 사태를 더욱 악화시켜야 할까요? 죽은 남자가 만약에 살해되지 않고 불구가 되는 데 그쳤고 모든 상황을 냉정하고 신중하게 고려할 수 있다면 자신을 불구로 만든 남자를 필경 용서하리라는 것을 우리가 안다고 가정해 봅시다. 그런데도 우리가 '그는 우리가 자신을 대신해서 살인범에게 복수해 주길 원할 거야'라고 생각할 수 있겠습니까? 아니, 살인범을 죽이면 죽은 자가 되살아나 자신의 죽음으로 인해 생긴 불행을 제거하기라도 한다는 말입니까?"

"글쎄요." 내가 말했다. "그러나 생각해 보십시오. 사회의 안전은 형벌에 의해 지켜져야 하는 게 아닐까요?"

"바로 그게 문젭니다, 친구!" 노인은 약간 흥분하여 말했다. "당신은 정곡을 찔렀어요. 과거의 사람들이 그렇게 현명한 척하면서 실제로는 그토록 멍청하게 형벌을 시행한 것은 그들의 공포를 표현한 게 아니면 무엇이겠습니까? 그런데 사실 그들은 공포를 느낄 필요가 없었습니다. 그들, 그러니까 그 사회의 지배자들은 마치 적국 속에 주둔

한 무장군대처럼 살았으니까요. 하지만 친구들 속에서 사는 우리는 공포를 느낄 필요도 없고 형벌을 유지해야 할 필요도 없습니다. 만일 우리가 드물게 발생하는 살인과 가끔 발생하는 거친 폭력이 두려워서 정식으로 합법적인 살인과 폭력을 행하게 된다면, 이 사회는 오직 흉포한 겁쟁이들의 사회가 되고 말 겁니다. 어찌 생각하십니까, 이웃?"

"네, 그렇습니다, 그런 측면에서 보면 맞는 말입니다." 내가 말했다.

"당신이 반드시 아셔야 될 것은, 어떤 폭력행위가 발생하면 그 범죄자는 그가 감당할 수 있는 수준 내에서만 대가를 치르게 된다는 점입니다. 이는 죄값에 대한 그의 기대치이자 우리의 기대치이기도 합니다. 생각해 보십시오. 분노나 어리석음에 일시적으로 압도당해서 사고를 일으킨 한 인간에게 심각한 위해를 가해 그를 파멸시킨다 한들 이 사회에 무슨 보상이 되겠습니까? 분명 그것은 사회에 또 다른 손상을 입힐 뿐입니다."

내가 물었다. "그러나 그 남자가 습관적으로 폭행을 일삼는다면요? 가령 매년 사람을 죽인다면요?"

"그런 경우가 있다는 말은 들어본 적이 없습니다. 회피해야 할 형벌이 없고 어겨야 할 법률이 없는 사회에서는 범죄 뒤에 반드시 자책이 따르게 마련입니다."

"그렇다면 가벼운 폭력행위가 발생하면 어떻게 처리하나요? 지금까지 우리는 큰 비극에 대해서만 이야기했다고 생각되어 드리는 질문입니다." 내가 말했다.

"정신병이나 광기 때문에 나쁜 짓을 저지른 사람일 경우에는 그의 병과 광기가 고쳐질 때까지 그를 억류해야 겠지요. 하지만 그런 경우가 아니라면 나쁜 짓을 저지른 사람은 곧 비탄과 수치를 느낄 게 틀림없습니다. 만약 나쁜 짓을 한 사람이 자신이 저지른 행위에 대해 둔감하다면, 사회 전체가 나서서 그에게 그의 행동이 그릇된 것이라는 걸 충분히 그리고 분명하게 말해줘야 합니다. 그러면 그는 최소한 비탄과 굴욕의 감정을 느끼게 됩니다. 그런 말을 하는 건 그렇게 어렵지 않습니다. 아, 물론 가끔은 어렵겠지요. 만약 그렇다면 그냥 내버려 둡니다."

"어르신께서는 그걸로 충분하다고 생각하십니까?" 내가 물었다.

"네. 그리고 그것이 우리가 할 수 있는 전부입니다. 만일 우리가 그에게 그 이상의 고통을 준다면 그의 비탄은 분노로 바뀌게 될 겁니다. 말하자면 그가 자신이 저지른 비행에 대해 느꼈을 수치감이 우리가 그에게 저지른 비행에 대해 복수하겠다는 기분으로 바뀔 수도 있단 말이지요. 또 만일 법적인 처벌을 내릴 경우 그는 지은 이미 죗값을 치렀다는 생각에 자책감을 버리고 '다시 죄를 짓자'는 태도를 갖게 될 수도 있습니다. 그런데도 우리가 그런 바보짓을 해야 하나요? 예수가 먼저 법률적인 죄를 용서하고 '나가서 다시 죄를 짓지는 말라'[86]고 한 말을 기억해 보십시오. 만인이 평등한 사회에서는 간호사나 의사로 일하는 사람은 많아도 고문자나 간수로 일하는 사람은 전혀 없다는 사실을 당신은 알게 될 겁니다."

"그렇다면 어르신께서는 범죄를 단순히 발작적인 질병으로 보고, 그것을 다루는 형법 체계는 전혀 필요 없다고 생각하시는 건가요?" 내가 물었다.

"그렇습니다. 그리고 앞서 말씀드렸듯이 우리는 대체로 건강하기에 그런 질병에 걸려 고통스러워하는 일이 거의 없습니다."

"알겠습니다. 그러니까 이 나라에는 민법도 형법도 존재하지 않는군요. 그렇지만 시장의 법률, 즉 상품교환에 대한 규제는 있겠지요? 재산이라는 개념은 없다고 해도 상품교환은 해야 할 테니까요." 내가 물었다.

"오늘 아침에 쇼핑을 하면서 보셨겠지만 우리는 개인 사이의 교환은 하지 않습니다. 물론 상황에 따라 다르긴 하지만 일반적 관습에 따른 시장의 규칙은 있습니다. 그러나 그 규칙은 누구나 동의하는 것이므로 그것을 강제하는 어떤 법규도 만들지 않습니다. 따라서 나는 그 규칙을 법률이라고 부르지 않습니다. 법률은 형법이든 민법이든 간에 판결 뒤에 집행이 따르는 것이고, 따라서 누군가는 반드시 고통을 당하게 됩니다. 법정에 앉아 있는 판사를 한 번 보십시오. 그러면 마치 투명한 유리창 안을 들여다보듯 그를 통해 사람을 교도소에 가두는 경찰과 살아 있는 사람들을 죽이는 군인을 볼 수 있을 겁니다. 그런 바보 같은 것들이 누구나 동의할 수 있는 시장을 만들어 낼 수 있을까요?"

나는 대답했다. "분명히 그런 것들은 시장을 전쟁터로 바꾸는 것을 뜻합니다. 그런 시장에서는 총탄과 총검이 사용되는 전쟁터에서와 마찬가지로 사람들이 반드시 고통을 당하지요. 지금까지 제가 본 것들로 미루어 말씀드리면, 이 나라의 시장거래는 크든 작든 썩 괜찮아 보이는 방식으로 이루어지고 있는 것 같습니다."

"맞습니다, 친구. 우리 가운데 상당수, 아니 가장 많은 수의 사람들이 물건을 만드는 일, 그것도 자기 손으로 직접 아름답게 만드는 일에 종사하지 않으면 행복하지 않은 사람들입니다. 그러나 내가 아까 말한 가족을 지키려는 사람들처럼, 꼬리가 긴 단어로 말하자면 관리(management)나 조직(organization)에서 기쁨을 찾는 사람도 많이 있습니다. 그들은 물건을 정리하고, 낭비를 피하고, 어떤 물건도 금세 못쓰게 되지 않는 것을 좋아하는 사람들입니다. 그런 사람들은 실제의 사실들을 처리하는 데서 일의 즐거움을 더 많이 느낍니다. 그들은 과거에 상인들이 하던 것처럼 유용한 사람들에 대한 특권적인 과세로 거둬들인 조세수입 중에서 자신들이 차지하게 될 몫을 확인하기 위해 계산대 사이를 돌아다니는 일은 하지 않습니다. 그럼, 다음 질문을 받아볼까요?"

13
정치에 대하여

내가 물었다. "정치는 어떻게 하고 있습니까?"

해먼드가 웃으며 말했다. "당신이 그런 질문을 하는 상대가 나여서 다행입니다. 아마 다른 사람이라면 당신에게 그런 질문을 한 취지를 설명하게 하려고 애씀으로써 당신이 지쳐서 질문을 하지 못하게 만들 걸요. 사실 지금 영국에서 당신이 무슨 뜻으로 그런 질문을 하는지를 아는 사람은 내가 유일할 겁니다. 각설하고 간단히 대답하자면, 정치와 관련해 우리는 매우 잘하고 있다고 말씀드릴 수 있습니다. 왜냐하면 정치라는 것이 존재하지 않기 때문이지요. 만일 나와 나눈 대화를 하나의 책으로 펴내실 생각이라면, 호레보우(Horrebow)의 '아이슬란드의 뱀'[87]을 모델로 삼아 이 문제에 대한 부분을 별개의 장으로 해주십시오."

"그러겠습니다." 내가 말했다.

14
쟁점은 어떻게 다뤄지나

내가 물었다. "외국과의 관계는 어떻습니까?"

"질문의 의도를 모르는 체할 수 없지요. 문명세계의 지배질서에서 그토록 큰 역할을 했던, 여러 나라들이 서로 경쟁하고 다투는 체계 전체가 사회 내 인간들 사이의 불평등이 소멸한 것과 마찬가지로 없어졌습니다."

"그렇다면 세계는 더욱 재미없는 곳이 됐겠군요?" 내가 물었다.

"왜 그렇게 생각하십니까?" 노인이 되물었다.

"나라들 사이의 다양성이 없어졌을 테니까요." 내가 말했다.

그러자 그가 약간 무뚝뚝하게 대답했다. "거참 어불성설이군요. 바다를 건너가 보십시오. 엄청난 다양성을 보시게 될 겁니다. 풍경, 건물, 식사, 오락 등 모두가 다양합니다. 남자나 여자나 사고방식도 용모도 다양합니다. 의상도 상업주의 시대보다 더 다양합니다. 서로 이질적이고 알력이 있는 가족과 종족들을 인공적이고 기계적인 집단들로 억지로 구분한 뒤에 그것을 국가라고 부르면서 사람들에게 애국심, 즉 바보 같고 질투심이 배인 편견을 자극하는 것이 어떻게 다양성을 증대시키고 단조로움을 없앤단 말입니까?"

"글쎄요, 그건 저도 모르겠군요." 내가 말했다.

"그렇습니다." 해먼드는 힘차게 말했다. "지금 우리는 그러한 바보 같은 것으로부터 해방되어 다양성 자체가 힘을 발휘하게 되었습니다. 그리고 그 덕분에 저마다 각각 다른 혈통을 지닌 사람들이 서로 상대방의 것을 빼앗으려 하지 않고, 도움을 주며, 즐겁게 만날 수 있지요. 우리 모두는 우리의 삶을 가장 존중하고 그것을 최대한 누린다는 공통의 목표를 갖고 있습니다. 그리고 어떤 분쟁이나 오해가 생긴다 해도 그것은 상이한 종족들 사이에서는 거의 발생하지 않는다는 점을 말씀드리고 싶군요. 설령 나타난다 해도 그런 종족 간 분쟁과 오해는 비합리성이 덜하기 때문에 더 쉽게 진정됩니다."

"좋은 일이군요. 그러나 정치적 쟁점은요? 다시 말해 동일한 공동체에서 나타날 수 있는 전반적인 의견차이는 어떻게 됩니까? 어르신께서는 그런 경우가 없다고 단언하십니까?" 내가 물었다.

그가 다시 약간 무뚝뚝하게 말했다. "그런 것은 없습니다, 전혀. 분명히 말씀드리건대 이것은 사실입니다. 현실의 실질적인 사안에 대한 의견의 차이가 반드시 사람들을 서로 영원히 적대시하는 당파들로 고정시키지는 않지요. 이는 우주의 구조와 시간의 진행에 관한 이론이 상이하다고 하여 서로 적대시하지는 않는 것과 같은 이칩니다. 과거의 정치도 그런 것이었겠지요?"

"글쎄요. 저는 어르신처럼 분명히 말씀드릴 수가 없습니다." 내가 말했다.

"무슨 뜻인지 압니다. 과거의 정치가들은 마치 중대한 의견차이가 있는 것처럼 가장했을 뿐입니다. 내가 왜 이렇게 생각하느냐 하면, 만일 실제로 그런 의견차이가 있었다면 그들은 일상사를 함께할 수 없었을 것이기 때문입니다. 함께 식사를 하고, 함께 매매를 하고, 함께 도박을 하고, 함께 타인을 속이는 게 불가능했을 것이고, 만나기만 하면 서로 싸웠을 것입니다. 서로 전혀 맞지 않는 사람들이 어떻게 함께 그런 일을 할 수 있었겠습니까. 정치에 숙달된 사람들이 벌인 게임은 대중을 속이거나 압박하여 소수 야심가 도당의 사치스러운 생활과 흥겨운 오락의 비용을 지불하게 하는 것이었습니다. 다시 말해 그들이 보여준 모든 행동은 그들 사이의 중대한 의견차이가 실은 거짓된 가장임을 드러내고 있었으나, 대중으로 하여금 자신들을 위해 비용을 지불하게 하는 목적에는 그런 가장이 아주 훌륭한 역할을 했습니다. 그런 것이 우리와 무슨 관계가 있겠습니까?"

내가 말했다. "전혀 무관하기를 바라야겠지요. 그러나 저는 염려하지 않을 수 없네요. 간단히 말해 정치적 분쟁은 인간본성의 필연적인 결과라고 들어왔기 때문입니다."

"인간본성이라고요?" 노인은 소년처럼 충동적으로 소리쳤다. "어떤 인간본성을 말씀하시는 겁니까? 빈민의? 노예의? 노예소유자의? 아니면 부유한 자유인의 인간 본성을 말씀하시는 건가요? 어느 것입니까? 말씀해 보세요."

내가 대답했다. "글쎄요. 정치적 쟁점에 대한 사람들의 행동에는 상황에 따라 여러 가지 차이가 있기 마련이지요."

"저도 정말로 그렇다고 생각합니다. 여하튼 경험으로 보면 그렇습니다. 우리 사이에서는 의견의 차이가 정치가 아닌 일과 관련하여 생기지만, 그것은 일시적인 사안에 관한 것일 뿐 사람들을 영원히 분열시키지는 못합니다. 일반적으로 어떤 문제에 대해 어떤 의견이 옳은가는 그 직접적인 결과가 보여줍니다. 이는 사실의 문제이지 추측의 문제가 아닙니다. 가령 여기저기 시골에서 건초 만들기를 이번 주에 시작할까, 아니면 다음 주에 시작할까가 문제가 됐다고 가정해봅시다. 모든 사람이 늦어도 두 주일 후에는 반드시 그것을 시작해야 한다는 데 의견이 일치하고, 또 누구라도 스스로 밭으로 가서 베기에 충분할 정도로 열매가 익었는지를 보려고 한다면 이 문제에 대해 정당을 급조하기란 분명 쉬운 일이 아닙니다."

내가 말했다. "여기서는 의견의 차이가 크든 작든 다수 의사에 의해 결정을 내리겠지요?"

"물론입니다." 그가 말했다. "달리 어떤 방법으로 의견차이를 해결할 수 있겠습니까? 공동체의 복지에 영향을 미치지 않는 단순한 개인적인 사안에 대해서는, 즉 어떤 복장을 하고 무엇을 먹고 마시며 무엇을 쓰고 읽느냐는 등의 사안에 대해서는 의견의 차이란 있을 수 없고 누구나 하고 싶은 대로 하면 됩니다. 그러나 공동체 전체의 공통이익에 관련되거나 모든 사람에게 영향을 미치는 사안에 대해서는 다수의 생각대로 하지 않으면 안 됩니다. 소수파가 무력을 앞세워 자신들이야말로 엄연히 참된 다수라고 주장하지 않는 한은 말입니다. 그러나 사람들이 자유롭고 평등한 지금 사회에서는 그런 일이 거의 일어나지 않습니다. 왜냐하면 우리 사회의 다수는 참된 다수이고, 소수자들도 그 사실을 충분히 알기에 단순한 옹고집을 부리며 방해하지 않습니다. 게다가 그들도 자신들의 생각을 주장할 기회가 충분히 있는데 왜 옹고집을 부리겠습니까."

"그런 과정은 어떻게 처리됩니까?" 내가 물었다.

"음, 우리의 행정단위인 코뮌(commune), 워드(ward), 패리시(parish)[88]를 예로 들어봅시다(우리는 이 세 가지 이름을 다 사용하고 있습니다. 이 세 가지는 과거에는 서로 매우 다른 것들이었지만 세월이 많이 흐른 지금에는 아무런 차이가 없습니다). 그중 하나의 구역에서 어떤 이웃이 어떤 일은 시행되어야 하고 어떤 일은 시행되지 말아야 한다고 생각한다고 합시다. 가령 새로운 마을회관을 짓는 문제나 불편을 초래하는 집을 허무는 문제를 예로 들 수 있지요. 또 추악한 철교를 석교로 바꾸자는 주장도 상정할 수 있는데, 이 경우에는 없애는 일과 만드는 일이 동시에 문제가 됩니다. 그런데 다음 정기집회, 또는 관료제가 생기기 이전의 고대 용어이자 우리가 사용하는 용어로 말하자면 모트(Mote)[89]에서 한 이웃이 그런 변화의 조치를 제안하고 사소한 이견 외에는 모든 사람이 그에 동의하면 모트는 결론을 내리고 끝납니다. 반면에 제안을 지지하는 사람이 없으면, 옛날 식으로 말하자면 재청이 나오지 않으면, 그 제안에 대한 토론은 즉시 중단되지요. 하지만 제안자는 모트가 열리기 전에 자신의 제안에 대해 다른 사람들과 여러 차례 이야기를 나누기 때문에 합리적인 사람들 사이에서는 그런 일이 생기지 않습니다. 아울러 어떤 안건이 제안되고 그에 대한 지지 의견이 나왔다고 해도 이웃 사람들 가운데 몇 명이 동의하지 않는다면, 예를 들어 만일 이웃 사람들이 추악한 철교도 아직은 유용하다고 생각하고 지금 당장 새 다리를 만들고 싶지 않다고 주장하면 사람들은 머릿수를 세지 않고 공식 토의를 다음 모트로 연기합니다. 다음번 모트가 열리기 전까지 찬반양론이 어지러이 오가고 그 내용 중 일부는 인쇄되어 회람되기도 하므로 모든 사람들이 논의가 어떻게 진행되고 있는지를 파악할 수 있습니다. 그런 과정을 거친 후 모트가 다시 열리면 정규 토의를 거쳐 마지막에 거수투표를 합니다. 이 투표에서 찬반의 차이가 근소하면 안건에 대해 좀 더 논의하기 위해 결론을 내리는 일을 미루고, 반대로 그 차이가 크면 소수파에게 다수의 의견에 따를 것인지를 묻습니다. 두 번째 토의는 후자의 경우로 마무리되는 경우가 대부분인데, 이때 만약 소수파가 다수의 의견에 따르기를 거부하면 안건은 세 번째 토의에 부쳐집니다. 세 번째 토의에서도 소수파의 의견을 따르는 사람 수가 눈에 띌 정도로 늘어나지 않는다면 언제나 소수파가 양보합니다. 소수파가 양보하지 않고 논의를 계속할 수 있게 하는 규칙도 있다는 말을 들었지만, 그런 규칙은 이제 반은 잊혀진 상태입니다. 한 가지 덧붙이고 싶은 것은, 제안을 통과시키지 못한 소수파는 자신들의 견해가 틀렸다고 생각하기보다는 자신들의 제안을 채택하도록 공동체를 설득하거나 압박하지 못했다고 생각한다는 사실입니다."

"정말로 훌륭합니다. 그런데 찬반의 수 차이가 계속 근소하면 어떻게 됩니까?" 내가 물었다.

"규칙대로 하자면 그런 안건은 그 상태로 끝나야 합니다. 차이가 너무 근소하면 다수파도 의견이 나뉜 상태를 그대로 받아들여야 한다는 거지요. 하지만 소수파가 실제로 이런 규칙을 발동시키려고 하는 경우는 거의 없습니다. 대개는 우호적인 태도로 다수파에 양보하지요."

"지금 하신 이야기는 모두 민주주의와 유사합니다. 그런데 여기서 민주주의는 아주 오래전에 이미 죽어버린 것이 아니었던가요?"

내 말에 노인은 눈을 반짝였다. "우리의 방법에 결점이 있다는 것을 인정합니다. 그러나 어떻게 하겠습니까? 우리는 우리 가운데 누군가가 공동체에 대해 자신의 주장이 언제나 통하지 않는다고 불만을 터뜨리도록 해서는 안 되고, 누구도 그렇게 멋대로 행동하도록 허용할 수도 없는데 말입니다. 어떻게 하면 좋겠습니까?"

"글쎄요. 저는 모르겠습니다." 내가 말했다.

그가 말했다. "우리의 방법에 대한 대안으로 생각할 수 있는 것은 두 가지뿐입니다. 첫째, 이웃들과 상의하지 않고 모든 문제에 대해 스스로 판정을 내릴 수 있는 한 무리의 우수한 사람들을 선발하거나 양성하는 것입니다. 이는 곧 과거에 '지식인 귀족'이라고 불리던 집단과 같은 사람들을 우리 자신을 위해 확보해 두는 것입니다. 둘째, 개인적인 의지의 자유를 보호하기 위해 다시 사유재산 체제로 돌아가 노예와 노예소유자들을 두는 것입니다. 이 두 가지 방책에 대해 어떻게 생각하십니까?"

나는 대답했다. "제3의 가능성도 있습니다. 모든 사람이 다른 모든 사람으로부터 철저히 독립하는 것이지요. 그러면 전제적인 사회체제는 없어집니다."

그는 일이 초 정도 나를 응시하다가 너털웃음을 터뜨렸다. 나도 덩달아 웃음을 터뜨렸다. 그는 마음을 가라앉히고 내게 고개를 끄덕이며 말했다. "네, 네. 진심으로 동의합니다. 이곳 사람들 모두가 같은 의견일 겁니다."

"감사합니다." 내가 말했다. "그리고 그렇게 되면 소수파가 심하게 압박받지 않습니다. 다리 문제를 예로 들어도, 만일 다리를 새로 설치하는 데 동의하지 않는 사람이라면 누구도 거기서 작업해야 하는 의무를 지지 않게 될 것이기 때문입니다. 적어도 저는 그럴 의무가 없다고 생각합니다."

그는 미소지으며 말했다. "예리한 지적입니다. 그러나 그것은 다른 혹성에 사는 사람의 견해입니다. 만일 소수파 사람이 자신의 감정이 손상됐다고 생각하게 되면, 의심할 바 없이 그는 그 다리를 설치하는 작업을 돕기를 거부함으로써 자신의 손상된 감정을 가라앉히려고 할 수 있습니다. 그러나 그렇게 하는 것은 우리 사회에서는 '다수파의 전제'에 의해 야기된 상처를 치유하는 데 유효한 약이 되지 못합니다. 왜냐하면 어떤 일이 수행되든 그 일은 사회의 모든 구성원에게 유익하거나 아니면 유해하거나 둘 중 하나일 테니까요. 누군가가 다리를 놓는 일에 힘을 보태건 보태지 않건 간에 만일 그 다리가 좋은 것이라면 그는 이익을 얻게 되고, 나쁜 것이라면 그는 손해를 입게 됩니다. 그리고 그 다리가 좋은 것이든 나쁜 것이든 그가 힘을 보탠 다면 다리를 놓는 동안에는 사람들에게 도움이 됩니다. 만일 다리를 놓는 것이 잘못임이 실제로 입증되고 그에게 손해를 끼친 경우라 할지라도 그는 '거봐, 내가 그럴 거라고 했잖아!'라고 말하는 데서 쾌감을 느끼는 것 외에는 다른 도리가 없습니다. 만일 그 다리가 놓여진 뒤 그에게도 이익이 된다면 그는 그저 침묵해야 합니다. 우리의 공산주의란 참으로 지독한 전제정이지요? 잘 먹고 마음 편한 사람 한 명당 천 명의 비참하고 굶주린 빈민이 존재했던 과거 시대에는 사람들이 그러한 불쾌한 처지에 빠지지 말라는 경고를 자주 받았습니다. 그러나 우리는 바로 이런 전제 덕분에 유복해졌습니다. 그런데 사실 이런 전제는 현미경으로 들여다봐도 보이지 않습니다. 친구! 염려하지 마십시오. 우리는 우리가 누리는 이 평화와 풍요와 행복을 이미 그 의미조차 잊어버린 서투른 이름으로 지칭해 문제를 일으킬 생각은 없습니다."

그는 잠시 생각에 잠겨 앉아 있다가 갑자기 말했다. "다른 질문은 없습니까? 제가 수다를 떠는 동안 아침이 거의 다 지나갔군요.

15
공산주의 사회에는
노동 유인이 없다는 주장에 대하여

"그렇군요. 그런데 디크와 클라라가 언제 나타날까요? 그들이 오기 전에 한두 가지 더 여쭤볼 시간이 있을까요?" 내가 물었다.

"그럼요, 친구. 당신이 많이 물을수록 저는 그만큼 더 즐거울 겁니다. 그리고 디크와 클라라가 오더라도 그들은 내가 답변 중인 것을 보면 내 말이 끝날 때까지 조용히 앉아서 듣는 시늉을 할 겁니다. 그래도 그들은 힘들어 하지 않을 거예요. 오히려 서로 가까이 있음을 의식하면서 나란히 앉아 있는 것을 매우 즐거워하겠지요."

나는 미소지으며 말했다. "좋습니다. 저는 그들이 와도 의식하지 않고 이야기를 계속하겠습니다. 이번에 어르신께 묻고 싶은 것은, 노동의 대가가 없는데 어떻게 사람들이 일을 하게 되는가, 특히 어떻게 그들이 열심히 일하게 되는가 하는 것입니다."

"노동의 대가가 없다고요?" 해먼드는 진지하게 말했다. "노동의 대가는 '삶'입니다. 그것으로 충분하지 않습니까?"

"그러나 특별히 뛰어난 노동에 대해서도 대가가 없지 않습니까?" 내가 물었다.

"아닙니다. 많은 대가가 있습니다. 그것은 바로 '창조'라는 것입니다. 과거의 사람들이라면 그것을 '신이 받는 임금'이라고 말했을지도 모르지요. 뛰어난 일을 뜻하는 창조의 기쁨에 대해 대가를 지급받고자 한다면, 그 다음에는 아이를 낳는 데 대해서도 대가를 청구하겠다는 말까지 듣게 될 겁니다." 그가 말했다.

"그러나 19세기의 사람이라면 인간에게는 아이를 낳고자 하는 자연적인 욕망과, 노동을 하지 않으려는 자연적인 욕망이 있다고 말할 겁니다." 내가 말했다.

"네. 저도 고대의, 완전히 거짓인 그 진부한 이야기를 잘 압니다. 우리에게 그 이야기는 정말이지 무의미한 것이지요. 모든 사람들에게 비웃음을 당한 푸리에는 그 문제를 좀 더 잘 이해했습니다."[90] 그가 말했다.

"왜 무의미하다는 건가요?" 내가 물었다.

"그렇게 생각하면 일이라는 것이 그저 고통일 뿐이지만, 우리는 그런 생각으로부터 정말로 멀리 떨어져 있기 때문입니다. 아울러 당신은 이미 알아차렸겠지만, 우리는 충분한 부를 지녔음에도 불구하고 언젠가는 일이 부족하게 될지도 모른다는 인종의 걱정을 하고 있습니다. 우리가 잃게 될 것을 걱정하는 것은 기쁨이지 고통이 아닙니다." 그가 대답했다.

"네. 저는 그 점에 주목했고, 이제 그것에 대해 여쭙고자 합니다.

그러나 먼저 이 나라 사람들이 생각하는 일의 즐거움의 적극적인 의미는 무엇입니까?" 내가 물었다.

"이제는 모든 일이 즐거움을 준다는 겁니다. 그 이유는 첫째, 우리가 명예와 부의 증가를 기대하며 일을 하기 때문입니다. 따라서 일 자체는 즐거운 게 아니더라도 일을 하면서 즐거운 흥분을 느끼게 됩니다. 둘째, 당신이 기계적인 일이라고 부를지 모르는 종류의 일도 즐거운 습관이 될 수 있습니다. 마지막으로 셋째, 일 그 자체에서 감각의 즐거움을 의식할 수도 있습니다(우리 일의 대부분이 바로 이런 종류입니다). 이는 바로 예술가로서 하는 일을 말합니다." 그가 말했다.

"알겠습니다." 내가 말했다. "그럼 이제 어떻게 하여 이 나라 사람들이 이런 행복한 상태에 이르게 됐는지 말씀해 주십시오. 솔직히 말씀드려 저는 구세계의 상태로부터 이런 변화를 일으킨 것이야말로 어르신께서 지금까지 말씀해주신 범죄, 정치, 재산, 결혼에서 일어난 모든 변화보다 더 거대하고 중요한 것이라고 생각합니다."

"맞습니다." 그가 말했다. "실제로 다른 모든 변화를 가능하게 한 것은 바로 일과 관련된 이런 변화라고 말해도 좋을 겁니다. 혁명의 목적이 무엇입니까? 그것은 분명 사람들을 행복하게 만드는 것이지요. 혁명이 사람들을 행복하게 만드는 것 외에 그 어떤 것으로 반혁명의 시작을 막을 수 있겠습니까? 불행에서 평화와 안정을 기대할 수 있겠습니까? 그보다는 가시에서 포도를, 엉겅퀴에서 무화과를 얻겠다[91]는 것이 오히려 더 품어볼 만한 기대일 것입니다. 그리고 나날의 행복한 일이 없이는 진정한 행복이란 불가능하지요."

"그 말씀은 명백한 진실입니다." 내가 끼어들었다. 노인의 말이 다소 설교조가 돼가는 듯한 느낌이 들었기 때문이다. "이 나라 사람들이 어떻게 이런 행복을 갖게 됐는지 말씀해 주십시오."

"간단히 말하면 인위적인 강제를 없앰으로써, 그리고 모든 사람에게 각자가 최고로 잘할 수 있는 것을 할 자유를 부여함으로써 행복을 얻을 수 있었지요. 물론 그 이전에, 어떤 노동의 산물이 우리가 원하는 것인가에 대한 지식이 바탕이 됐습니다. 그리고 그러한 지식에 도달하기까지 많은 시간과 노력이 필요했지요." 그가 말했다.

"더 상세히 말씀해 주십시오. 이 문제는 정말로 흥미롭군요."

"그러지요. 하지만 그전에 과거에 대해 약간 언급할 필요가 있습니다. 싫증이 나실지도 모르지만, 제대로 설명을 해드리기 위해서는 비교를 해야 합니다. 괜찮으시지요?" 그가 말했다.

"물론입니다."

그는 긴 이야기를 하려는 듯 의자에 다시 고쳐 앉으며 말했다. "우리가 듣고 읽은 모든 것으로부터 분명히 알 수 있는 사실은, 마지막 문명의 시대에 사람들은 상품생산 문제에서 일종의 악순환에 빠졌다는 점입니다. 그들은 놀라운 생산의 솜씨를 갖기에 이르렀고, 그 솜씨를 최대한으로 활용하기 위해 아주 정교한 매매 방식을 만들어갔습니다(또는 그렇게 되도록 허용했다고 말하는 게 나을지도 모르겠습니다). 그것은 '세계시장'으로 불렸습니다. 이 세계시장은 일단 움직이기 시작하자 사람들을 강제하여 더욱더 많은 상품을 그 필요 여부와 관계없이 계속 생산하게 했습니다. 그리하여 참된 필수품을 생산하는 노고로부터 스스로를 해방시키지 못했음에도 불구하고 그들은 허구의 상품이나 인위적인 필수품을 끊임없이 만들었습니다. 그런 것들이 앞서 말한 세계시장의 철칙 아래서 생활을 지원하는 참된 필수품과 동등한 중요성을 갖는 것처럼 여겨졌습니다. 이 모든 것에 의해 오직 그들의 비참한 제도를 지속시키기 위하여 사람들은 엄청난 양의 일을 스스로에게 부과했습니다."

"계속 말씀하십시오." 내가 말했다.

"물론 그때 불필요한 생산의 짐을 엄청나게 지고 비틀거리며 걸어가도록 강요되었기 때문에 사람들은 노동과 그 결과를 어떤 하나의 각도 이외의 다른 각도에서는 볼 수 없게 됐습니다. 즉 어떤 물건을 만들더라도 그것을 만드는 데 드는 노동량을 가능한 한 최소화하는 동시에 물건은 가능한 한 많이 만들어지도록 끝없이 노력한다는 것이었습니다. 이러한 소위 '생산비 절감'을 위해 모든 것이 희생되었습니다. 자신의 일에 종사하는 노동자의 행복, 아니 그의 가장 기본적인 만족과 최소한의 건강, 그의 식품, 의복, 주거, 여가, 오락, 교육……. 요컨대 그의 삶은 물건의 '값싼 생산'이라는 절박한 필요와 저울로 비교하면 모래 한 알의 무게에 불과했으나, 사실 그 생산물의 대부분은 전혀 생산할 가치조차 없는 것이었습니다. 우리가 들었고 믿을 수밖에 없는 것, 이 나라의 민중 가운데 다수가 거의 믿지 못하지만 압도적인 증거가 있으므로 믿지 않을 수 없는 것이 있습니다. 그것은 부유하고 유력한 사람들, 즉 앞서 말한 불쌍한 빈민들의 주인들조차도 그들의 부가 그런 극단의 어리석음을 떠받치게 하기 위해, 인간의 본성으로서는 너무나도 혐오스러워 도망치려고 할 만한 경관, 음향, 냄새 속에서 사는 삶을 감수했다는 점입니다. 사실 공동체 전체가 세계시장에 의해 강제되는 값싼 생산이라는 탐욕스러운 괴물의 입 속에 던져 넣어졌습니다."

"그렇군요. 그래서 어떻게 됐습니까? 그들의 영리함이나 생산능력이 그 비참한 혼돈을 결국에는 극복하지 못했나요? 그들은 세계시장을 따라잡아 초과노동이라는 두려운 과제로부터 스스로를 해방시킬 수단을 만들어내는 일에 착수할 수 없었습니까?" 내가 말했다.

그는 쓴 미소를 지으며 말했다. "그들이 노력이라도 했을까요? 저는 잘 모르겠습니다. 아시다시피 오래된 속담에 따르면, 풍뎅이는 오물 속에서도 잘 산다고 합니다. 사람들이 그 오물이 향기롭다고 생각했는지 아닌지는 모르겠으나 분명히 그 속에 살았습니다."

19세기 생활에 대한 그의 평가에 나는 잠시 숨을 멈춰야 했다. 그러고는 잠시 후 바보스럽게 물었다. "그러면 노동력을 절감시켰다는 그 기계는요?"

"아이쿠! 대체 무슨 말씀을 하시는 것입니까? 노동력 절감 기계라고요? 그런 것은 어떤 한 가지 일에 들어가는 노동(좀 더 쉽게 말하자면 인간의 삶)을 줄여서 남는 노동을 무익한 또 다른 일을 하는 데 쓰려는, 아니 낭비하려는 것이었습니다. 노동을 값을 떨어뜨리려는 그들의 모든 계략은 노동의 부담을 증가시키는 결과를 초래했습니다. 세계시장의 식욕은 먹으면 먹을수록 더 커졌습니다. 문명, 즉 조직화된 비참의 고리 안에 들어 있던 나라들은 시장이 낳은 기형의 물건으로 가득 찼고, 그 밖에 있는 나라들을 개방시키기 위해 폭력과 사기가 가차 없이 사용됐습니다. 그 시대의 사람들이 공언한 것들만 글로 읽었을 뿐 그 실제는 알지 못하는 사람들은 이런 '개방의 과정'을 이해할 수 없습니다. 그것은 19세기의 중대한 악덕들 가운데 최악의 것, 즉 대역들에게 하게 한 잔인한 행위에 대한 책임을 회피하기 위하여 위선과 빈말을 동원하던 모습을 보여줍니다. 문명화된 세계시장은 아직 그 마수에 걸리지 않은 어떤 나라를 집어삼키려고 갈망할 때면 속이 빤히 들여다보이는 구실을 내세웠습니다. 즉 상업주의의 노예제와는 다르고 그것처럼 잔인하지는 않은 노예제가 있다면 그 노예제를 없애기 위해서라든가, 선교사들 스스로도 더 이상 믿지 않는 종교를 전파하기 위해서라든가, '야만국'의 원주민들에게 비행을 저질러 현지 주민들 사이에 분쟁을 일으킨 무법자나 살인범인 미치광이를 구출하기 위해서라든가 하는 구실이 동원됐지요. 요컨대 개를 때릴 수만 있다면 어떤 막대기라도 상관없다는 식이었습니다. 그리하여 누군가 대담하고 파렴치하며 무식한 모험가가 발견되면(경쟁시대에는 그런 사람을 발견하는 게 어려운 일이 아니었습니다) 그를 매수하고, 그로 하여금 대상이 된 불운한 나라에 어떤 전통사회가 있었든 간에 그것을 해체하고, 그곳에 어떤 한가로움이나 즐거움이 있었든 간에 그것을 파괴함으로써 시장을 '창조'하게 했지요. 그런 모험가는 원주민들에게 그들이 원하지도 않는 상품을 강요하고 그것과 원주민들의 천연산물을 '교환'(그들은 약탈을 이렇게 불렀습니다)했으며, 그렇게 해서 '새로운 수요를 창출'했습니다. 이렇게 생겨난 수요를 채우기 위해(즉 원주민들이 새로운 주인으로부터 삶을 허락받기 위해) 그 불행하고 의지할 데 없는 사람들은 문명의 무가치한 물건들을 사는 데 필요한 약간의 돈을 손에 넣으려고 희망도 없는 고역의 노예로 자기 몸을 팔지 않으면 안 됐지요. 아!" 노인이 박물관을 손으로 가리키며 말을 이었다. "저는 저곳에서 문명(또는 조직화된 비참)이 '비문명'을 어떻게 다루었는지에 대한 정말로 이상한 이야기를 전하는 책과 문서들을 읽었습니다. 영국 정부가 성가시게 구는 황인종에게 줄 특별한 선물로 '천연두 균을 묻힌 모포'를 선택하고 그것을 고의로 황인종이 사는 곳에 보낸 시대[92]로부터 아프리카가 스탠리[93]라는 남자에게 고통을 당한 시대까지의 책과 문서를 읽었지요. 그 스탠리는……."

"죄송합니다만," 나는 노인의 말을 자르고는 말했다. "아시다시피 시간이 없습니다. 그래서 저는 문제를 가능한 한 직설적으로 다루었으면 합니다. 당장 묻고 싶은 것은 세계시장을 위해 만들어진 상품의 품질에 대해서입니다. 그들은 물건을 만드는 데는 매우 영리했다고 하니 물건을 잘 만들었으리라고 생각됩니다만."

"품질!" 노인은 이야기를 중단 당해 기분이 조금 언짢았던지 굳은 표정으로 말했다. "자기들이 파는 상품의 품질과 같은 사소한 문제에 그들이 어떻게 관심을 둘 수 있었겠습니까? 최상의 상품이라고 해도 흔해빠진 저급이었고, 최악의 것은 요구되는 물건의 그럴듯한 대용품이었기에 다른 비슷한 물건이 확보되기만 하면 누구도 그것에 만족하는 사람이 없을 정도였습니다. 상품은 사용하기 위해서가 아니라 팔기 위해서 만들어지는 것이라는 게 당시에 유행한 농담이었습니다. 이는 다른 혹성에서 오신 당신도 이해하실 수 있을 만한 농담이겠지만, 이 나라 사람들은 이해할 수 없습니다."

"네? 그들이 좋은 것은 하나도 만들지 않았다는 말씀이세요?" 내가 말했다.

"그렇습니다. 딱 하나만 빼고요. 그것은 물건을 만드는 데 쓰는 기계류였습니다. 기계들은 정말 완벽한 솜씨로 만들어졌고, 그들의 목적에도 훌륭하게 들어맞는 것이었지요. 따라서 19세기의 최대 공적은 발명, 기법, 인내의 경이로운 산물인 기계를 제작한 것이었습니다. 그러나 그 기계는 아무런 가치도 없는 대용품들을 무한히 생산해내는 데 사용됐다고 하는 게 정확한 표현일 겁니다. 사실 그 기계의 주인들은 자신들이 제조하는 것을 상품이라고 생각하지 않았고, 오직 자신들을 부유하게 만드는 수단이라고 생각했지요. 물론 상품의 효용성에 대한 판단기준으로 유일하게 인정된 것은 그 상품의 구매자를 발견할 수 있느냐는 것이었습니다. 구매자가 현명한 사람이냐 바보냐는 아무런 상관이 없었습니다." 그가 말했다.

"그런데도 사람들이 참았습니까?" 내가 물었다.

"한동안은 참았지요." 그가 말했다.

"그 뒤에는요?"

노인이 미소지으며 말했다. "좌절이 왔습니다. 그래서 19세기는 멱을 감던 중에 옷을 잃어버려 나체로 마을을 걸어 다녀야 했다는 남자처럼 됐습니다."

"어르신은 그 불운했던 19세기에 대해 대단히 신랄하군요." 내가 말했다.

"당연하지요. 19세기에 대해 잘 아니까요." 이렇게 말하고 노인은 잠시 침묵하다가 다시 입을 열었다. "우리 집안에는 19세기의 여러 전통, 아니 그 실제 역사가 있습니다. 제 조부는 19세기의 희생자 가운데 한 사람이었습니다. 그분은 순수한 예술가로서 천재이자 혁명가였지요. 만일 당신이 19세기에 대해 무언가 아신다면, 그런 그가 얼마나 고통을 당했을지 이해하실 겁니다."

"이해할 수 있을 것 같군요. 그러나 지금 이 나라 사람들은 그 모든 것을 거꾸로 돌려놓은 것처럼 보입니다만." 내가 말했다.

"바로 보셨습니다. 우리는 오직 필요에 의해서만 물건을 만듭니다. 사람들이 전혀 알지도 못하고 통제하지도 못하는 막연한 시장을 위해서가 아니라 마치 자신을 위해 물건을 만드는 것처럼 이웃이 사용할 물건을 만듭니다. 매매라는 게 존재하지 않고, 따라서 물건을 사도록 강요당할 사람이 더 이상 존재하지 않기 때문에 어떤 물건을 원하는 사람이 있을 것이라는 예상에만 근거해 물건을 만드는 것은 미친 짓입니다. 그러므로 만들어지는 물건은 무엇이나 훌륭하고, 어디까지나 그 목적에 적합한 것입니다. 직접 사용할 물건만 만드니까 당연히 질 나쁜 물건은 만들지 않지요. 나아가 앞서 말씀드렸듯이, 우리는 지금 우리가 원하는 게 무엇인지를 잘 알고 있으며, 딱 원하는 만큼만 만듭니다. 쓸모없는 것을 많이 만드느라 쫓기지 않으므로 충분한 재료를 가지고 즐거움을 만끽하면서 물건을 만들 수 있지요. 손으로 하기에 지겨운 일은 크게 개선된 기계로 합니다. 손으로 하기에 즐거운 일은 당연히 손으로 하고요. 모든 사람이 각각 자기의 기질에 적합한 일을 쉽게 찾을 수 있으므로 타인의 욕망에 희생당하는 사람은 아무도 없습니다. 때로 어떤 일이 바람직하지 않거나 불쾌감을 준다는 것을 알게 되면 우리는 그 일을 포기하고, 그 일을 통해 생산된 것들은 일체 없었던 것으로 끝냅니다. 어떻습니까? 우리에게 있어서 일은 심신의 즐거운 활동임을 이제 분명히 아시겠지요? 그래서 우리는 일을 회피하지 않고 오히려 할 일을 찾습니다. 세대를 거치면서 사람들이 점점 더 능숙해지므로 그만큼 쉽게 일할 수 있게 되고 대개는 생산량도 늘어나게 되지만, 일의 양은 감소하는 것 같습니다. 우리가 '일이 부족하게 될 가능성'을 걱정하는 이유는 바로 이 때문입니다. 이런 불안감은 오래전부터 커지고 있습니다."

"어르신께서도 일이 많이 부족해질 거라는 걱정을 하시나요?" 내가 물었다.

"나는 그런 걱정을 하지 않습니다." 그가 말했다. "내가 걱정하지 않는 이유는 이렇습니다. 자신의 일을 더욱더 즐겁게 만드는 것은 각자의 몫입니다. 자신에게 명예롭지 못한 일을 해서 즐거울 사람은 없기 때문에 사람들은 당연히 물건의 우수성을 더욱 높여 갈 것이고, 물건을 만들 때 신중에 신중을 기할 것입니다. 그리고 예술작품으로 취급할 수 있는 물건도 매우 많으므로, 그런 것을 만드는 것만으로도 다수의 솜씨 좋은 사람들에게 충분한 일거리를 제공할 수 있습니다. 예술이 무궁무진한 것처럼 과학 역시 무궁무진합니다. 과학은 지적인 사람들이 시간을 들일 가치가 있는 유일하게 순수한 일이라는 과거의 생각은 이제 더 이상 통용되지 않습니다. 그러나 난점을 극복하는 과학에 마음이 끌려 다른 무엇보다도 과학에 관심을 갖는 사람들이 지금도 여전히 많고, 앞으로도 그럴 겁니다. 또한 일에서 더욱더 많은 즐거움을 얻을 수 있게 됨에 따라 예전에는 바람직한 물건을 생산하는 일임에도 불구하고 즐겁게 일할 수 없다는 이유에서 포기했던 일도 지금은 즐겁게 할 수 있게 됐습니다. 나아가 일이 부족하게 되리라는 두려움이 있는 곳은 세계의 어느 지역보다도 발전한 유럽의 일부 지역뿐이라고 생각합니다. 가령 과거에 대영제국의 식민지였던 지역, 아메리카, 그중에서도 한때 미국이라고 불렸던 지역은 지금 우리에게 가장 큰 일의 보고(寶庫)라고 할 수 있고, 아마 앞으로도 오랫동안 그럴 겁니다. 이러한 지역들, 특히 아메리카의 북쪽 지역은 문명시대 말기에 문명의 전면적인 작용으로 인해 엄청난 고통을 당했고, 너무나 살기 어려운 땅이 되었으며, 삶을 즐겁게 한다는 점에서는 현재 너무나도 뒤떨어져 있습니다. 사실 거의 백 년간 북아메리카 사람들은 그 지역에서 엄청나게 악취 나는 먼지더미를 걷어내고 점차적으로 그 지역을 인간이 살 수 있는 곳으로 만드는 일을 해왔습니다. 그곳에는 아직도 해야 할 일이 많습니다. 더구나 그곳은 매우 넓기까지 하니 할 일 또한 그만큼 더 많아지겠지요."

"잘 알겠습니다. 그렇게 행복한 미래의 전망을 갖고 있다니 저도 너무 기쁘군요. 그런데 몇 가지 더 여쭙고 싶습니다. 그것까지만 여쭙고 오늘 질문을 끝내겠습니다."

16
블룸즈버리 시장 홀에서의 오찬

내가 그렇게 말했을 때 문 가까이에서 발자국 소리가 들려왔다. 빗장이 열리고 두 연인이 들어왔다. 그들은 너무도 아름다워서 다소 노골적인 사랑의 몸짓을 하는 것조차 낯부끄러운 행동처럼 여겨지지 않았다. 이 세상의 누구도 그들을 사랑하지 않을 수 없을 것 같았다. 해먼드 노인은 제일 처음 구상했던 것과 똑같은 그림을 방금 막 완성해낸 화가처럼 그들을 바라보며 행복에 겨운 표정을 지었다. 그가 말했다.

"앉게, 젊은이들. 그리고 조용히 하게. 여기 계신 손님의 질문이 아직 끝나지 않았으니."

"네, 저도 그럴 거라고 예상했습니다. 두 분이 함께 계신 지 이제 겨우 세 시간 반밖에 안 됐으니까요. 이 세기에 걸친 역사를 세 시간 반 만에 다 얘기할 수는 없지요. 그리고 두 분의 대화는 아마도 지리와 공예의 영역에까지 흘러 들어갔을 테지요?"

"할아버지, 방해받고 싶지 않으시겠지만 곧 만찬을 알리는 종소리가 울릴 거예요. 그 소리는 손님에게 매우 즐거운 음악처럼 들릴 걸요. 손님은 아침을 일찍 드신 것 같고, 어제도 매우 피곤하셨을 테니까요." 클라라가 말했다.

"그 말을 들으니 정말 그렇게 느껴지는군요. 그러나 저는 이 오랜 세월의 역사가 주는 놀라움으로 배가 꽉 찬 느낌입니다. 정말 너무너무 배가 부릅니다." 나는 그녀의 미소를 보며 말했다. 너무나 아름다운 미소였다.

바로 그때 하늘 높이 솟아 있는 게 분명한 어떤 탑에서 은으로 만든 종으로 연주되는 감미롭고 맑은 곡조가 울려퍼졌다. 낯선 그 소리는 마치 봄의 첫 지빠귀가 노래하는 소리처럼 들렸고, 내 마음에 회상의 돌풍을 불러일으켰다. 나빴던 시절도 떠올랐고 좋았던 시절도 떠올랐으나 그 모든 것이 달콤하게 변해 오직 즐겁게만 느껴졌다.

"식사 전에는 질문하지 마세요." 클라라가 다정한 아이처럼 내 손을 잡고 방 밖으로 잡아끌었다. 우리는 계단을 내려가 박물관 앞뜰로 나갔다. 우리 뒤를 따라 두 해먼드 씨도 밖으로 나왔.

우리는 내가 전에 가보았던 시장으로 갔다. 우아한[94] 복장을 한 사람들도 드문드문 시장에 들어섰다. 회랑 쪽으로 돌아 멋진 조각이 있는 출입구로 가니 검은 머리카락을 지닌 한 젊은 미녀가 아름다운 여름꽃을 한 다발씩 안겨 주었다. 우리는 해머스미스의 게스트 하우스보다 훨씬 크지만 더 정교하고 더 아름답게 지어진 건물의 홀로 들어갔다. 나는 그곳 벽화에서 눈을 뗄 수 없었다(클라라를 계속 쳐다보는 것은 무례한 짓이라고 생각했기 때문이다. 그녀가 능히 그럴 만한 아름다움을 지녔을지라도 말이다). 나는 그 벽화의 주제가 기묘한 태고의 신화와 상상에서 가져온 것임을 한눈에 알아보았다. 과거의 세계에서는 오직 소수만이 그런 것을 알아챌 수 있었다. 두 사람의 해먼드가 우리 맞은편에 앉았을 때 나는 벽화를 가리키며 노인에게 말했다.

"여기서 저런 주제의 그림을 보다니 정말 신기합니다!"

"왜요? 당신이 놀라는 이유를 모르겠군요. 누구나 다 그 이야기를 압니다. 그것은 고상하고 즐거운 주제입니다. 사람들이 대체로 먹고 마시며 즐기는 이곳과 잘 어울리게 그다지 비극적이지 않으면서도 내용이 풍부하지요." 노인이 말했다.

나는 미소지으며 말했다. "네, 저는 야콥 그림(Jacob Grimm)이 이 세계의 초기 시대 것부터 모은 〈일곱 마리 백조〉, 〈황금 산의 왕〉, 〈충직한 헨리〉[95], 그리고 그의 시대에도 거의 남아 있지 않았던 기이하고 즐거운 상상의 기록들을 여기서 보게 되리라고는 전혀 예상하지 못했습니다. 당신들은 그런 유치한 것들을 완전히 잊었다고 생각했으니까요."

노인은 말 없이 미소만 짓고 있었다. 그러나 디크는 약간 얼굴을 붉히고 소리쳤다.

"무슨 말씀입니까? 저는 그것들이 매우 아름답다고 생각합니다. 그림뿐 아니라 이야기도요. 어렸을 적에 우리는 모든 숲의 끝이나 모든 시내의 구부러진 부분에서 그런 일이 실제로 일어나고 있다고 상상했습니다. 그 시절 우리들에게 들판의 집들은 모두 '이상한 나라의 왕궁'이었습니다. 클라라, 당신도 기억하지요?"

"그럼요." 그녀가 말했다. 그녀의 아름다운 얼굴에 가벼운 근심이 스치는 듯했다. 내가 그녀에게 그 주제에 관해 말하고자 했을 때 아름다운 여직원들이 우리에게 다가와서 미소 띤 얼굴로 강변의 개개비 새들처럼 감미롭게 조잘대면서 음식을 내오기 시작했다. 음식은 요리사가 정성을 다해 즐겁게 요리한 것임을 한눈에 알아볼 수 있는 진미였다. 양이나 맛에 있어서 전혀 지나치지 않았고, 매우 뛰어났으나 모든 것이 간소했다. 그것은 특별한 성찬이 아니라 그냥 일반적인 식사인 게 분명했다. 유리잔, 도기, 접시는 중세미술에 익숙한 내 눈에도 무척 아름답게 보였다. 그러나 19세기의 클럽 고객들에게는 조잡하고 완성도가 떨어지는 것으로 여겨질 수도 있을 것 같았다. 도기는 아름답게 장식되고 납으로 둘러싸인 항아리 세공품이었다. 자기는 오래된 동양제품들만 여기저기 놓여 있었다.[96] 유리잔은 고상하고 모양이 다양했으나, 19세기의 상업주의 제품에 비하면 그 결이 다소 거칠었다. 홀의 가구를 비롯한 일반적인 인테리어는 탁자 위의 물건들과 마찬가지로 매우 아름답고 장식적이었으나, 우리 시대의 목수나 고급가구 제작자들이 만든 제품에서 볼 수 있는 상업적인 완성미는 없었다. 아울러 19세기의 '안락함', 즉 숨 막힐 정도의 불편함도 전혀 없었다. 그래서 그날의 행복한 흥분을 따로 떼놓고 생각한다 해도, 그렇게 즐거운 식사를 하기는 그때가 처음이었다.

식사를 마친 뒤 맛있는 보르도 와인이 담긴 병을 앞에 두고 잠시 쉬고 있을 때 클라라가 벽화에 대한 이야기를 다시 꺼냈다. 식사 전에 내가 벽화에 대해 했던 이야기에 계속 신경이 쓰였던 것 같았다.

그녀는 벽화를 바라보며 말했다. "우리는 대부분 자신의 삶에 흥미를 갖고 있습니다. 그렇지만 시를 쓰거나 그림을 그릴 때면 현재의 삶에 대해 잘 다루지 않고, 설령 다룬다고 해도 현실과 다르게 표현하려 합니다. 왜 그럴까요? 있는 그대로를 그리기에는 우리가 뭔가 부족한 존재이기 때문일까요? 시나 그림에서 저 과거의 시대가 우리에게 그토록 흥미롭게 여겨지는 것은 무엇 때문일까요?"

해먼드 노인이 미소를 지으며 말했다. "언제나 그러했고, 앞으로도 그럴 것이라는 게 내 생각이다. 어떻게 설명한다 하더라도 그렇다는 사실에는 변함이 없지. 참된 예술은 거의 없고 예술에 대한 말만 무성했던 19세기에는 예술과 상상의 문학이 당대의 삶을 다루어야 한다는 이론도 있었던 게 사실이지. 그러나 19세기 사람들은 한번도 그렇게 하지 않았어. 설령 그렇게 하는 체하는 작가가 있었다 해도, 방금 네가 한 말처럼 실은 그도 언제나 무언가를 속이거나 과장하거나 이상화하려고 했고, 이런저런 방법으로 자기 작품을 기이하게 만들려고 고심했지. 따라서 사실성이 뛰어난 작가였다 해도 차라리 파라오의 시대를 다루는 게 더 나았을 게야."

"그러나 기이한 것을 좋아하는 것은 자연스러운 일이에요. 아까 제가 말했던 것처럼 그것은 마치 우리가 어렸을 때 언제나 이런저런 장소에서 이런저런 사람인 양 가장해 행동했던 것과 같지요. 시나 그림이 하는 것도 바로 그런 거고요. 왜 그래서는 안 된다는 건가요?" 디크가 말했다.

"디크, 바로 네가 말한 대로야. 우리의 어린아이다운 부분이 상상의 작품을 만들어내는 것이지. 어렸을 적에는 시간이 너무 느리게 가서 무엇이라도 할 충분한 시간이 있는 것처럼 생각하니까." 노인은 이렇게 말한 뒤 한숨을 한 번 내쉬고는 미소지으며 다시 말을 이었다. "어린 시절로 되돌아간 것을 즐거워합시다. 저는 현재의 나날에 건배합니다."

"제2의 어린 시절인가요?" 나는 낮은 목소리로 이렇게 중얼거리기는 했지만, 무례를 범했다는 생각에 얼굴을 붉히고는[97] 그가 그 말을 듣지 못했기를 바랐다.

그러나 그는 내 말을 들었고, 나를 바라보고 웃으며 말했다. "그렇습니다. 왜 안 됩니까? 저는 그것이 오래 지속되기를 희망합니다. 다음 시대가 현명하지만 불행한 성인의 시대이고 만일 그런 시대가 실제로 온다면, 그것은 빨리 끝나고 우리를 제 삼의 어린 시절로 이끌어주기를 저는 바랍니다. 현대가 우리의 제 삼의 어린 시절이 아니라면 그렇다는 말입니다. 동시에 당신이 아셨으면 하는 것은, 우리는 지금 개인적으로나 사회적으로나 아주 행복해서 앞으로 무엇이 올지에 대해 거의 의식조차 하지 않는다는 겁니다."

"저는 우리가 시나 그림의 훌륭한 대상이었으면 해요." 클라라의 이 말에 디크는 글로 표현할 수 없는 연인의 언어로 답했다.

우리는 잠시 조용히 앉아 있었다.

17
변혁은 어떻게 오는가

디크가 침묵을 깨뜨리며 말했다. "손님, 식후에 조금 지루하게 해드려 죄송합니다. 무엇을 하고 싶습니까? 잿빛 말을 타고 해머스미스로 되돌아갈까요? 아니면 우리와 함께 여기서 가까운 홀에 가서 웨일스 민요라도 들을까요? 아니면 지금부터 저와 함께 시내에 가서 아주 훌륭한 건물들을 볼까요? 달리 하고 싶은 일이 있습니까?"

"글쎄요." 내가 말했다. "저는 이방인이니 당신의 선택에 따르도록 하겠습니다."

사실 그때 나는 즐기고 싶은 마음이 전혀 없었다. 해먼드 노인은 과거의 시대를 잘 알고 그것을 격렬히 증오하는 탓에 오히려 일종의 반사적인 동정심까지 갖고 있었다. 나는 그런 그가 너무도 새로운 이 세계로부터 내가 느끼는 추위를 막아주는 모포 역할을 하고 있다는 생각이 들었다. 이 새로운 세계에서 나는 습관적인 사고와 행동방식이 모조리 벗겨져 발가벗게 된 느낌이었다. 그래서 나는 너무 빨리 그를 떠나고 싶지 않았다.[98] 때마침 그때 그가 나를 구제하려는 듯 나섰다.

"잠깐, 디크. 손님 말고도 네가 의견을 물어보아야 할 사람이 더 있어. 그건 바로 나란다. 나는 아직 손님의 말상대가 되는 즐거움을 잃고 싶지 않구나. 게다가 이 손님은 나에게 물어 볼 것이 더 있다. 그러니 일단 너는 웨일스 사람들에게 가거라. 아, 가기 전에 먼저 우리에게 포도주를 한 병 갖다 다오. 나중에 돌아와서 손님을 서쪽으로 모시고 가거라. 그렇다고 너무 일찍 돌아오지는 말고."

디크는 고개를 끄덕이고 미소를 지었다. 곧 그 거대한 홀에 노인과 나, 둘만 남겨졌다. 목이 긴 고풍스런 잔에 담긴 포도주 위로 오후 햇살이 쏟아졌다. 해먼드가 먼저 입을 열었다.

"이제 당신은 우리의 생활방식에 대해 많이 들었고, 약간은 직접 보았습니다. 아직도 궁금한 게 있습니까?"

내가 말했다. "제가 가장 궁금한 것은 어떻게 그 모든 것이 가능하게 되었는가 하는 점입니다."

"그렇겠지요." 그가 말했다. "너무 크게 변했으니까요. 사실 그 모든 이야기를 당신에게 다 말씀드리기는 어렵습니다. 그건 아마 불가능할 겁니다. 지식, 불만, 반역, 실망, 파멸, 비참, 절망……. 다른 사람들보다 먼저 미래를 볼 수 있었기에 변혁을 위해 일한 사람들은 이런 모든 고난의 단계를 거쳤습니다. 그리고 의심할 바 없이 그 기간 내내 대부분의 사람들은 무엇이 진행되고 있는지도 모르고 오직 방관했을 뿐이며, 마치 해가 뜨고 지는 것처럼 그 모든 것이 당연하다고 생각했습니다. 물론 실제로도 당연한 것이었지요."

"우선 한 가지에 대해 말씀해 주십시오. 그 변혁은, '혁명'이라고 불리던 그 변혁은 평화롭게 찾아왔습니까?" 내가 물었다.

"평화롭게요? 19세기의 저 불쌍하고 뒤죽박죽인 무리에게 어떤 평화가 있었겠습니까? 처음부터 끝까지 전쟁이었습니다. 희망과 즐거움이 종지부를 찍기까지 가혹한 전쟁이 이어졌습니다."

"무기를 가지고 실제로 싸운 전쟁을 말씀하시는 겁니까? 아니면 우리도 들어 알고 있는 파업과 공장폐쇄, 그리고 기아를 말씀하시는 겁니까?" 내가 물었다.

"그 모두였습니다. 상업적 노예제로부터 자유의 상태로 전환되는 그 엄청난 과도기의 역사는 이렇게 요약할 수 있습니다. 모든 사람을 위한 공동자치적(communal)인 생활조건을 실현하고 싶다는 희망이 19세기의 마지막 무렵에 생겼습니다. 그런데 당시 사회의 전제자였던 중산계급의 권력이 너무 강력하고 압도적이었기 때문에 거의 모든 사람에게, 심지어 자신을 거슬러, 자신의 이성이나 판단과 달리 그러한 희망을 마음속에 품은 사람들에게도 그 희망은 한순간의 꿈과 같은 것처럼 보였습니다. 그 정도였기에 그 무렵 사회주의자라고 불린 비교적 계몽된 사람들 중 일부도 유일하게 합리적인 사회의 상태는 순수한 공산주의 상태(당신이 지금 보고 있는 것과 같은 상태)임을 충분히 알고 공공연히 사람들 앞에서 그렇다고 주장하면서도 실현 불가능한 행복한 꿈에 대해 설교한다는 생각에 위축되는 모습을 보였습니다. 지금 회상해 보면, 변혁의 중요한 원동력은 마치 연인의 무모한 열정과도 같은, 자유와 평등에 대한 갈망이었습니다. 다시 말해 그 것은 당시의 부유하고 교육을 받은 사람들의 목적 없는 고독한 생활을 혐오하고 거부한 마음의 구역질이었지요. 오늘날 우리는 이러한 말들이 가리키는 끔찍한 사실들로부터 완전히 멀어졌습니다. 이제 그런 말들은 우리에게 아무런 의미도 없습니다.

그런데 그런 생각과 느낌을 가진 사람들도 변혁을 불러올 수단으로서는 그런 것들에 대해 어떤 확신도 가질 수 없었습니다. 그랬던 것도 사실 놀라운 일이 아닙니다. 왜냐하면 자신의 주위를 둘러보면 생활의 비참함이 주는 부담이 너무 커서 그로 인해 초래되는 이기심에 압도당한 피압박계급의 거대한 무리를 보게 됐고, 그 결과로 자신이 살고 있는 시대의 노예제에 의해 규정된 보통의 방법, 즉 피압박계급에서 벗어나 압박계급으로 상승한다고 하는, 어찌 보면 가장 손쉬운 방법밖에는 할 수 있는 일이 아무것도 없다고 생각하게 됐으며, 그 외에는 그런 상태로부터 탈출하는 방법을 전혀 생각할 수 없게 됐기 때문입니다.

따라서 그들은 세상을 더 낫게 만들고자 하는 자신들과 같은 사람들에게 합리적 목표가 될 수 있는 것은 오직 평등의 상태임을 알고 있었지만, 성급하게 자포자기하게 되면서 다음과 같은 식으로 스스로를 합리화했습니다. 만일 생산체제와 재산관리의 방식을 일부 변화시킬 수 있다면 '하층계급'(이러한 가증스러운 말이 당시에는 통용됐습니다)이 그들 자신의 노예상태를 조금이라도 개선할 수 있게 되고, 기존의 체제에 적응하여 실제적인 평등(그들은 '실제적'이라는 말을 즐겨

사용했습니다)이 이루어질 때까지 그 체제를 이용해 자신들의 상태를 조금씩 개선해 나갈 것이라고 그들은 말했습니다. 빈민들이 참을 수 있는 정도의 상태를 유지하기 위해 부자들이 부담하지 않으면 안 되는 비용이 커지다 보면 부자인 것이 가치가 없어져서 부자가 서서히 소멸할 것이라고 보았던 것이지요. 여기까지는 이해가 되십니까?"

"어느 정도는요. 계속하십시오." 내가 대답했다.

해먼드 노인은 말을 계속했다. "좋습니다. 여기까지 이해하셨다면, 그런 생각이 이론으로서는 전적으로 틀렸다고 할 수 없음을 아시겠지요. 그러나 실제로는 실패했습니다."

"왜입니까?" 내가 물었다.

"아, 모르시겠습니까?" 그가 말했다. "그 이유는 그런 체제로 하여금 구현하게 하려는 것이 무엇인지도 모르는 사람들이 그 체제를 만들게 됐기 때문입니다. 피압박계급인 대중이 그런 개선계획을 추진한 경우에는 노예적 배급품을 가능한 한 많이 얻으려고 했을 뿐입니다. 그리고 그런 계급이 앞서 말한 자유와 평등을 향한 열정을 불러일으키는 본능의 소리를 더 이상 따르지 못하게 된 경우에는 그 결과가 이렇게 되었으리라 생각됩니다. 즉 노동계급 중 일부분은 생활상태가 많이 개선되어 부유한 사람들의 상태에 제법 접근했을 겁니다. 그러나 그들 밑에는 다수의 비참한 노예들의 계급이 있었을 거고, 그들의 노예상태는 이전 노예계급의 상태보다도 더 절망적인 것이 되었을 겁니다."

"그런데 그렇게 되지 않게 한 것은 무엇이었습니까?" 내가 물었다.

"그것은 앞서 말씀드린, 자유를 추구하는 본능이었습니다. 노예계급이 자유로운 삶의 행복을 상상할 수 없었던 것도 사실입니다. 그러나 그들은 자신들이 주인들에 의해 억압당하고 있다는 것을 점차 알게 되었고(그것도 매우 빠른 속도로), 어떻게 해야 하는가는 거의 알지 못했지만 주인들 없이도 살아갈 수 있다고 생각했습니다. 그런 생각은 정말로 옳은 것이었음을 당신도 아실 겁니다. 그들은 자유인의 행복이나 자유인의 평화를 기대할 수는 없었지만, 그러한 평화를 가져다줄지도 모른다는 막연한 희망에서 '전쟁'에 기대를 걸게 됐습니다."

"실제로 어떤 일이 벌어졌는지 좀 더 상세히 말씀해 주십시오." 나는 노인의 말이 약간 애매하다고 여기며 이렇게 말했다.

"네, 그러지요. 대중을 위한 것이라던 생활체제가 무엇을 지향하는 것인지 그들은 몰랐지만 당시에 그것은 '국가사회주의'로 알려졌고, 부분적으로는 조금씩 실행에 옮겨졌습니다. 그러나 그것은 자본가들의 끊임없는 방해 때문에 순조롭게 기능하지 못했습니다. 그리고 그것은 제가 앞서 말씀드린 상업적 체제를 대체하는 실제로 유효한 체제가 되지는 못했지만 상업적 체제를 점차 전복시키는 경향을 보였습니다. 이런 점에서 그 체제가 순조롭게 기능하지 못했다는 게 놀라운 일이 아니었습니다. 그 결과로 노동계급 사이에 혼란이 증대하고 고통이 커져 마침내 불만이 팽배하게 됐습니다. 오랫동안 그런 상태가 지속됐습니다. 부에 대한 상층계급의 지배력이 축소됨에 따라 그 권력도 약해졌고, 그들이 이전에 해온 대로 모든 것을 강압적으로 운영하는 것이 불가능하게 됐습니다. 그런 범위 안에서는 국가사회주의가 그 결과에 의해 정당화됐습니다. 그러나 노동계급은 제대로 조직화되지 못했고, 지배자들로부터 탈취한 이득이 있었음에도 불구하고(장기적으로 봐도 그것은 실질적인 이득이었지요) 실제로는 점점 더 빈곤해졌습니다. 그리하여 아슬아슬한 균형의 상태가 이어졌습니다. 지배자들은 약간의 미약하고 국지적인 반란들은 쉽게 진압했지만, 자신들이 거느린 노예들을 완전히 복종시킬 수는 없었습니다. 노동자들은 실질적 혹은 허구적 생활개선을 위한 비용을 지배자들에게 부담시킬 수는 있었으나 지배자들로부터 자유를 쟁취하지는 못했습니다. 결국은 엄청난 충돌이 일어났습니다. 이를 설명하기 위해서는, 앞서도 말씀드렸듯이 생활개선이라는 점에서는 성과가 거의 없었지만 노동자들이 이미 매우 큰 진전을 이루었다는 점을 이해하셔야 합니다."

나는 일부러 모르는 척하며 말했다. "생활이 개선되지 않았다면 도대체 어떤 점에서 그들이 진전을 이루었다는 겁니까?"

그가 말했다. "생활수단이 충분하고, 또 그것을 쉽게 얻을 수 있는 상태를 실현할 능력에서 진보를 이루었다는 것이지요. 오랫동안의 오류와 불행 끝에 노동자들은 마침내 어떻게 단결해야 하는지를 배운 겁니다. 고용주들과의 싸움, 즉 반세기 이상 노동과 생산의 현대적 제도의 불가피한 부분으로 여겨져 온 싸움에 정규적인 조직을 갖고 임할 수 있게 된 것입니다. 지금까지 인정된 모든 또는 거의 모든 임금노동자들이 연합하는 형태로 이루어진 단결을 통해 노동자들은 고용주들로 하여금 자신들의 생활조건을 개선해주게끔 만들 수 있었습니다. 이런 과정은 그들의 조직이 만들어진 초기에는 종종 폭동과 함께 진행되기도 했습니다. 그렇지만 폭동은 그들의 전술에서 결코 핵심적인 요소가 아니었습니다. 제가 지금 말씀드리고 있는 시대에는 그들이 이미 매우 강력하게 되었으므로, 부차적인 사안에서는 단순한 파업의 위협만으로도 대부분의 경우 충분한 효과를 거둘 수 있었습니다. 이는 어떤 특정 산업의 노동자들 가운데 일부만 파업에 참여하게 하고 나머지 노동자들은 여전히 일을 하면서 파업 노동자들을 지원하게 하는 과거 노동조합의 바보 같은 전술을 버렸기에 가능한 일이었지요. 당시에 그들은 파업을 뒷받침할 만한 막대한 자금을 갖게 되었고, 만일 그들이 결정만 하면 일정 기간 동안 어떤 산업이든 완전히 중단시킬 수 있게 됐습니다."

내가 말했다. "그런 자금이 악용될 위험, 즉 부정행위와 같은 심각한 위험은 없었습니까?"

해먼드 노인이 앉은 자리에서 거북하게 몸을 틀며 대답했다.

"모두 지나간 옛 이야기이지만, 그런 행위가 위험 수위를 넘어섰었다는 것을 말씀드리지 않을 수 없어 부끄러움으로 몸둘 바를 모르겠습니다. 그런 나쁜 짓이 종종 발생했습니다. 사실 그런 행위로 인해 모든 조직이 다 붕괴될 것처럼 보였던 적도 여러 번 있었습니다. 지금 제가 말씀드리는 시대에는 상황이 특히 위험하다고 여겨졌고, 적어도 노동자들의 투쟁이 초래한, 빠르게 격화하는 문제들을 처리해야 할 필요성을 노동자들 스스로도 분명히 인식했습니다. 그리하여 합리적인 사람들 사이에서 당시의 상황에 대한 심각한 대응이 일어났습니다. 그들은 비본질인 것은 모두 버리고자 결심했고, 이는 생각할 줄 아는 사람들에게는 변혁이 바짝 다가왔음을 알리는 전조였습니다. 그리고 그러한 분위기에 위기감을 느낀 배신자나 이기주의자들 대부분은 차례차례 공공연한 반동주의자들의 집단에 들어갔습니다."

"개선은 어떻게 진행됐습니까? 그것은 어떤 것이었고, 어떤 성격의 것이었습니까?" 내가 물었다.

"사람들의 생계에 가장 실제적으로 중요한 개선은 노동자들 쪽에서 직접적으로 요구하고 그에 대해 고용주들이 양보함으로써 이루어졌습니다. 이렇게 해서 얻어진 새로운 노동조건은 관습적인 것에 불과했고, 법률에 의해 강제되는 것이 아니었습니다. 그러나 일단 그런 노동조건이 확립되면, 결집된 노동자들의 증대되는 힘에 직면하게 된 고용주들이 그것을 철회하려는 시도를 결코 하지 못했습니다. 또한 그 가운데 어떤 것들은 국가사회주의 노선의 한 단계였습니다. 그 중에서 가장 중요한 단계를 간단하게 요약하면 이렇습니다. 우선 19세기 말에 고용주들에게 노동자들의 일일 노동시간을 단축하라고 요구하는 외침이 생기기 시작했습니다. 이 외침은 급속히 강화되어 고용주들도 양보하지 않을 수 없게 됐습니다. 그러나 노동시간 단축은 노동의 시간당 가격이 높아지는 것을 의미하지 않는다면 아무런 효과도 없고, 고용주들도 강제되지 않는 노동의 시간당 가격을 높이지 않을 게 분명했습니다. 따라서 오랜 투쟁을 거친 뒤에 중요한 산업들에 대해서는 최저임금을 정하는 법률이 제정됐습니다. 이런 법률은 당시에 노동자들의 생활에 필수적인 것으로 여겨진 중요한 상품들에 대해 최고가격을 정하는 법률의 제정으로 보완돼야 했습니다."

"로마 말기의 구빈세(救貧稅)[99]에 위험할 정도로 접근해서 프롤레타리아에게 빵을 나눠주고자 했군요." 나는 미소를 지으며 말했다.

"당시에도 많은 사람들이 그렇게 말했습니다." 노인은 담담하게 말했다. "그리고 국가사회주의가 최후의 단계에 이르면 결국은 수렁이 기다리고 있다는 것이 지금까지 오랫동안 상식으로 여겨져 왔으나, 아시다시피 우리는 그렇게 되지 않았습니다. 그러나 상황은 최소 노동시간, 최고 상품가격을 정하는 데서 더 나아갔습니다. 지금에 와서 보면 그럴 수밖에 없는 일이었지요. 이제 정부는 다가오는 상업의 파괴(이는 그 후에 일어난 콜레라의 소멸과 마찬가지로 바람직한 것으로 여겨졌지요)에 대한 고용주 계급의 절규에 불가피하게 대처해야 한다는 사실을 알게 됐습니다. 그래서 정부는 고용주들에게 적대적인 방법, 즉 필수품의 생산을 위한 국영공장과 그 판매를 위한 국영시장의 설립이라는 방법으로 대처했습니다. 이런 조처는 전체적으로는 어느 정도 성과를 올렸습니다. 사실 그것은 포위된 도시의 사령관이 내리는 통제령과 같은 성격을 갖는 것이었습니다. 물론 이런 법률의 시행은 특권계급에게는 마치 이 세상의 끝이 온 것처럼 생각됐지요.

그것은 전혀 근거 없는 게 아니었습니다. 구세계를 그토록 번성시켰던 상업의 체제 아래서 일부 소수는 도박자의 향락생활을 누렸지만 다수, 아니 거의 대부분의 사람들은 혹독하게 비참한 생활을 해야 했습니다. 그런데 공산주의 이론의 보급과 국가사회주의의 부분적인 실천은 그런 상업의 체제를 처음에는 혼란시켰고, 궁극적으로는 그것을 거의 마비시켰습니다. 그러나 이른바 '좋지 않은 시기'가 자꾸 찾아왔고, 그런 시기에 임금노예들은 너무나 힘들어했습니다. 그런 좋지 않은 시기 중에서도 1952년은 가장 나쁜 해였지요.[100] 그때 노동자들은 엄청난 고통을 당했고, 불공정하고 비효율적인 국영공장은 너무나도 부진하고 거의 실패했으며, 대다수의 주민들은 이른바 공공연한 자선에 의존해 연명했습니다.

노동자동맹은 그런 상황을 희망과 불안이 뒤섞인 심정으로 바라보았지요. 이미 일반적인 요구들을 내세운 노동자들은 동맹관계에 있는 조합들의 엄숙한 일제 투표를 거쳐 그 요구들을 실현하기 위한 제1보를 내딛자고 강경하게 주장했습니다. 그들이 말한 제1보란 나라의 천연자원과 그것을 이용하기 위한 기구의 관리를 노동자동맹의 권한에 귀속시키고, 특권계급을 명백하게 노동자들의 뜻에 맡겨진 연금생활자의 지위로 떨어뜨리자는 것이었습니다. 당시에 신문을 통해 공표된 이런 결의는 사실상 선전포고였고, 고용주 계급도 그렇게 받아들였지요. 그 후 고용주 계급은 그들의 표현에 따르면 '잔인무도한 오늘날의 공산주의'에 대항해 단호한 입장을 취할 준비를 하기 시작했습니다. 그들은 여러 측면에서 여전히 매우 강력했거나 강력해 보였고, 따라서 자신들이 상실한 것을 몇 개라도 다시 폭력으로 되찾으려고 했으며, 결국은 그 모든 것을 다시 얻고자 했습니다. 그들 사이에서는, 모든 점에서 정부로 하여금 각종 통치수단을 동원해 좀 더 빨리 대항에 나서게 하지 못한 것은 엄청난 실수였다는 말이 나돌았지요. 그리고 자유주의자와 급진주의자(아마도 아시겠지만, 이는 지배계급 중에서 보다 민주주의적인 성향을 가진 사람들을 일컫는 말들이지요)들이 그들의 시대착오적인 현학이나 바보 같은 감상성으로 세계를 그처럼 위기에 몰아넣었다는 비난을 들었습니다. 이런 점에서는 19세기의 저명한 정치가였던 글래드스턴인가 글래드스타인인가하는 사람(이름으로 보자면 필경 스칸디나비아계)[101]이 특히 비난의 표적이었습니다. 그런 것들은 모두 바보 같은 짓이었음을 굳이 지적할 필요는 없겠지요. 그런데 그 반동진영의 은밀한 미소 속에 엄청난 비극이 숨어 있었습니다. '하층계급의 만족할 줄 모르는 탐욕은 반드시 억압돼야 한다', '민중은 혼이 나야 한다'는 것이 당시 반동주의자들 사이에서 유행한 격언이었고, 그것은 정말 음험한 것이었습니다."

노인은 말을 그치고, 호기심 어린 눈으로 자기를 주시하고 있는 내 얼굴을 날카롭게 바라보면서 이렇게 덧붙였다.

"손님, 저는 지금까지 길게 공들여 설명하지 않으면 우리 가운데 누구도 알아듣지 못할, 아니 길게 설명한다 해도 대부분은 알아듣지 못할 단어와 구절들을 사용했습니다. 그렇지만 당신은 아직 잠자리에 들 생각이 없으실 것이기에 저는 당신을 다른 혹성에서 오신 분으로 여기면서 이런 말들을 하고 있습니다. 어떻습니까? 지금까지 제가 한 말을 이해하셨습니까?"

"그럼요. 잘 이해합니다. 계속하십시오. 어르신께서 지금까지 말쏨하신 것은 거의 대부분 당시의 우리에게는 상식적인 것이었습니다. 당시가 언제냐 하면……." 나는 말끝을 흐렸다.

"아, 네." 노인이 진지하게 말했다. "당신이 다른 혹성에서 살았을 때를 말하시는 것이지요? 그럼 이제, 앞서 말한 대충돌에 대해 말씀드리지요.

비교적 사소한 일에 대해서였지만, 노동자들이 소집한 대집회가 트라팔가 광장(이 광장에서 집회를 열 권리에 대해 오랫동안 논의가 있었습니다)에서 열렸습니다. 시의 부르주아 경호대(당시에는 경찰이라고 불렸습니다)가 그들의 관습에 따라 곤봉을 들고 집회를 공격했습니다. 수많은 사람들이 이 난투에서 부상을 당했고, 그 가운데 모두 다섯 명이 죽었습니다. 그곳에서 짓밟혀 죽은 사람도 있었고, 경찰의 곤봉에 맞은 탓으로 결국 죽은 사람도 있었지요. 그 집회는 해산 당했고, 수백 명이 감옥에 잡혀 들어갔습니다. 지금은 없어진 맨체스터라고 하는 곳에서 그보다 며칠 전에 열린 동일한 집회도 같은 방식으로 다뤄졌습니다. '혼내주기'가 시작된 것이었지요. 이로 인해 나라 전체가 들끓게 됐고, 당국에 대한 반격의 집회를 열기 위한 조직화를 시도하는 모임도 몇 개 열렸습니다. 거대한 군중이 트라팔가 광장과 그 부근(당시에는 그곳에 사람들이 많이 다니는 거리가 여러 개 있었습니다)에 모였는데, 그 규모가 매우 커서 곤봉을 든 경찰로서는 대항할 수 없을 정도였습니다. 주먹과 곤봉을 주고받는 격렬한 난투가 벌어져 군중 가운데 서너 명이 죽었고, 열 명 정도의 경찰관이 군중에게 밟혀 죽었으며, 나머지 경찰관들은 사력을 다해 도망쳤습니다. 여기까지는 민중의 승리였습니다. 다음날 런던 전체(당시 그 도시가 어떠했는지 생각해보십시오)가 소란 상태에 빠졌습니다. 수많은 부자들이 시골로 도망쳤습니다. 관료들이 군대를 소집했으나 폭동 또는 폭동의 위협이 도처에 있었기 때문에 감히 그 군대를 사용할 수 없었고, 경찰을 어느 한 곳에 집결시킬 수도 없었습니다. 런던에서만큼 사람들이 용감하지 않고 결사적이지도 않았던 맨체스터에서는 민중의 지도자들 가운데 몇 명이 체포됐습니다. 런던에서는 '노동자동맹연합'의 지도자회의가 소집됐고, 그들은 과거의 혁명[102]을 연상케 하는 '공안위원회'라는 이름 아래 모였습니다. 그러나 그들은 자신들이 지휘할 훈련된 무장병을 갖지 못했기 때문에 노동자들에게 밟혀 뭉개지지는 말아야 한다고 호소하는 내용의 플래카드를 벽에 내거는 정도의 행동만 했을 뿐 다른 공격적인 방책은 전혀 시도하지 못했습니다. 그러나 그들은 앞서 말한 접전이 있은 지 2주 뒤에 트라팔가 광장에서 집회를 열겠다고 선언했습니다.

그 사이에도 시내는 전혀 조용해지지 않았고, 거의 모든 일은 중단된 상태였습니다. 언제나 그랬듯이 당시에도 거의 지배계급의 손아귀에 있었던 신문들은 정부에 진압책을 강구하라고 강력히 요구했습니다. 부유한 시민들은 임시경찰대에 입대하고, 경찰과 마찬가지로 곤봉으로 무장했습니다. 그들 대부분은 강건하고 영양상태가 좋으며 혈기가 충만한 청년들로서 왕성한 전의를 갖고 있었으나 정부는 감히 그들을 사용하려 하지는 못했습니다. 그저 모든 반란을 진압할 수 있는 전권을 의회로부터 부여받아 런던에 더욱 많은 군인을 집결시키는 것에 만족할 뿐이었지요. 그렇게 대집회가 열린 뒤 일주일이 지났습니다. 일요일이 되자 지난 번 대집회 때와 거의 맞먹는 규모의 대집회가 열렸습니다. 이번의 대집회는 그에 대한 반대행위가 없었기에 전반적으로 평화롭게 진행됐고, 민중은 다시금 승리를 외쳤습니다. 그러나 월요일 아침에 눈을 뜬 사람들은 배가 고프다는 것을 알게 됐습니다. 지난 며칠간 사람들은 식량을 살 돈을 달라고 요구하며(또는 강요하며) 무리지어 거리를 행진했고, 부유한 사람들은 어느 정도로는 선의로, 그리고 어느 정도로는 공포를 느껴 그들에게 상당히 많은 것을 주었습니다. 교구당국(지금 저는 이 말을 설명할 시간이 없습니다)의 관계자들도 돌아다니는 사람들에게 어쩔 수 없이 식량을 내주었습니다. 정부도 미약한 국영공장을 통하여 거의 아사할 지경인 무수한 사람들을 먹였습니다. 몇몇 빵집을 비롯한 식료품점들은 별다른 마찰도 없이 텅텅 비게 되었습니다. 그때까지는 아무런 문제도 없었습니다. 그러다가 문제의 월요일에 공안위원회는 한편으로는 비조직적인 약탈의 확산을 우려하고 다른 한편으로는 주저하는 정부 당국의 모습을 보고 용기를 얻어, 짐차를 비롯해 필요한 장비를 갖춘 대표단을 중심가에 파견해 대형 식료품점 두세 군데에 있는 물건을 전부 가져오게 했습니다. 그들은 그렇게 가져온 물건의 대금을 나중에 지급하겠다고 약속하는 내용의 증서를 상점 지배인 앞으로 남겼습니다. 또한 그들은 민중이 가장 강한 시가지에 있는 여러 빵집을 점령하고 사람들을 그곳에서 일하게 했습니다. 이 모든 일은 거의 또는 전적으로 아무 소동 없이 이뤄졌습니다. 그들이 상점의 물건을 징발할 때

경찰이 마치 큰불이 났을 때처럼 질서를 유지하기 위해 힘을 빌려준 덕분이었습니다.

이런 마지막 일격에 반동주의자들은 너무나 놀라 정부 당국에 행동에 나서라고 요구하기로 작정했습니다. 그 다음날에 신문들은 일제히 놀란 사람들의 분노에 불을 붙였고, 민중과 정부, 그리고 그들이 생각할 수 있는 모든 사람에 대해 '즉시 질서가 회복되지 않는다면'이라는 말로 위협했습니다. 상인 대표는 정부를 방문해 만일 정부가 공안위원회 인사들을 즉시 체포하지 않는다면 자신들이 직접 사람들을 모으고 무장시켜 '선동자' 집단인 공안위원회를 공격하겠다고 말했습니다.

그들은 다수의 신문사 편집자들과 함께 정부의 수뇌들 및 이 나라에서 전술이 가장 뛰어난 두세 명의 군인과 오랫동안 회담했습니다. 당시의 목격자에 따르면 대표단은 미소를 지으며 만족스러운 표정으로 회담을 마치고 돌아갔고, 반민중 군대를 조직한다는 말도 하지 않았다고 합니다. 그리고 그들은 그날 오후 가족과 함께 런던을 떠나 그들의 시골별장을 비롯해 다른 곳들로 갔습니다.

다음날 아침에 정부는 런던에 계엄령을 선포했습니다. 계엄령은 대륙의 전제주의 정부에서는 흔했지만 그 무렵의 영국에는 아직 알려지지 않은 것이었습니다. 정부는 장군들 가운데 가장 젊고 현명한 사람[103]을 가려내어 그에게 계엄령이 선포된 지역에 대한 지휘를 맡겼습니다. 그는 그동안 영국이 벌여온 부끄러운 몇몇 전쟁을 통해 일종의 명성을 얻은 사람이었습니다. 신문들은 도취됐고, 가장 열렬한 반동주의자들이 전면에 나섰습니다. 그들은 보통 때 같으면 자신의 견해를 혼자서만 간직하거나 아주 가까운 동료들하고만 공유할 수밖에 없었지만, 이번만큼은 사회주의자들과 민주주의적 경향을 박멸하는 것까지 기대하기 시작했습니다. 그들은 사회주의와 민주주의적 경향이 과거 60년 동안 바보 같은 관대함으로 다뤄졌다고 주장했습니다.

그러나 그 현명한 장군은 눈에 띄는 행동을 하지 않았고, 그런 그를 비난하는 신문은 오직 몇 개의 군소 신문들뿐이었습니다. 통찰력 있는 사람들은 어떤 음모가 진행되고 있다고 짐작했습니다. 공안위원들은 자신들이 어떤 위치에 있게 됐다고 생각했든 간에 이미 깊이 관련되었기 때문에 물러설 수 없었습니다. 또 그들 중 다수는 정부가 행동에 나서지 않으리라고 생각한 듯합니다. 그들은 조용히 식량배급의 조직화를 계속했으나, 그 내용은 비참할 정도로 빈약했습니다. 그들은 또 계엄령 선포에 대한 보복으로, 자신들이 가장 강력한 영향력을 가진 지역에서 가능한 한 많은 사람들을 무장시켰습니다. 그러나 그들은 어느 정도 숨쉴 여유를 가질 수 있기 전에는 무장한 사람들을 정예군대로 만드는 것은 도저히 불가능하다고 생각해서 그들을 훈련시키거나 조직하려고 하지는 않았습니다. 현명한 장군과 그의 병사들, 그리고 경찰은 모두 이에 대해 전혀 참견하지 않았습니다. 그리고 그 주말에는 런던의 상황이 더욱 평온해졌습니다. 지방에서는 곳곳에서 폭동이 일어났으나 별 문제 없이 당국에 의해 진압됐습니다. 폭동이 가장 심각했던 곳은 글래스고(Glasgow)와 브리스톨

(Bristol)이었습니다.

집회가 예정된 일요일이 되자 수많은 군중이 열을 지어 트라팔가 광장으로 모였습니다. 공안위원들의 대부분도 이렇게 저렇게 무장한 사람들에 둘러싸인 채 군중 속에 있었습니다. 행렬이 지나가는 것을 보려는 구경꾼도 많았지만, 거리는 정말 평화롭고 조용했습니다. 사람들은 경찰이 보이지 않는 트라팔가 광장을 조용히 점거한 채 집회를 시작했습니다. 무장한 사람들이 중앙 연단을 둘러싸고 앉아 있었고 군중 사이사이에도 무장한 사람들이 일부 있었으나, 대부분의 사람들은 무장을 하지 않고 있었습니다.

집회가 평화롭게 진행되리라고 예상한 일반 대중과 달리 공안위원들은 어떤 방해가 있을 것이라는 소식을 여러 경로를 통해 들었지만, 단지 막연한 소문의 형태로 들었기에 구체적으로 어떤 위험이 닥칠 것인지는 몰랐습니다. 하지만 그들은 곧 상황을 알게 됐습니다.

광장 주위의 거리가 사람들로 미처 다 채워지기도 전에 한 무리의 병사들이 북서쪽 구석으로부터 쏟아져 나와 서쪽에 서 있는 집들 부근에 진을 쳤습니다. 병사들의 붉은 군복을 본 집회 참가자들이 술렁이기 시작했으나 공안위원회의 무장대원들은 어떻게 해야 할지 몰라 엉거주춤 서 있기만 했습니다. 침입자들이 일제히 군중을 밀어붙이자 원래 조직적이지 못했던 무장대원들은 군중 속을 도저히 헤쳐 나갈 수 없었습니다. 국회의사당(그 건물은 지금 '거름시장'으로 불립니다) 쪽으로 내려가는 남쪽 대로로 통하는 거리로부터, 그리고 템스 강의 둑쪽으로부터 또 다른 병사들이 종대를 이루고 진격해와 군중을 더욱더 빡빡하게 압박했습니다. 그들이 광장의 남쪽에 정렬했을 때도 군중은 자신들의 적인 그들이 그곳에 와 있다는 사실조차 거의 알아차리지 못했습니다. 비로소 눈앞에 진행 중인 상황을 알게 된 사람은 누구나 자신이 덫에 걸려 버렸다고 생각했지만, 자신들이 어떻게 될지 모른 채 그저 놀랄 뿐이었습니다.

빈틈없이 조여져 한 발짝도 움직일 수가 없게 되자 군중의 공포심은 곧 극에 달했습니다. 몇 명의 무장한 사람들이 전면에 나서거나 당시 그곳에 서 있던 기념비의 초석에 올라서서 전방에 숨어 있는 포화의 벽에 맞섰습니다. 대부분의 사람들(그중에는 여성도 많았습니다)은 전날과는 너무 다른 그날의 분위기에 마치 이 세상의 끝이 온 것 같은 느낌을 받았습니다. 어떤 목격자에 따르면, 병사들이 정렬하는 동안 남쪽의 군대 행렬에서 화려한 복장을 하고 말을 탄 기마 장교가 의기양양하게 나와서 손에 든 종이를 보며 무언가를 읽었다고 합니다. 목격자는 말했습니다. '당시 현장에서는 그 내용이 거의 들리지 않았고, 나는 나중에 그것이 무엇이었는지를 들어 알게 됐습니다. 그것은 해산하라는 명령이었고, 해산하지 않으면 그가 군중에게 발포할 법적 권한을 갖게 되며, 실제로 그는 그렇게 하겠다는 경고였습니다.[104] 군중은 그것을 일종의 도전으로 받아들였고, 그들로부터 귀를 찢는 듯한 험악한 분노의 소리가 울렸습니다. 그 후 그 장교가 부대로 되돌아가기까지 잠시 동안은 비교적 조용했습니다. 나는 병사들이 있는 곳과 가까운, 군중의 거의 끝 부근에 있었습니다.' 증인은 계속 말했습니다. '군 행렬 앞으로 작은 기계 세 대가 실려 나오는 것이 보였습니다. 나는 그것이 기관총이라는 것을 알아차리고 소리를 질렀습니다. 엎드려! 기관총이다! 그러나 군중은 너무나도 밀집돼 있었기에 어느 누구도 몸을 숙일 수 없었습니다. 나는 날카로운 명령 소리를 들었고, 그 순간 제가 어디에 있어야 할지 몰랐습니다. 마치 대지가 입을 여는 것 같았고 우리 눈앞에서 지옥문이 열리는 것 같았습니다. 그 뒤에 이어진 장면을 자세히 묘사하는 것은 쓸데없는 일이겠지요. 밀집된 군중 사이로 길들이 길게 나는 듯했습니다. 마치 이 세상에 살해와 죽음 외에는 아무것도 없는 것 같았고, 죽은 자와 죽어 가는 자들이 땅에 가득했으며, 공포에 쌓인 단말마의 절규가 하늘에 가득 찼습니다. 우리의 무장대원 중 아직 부상을 입지 않은 사람들은 한껏 기운을 내어 병사들을 향해 산발적으로 사격을 가하기 시작했습니다. 한두 명의 병사가 쓰러졌습니다. 그러자 장교들이 군 행렬 속을 오가며 병사들에게 다시 사격을 하라고 종용했습니다. 그러나 병사들은 무거운 침묵 속에서 명령을 듣기만 할 뿐, 들고 있던 총의 개머리판을 떨어뜨렸습니다. 오로지 한 명의 하사관이 기관총으로 뛰어가 그것을 붙잡고 사격을 하기 시작했습니다. 그러나 역시 장교인 키 큰 젊은이가 행렬에서 뛰어나와 그 하사관의 목을 잡고 끌어냈습니다. 거의 무장을 하지 않은(무장한 사람들은 최초의 발포로 거의 다 쓰러졌기 때문에), 공포에 사로잡힌 군중이 광장에서 밀려나는 동안 병사들은 전혀 움직이지 않고 그대로 서 있었습니다. 그러나 서쪽에 있던 병사들도 발포를 함으로써 그들 역시 학살에 일역을 했다는 얘기를 나는 뒤에 들었습니다. 내가 어떻게 광장을 빠져나왔는지도 잘 모르겠습니다.

나는 분노와 공포, 그리고 절망에 젖어 발밑에 땅이 있다는 것도 느끼지 못하면서 도망쳤습니다.'

이것은 목격자의 말입니다. 한순간의 사격으로 학살된 사람 수는 엄청났으나 정확하게 얼마나 죽었는지 그 진실을 알기는 어렵고, 아마도 천 명에서 이천 명 정도가 희생당했을 겁니다. 병사들의 경우는 여섯 명이 그 자리에서 죽었고, 십여 명이 부상을 입었습니다."

나는 흥분에 떨면서 노인의 말을 들었다. 말하는 그의 눈은 반짝였고 얼굴은 붉어졌다. 그는 어쩌면 일어났을지도 모른다고 내가 생각했던 것을 그대로 이야기했다. 그렇지만 단지 하나의 학살일 뿐인 사건에 대해 그가 왜 그렇게 우쭐댔던 것인지 의아해진 내가 말했다.

"참으로 끔찍한 일이군요! 아마도 그 학살은 혁명에 종지부를 찍었겠군요."

"아닙니다. 그것은 혁명의 시작이었습니다." [105] 해먼드는 자신과 나의 잔을 채우고 일어나 외쳤다. "그곳에서 죽은 사람들을 기억하면서 잔을 듭시다. 우리가 얼마나 그들에게 빚을 지고 있는지를 말하자면 이야기가 길어질 듯하니 한 잔 들고 계속합시다."

내가 포도주를 마시자 그는 다시 앉아 이야기를 계속했다.

"트라팔가 광장의 그 학살은 내전으로 이어졌습니다. 그런 모든 다른 사건에서와 마찬가지로 민중은 자신들이 어떤 위기 속에서 행동하고 있는지를 전혀 몰랐지만, 그들은 서서히 기세를 높여갔지요.

학살은 그것이 벌어진 순간의 공포만큼이나 끔찍스럽고 소름끼치는 느낌으로 사람들을 압도했습니다. 그러나 그 사건을 되돌아 볼 여유를 갖게 되었을 때 그들이 느낀 것은 공포가 아니라 분노였습니다. 물론 그 현명한 젊은 장군은 임무 수행을 위해 조금도 주저하지 않고 군대를 배치했습니다. 트라팔가 광장에서 벌어진 일이 그 다음날에 널리 알려지자 지배계급은 공포를 느꼈고, 심지어는 두려움의 탄식을 내뱉기도 했습니다. 그러나 정부와 그 측근의 후원자들은 그때야말로 알맞게 익은 포도주를 마셔줘야 할 시점이라고 생각했습니다. 그러나 자본가적 신문들 가운데서도 가장 반동적인 신문들조차도 단 두 개의 신문만 제외하고는 그 놀라운 사건에 어리벙벙해져 단지 일어난 사건만 설명하는 식으로 보도하고 그것에 대한 논평은 전혀 하지 않았습니다.

예외적으로 논평을 내보낸 두 개의 신문 중 하나는 소위 '자유주의적'(당시의 정부도 그러한 경향이었습니다)인 신문이었는데, 노동운동에 대해 여전히 공감하고 있다는 입장을 밝히는 서론에 이어 혁명의 소란기에는 정부가 공정하고 단호할 필요가 있다고 지적했습니다. 이 신문은 빈곤한 미치광이들이 사회의 토대(사람들을 빈곤하게 만들고 미치게 했던 것이 바로 이 사회의 토대였습니다만) 자체를 공격할 때 그것에 대처하는 가장 자비로운 방법은 그들을 즉시 사살함으로써 다른 사람들이 사살 당할 위험에 처하지 않게 하는 것이라고 지적하기도 했습니다. 간단히 말하자면 이 신문은 정부의 결연한 행동이야말로 인간의 지혜와 자비의 극치라고 찬양하고, 사회주의의 포악한 유행으로부터 해방된 이성적 민주주의 시대의 시작을 기뻐한 겁니다.

또 하나의 예외는 민주주의에 대한 가장 격렬한 반대자 중 하나로 여겨졌고 실제로도 그랬던 신문입니다. 그러나 이 신문[106]의 주필은 사나이다운 태도를 과시하며 신문을 대표하는 입장에서가 아니라 한 개인으로서 논평을 했습니다. 그는 간결하지만 분노에 가득 찬 글로 무장하지 않은 시민들을 학살하면서까지 지켜야 할 사회란 과연 어떤 가치가 있는 것인가를 생각하도록 독자들에게 촉구하고, 정부는 계엄령을 풀고 민중에게 총격을 가한 장군과 그의 부하 장교들을 살인자로 재판에 회부할 것을 요구했습니다. 그는 더 나아가 다음과 같이 선언했습니다. '무엇을 원하는지를 스스로 알 뿐 아니라 사회가 노후하기 때문에 자신의 요구를 어떤 식으로든 스스로 추구해야 함을 알고 있는 사람들의 요구에 정부가 귀를 기울일 태세를 갖추고 있다는 것을 보여줌으로써 자신의 포악한 행위를 속죄해야 하며, 그렇게 되기 전에는 사회주의자들의 강령에 대한 나의 의견이 무엇이든 상관없이 나는 한 개인으로서 민중과 운명을 같이 하겠다.'

물론 그 주필은 군 권력에 의해 즉각 체포됐지만, 그의 대담한 글은 이미 대중에게 널리 알려져 엄청난 반향을 일으켰지요. 그 효과가 대단히 컸기 때문에 정부는 비록 군사조직을 강화시키고 더욱 엄격하게 운용하는 일을 계속 하기는 했지만, 약간의 동요를 거친 뒤에 계엄령을 풀었습니다. 공안위원 중 세 명은 트라팔가 광장에서 학살됐지만 나머지 대부분의 공안위원들은 그들이 원래 회의를 하던 장소로 돌아가서 사태를 조용히 관망했습니다. 그들은 월요일 아침에 그곳에서 체포되었는데, 만일 정부가 아무런 재판도 없이 사람들을 죽인 책임 때문에 위축되지 않았더라면 그들도 군사적 도구에 불과한 장군에 의해 즉시 사살됐을 테지요. 처음에는 특별심판위원회 사람들, 다시 말해 그들을 확실한 유죄로 만들어야 했고, 또한 그렇게 하는 것이 자신들의 일인 일단의 사람들이 그들을 재판에 회부하려 한다는 이야기가 있었습니다. 그러나 정부 쪽에서 흥분했던 머리가 다시 냉정하게 되었고, 결국 죄수들은 순회재판의 배심원단 앞에 끌려갔습니다. 그러나 여기서 다시 새로운 타격이 정부를 기다리고 있었습니다. 왜냐하면 사실상 죄수들에게 유죄판결을 내리도록 배심원단에게 지시를 내린 것이나 다름없는 재판관의 논고에도 불구하고 그들은 무죄판결을 받았고, 배심원단은 그런 판결에 더하여 당시의 기묘한 표현을 이용해 정부의 군사행동을 '경솔하고 불행했으며 불필요했다'고 비난했습니다.[107] 공안위원회는 다시 회의를 열었고, 그 후에는 의회에 대항하는 민중의 결집점이 되었지요. 의회의 당파투쟁에서 서로 맞서던 두 개의 소위 대립정당[108] 지도자들 사이에 쿠데타 음모가 확산됐지만, 정부는 이제 전면 양보해 민중의 요구에 굴복하는 듯한 태도를 취했습니다. 대중 가운데 선량한 사람들은 너무나 좋아했고, 내전의 위험은 끝났다고 생각했습니다. 사람들은 대학살의 희생자들을 기념하는 거대한 집회를 공원 등 여러 곳에서 열어 민중의 승리를 자축했습니다.

 노동자를 구제하기 위해 제정된 법률들은 상류계급에게 파괴적인 혁명인 것처럼 보였지만 민중에게 식량과 적절한 생활을 보장할 정도로 충분하지 않았고, 법률 외에 불문(不文)의 정책에 의해 보완될 필요가 있었습니다. 정부와 의회는 그 배후에 법원과 군대, 그리고 상류사회를 갖고 있었던 반면에 공안위원회는 하나의 세력이 되기 시작하면서 사실상 생산계급을 대표하게 됐습니다. 그리고 그 세력은 위원들이 방면되면서부터 거대하게 강화되기 시작했지요. 공안위원회의 옛 위원들은 소수의 사익추구자나 배신자를 제외하면 대부분 정직하고 용감한 사람들이었고 많은 위원들이 여러 방면에서 상당한 재능을 갖고 있었지만, 그들에게는 행정적 수완이 거의 없었습니다. 그러나 이제 시대가 급박하게 행동을 요구하자, 그것을 실행할 능력을 갖춘 사람들이 등장했습니다. 그리고 노동자 조직들의 새로운 연대망이 급속히 성장했고, 그 공언된 유일한 목적은 사회라는 배를 순수한 공산주의 상태로까지 잘 이끌어 가는 것이었습니다. 이 노동자 조직은 노동자들의 일상적인 투쟁을 운영하고 관리하는 일도 담당함으로써 노동계급 전체의 대변자이자 중개자로 기능했습니다. 제조공장을 운영하는 이윤추구자들은 이런 노동자들의 단결 앞에서 무력감을 느끼게 됐지요. 그들의 위원회인 의회가 다시 용기를 내어 내전을 시작하고 좌우로 총탄을 발사할 수 있게 되지 않는 한 그들은 자신들이 고용한 노동자들의 요구에 굴복해야 했고, 더욱더 짧아진 노동시간에 대해 더욱더 높은 임금을 지급할 수밖에 없었습니다. 그러나 그들에게도 하나의 지원세력이 있었지요. 그것은 바로 '세계시장'과 그것이 공급하는 것에 기초를 둔 전 체제의 붕괴가 급속히 다가오는 상황이었습니다. 그런 상황은 점차 모든 사람에게 명백하게 되었고, 대학살로 인한 충격으로 잠시 정부를 비난했던 중산계급은 일제히 태도를 바꿔 정부에 대해 상황을 주시하다가 사회주의 지도자들의 전제를 끝장내라고 요구했습니다.

그런 요구에 고무되어 반동주의적 음모가 미처 완숙단계에 이르기도 전에 폭발했습니다. 그러나 이번에는 민중과 그 지도자들이 사전에 경계를 했고, 반동파가 움직이기 전에 필요하다고 생각되는 모든 조치를 취해 놓았습니다.

자유당 정부(이것은 명백한 담합이었지요)는 명목상으로 소수파인 보수당에 패배했습니다. 의회 내의 민중 대변자들은 이것이 무엇을 뜻하는지를 매우 잘 이해했고, 하원에서의 표결을 통해 그렇게 되지 않도록 투쟁한 끝에 실패하자 이의를 제기하고 하원을 떠나 무리를 지어 공안위원회로 돌아갔습니다. 그리하여 내전이 다시 본격적으로 시작됐지요.

그러나 공안위원회의 첫 행동은 그저 맞서 싸우는 수준이 아니었습니다. 새로운 토리당 정부는 행동의 결의에 차 있었지만 계엄령을 다시 실시하고자 하지는 않았고, 대신 일단의 병사와 경찰을 파견해 공안위원회 사람들을 모두 체포하고자 했습니다. 공안위원회는 비상사태에 대비하여 충분히 많은 인원으로 대비를 해놓았기에 저항하려면 저항할 수도 있었으나 실제로는 어떠한 저항도 하지 않았습니다. 그들은 시가전보다 더 강력하다고 생각한 무기를 처음으로 사용하고자 했습니다.

공안위원회 위원들은 조용히 감옥으로 끌려갔으나, 그들 뒤에 그들의 정신과 조직을 남겨 두었다고 할 수 있습니다. 그들이 모든 종류의 견제와 역견제가 이루어지도록 용의주도하게 짜여진 하나의 중추 조직에 의존한 게 아니라 매우 간단한 지령에 의해 움직여지며 서로 연결된 작은 중핵들에 의해 결속된 거대한 민중에 의존했기에 그게 가능했던 것입니다. 이제 그들의 지령이 실행에 옮겨지게 됐습니다.

다음날 아침에 반동파 지도자들은 자신들이 가한 일격에 대한 신문의 보도가 민중에 미칠 영향을 생각하며 득의의 미소를 지었으나, 그날은 어떤 신문도 발간되지 않았습니다. 그리고 오후가 되자 경찰, 병사, 경영자, 신문기자에 의해 만들어진, 17세기의 관보와 같은 작은 판형의 신문들이 거리 여기저기에 흩어져 굴러다녔을 뿐입니다. 사람들은 그것들을 주워들고 탐독했지만 거기에 실린 뉴스 가운데 심각한 부분들은 이미 김빠진 과거지사였고, 민중은 총파업이 시작되었다는 것을 굳이 들을 필요도 없이 스스로 느꼈습니다. 철도는 더 이상 운행되지 않았고, 전신은 불통이었으며, 시장에 들어온 육류, 어류, 채소, 청과물은 포장된 상태로 방치되어 썩어갔습니다. 그날그날 먹을 것을 전적으로 노동자들에게 의존했던 수천의 중산계급 가정들은 그날의 필수품을 구하기 위해 가족 중에서 기력이 있는 사람들을 중심으로 필사의 노력을 해야 했습니다. 그러나 그들 가운데서 다음에 무슨 일이 일어날지에 대한 불안감을 떨쳐낼 수 있었던 사람들은 이런 예상치 못한 상황에서 일종의 즐거움을 느꼈던 것 같습니다. 그 상황에서 모든 노동이 즐거움이 되는 시대가 찾아올 징조를 보았던 것입니다.

첫날은 이렇게 지나갔고, 저녁이 되자 정부는 정말 심란하게 되었습니다. 정부가 대중운동을 진압하는 방법은 단 한 가지밖에 없었습니다. 그것은 단순한 폭력이었습니다. 그러나 군대나 경찰로 대항할 수 있는 것은 아무것도 없었지요. 길거리에 무장한 사람들은 없었고, 노동자연합의 각 사무소는 직장에서 쫓겨난 사람들을 지원하는 구호소로 변해있었습니다. 이러한 상황에서 정부가 그런 일에 관계된 사람들을 체포할 수는 없었습니다. 그날 밤에는 상당한 지위에 있었던 사람들도 많이 그런 사무소에 구호를 요청했기에, 그리고 혁명가들이 베풀어준 음식으로 저녁식사를 했기에 더욱 그랬습니다. 그래서 정부는 여기저기에 병사와 경찰을 집결시켜 놓은 채, 내일이면 '반역자'(이제 그들은 이렇게 불리기 시작했습니다)들로부터 어떤 선언이 나올 것이고 그렇게 되면 어떤 식으로든 행동에 나설 기회도 찾을 수 있으리라고 기대하며 그 밤은 조용하게 지냈던 것입니다. 그런데 정부의 이런 기대는 실현되지 않았습니다. 다음날 아침에 보니 대부분의 신문들은 싸우기를 포기했고, 매우 극렬한 반동적 신문(그 이름은 〈데일리 텔레그래프(Daily Telegraph)〉[109]였지요) 하나만 발간되었습니다. 그 신문은 돈에 매수된 소수의 탐욕스러운 선동가들과 그들에게 속은 바보들의 편의를 위해 영국 국민이라는 '공통의 어머니'로부터 그 내장을 찢어내는 어리석고 배은망덕한 행위를 했다는 식으로 '반역자'들을 분명하게 비난했습니다. 한편 여러 사회주의 신문들(상이한 그룹들을 대표하는 사회주의 계열의 신문은 당시 런던에서 세 가지[110]만 발행되고 있었습니다)이 훌륭하게 인쇄된 상태로 최대부수까지 발간되었습니다. 사람들은 그 신문들을 경쟁적으로 샀고, 정부와 마찬가지로 그 신문들에서 어떤 선언을 읽게 될 것이라고 예상했지요. 그러나 그들이 본 신문들은 그런 거창한 주제에 대해서는 언급도 하지 않았습니다. 그 신문들의 지면은 마치 40년 전[111]에 교육적 논설이라는 전문적인 명칭 아래 게재됐던 논설을 편집자들이 서랍에서 찾아내 그대로 실은 것 같았습니다. 그 대부분은 사회주의의 이론과 실천에 대한 훌륭하고 솔직한 해설로서, 허둥댐과 악의가 없고 어려운 말도 사용하지 않으면서 그 시점의 걱정과 공포 속에서도 5월제와 같은 신선함을 민중에게 전했습니다. 상황을 잘 아는 사람들은 그 같은 신문들의 태도는 그 의미가 순전한 도전이고, 당시 사회의 지배자들에 대한 화해 불가능한 적대감의 표현이라고 이해했고, 이른바 '반역자'들도 그렇게 느낀 게 분명했습니다. 그 신문들은 실제로 '교육적 논설'의 효과를 발휘했습니다. 그리고 또 다른 종류의 '교육'이 저항할 수 없는 힘으로 민중에게 작용하였으므로 필경 그들의 머리를 조금은 맑게 만들어주었을 겁니다.

정부로서는 보이콧(파업의 행동을 가리키는 말로 당시에 새로 만들어져 유행한 속어)에 너무나 놀랐습니다.[112] 정부의 태도는 극도로 무모해지고 좌충우돌하게 되었습니다. 어떤 순간에는 일시적으로 양보하면서 어떤 음모를 꾸몄고, 그 다음 순간에는 노동자들의 위원회 전부에 대해 체포 명령을 내렸고, 그 다음다음 순간에는 위풍당당한 젊은 장군에게 어떤 구실이라도 만들어 또 다른 학살을 하라는 명령을 내리기 직전까지 갔습니다. 그러나 군대는 트라팔가 광장의 '전투'에서 저지른 학살로 인해 너무나도 기가 죽어 있었기 때문에 또다시 일제사격의 행위를 할 수는 없는 상태였고, 정부도 군대의 이런 상태를 알기에 또 다른 학살을 실행하는 데 필요한 용기를 잃고 말았습니다. 그러는 사이에 병사들의 호위를 받으며 치안판사 앞에 다시 끌려나온 죄수들에 대해서는 또다시 판결이 유보됐습니다.

파업은 그날도 계속됐습니다. 노동자위원회는 확대됐고, 많은 사람들에게 구호를 제공했습니다. 노동자위원회는 믿을 수 있을 만한 사람들을 통해 상당히 많은 양의 식량생산을 조직했습니다. 이제는 부유한 사람들도 상당히 많이 구호를 요청하게 됐습니다. 그런데 또 하나의 기묘한 일이 발생했습니다. 일단의 상류계급 청년들이 무장하고 길거리에서 태연히 약탈을 하기 시작했고, 대담하게도 열려 있는 상점에 갑작스레 들어가서 마음에 드는 식료품 등 손으로 들고 나올 수 있는 물건은 무엇이든 훔쳤습니다. 그들은 당시에 모든 종류의 상점이 모여 있던 옥스퍼드 거리에서 이런 행동을 했습니다. 양보하는 분위기였던 정부는 이 사건을 자신의 질서유지 행동의 공평무사함을 보여줄 호기로 여겨, 굶주린 부잣집 청년들을 체포하고자 경찰을 파견했습니다. 청년들은 용맹하게 저항해 경찰을 놀라게 했고, 세 명 외에는 대부분 체포를 피할 수 있었습니다. 정부는 이런 행동이 가져다 줄 것으로 기대한, 공평무사하다는 호평을 얻지 못했습니다. 정부 관계자들은 잊고 있었지만 그날은 그런 사실을 전해줄 석간신문이 발행되지 않는 날이었던 거죠. 그날의 충돌에 관한 이야기가 널리 퍼졌지만 사실과 달리 전달됐습니다. 그 소동은 실제와 달리 이스트엔드(East-end)[113]에서 온 굶주린 사람들을 착취한 행위에 대해 정부가 손을 본 사건으로 알려졌던 것입니다. 따라서 모든 사람이 그것을 폭동이 일어나면 언제 어디서나 최선을 다해 진압해야 할 의무가 있는 정부가 당연히 해야 할 일을 한 것으로 받아들였습니다.

그날 저녁에 반역자 죄수들은 감방에서 지극히 예의 바르고 동정적인 사람들의 방문을 받았습니다. 방문자들은 죄수들이 얼마나 자멸적인 길을 걸었고, 그러한 과격한 길이 민중의 대의에 얼마나 위험한 것인가를 지적했습니다. 죄수들 가운데 한 사람은 나중에 이렇게 말했습니다. '감옥 안에서 우리를 개별적으로 매수하려고 했던 정부의 시도, 그리고 우리를 상대로 유도신문을 한 지극히 지적이고 세련된 사람들의 감언에 우리가 어떻게 답했는가에 대해 우리가 출옥한 뒤 서로 정보를 교환해보니 그것은 매우 흥미로운 놀이였습니다. 감옥 안에서 유도신문을 받을 때 한 사람은 웃었고, 한 사람은 사절로 온 사람들을 향해 장광설을 폈으며, 한 사람은 부루퉁해서 침묵했고, 한 사람은 예의 바른 스파이를 비난하면서 귀찮은 잔소리를 하지 말라고 했습니다. 그들이 우리로부터 얻은 것은 그런 것들뿐이었습니다.'

대파업의 둘째 날은 이렇게 지나갔습니다. 셋째 날에는 위기가 닥칠 것이라는 게 모든 분별 있는 사람들에게 명확해졌습니다. 왜냐하면 불안과 어렵사리 감춰온 공포가 더 이상 참을 수 없는 수준에 이르렀기 때문입니다. 지배계급과 그들이 지닌 힘의 실체이자 그들을 지지하는 중산계급 사람들은 마치 양치기 없는 양들과 같았습니다. 그들은 문자 그대로 어떻게 해야 할지 몰랐습니다.

단 하나, 그들은 자신들이 하지 않으면 안 되는 것이 무엇인지를 알았습니다. 그것은 '반역자'들에게 무엇인가 해야 한다는 것이었습니다. 다음날 아침, 즉 파업의 셋째 날 아침에 공안위원회 위원들이 다시 치안판사 앞에 끌려왔을 때 그들은 자신들이 최고로 정중한 대우를 받고 있다는 사실을 알게 됐습니다. 그날 그들은 사실 죄수라기보다 사절이나 대사와 같은 대접을 받았습니다. 간단히 말하면, 치안판사는 그렇게 하라는 지시를 받았던 겁니다. 그는 디킨스가 있었다면 그의 냉소를 받았을 만한 장황하고 실없는 연설을 하는 것 외에는 다른 도리 없이 죄수들을 석방했습니다. 죄수들은 자신들의 집회소로 돌아가 즉시 예정된 회의를 열었습니다. 그야말로 절호의 시점이었습니다. 이 셋째 날에 민중은 정말로 불타올랐습니다. 수많은 노동자들이 최소한의 조직도 갖추지 않은 상태였습니다. 그들은 고용주들이 시키는 대로, 아니 고용주들도 그 일부인 사회체제가 시키는 대로 행동하는 습관에 젖은 사람들이었습니다. 그러나 그 체제는 이제 붕괴되고 있었고, 가난한 사람들은 고용주들의 오랜 압제에서 벗어나고 있었습니다. 그들에게는 단순한 동물적인 욕구나 인간으로서의 열정 외에는 그 무엇도 중요하지 않았고, 단지 전반적인 전복만이 있을 뿐이라고 그들은 생각했습니다. 그렇게 될 수도 있었지만 실제로는 그렇게 되지 않은 데는 이유가 있습니다. 첫째 이유는 당시에 거대한 군중이 사회주의자들의 견해에 의해 영향을 받았다는 점이고, 둘째 이유는 대다수 사람들이 사회주의자라고 스스로 선언한 사람들과 실제로 접촉을 하고 앞서 말한 노동자단체의 일원이 됐다는 점입니다.

 만일 이러한 종류의 일들이 노동자의 고용주들이 민중의 지배자로 당연히 인정되고, 가장 가난하고 무지한 사람들조차 그들의 착취를 감수하면서 오히려 그들이 베푸는 원조에 의존하고 있었을 때에 일어났다면 사회의 전면적인 붕괴로 이어졌을 겁니다. 그러나 노동자들은 지배자들을 경멸할 수 있게 된 때로부터 이미 오랜 세월이 지나 이제는 지배자들에 대한 의존을 포기하는 대신에 여러 사건들이 전면에 부각시킨 법외 지도자들을 믿기 시작했습니다(당시의 사건들이 증명하듯 이런 경향은 다소 위험성을 지닌 것이긴 했습니다). 그리고 그런 지도자들의 대다수가 그때 단순한 명목상 대표가 돼있었지만 그들의 이름과 평판이 당시의 위기를 봉합하는 데 어느 정도 도움이 되었습니다.

 이처럼 공안위원회 위원들이 석방됐다는 뉴스가 일으킨 효과는 정부에게 숨쉴 시간적 여유를 주었습니다. 왜냐하면 그 뉴스는 노동자들에게 최고의 기쁨을 안겨주었고, 부유한 사람들도 그들 자신이 두려워하기 시작한 파괴와 정부의 허약함 탓이라고 여긴 공포로부터 잠시나마 벗어날 수 있었기 때문입니다. 시간적 여유에 관한 한 아마도 그들의 생각이 옳았을 겁니다."

 내가 말했다. "무슨 뜻인가요? 정부가 무엇을 할 수 있었다는 겁니까? 그러한 위기 상황에는 정부도 어쩔 수 없었을 것 같은데요."

 해먼드 노인이 말했다. "물론 장기적으로 보면 실제로 벌어진 대로 상황이 진행될 수밖에 없었음을 나도 의심하지 않습니다. 그러나 만일 정부가 군을 정말로 군으로서 다루면서 마치 장군이 자기 군사를 전략적으로 활용하듯이 군을 활용해서 민중을 적으로 간주해 발포하고 민중이 집결할 때마다 해산시켰다면 아마도 정부가 일시적으로는 승리했을 겁니다."

"하지만 병사들이 민중에게 그렇게 적대행위를 하려고 했을까요?" 내가 물었다.

그가 말했다. "제가 들은 것들을 바탕으로 모든 것을 생각해보면, 병사들은 아무리 오합지졸이라 하더라도 일단 무장을 한 집단을 만나게 되면 적대행위를 했을 겁니다. 병사들 사이에도 사회주의가 상당히 침투하긴 했으나, 그들 전체로서는 트라팔가 광장의 학살 때와 같이 비무장 군중에게 총격을 가할 수도 있었다고 저는 생각합니다. 왜냐하면 병사들은 무장하지 않은 것처럼 보이는 군중이라도 그들이 다이너마이트라는 폭발물을 사용할 수 있다는 점을 두려워했을 것이기 때문입니다. 그런데 실제로 노동자들은 사건이 일어나기 전부터 자신들이 폭발물을 사용할 수 있다고 과장해서 말하고 있었습니다. 비록 다이너마이트가 전쟁의 도구로서는 생각보다 쓸모 없다는 게 나중에 확인되긴 했지만 말입니다. 당시 군의 장교들은 군중이 폭발물을 사용할지도 모른다는 데 대한 병사들의 공포감을 극도로 부추겼습니다. 그래서 병사들은 자신들이 상대하고 있는 군중이 비무장인 것처럼 보이긴 하지만 실제로는 무장을 한 두려운 자들이므로 그들과 전투를 벌이는 것이 불가피한 상황이라고 생각했을 겁니다. 그러나 트라팔가 광장의 학살 이후에는 정규군이 무장하지 않았거나 반쯤만 무장한 군중에게 실제로 발포하고자 할지가 늘 의문이었습니다."

"정규군이라고요? 그렇다면 민중에 대항한 다른 전투원들이 있었다는 말씀인가요?" 내가 물었다.

"그렇습니다. 곧 그 얘기도 해드리지요." 그가 말했다.

"네. 시간이 더 가기 전에 어서 말씀을 계속해주세요." 내가 말했다.

"당면한 위기 외에는 아무것도 생각할 수 없었던 정부는 즉각 공안위원회와 타협을 했습니다. 정식으로 신임장을 수여한 사절을 파견해 공안위원들과 협상하게 했지요. 당시 공식적인 지배자들은 민중의 육체에 대해서만 지배력을 행사할 수 있었지만, 공안위원들은 민중의 정신까지 어느 정도 지배했습니다. 양쪽의 최고 대표단 사이에 맺어진 휴전(그것은 말 그대로 휴전이었습니다)에 대해 지금 상세히 말씀드릴 필요는 없을 것 같습니다. 양쪽 최고 대표단은 대영제국 정부와 '한 줌의 노동자들(당시 그들은 이런 경멸적인 호칭으로 불렸습니다)'이었습니다. 앞서 말씀드린 바와 같이 그 무렵에는 노동자 가운데 유능한 사람들이 아직은 지도자로 공인 받지 못한 상태였습니다. 그러나 실제로는 그들 가운데도 매우 유능하고 생각이 반듯한 사람들이 있었지요. 협상의 결론은 민중의 요구가 반드시 인정돼야 한다는 것이었습니다. 지금 우리는 그러한 요구의 대부분이 그 자체로서 굳이 요구돼야 할 정도의 것도, 또는 거부돼야 할 만한 가치가 있는 것도 아님을 잘 압니다. 그러나 그때 요구된 내용은 당시에는 가장 중요하다고 여겨진 것들이었고, 붕괴되기 시작한 비참한 생활체제에 대한 반항의 징표이기도 했습니다. 특히 하나의 요구는 극도로 긴급한 중요성을 가진 것이었고, 정부는 그것을 수용하지 않으려고 했습니다. 그러나 정부의 협상 상대가 바보는 아니었기 때문에 결국은 정부가 양보하지 않을 수 없었지요. 문제의 요구는 정부가 공안위원회와 그 산하의 모든 조합들을 승인하고 그들에게 공식적인 지위를 부여하라는 것이었습니다. 이 요구는 분명히 두 가지 요소를 내포한 것이었지요. 그중 하나는 명백한 내란행위는 하지 않았고 더 이상 공격의 대상이 될 수도 없는 '반역자'들을 반역행위의 경중에 관계없이 사면하라는 것이었고, 또 하나는 조직적인 혁명을 계속해나간다는 것이었습니다. 이 협상에서 정부가 얻을 수 있었던 것은 이름에 관한 것 단 한 가지뿐이었습니다. 즉 두려움을 불러일으키는 '공안위원회'라는 혁명적인 이름을 더 이상 사용하지 않는다는 것이었습니다. 그리하여 그 본부와 지부는 '조정위원회'와 '지방사무소'라는 그럴듯한 이름으로 활동하게 되었고, 바로 그 이름으로 곧 닥친 내전에서 민중을 지도하게 되었습니다."

나는 약간 놀라며 말했다. "아! 그 모든 일이 일어났음에도 불구하고 내전이 계속됐다는 건가요?"

"그렇습니다. 사실 통상적인 의미에서 전쟁이라고 할 수 있는 내전을 가능하게 한 것은 바로 공안위원회와 그 산하 조합들이 법적 승인을 받아 합법화된 것이었습니다. 그 덕분에 투쟁이 한편으로는 말 그대로 학살로부터, 다른 한편으로는 인내하고 파업을 해야 하는 상황으로부터 벗어났습니다."

"그렇다면 그 전쟁이 어떤 방식으로 진행되었는지 말씀해 주시겠습니까?" 내가 물었다.

"네. 그에 관한 기록은 차고도 넘칩니다만, 그 본질은 간단합니다. 앞서도 말씀드렸듯이 반동주의자들이 믿지 못한 군대의 하사관 및 병사 들과는 달리 장교들은 대부분 이 나라에서 가장 어리석은 사람들이었기 때문에 무슨 일이든 할 준비가 돼 있었습니다. 대다수 중상류계급은 정부가 어떻게 하더라도 반혁명을 일으키겠다는 결의를 갖고 있었습니다. 곧 등장할 것처럼 어른거리는 공산주의가 그들에게는 정말 참을 수 없는 것으로 여겨졌기 때문입니다. 방금 말씀드린 대파업 때 생겨난 절도단과 같은 청년들의 무리가 스스로 무장 및 훈련을 하고 기회나 구실만 생기면 거리에서 사람들과 충돌하기 시작했습니다. 정부는 그들을 응원하지도 진압하지도 않았습니다. 그들이 건수를 만들어내주길 기대하면서 그저 수수방관했을 뿐이지요. '질서의 친구들(Friends of Order)'[114]이라고 불린 그들은 처음에 어느 정도 성공하자 점차 대담해졌습니다. 그들은 여러 정규군 장교들의 도움을 받거나 장교들의 중개로 모든 종류의 군수품을 손에 넣었습니다. 그들의 전술 중 하나는 큰 공장들을 경비하고, 경우에 따라서는 그곳에 수비대를 두는 것이었습니다. 일시적으로 그들은 맨체스터라는 지역 전체를 점거하기도 했습니다. 전쟁의 성과는 매번 달랐지만 비정규 전쟁이 나라 전역에서 계속됐습니다. 이렇게 되자 처음에는 전쟁을 모르는 체하거나 그것을 단순한 폭동으로 취급하던 정부도 결국은 '질서의 친구들'을 지지한다고 분명히 선언하고 동원할 수 있는 정규군을 모두 동원해서 그들을 지원했습니다. 정부는 이제 다시 '반역자'로 불리게 된, 그리고 스스로도 그렇게 부른 민중을 제압하기 위해 필사적인 노력을 기울였습니다.

그러나 때가 너무 늦었습니다. 이미 양편 모두 타협에 근거해 평화를 이루겠다는 생각을 버린 뒤였으니까요. 결국 특권계급을 제외한 모두가 완전한 노예가 되는가, 아니면 평등과 공산주의에 토대를 둔 생활체제를 이루든가 양단간에 선택하지 않을 수 없다는 점이 분명해졌습니다. 지난 세기의 나태와 절망, 그리고 만일 이렇게 말해도 좋다면 지난 세기의 비겁이 공공연한 혁명기의 열렬하고 활력있는 영웅적 태도에 밀려났습니다. 우리가 현재 영위하고 있는 생활을 당시의 민중이 예상했다고 말하려는 것은 아닙니다. 하지만 이런 우리의 생활에서 본질적인 부분을 향한 본능이 그들에게 분명히 폭넓게 존재했고, 많은 사람들이 필사적인 투쟁 속에서도 그런 본능이 곧 가져올 평화를 분명히 내다봤습니다. 당시에 자유 쪽에 선 사람들은 희망과 공포에 시달렸고, 가끔은 의문에, 그리고 양립되기 어려운 의무의 충돌로 인한 갈등에 시달리기도 했으나 불행하지는 않았을 것이라고 저는 생각합니다."

"그런데 민중과 혁명가들은 어떻게 전쟁을 수행했습니까? 그들이 성공한 요인은 무엇이었나요?"

내가 이런 질문을 한 이유는 그를 명확하고 구체적인 역사로 되돌아오게 함으로써 노인들이 흔히 그러하듯 추억에 잠기든 상태에서 그를 벗어나게 하고 싶었기 때문이다.

그가 대답했다. "성공 요인이라…. 민중에게 조직가가 부족하지는 않았습니다. 이미 말씀드렸듯이 다소 이성적인 사람들도 일상사에 대해 더 이상 신경쓰지 않게 된 그 시대에는 투쟁 자체가 사람들에게 필요한 재능을 발달시켰기 때문입니다. 사실 제가 읽고 들은 모든 것에 비춰볼 때, 우리 눈에는 끔찍한 내란으로만 보이는 그 사건이 없었다면 행정력을 갖췄다고 할 수 있을 정도로 노동자들의 능력이 계발될 수 있었을까 하는 물음에 대해 저는 상당히 회의적입니다. 하지만 어쨌든 민중에게는 그러한 재능이 있었고, 그들은 반동주의자들 가운데 최상급인 사람들보다 더 나은 지도자들을 확보할 수 있었습니다. 민중은 또 그들의 군대를 구성할 인재도 그리 어렵잖게 구할 수 있었습니다. 기존 군대의 병사들 중 혁명의 본능이 아주 강력하게 자리 잡고 있는 일반 사병들의 대부분, 그 가운데서도 가장 우수한 집단이 민중 쪽에 가담했기 때문이지요. 그러나 민중이 성공할 수 있었던 가장 중요한 요인이 된 것은 따로 있었습니다. 그것은 노동자들이 강제되지 않는 한 어느 지역에서든 반동주의자들을 위해서가 아니라 '반역자'들을 위해 일했다는 점입니다. 반동주의자들은 자신들이 완전하게 지배하는 지역 밖에서는 사람들에게 아무 일도 시킬 수 없었고, 자신들이 지배하는 지역 안에서는 연속적인 봉기에 시달렸습니다. 뿐만 아니라 어떤 경우에 어떤 장소에서 어떤 일을 하더라도 방해를 받거나, 험악한 표정과 마주치거나, 부루퉁한 반응에 직면했습니다. 따라서 반동주의자들의 군대는 어쩔 수 없이 부닥치게 된 어려움으로 인해 지쳐버렸고, 그들 편에 섰던 비전투원들까지도 증오, 무수하게 많은 자잘한 문제, 골칫거리에 시달렸습니다. 그런 식으로는 삶을 더 이상 견디기가 어려웠지요. 실제로 그로 인해 적지 않은 수의 사람들이 자살을 했습니다. 그들 가운데 상당수는 반동파의 주장에 적극적으로 동조했고, 나름대로 투쟁의 열기 속에서 자신들의 비참한 처지에 대한 위안을 찾기도 했습니다. 그러나 결국은 수천 명의 사람들이 '반역자'들에게 굴복했지요. 그리고 굴복하는 사람들의 수가 늘어남에 따라 한때는 가망 없어 보이던 대의가 이제는 승리를 거두었습니다. 반면에 노예제와 특권계급의 명분은 더 이상 희망이 없게 됐다는 사실을 결국 모든 사람들이 명백하게 인식하게 됐습니다.

18
새로운 생활의 시작

"알겠습니다. 그런 과정을 거쳐 사람들이 모든 고통으로부터 해방되었군요. 새로운 질서가 찾아왔을 때 민중은 그것에 만족했습니까?" 내가 물었다.

"민중뿐이었겠습니까? 평화가 찾아왔을 때 모든 사람이 그것을 기뻐했던 게 틀림없습니다. 그들은, 한때 부자였던 사람들까지도 어쨌든 자신들이 그렇게 나쁜 생활을 하게 된 게 아님을 알 수밖에 없었고, 마침내 그것을 깨닫게 됐을 때 평화가 찾아왔음을 기뻐했던 게 틀림없습니다. 가난했던 사람들의 경우는 이 년이나 계속된 전쟁을 통해, 그리고 그 전쟁에도 불구하고 생활환경이 더욱 좋아졌습니다. 평화가 찾아온 뒤 그들은 매우 짧은 기간에 번듯한 생활을 영위하기 위한 거대한 진보를 이루었습니다. 가장 어려웠던 점은 한때 가난했던 사람들이 삶의 진정한 즐거움에 대한 개념을 제대로 갖추고 있지 못했기 때문에 새로운 상황을 충분히 활용하지 못했다는 것입니다. 그들은 새로운 상황을 충분히 활용하는 방법을 몰랐습니다. 초기에 그들은 전쟁 중에 파괴된 부를 되찾아야 한다는 일념하에 열심히 일했는데, 이 점은 나쁜 것이었다고 하기보다는 좋은 것이었다고 말할 수 있습니다. 왜냐하면 그 내전만큼 물건들과 그것들을 제조하는 도구들이 크게 파괴된 전쟁은 없었기 때문이지요. 이는 모든 역사가가 인정하는 사실입니다."

"그것 참 의외로군요." 내가 말했다.

"그래요? 왜 그렇게 생각하십니까?" 해먼드가 물었다.

나는 대답했다. "지배자 측은 분명히 그런 부를 자신의 재산으로 간주했기 때문에 그들이 승리했을 경우에는 그 부를 조금이라도 노예에게 주고 싶지 않았을 테지만, 반대로 '반역자'들이 싸움에 나섰던 이유는 바로 그 부를 자신들의 것으로 갖기 위해서였을 테고, 승리할 경우에는 곧 자신들의 것이 될 부를 가능한 한 파괴하지 않으려고 조심했을 것이라고 생각되기 때문입니다."

그러자 헤먼드가 말했다. "그러나 실제로는 제가 말씀드린 대로였습니다. 지배자 측은 처음에 놀라서 비겁하게 행동하던 상태에서 회복되자, 달리 말하자면 일이 어떻게 되더라도 자신들은 파멸할 수밖에 없다는 사실을 제대로 알게 되자 매우 처절하게 싸웠고, 자신들이 누려온 삶의 즐거움을 파괴해버린 적에게 상처를 입힐 수만 있다면 무슨 짓이라도 하려 했습니다. 물론 '반역자'들도 실제로 전쟁이 시작되자 그들이 갖고 있었던 보잘것없는 부를 지키는 일 따위는 생각할 여지가 없었습니다. '다시 노예로 전락하느니 용기 있는 자 말고는 모든 것을 이 땅에서 쓸어내자!'는 것이 당시 그들이 외친 구호였습니다."

그는 잠시 생각에 잠겨 침묵하다가 말을 이었다.

"전쟁이 본격적으로 시작되자 사람들은 노예제와 불평등의 구세계에는 가치 있는 것이 너무나 적었다는 점을 알게 됐습니다. 이게 무엇을 의미하는지 모르시겠습니까? 당신이 지금 생각하고 있는 시대, 그리고 잘 안다고 생각하는 시대에는 희망이 없었습니다. 목줄과 채찍으로 강제되어 연자방아를 돌리는 말의 우둔한 발걸음 외에는 아무것도 없었습니다. 그러나 그 뒤에 이어진 전쟁의 시기에는 온통 희망으로 가득 찼습니다. '반역자'들은 적어도 깡마른 해골처럼 돼버린 세계로부터 새로운 세계를 다시 건설하기에 충분할 정도로 자신들이 강하다고 느꼈습니다. 그리고 그들은 그런 일을 해냈습니다!" 노인이 찌푸린 눈썹 아래로 두 눈을 반짝이며 말을 계속했다. "그리고 그들의 적들은 결국에는 적어도 삶의 실체와 그 슬픔에 대하여 무언가를 배우게 됐습니다. 그들은, 아니 그들의 계급은 과거에는 그런 것들에 대해 아무것도 알지 못했습니다. 그래서 간단히 말하자면 두 적대자, 즉 노동자들과 젠틀맨들이 함께……."

"함께," 내가 재빨리 끼어들어 말했다. "상업주의를 파괴했군요!"

"그렇습니다. 그렇고말고요." 그가 말했다. "말씀하신 그대로입니다. 그것은 그 밖의 방법으로는 파괴될 수 없었습니다. 그렇게 되지 않았다면 아마도 사회 전체가 마침내는 야만시대와 같은 미개의 상태에 이르기까지 추락했을 것이고, 그러면서도 실제의 야만시대에는 그나마 존재했던 희망과 즐거움조차 사라졌을지도 모릅니다. 단기간의 강력한 처치가 결국은 가장 좋은 방법이었던 거죠."

"전적으로 그랬을 겁니다." 내가 말했다.

"그래서 세계는 두 번째 탄생을 맞게 되었습니다. 그런 일이 비극 없이 어떻게 일어날 수 있었겠습니까? 더 나아가 이렇게 생각해 봅시다. 새로운 시대, 다시 말해 우리 시대의 정신이라고 하는 것은 이 세상에서의 삶이 즐거워야 한다는 겁니다. 인류가 사는 지구의 표면에 대한 사랑이 마치 사랑에 빠진 남자가 애인의 아름다운 피부에 대해 갖게 되는 사랑처럼 강렬하고도 넘치는 것이어야 합니다. 이런 것이 바로 새로운 시대정신이 됐고, 그 밖의 다른 풍조는 모두 없어졌습니다. 고대 그리스인의 풍조였던 끝없는 비판 및 인간의 태도와 사상에 대한 한없는 호기심은 수단이 아니라 목적이었습니다만, 이제 그런 풍조는 없어졌고 회복도 불가능해졌습니다. 뿐만 아니라 아시다시피 대부분 상업주의 체제의 부속물이었던, 아니 가끔은 그 체제 속에 존재했던 경찰의 부속물이기도 했던 19세기의 소위 과학이라는 것도 사라졌습니다. 그 겉모습과 달리 19세기의 과학은 그 스스로도 믿지 못한 것으로서 편협하고 비겁했습니다. 심지어 부자에게도 당시의 과학은 생활이 힘들고 괴로웠던 시대의 불행이 낳은 결과였고, 그 불행에 대한 유일한 위안이기도 했습니다. 그런 불행은 이제 당신이 보시는 것처럼 그동안의 기대한 변화에 휩쓸려 없어졌습니다. 삶을 바라보는 우리의 관점에 더욱 가까운 것은 중세의 정신입니다. 중세의 사람들에게는 천국이나 내세의 생활은 이 지상에서 영위하는 삶의 일부가 되는 하나의 현실이었습니다. 따라서 그들의 공식적인 신조였던 금욕주의 교의가 지상의 삶을 경멸하라고 그들에게 명령했음에도 불구하고[115] 그들은 지상의 삶을 사랑하고 아름답게 꾸몄습니다.

그러나 그런 교의도 사람이 죽은 뒤에 살게 된다는 두 개의 나라, 즉 천국과 지옥에 대한 확신이 사라지면서 함께 사라졌고, 이제 우리는 인간세계의 지속적인 삶을 말로도 행위로도 믿고 있습니다. 그리고 우리 자신의 순전한 개인적 경험으로부터 우리가 얻게 되는 나날의 작은 축적이 그러한 우리 모두의 공통된 삶에 매일매일 더해집니다. 그래서 우리는 행복한 겁니다. 당신은 이를 이상하다고 생각하나요? 과거의 시대에는 네 이웃을 사랑하라, 인본주의 신조를 믿으라고들 가르쳤습니다. 그러나 생각해 보십시오. 한 개인이 그런 정신의 소중함을 깨달을 수 있을 정도로 고양되고 세련되면 될수록 그가 숭배해야 하는 인간대중을 이루는 개개인의 구체적인 면면에 대해서는 역겨움을 갖게 되지 않았습니까? 그런 역겨움을 피할 수 있는 유일한 방법은 실제 인간과는 아무런 실질적, 역사적 관련성도 없는 인류라는 형식적인 추상개념을 만드는 것이었지요. 그런 관념을 가진 사람들에게는 인류라는 것이 한편으로는 맹목의 폭군들, 다른 한편으로는 무감각하고 저열한 노예들로 나뉘어져 있습니다. 그러나 이제는 인류를 구성하는 남녀 모두가 자유롭고 행복하며, 적어도 생기가 있고, 대부분 신체도 아름다울 뿐 아니라 자신이 만들어낸 아름다운 것들에 둘러싸여 있고, 자연은 인류와의 접촉으로 나빠지기는커녕 오히려 더욱 좋아지고 있습니다. 이런 지금, 우리가 인본주의 신조를 받아들이는 데 어떤 어려움이 있겠습니까? 이런 삶이야말로 이 시대의 세계가 우리를 위하여 예비해준 것입니다."

내가 말했다. "사실인 것 같습니다. 제 눈으로 본 것이 이곳 사람들의 일반적인 삶의 모습이라면 정말로 그렇겠지요. 이제 오랜 투쟁 뒤에 이루어진 이 나라의 진보에 대해 말씀해 주십시오."

그가 말했다. "당신이 제 말을 들을 수 있는 시간보다 더 긴 시간에 걸쳐 많이 말씀드릴 수 있습니다. 하지만 우선 우리가 대처해야 했던 중요한 난관 중 하나를 말씀드리지요. 전쟁이 끝난 뒤에 사람들이 다시 정착하기 시작했을 때, 그리고 그 전쟁의 파괴로 인해 부족해진 부를 사람들이 노동으로 상당히 보충했을 때 일종의 실망감이 덮쳐 왔고, 이 때문에 우리는 과거에 반동주의자들이 한 예언이 현실화되는 게 아닌가 하고 생각했습니다. 그리고 모호한 수준의 공리주의적 쾌락이 우리의 포부와 성공의 목표였던 것처럼 간주됐습니다. 경쟁적인 노력에 대한 자극이 없어진 것이 공동체의 필수품 생산에 지장을 초래하지는 않았으나, 그로 인해 사람들이 사색에 빠지거나 멍하니 있는 시간이 너무 많아져 게을러졌다면 어찌 됐겠습니까? 그러나 그런 흐리멍덩한 천둥구름은 우리에게 위협만 가했을 뿐 곧 지나갔습니다. 지금까지 제가 한 말들을 통해 당신은 과거의 불행에 대한 치료책이 어떤 것이었는지 짐작하실 겁니다. 그동안 생산되던 수많은 것들, 즉 가난한 사람들을 위한 노예용품과 부자들을 위한 순전한 재산 낭비용품은 더 이상 만들어지지 않았다는 점을 기억하시기 바랍니다. 불행에 대한 치료책은 간단히 말씀드리면 예술이라고 일컬어지던 것의 생산입니다. 그러나 지금 우리에게는 그것을 가리키는 말이 따로 있지 않습니다. 지금은 생산을 위한 모든 노동에 예술이 필수적인 부분이 됐으니까요."

내가 말했다. "뭐라고요? 어르신께서 앞서 말씀하신 생활과 자유를 위한 필사적인 투쟁이 벌어지는 와중에서도 사람들이 순수한 예술을 함양할 시간이나 기회가 있었다는 건가요?"

그가 말했다. "기이하게 들릴지는 몰라도 내전은 다른 것들은 파괴했지만 예술은 거의 파괴하지 않았습니다. 특히 음악이나 시와 관련해 낡은 형태로 남아 있던 예술이 투쟁의 후기에 놀라울 정도로 부흥됐습니다. 하지만 새로운 형태의 예술이 주로 과거의 예술에 대한 기억 위에 세워졌다고 생각해서는 안 됩니다. 제가 지금 말씀드리는 예술, 즉 노동과 즐거움이 하나가 됨으로써 '노동-즐거움'이라고 불릴 만하게 된 것은 일종의 본능으로부터 거의 자발적으로 용솟음치는 것입니다. 본능이란 더 이상 고통스럽고 공포스러운 과로로 내몰리지 않는 민중에게 존재하는 것으로서, 하는 일을 가능한 한 최고로 잘해서 나름대로 가장 뛰어난 결과를 얻고자 하는 본능을 말합니다. 그리고 이런 상태가 어느 정도 계속되는 동안에 사람들이 아름다움에 대한 열망을 자각한 것처럼 보였고, 자신들이 만든 것을 거칠고 서투르게나마 장식하기 시작했습니다. 나아가 사람들이 그렇게 일을 하게 되자, 그러한 장식 활동이 발달하기 시작했습니다. 이 모든 진전은 우리의 바로 윗대 선조들이 그토록 냉담하게 참아 넘겼던 천박함이 추방되는 것에 의해 뒷받침됐고, 나아가 (앞서도 말씀드린 것처럼)

우리들에게 이제는 일상이 된, 한가하지만 우둔하지는 않은 전원생활이 실현되는 것에 의해 북돋워졌습니다. 그리하여 결국 우리는 우리 자신의 일 속에 차차 즐거움을 심어 넣게 된 것이지요. 나아가 우리는 그런 즐거움을 자각하게 됐고, 그것을 육성했으며, 그것을 한껏 누리는 태도를 갖게 됐습니다. 이렇게 해서 모든 것이 얻어졌고, 우리는 행복한 것입니다. 언제까지나 그러하기를 바랍니다." [116]

    노인은 약간의 우수가 깃든 명상에 젖어있었다. 나는 그것을 깨뜨리지 않았다. 얼마쯤 지났을까, 그가 별안간 말문을 열고 말했다. "자, 디크와 클라라가 당신을 모셔가려고 왔으니 제 이야기도 이제 끝을 맺어야겠군요. 이쯤에서 우리 대화를 끝내도 실망하시지 않겠지요? 길었던 하루도 이제 다 저물어가는군요. 해머스미스로 돌아가시는 길이 즐겁기를 바랍니다."

19
해머스미스로 돌아가는 길

나는 그처럼 심각한 이야기를 나눈 뒤에 그에게 형식적인 예의를 차리고 싶지 않기에 아무 말도 하지 않았다. 사실 나는 삶에 대한 나의 평소 생각을 조금이라도 이해해줄 수 있는 그 노인과 이야기를 계속하고 싶었다. 젊은 사람들에게는 그들이 아무리 친절해도 나는 다른 혹성에서 온 인간에 불과했다. 그러나 나는 최선을 다해 젊은 두 사람에게 최대한 친절한 미소를 지어 보였다. 디크도 미소로 답하면서 말했다. "다시 뵙게 되어, 그리고 당신이 제 증조부와 이야기를 나누는 데 열중한 나머지 마치 다른 세계에 계신 것처럼 하고 있지 않아 기쁩니다. 저는 웨일스 사람들의 노래를 들으면서도 내내 혹시 당신이 우리를 떠나 사라지신 게 아닐까 하는 걱정을 했습니다. 할아버지께서 아무도 없는 허공에 대고 계속 말씀하시는 모습을 상상하기도 했다니까요."

그의 말을 듣는 동안 나는 좀 불편한 느낌이 들었다. 왜냐하면 잠시 잊고 있던 저 치사한 입씨름, 저 생활의 더러움과 비참한 비극의 광경이 돌연 내 눈앞에 나타났기 때문이다. 그리고 나는 과거에 내가 가졌던, 휴식과 평화에 대한 그 모든 갈망을 회상했다. 그곳에 다시 돌아갈 것을 생각하니 가슴이 아파왔다. 노인은 껄껄 웃으며 말했다.

"걱정하지 마라, 디크. 어쨌든 나는 허공에 대고 이야기하지는 않았으니. 또 사실 내가 오직 이 새로운 우리의 친구 한 사람에게만 말한 것도 아니야. 그를 통해 많은 사람들에게 이야기한 셈이지. 그런데도 내 이야기를 듣는 사람이 아무도 없을 것이라고 걱정했다니. 손님은 언젠가는 원래 계셨던 곳으로 돌아가셔서 그곳 사람들에게 우리에게서 들은 이야기를 전하실 게 아니겠니. 그렇게 되면 그곳 사람들에게도 우리의 이야기가 열매를 맺게 될 수 있고, 그것은 곧 우리를 위하는 것이 되겠지."

디크는 당혹스러운 얼굴로 말했다. "네, 할아버지. 하지만 무슨 말씀인지 잘 모르겠습니다. 제가 말씀드릴 수 있는 것은, 손님께서 우리를 떠나시지 않기를 바란다는 거예요. 이분은 우리가 지금까지 알고 지내온 사람들과는 전혀 다른 분이어서 우리가 모든 면에서 다양한 생각을 하게 해주죠. 덕분에 저는 디킨스를 더 잘 이해하게 됐어요."

"그리고," 이번에는 클라라가 말했다. "두세 달만 같이 있으면 이분을 더 젊게 만들어 드릴 수 있을 것 같아요. 손님의 얼굴에서 주름살이 완전히 없어지면 어떤 모습이 되실지 꼭 보고 싶어요. 손님이 잠시라도 우리와 함께 사신다면 더욱 젊어질 것 같지 않으세요?"

노인은 머리를 흔들면서 나를 진지하게 바라보았으나, 그녀에게는 아무런 말도 하지 않았다. 잠시 우리는 침묵했다. 그러자 클라라가 침묵을 깨뜨렸다.

"할아버지, 저는 이런 분위기가 싫어요. 마치 무언가가 저를 불편하게 하고, 바람직하지 못한 일이 생길 듯한 느낌이 드네요. 할아버지는 손님에게 비참했던 과거에 대해 이야기하셨고, 손님은 과거의 불행한 시대를 사셨지요. 그 시대의 공기가 우리를 에워싸고 우리로 하여금 가질 수 없는 무언가를 갈망하게 만드는 듯한 느낌이 들어요."

노인은 그녀에게 다정하게 미소지으며 말했다. "그래? 그렇다면 가서 그냥 현재를 살면 돼. 그러면 그런 기분을 곧 떨쳐버릴 수 있을 게야." 그러고 나서 그는 나를 보고 말했다. "혹시 당신이 살던 나라에도 우리의 삶과 같은 것이 있었던 기억이 있나요?"

연인들은 이제 저쪽으로 돌아서서 함께 조용히 이야기하기 시작하더니 곧 우리를 개의치 않고 둘만의 세계에 빠져들었다. 나는 낮은 목소리로 노인에게 말했다. "네, 햇볕이 가득한 휴일에 저는 행복한 소년이었고, 제가 생각할 수 있는 모든 것을 갖고 있었습니다."

"그렇습니까?" 그가 말했다. "우리가 이 세상의 제2의 소년시대에 살고 있다고 제가 말했을 때 당신이 저를 놀렸던 것을 기억하십니까? 이제 당신도 이 시대가 살기에 행복한 세계임을 아시게 될 겁니다. 그리고 당신은 행복하실 겁니다, 잠시뿐이겠지만."

나는 거의 노골적인 그의 위협이 마음에 들지 않았다. 나는 내가 어떻게 이 기묘한 사람들 속에 오게 됐는지를 기억해보려고 애를 쓰기 시작했다. 그때 노인이 힘찬 목소리로 젊은이들에게 말했다. "자,

얘들아! 이제 손님을 모시고 가서 즐겁게 해드려라. 이분의 피부를 부드럽게 가꿔드리고 마음을 편안하게 해드리는 것이 너희들이 할 일이다. 이분은 너희들과 같은 행운을 가져본 적이 없단다. 그럼 안녕히 가세요, 손님!" 노인은 따뜻한 손길로 내 손을 잡았다.

"안녕히 계십시오. 많은 이야기를 해주셔서 고맙습니다. 나중에 런던에 다시 올 기회가 있으면 찾아 뵈도 될까요?" 내가 물었다.

"그럼요. 다시 오실 수 있으면 꼭 오십시오." 노인이 대답했다.

"그러나 당분간은 힘들 겁니다." 디크가 힘찬 목소리로 말했다. "왜냐하면 제가 손님을 시골로 모시고 갈 거니까요. 강 상류지역에 사는 우리 친구들이 건초 베기가 끝난 뒤부터 밀 수확을 하기 전까지 어떤 모습으로 사는지를 보실 수 있도록 제가 안내해드리겠습니다. 그런 다음 밀 수확기에는 밀 베기를 한바탕 해야 합니다. 저는 손님께서 이왕이면 윌트셔(Wiltshire)에 가서 일을 하셨으면 합니다. 다양한 바깥생활을 경험하면 몸이 좀 더 튼튼해지실 겁니다. 저도 매우 건강해질 거고요."

"디크, 저도 데리고 갈 거죠?" 클라라가 예쁜 손을 그의 어깨에 올려놓으며 말했다.

"당연히." 디크가 힘차게 말했다. "당신이 매일 밤 아주 지친 상태로 침대에 들게 할 거예요. 그러면 당신의 목과 손은 온통 갈색이 되어 너무나 아름답게 보일 테지요. 잠옷을 입은 당신의 모습은 마치 쥐똥나무의 흰 꽃 같을 거예요. 이상하고 불만에 찬 변덕도 당신의 머릿속에서 사라질 테고요. 일주일 정도 건초 베기를 하면 당신은 완전히 그렇게 될 겁니다."

그녀는 부끄러움에서가 아니라 즐거움에서 매우 사랑스럽게 얼굴을 붉혔다. 그러자 노인이 웃으며 말했다.

"정말로 만족하실 것입니다. 왜냐하면 이 두 사람이 당신에게 쓸데없는 참견을 너무 많이 하리라고 걱정하실 필요가 없기 때문입니다. 두 사람은 서로에 대해 너무 바쁠 것이니, 당신이 하고 싶으신 대로 하도록 놔둘 겁니다. 사실 그렇게 하는 것이 결국은 손님에 대한 참된 친절이지요. 너무 자주 혼자가 되지 않을까 두려워하실 필요도 없습니다. 한 둥지 안의 두 마리 새와 같은 두 사람은 언제나 편하게 찾아가 말을 걸 수 있는 당신과 같은 친구를 갖는 게 좋겠지요. 그래야 두 사람이 사랑의 황홀경을 우정이라는 견실한 일상적 감정으로 누그러뜨릴 수 있을 테니까요. 그리고 디크는, 클라라는 더 그럴 것이고, 가끔 잠깐씩 당신과 이야기를 나누고 싶어 할 겁니다. 하지만 잘 아시겠지만, 연인들이란 그들 사이에 어떤 문제가 생기지 않는 한 소리 내어 말하지 않고 그저 자기들끼리 소곤거릴 뿐이지요. 손님, 안녕히 가십시오. 그리고 행복하시기를!"

클라라는 해먼드 노인 곁으로 가서 그의 목에 두 팔을 감고 따뜻하게 키스를 한 다음 말했다. "정말 좋은 할아버지, 절 얼마든지 놀리셔도 좋아요. 우리가 다시 할아버지를 찾아올 때까지 그리 오랜 시간이 걸리지 않을 거예요. 그리고 손님은 우리가 행복하게 해드릴 테니 걱정하지 마세요. 저는 할아버지의 말씀 속에 얼마간의 진실이 있었다고 생각해요."

나는 다시 노인과 악수를 하고 홀을 나와 회랑으로 갔다. 거리에서 잿빛 말이 마차를 달고 서서 우리를 기다리고 있었다. 일곱 살쯤 된 사내아이가 고삐를 손에 쥐고 경건하게 말의 얼굴을 올려다보고 있었고, 열네 살로 보이는 여자아이가 세 살짜리 여동생을 앞에 안고 말 등에 올라앉아 있었으며, 사내아이보다 한 살 정도 더 많아 보이는 여자아이가 말 뒤쪽에 매달려 있었다. 말은 매우 잘 보살펴진 듯했다. 아이들은 체리를 먹는 데 열중하면서, 다른 한편으로는 잿빛 말을 쓰다듬고 다독거려주고 있었다. 말도 이런 아이들의 애무에 즐거워했고, 디크가 나타나자 귀를 쫑긋거렸다. 여자아이들은 조용히 말에서 내려 클라라 곁으로 가서 그녀를 반기며 달라붙었다. 우리는 마차에 올랐고, 디크가 고삐를 흔들자 말은 바로 달리기 시작했다. 잿빛 말은 런던 거리의 아름다운 나무들 사이를 천천히 달렸다. 나무의 넘치는 향기가 차가운 저녁 대기 속으로 불어왔다. 이제 막 석양이 지고 있었다.

그 서늘한 시간에 거리에 나온 사람들이 너무 많았기에 우리는 내내 천천히, 그리고 조심스럽게 지나가야 했다. 나는 그 많은 사람들의 모습을 주의해 살폈다. 19세기의 칙칙한 회색, 아니 차라리 갈색이라고 해야 할 분위기 속에서 형성된 내 취향에는 그들의 복장이 보여주는 밝고 화려함은 비난거리가 되는 게 마땅하다는 생각이 들었다. 그리고 나는 실세토 클라라에게 그렇게 말했다. 그러자 그녀는 놀라면서, 심지어 약간 화까지 내면서 말했다. "아니, 뭐가 문제인가요? 그들은 어떤 더러운 일도 하지 않아요. 그들은 오직 아름다운 저녁시간을 즐기고 있을 따름이에요. 그들의 옷을 더럽힐 것이 무엇이 있겠어요? 보세요, 모두 너무나 아름답지 않아요? 그리고 보시다시피 전혀 야하지 않아요."

사실이 그러했다. 아름다워 보이는 사람들은 자세히 보면 다들 아주 수수한 색채의 의복을 입고 있었고, 그 색채의 조화는 완벽했다. 그들은 정말로 즐거워 보였다.

내가 말했다. "그렇군요. 그러나 어떻게 모든 사람이 저렇게 비싼 옷을 입을 여유가 있는지 궁금하군요. 저기 지나가는 회색 옷을 입은 중년남자를 좀 보세요. 저는 여기서 봐도 저 옷이 매우 좋은 모직물에다 실크로 수를 놓아 만든 것임을 알 수 있습니다."

클라라가 말했다. "저 사람도 원한다면 초라한 옷을 입을 수 있어요. 그러니까 자기가 입은 칙칙하고 누추한 옷이 다른 사람들의 기분까지 칙칙하게 만들 거라고 생각하지만 않는다면 말이에요."

"그런데 어떻게 저런 옷을 사 입을 여유가 있을 수 있는 겁니까?"

나는 이 말을 내뱉자마자 곧 내가 또다시 과거에 사로잡혀 터무니없는 실수를 저질렀음을 깨달았다. 왜냐하면 디크가 어깨를 흔들어대면서 웃었기 때문이다. 그러나 그는 한 마디도 하지 않고 클라라의 부드러운 대응에 나를 맡겨두었다. 그녀가 말했다.

"저는 무슨 말씀인지 모르겠어요. 물론 우리에게 그 정도의 여유는 있지요. 그렇지 않다면 어떻게 저렇게 차려입을 수 있겠어요? 우리가 편한 옷을 만들기 위해서만 일한다고 말씀드릴 수 있다면 얘기가 매우 쉽겠지만, 그건 아니에요. 왜 당신은 우리의 흠을 잡으려고 하세요? 우리가 좋은 옷을 입기 위해 굶주리는 것처럼 보이나요? 아니면 우리의 몸이 아름다운 것과 마찬가지로 몸을 감싸는 옷도 마치 처음부터 아름답게 만들어져 있는 사슴이나 수달의 모피처럼 아름답게 보이게 하려는 우리의 노력에 뭐 잘못된 거라도 있다는 건가요? 무엇이 나쁘다는 말씀인지 알 수가 없네요."

클라라의 거센 반응에 나는 고개를 떨어뜨리고 어떤 변명 같은 것을 웅얼거렸다. 그렇게 대체로 건축물을 사랑하는 사람들이라면 자기 자신을 꾸미는 것도 역시 좋아하리라는 점을 내가 알았어야 했다고 자인하지 않을 수 없었다. 색채뿐만 아니라 그들의 의복 자체도 아름답고 합리적이었다. 몸매를 억누르거나 과장하지 않고 그저 몸을 감싸고 있다는 점에서 그러했다.

클라라는 곧 평정을 회복했고, 우리가 앞서 말한 숲 쪽으로 마차를 모는 디크를 바라보면서 말했다.

"디크! 우리의 손님이 이상한 옷을 입고 계신 모습을 해먼드 할아버지도 보셨으니, 이제는 내일의 여행을 위해 손님이 적절한 옷을 입으실 수 있도록 우리가 그런 옷을 찾아 드려야 하겠네요. 그렇게 하지 않으면 이분의 옷에 대해 그것이 어디에서 만들어졌느냐는 등의 여러 질문에 우리가 일일이 대답하지 않으면 안 될 거예요. 그리고," 그녀가 장난스럽게 말했다. "스스로 멋진 옷을 입으시게 되면 이분도 우리가 서로에게 호감을 느끼게 하려는 데 시간을 허비할 정도로 유치하다고 우리를 비난하지는 않으실 테니까요."

"잘 알겠어요, 클라라." 디크가 말했다. "당신이, 아니 이분이 원하시는 것은 무엇이나 해드리지요. 손님이 내일 아침에 일어나시기 전에 내가 그를 위해 무엇인가 찾아 놓도록 하지요."

20
다시 해머스미스의 게스트 하우스에서

그렇게 이야기를 나누는 사이에 우리는 상쾌한 저녁 공기를 조용히 가르며 해머스미스에 도착했고, 그곳 친구들의 환대를 받았다. 새 옷을 입은 보핀이 돌아온 나를 정중하게 환영했다. 그 직공은 나를 붙들고 해먼드 노인과 어떤 이야기를 나누었는지 들려달라고 했다. 디크가 그러지 말라며 그를 나무랐다. 하지만 그는 불쾌한 기색이 없이 계속 친절하고 명랑한 태도를 유지했다. 애니는 나와 악수를 하면서 너무도 상냥한 태도로 좋은 하루를 보냈기를 바란다고 말했다. 나는 그녀의 손을 다시 놓아야 한다는 게 못내 아쉬웠다. 사실대로 말하면, 나는 클라라보다 그녀가 더 좋았다. 클라라는 언제나 다소 경계하는 듯한 태도를 보였지만, 애니는 참으로 솔직하고 특별한 노력을 하지 않고도 주위의 모든 것과 모든 사람에게서 즐거움을 얻는 것처럼 보였다.

그날 저녁에 작은 연회가 열렸다. 그것은 한편으로는 나를 환영하기 위한 것이고, 다른 한편으로는 아무도 그렇게 말하지는 않았지만, 다시 결합한 디크와 클라라를 축하하기 위한 것이라고 나는 생각했다. 포도주는 최상급의 것이었다. 홀은 호화로운 여름꽃으로 향기로웠다. 식사가 끝난 뒤 우리는 노래를 들었고(애니의 노래가 정감과 의미에서만 아니라 소리의 감미로움과 맑음에서도 다른 사람들의 노래보다 앞선다고 나는 생각했다), 서로 여러 가지 이야기를 하거나 들으면서 앉아 있었다. 아름다운 창을 통해 흘러 들어온 여름의 월광 외에는 아무런 불빛도 없어, 마치 책이 드물고 글을 낭독하는 것조차 낯설던 먼 과거로 돌아간 듯했다. 사실 이 대목에서 내가 말할 수 있는 것은, 독자들도 이미 알게 됐겠지만 그들은 그리 대단한 독서가가 아닌 게 분명했다는 점이다. 그 자리에 같이 있던 친구들은 대부분 책에 대해 무엇인가 말할 게 있지만, 그들의 태도가 보여주는 세련됨과 그들이 분명히 누리는 것으로 보이는 엄청난 여가를 고려하면 분명 그들은 책을 많이 읽지는 않는 것 같았다. 특히 디크는 어떤 책에 대해 말하면서 마치 대단한 위업을 달성한 사람처럼 굴었지만, 기껏 한 말은 이런 정도였다. "그런데 믿으실지 모르겠지만, 저는 정말로 그것을 읽었답니다!"

그날 밤은 너무도 빠르게 지나갔다. 그날 나는 생전 처음으로 이질감이나 다가오는 파멸에 대한 두려움을 잊은 채 오로지 내 눈을 한껏 즐겁게 할 수 있었다. 그 이질감이나 두려움은 내가 지금까지 과거의 아름다운 예술작품들에 둘러싸여 있거나 현재의 아름다운 자연 속에 융해되어 있을 때마다 늘 나를 괴롭히던 것이었다. 예술작품과 자연은 둘 다 수백 년에 걸친 전통의 결과이고, 바로 그 전통이 인간에게 예술작품을 창조하게 하고 자연으로 하여금 각 시대의 상황에 적응하도록 하는 것이다.

다시 찾은 해머스미스에서 나는 나의 여가를 만들어준 부정의와 비참한 노역, 나로 하여금 예리한 역사인식을 갖게 한 무지하고 무감각한 삶, 내 모험담의 로망스를 구성하게 된 두려움과 불운에 가득 찬 투쟁을 곱씹으며 괴로워하지 않고 모든 것을 즐길 수 있었다. 단 한 가지 내 마음을 짓누른 것은 잠잘 시간이 가까워지면서 생겨난 불안감, 즉 내일 아침 눈을 떴을 때 과연 내가 어디에 있을까 하는 막연한 불안감이었다. 그러나 나는 그런 불안감을 억누르고 행복하게 침대에 누워, 그야말로 눈 깜짝할 사이에 깊은 잠에 빠져들었다.

21
강을 거슬러 올라가며

눈을 떴을 때는 아름다운 햇살이 가득한 아침이었다. 지난밤의 불안감은 여전히 내 주위를 맴돌고 있었다. 그러나 나는 곧바로 그 불안감을 떨쳐낼 수 있었다. 침실 벽에 그려진 희미하지만 순수한 색채의 초상화 아래에 내가 아는 시구가 적혀 있는 것이 눈에 들어왔기 때문이다. 나는 디크가 나를 위해 갖다놓은 푸른 옷을 서둘러 입었다. 얼마나 멋진 옷인지, 그것을 몸에 걸치는 내 얼굴이 흥분으로 달아올랐다. 그 느낌은 마치 휴일을 기다리는 흥분된 즐거움과 같은 것이었다. 어린 시절의 내가 여름방학을 맞아 집에 돌아갈 때 느껴본 이후로 지금까지 단 한 번도 느껴보지 못한 느낌. 그러나 나는 그 느낌을 아직도 또렷이 기억하고 있다.

너무 이른 아침인 것 같았기에 나는 내 침실이 붙어있는 회랑을 나와 홀로 갔다. 그곳에는 아직 아무도 없으리라고 생각했으나, 들어서자마자 애니를 만났다. 그녀는 들고 있던 빗자루를 내려놓고 내게 키스를 했다. 그것은 우정의 표현일 뿐 유감스럽게도 다른 뜻은 전혀 없는 것이었다. 그녀는 부끄러움이 아니라 우정이 담긴 즐거움으로 얼굴을 붉혔다. 그러고는 빗자루를 다시 들고 마치 방해가 되지 않도록 비켜서라고 말하는 듯이 내게 고개를 끄덕인 뒤 청소 일을 계속했다. 그곳에는 그녀를 돕는 다섯 명의 다른 여자아이들이 있었고, 그들이 정말로 여유 있게 일하는 우아한 모습은 오랫동안 바라볼 가치가 충분히 있었다. 그들이 아주 과학적인 방식으로 청소를 하면서 서로 즐겁게 말하며 웃는 소리도 오랫동안 들을 가치가 있었다. 내게는 매우 흥미로운 광경이었다. 애니는 홀의 반대쪽 끝에서 나를 향해 몇 마디 말을 던졌다. "손님! 깨워드리기도 전에 일어나셨군요. 잘 됐어요. 템스 강은 유월의 아침 여섯 시 반쯤에 가장 아름답거든요. 그렇잖아도 당신께 그 모습을 보여드리려고 했답니다. 다크와 클라라는 벌써 준비를 끝냈어요. 당신이 일어나면 빵과 우유만 좀 드시게 한 후 배에 태우라더군요. 제가 하던 일을 마저 다할 때까지만 잠깐 기다려주세요."

그녀는 비질을 조금 더 한 뒤 빗자루를 내려놓고는 강이 보이는 테라스로 나를 데리고 갔다. 나무그늘 아래 작은 탁자가 있었고, 그 위에 아침식사용 빵과 우유가 누구라도 입맛을 다실 정도로 먹음직스럽게 차려져 있었다. 내가 그것을 먹는 동안 그녀는 내 곁에 앉아 있었다. 일이 분 뒤에 디크와 클라라가 왔다. 클라라는 자수가 놓인 밝은 색 실크 가운을 입고 있었다. 그런 옷이 눈에 익지 않은 내게는 그녀가 너무 화려하고 번쩍이는 옷을 입은 것처럼 보이긴 했지만, 어쨌거나 그녀는 무척 신선하고 아름다웠다. 디크도 아름다운 수가 놓인 흰색 플란넬 옷을 멋지게 차려입고 있었다. 클라라는 내게 아침인사를 한 뒤 입고 있는 가운을 손으로 들어 보이면서 웃으며 말했다. "보세요, 손님. 우리도 어젯밤에 당신이 타박하셨던 사람들 못지않게 멋지지 않나요? 우리는 저 맑은 날씨와 꽃들이 부끄러워하게 하고 싶지 않거든요. 이제 저를 타박해 보세요."

나는 말했다. "결코 그럴 생각이 없습니다. 두 분 모두 마치 저 여름날 그 자체에서 태어난 것처럼 보입니다. 그러니 내가 여름을 타박하게 될 때에나 당신을 타박할 수 있겠지요."

"자자, 아시다시피 오늘은 특별한 날입니다. 아니 요즘은 늘 그렇지요. 오늘처럼 날씨가 좋으면 건초 베기가 어떤 점에서는 밀 베기보다 더 나을 겁니다. 사실 날씨가 좋은 날 들판에서 건초 베는 일을 하는 게 얼마나 즐거운지는 실제로 일해 보지 않고는 알 수가 없지요. 그곳에서 일하는 여성들도 얼마나 아름다워 보이는지……." 디크가 수줍은 듯 말했다. "그러니 모든 것을 생각해 우리는 간소하게 차려입는 것이 좋겠습니다."

"여성들은 그곳에서 일할 때도 실크 드레스를 입습니까?" 내가 웃음을 머금고 물었다.

디크가 진지하게 대답하려고 하는데 클라라가 손으로 그의 입을 막고 대신 말했다. "그만, 그만. 디크! 이분에게 너무 많이 말해서는 안 돼요. 그러면 당신도 당신의 증조부와 마찬가지라고 생각할 거예요. 손님이 스스로 깨닫게 하세요. 그리 오래 걸리지 않을 거예요."

애니도 거들었다. "그래요. 당신이 지나치게 아름답게 설명하지 마세요. 그러면 막이 올라간 뒤에 손님이 실망하실 수 있으니까요. 저는 손님이 실망하시지 않았으면 좋겠어요. 물결과 아침 햇살이 가장 좋을 때 그것들을 보실 수 있게 하려면 얼른 출발하셔야 합니다. 그럼, 손님. 안녕히!"

그녀는 순전히 우정에서 내게 키스를 했다. 그로 인해 나는 여행이고 뭐고 다 그만두고 그녀와 함께 머물고 싶어졌으나, 곧바로 그런 기분을 떨쳐 버렸다. 그렇게 유쾌한 여성에게 그 나이에 걸맞은 애인이 없을 리 만무하단 생각이 들었기 때문이다. 우리는 부교의 계단을 내려가 아름다운 배에 올랐다. 그 배는 가벼웠지만 우리가 타고 소지품을 실을 수 없는 정도는 아니었고, 멋지게 장식돼 있었다. 우리가 배에 오르자마자 보핀과 직공이 우리를 환송하려고 내려왔다. 건장한 체구를 적당한 작업복으로 가린 보핀은 부채꼴 모자를 쓰고 있다가 그것을 벗어 장중한 옛날식 스페인식 의례로 우리에게 작별인사를 했다. 그러자 디크가 배를 띄워 물결에 맡기는가 싶더니 활기차게 노를 저었다. 강변을 따라 아름다운 집들과 쭉 뻗은 나무들이 늘어서 있는 해머스미스가 서서히 멀어지기 시작했다.

우리가 강물을 타고 앞으로 나아갈 때 나는 디크가 말한 건초 벌판의 광경과 내가 기억하고 있는 과거의 광경을 비교하지 않을 수 없었다. 특히 과거에 일을 하던 여성들의 이미지가 내 눈앞에 떠올랐다. 그녀들은 아름다움이라고는 찾아보려야 찾아볼 수 없는 얼굴과 말라빠지고 가슴이 납작한 볼품 없는 체형을 지니고 있었다. 그녀들은 하나같이 초라한 싸구려 날염 옷을 입고, 힘없이 너풀거리는 보닛을 써서 햇볕을 가리며 한 줄로 늘어서서 마음이 내키지 않는 일을 하는 듯 기계적으로 갈퀴질을 하고 있었다. 눈앞에 떠오른 그런 광경은 6월의 낮 풍경이 발산하는 매력을 얼마나 망쳐 놓았던가! 한여름의 감미로운 풍요, 그 한없이 풍성한 아름다운 광경, 맛깔스러운 소리와 향기에 어울리는 남녀가 무리 지어 일하는 건초밭을 나는 얼마나 보고 싶어 했던가. 이제는 세월이 흘러 세상이 이만큼 성숙해지고 현명해져서 마침내 내가 그런 나의 희망이 실현된 모습을 보게 된 것이다!

22
햄프턴 코트와 과거 예찬자

우리는 계속 앞으로 나아갔다. 디크는 지칠 줄 모르고 편안하게 노를 저었고, 클라라는 그의 남성다운 아름다움과 정말 잘생긴 얼굴을 바라보면서 다른 것은 아무것도 안중에 없다는 듯 내 곁에 앉아 있었다. 강의 상류 쪽으로 더 거슬러 올라가면서 보니, 그날의 템스 강과 내가 기억하고 있는 템스 강 사이에 큰 차이가 없었다. 주식중개인 같은 부유계급 속물(cockney)[117]들이 지어놓은 천박한 별장의 추악한 속물성이 나뭇가지가 늘어진 강둑의 아름다움을 망가뜨렸던 것만 제외하면 과거에도 템스 강은 전원이 막 시작되는 부근부터는 언제나 아름다웠다. 여름철의 녹음 사이로 배가 미끄러져 나아갈 때 나는 거의 청춘으로 되돌아간 듯한 느낌이 들었다. 나는 어디에든 잘못된 것이 있을 수 있다는 생각도 하지 못할 정도로 너무나도 행복했던 과거에 즐겼던 물놀이 소풍에 나선 것 같은 기분이었다.

마침내 우리는 왼쪽으로 오래된 집들이 몇 채 서 있는 곳에 이르렀다. 그곳은 매우 아름답고 작은 강변 마을로 집들의 건너편에는 느릅나무로 둘러싸인 목장이 있었는데 그 끝에 키 큰 버드나무가 그늘을 드리우고 있었다. 오른쪽에 한 줄로 늘어선 나무들 앞에는 수로를 따라 배를 끌 때 사용되는 길과 상당한 크기의 공터가, 그 나무들 뒤에는 거대하고 고색창연한 정원이 있었다. 강변 근처에 있는 마을의 고풍스럽고 아름다운 집들은 어떤 것은 새로 지은 것이고 어떤 것은 오래된 것이었다. 그 집들 옆에 붉은 벽돌로 지은 커다란 건물이 긴 벽과 날카로운 박공을 두른 채 우뚝 솟아 있었다. 그 건물의 양식 중 일부는 후기 고딕 양식[118]이었고, 일부는 네덜란드에서 온 윌리엄 왕[119] 시대의 궁전 양식[120]이었다. 그 건물은 찬란한 태양과 태양이 비추는 눈부신 푸른 강물을 포함한 아름다운 주변 환경과 완벽하게 조화를 이루어, 행복한 새 시대의 아름다운 다른 건축물들 사이에 서 있으면서도 이상한 매력을 풍겼다. 그곳에서는 보이지 않는 정원으로부터 향기의 거대한 파도가 우리에게 밀려왔다. 그 향기 속에서 나는 보리수 꽃의 향기를 분명히 식별해낼 수 있었다. 클라라가 자리에서 일어서며 말했다.

"디크! 햄프턴 코트(Hampton Court)[121]에 내려서 잠시 손님을 공원으로 안내해 저 아름다운 옛 건물을 보여드리면 안 될까요? 당신은 저곳에서 아주 가까운 곳에 살기 때문인지 나도 아직 저곳에 데려가지 않았잖아요."

디크는 잠시 노를 멈추고 말했다. "그래요, 클라라. 오늘은 당신이 게으름을 피우려 하는군요. 나는 오늘밤 셰퍼튼(Shepperton)에 도착하기 전에는 쉬지 않고 계속 가려고 했지만, 당신이 그렇게 말하니 저 궁전에 가서 저녁식사를 든 뒤에 5시쯤 다시 출발하기로 합시다."

"네, 좋아요. 그런데 저는 손님을 공원으로 모시고 가서 한두 시간 정도 그곳에 머무시게 하고 싶군요." 그녀가 말했다.

그러자 딕이 말했다. "공원이라고요? 매년 이맘때면 템스 강변 일대가 모두 공원 아닙니까? 그리고 나는 영국의 어느 공원에 가는 것보다도 주위에서 벌이 붕붕거리고 뜸부기가 고랑에서 고랑으로 날아다니며 우짖는 소리가 들리는 밀밭 가장자리의 느릅나무 그늘에 누워 있는 게 오히려 더 좋아요. 또······."

"또," 클라라가 딕의 말을 자르며 끼어들었다. "당신이 가장 좋아하는 템스 강 상류로 거슬러 올라가서 힘 좋게 낫을 휘둘러 확확 풀을 베는 솜씨를 자랑하고 싶은 거죠?"

그녀는 사랑스러운 눈길로 그를 바라보았다. 그때 그녀는 리듬을 타고 큰 낫을 휘두르는 그의 가장 멋진 모습을 마음의 눈으로 보고 있었던 게 분명하다. 그러던 그녀가 반쯤 한숨을 쉬면서 자신의 아름다운 발을 내려다보았다. 마치 자신의 가녀린 여성미를 그의 남성미와 대조해 보는 듯했다. 여성이 정말로 사랑을 하게 되어 평범한 감정에는 만족할 수 없을 때의 모습이었다.

딕도 잠시 그녀를 그윽하게 바라보다가 마침내 말했다. "그래요, 클라라. 저는 정말 강 상류로 가고 싶어요. 그러나 우리는 지금 오히려 하류 쪽으로 흘러내려 가고 있어요." 그러면서 그는 다시 노를 저었고, 2분 뒤에 우리는 모두 다리 아래 자갈 강변에 내렸다. 그 다리는, 독자도 상상할 수 있겠지만 과거의 실패작인 철교[122]가 아니라 매우 견고한 오크나무로 만들어진 멋진 것이었다.

우리는 궁전으로 갔고, 거기서 곧바로 내가 잘 기억하는 대형 홀에 들어섰다. 그곳에는 이미 저녁식사가 준비돼 있었고, 모든 것이 해머스미스의 게스트 홀처럼 잘 정리돼 있었다. 식사가 끝나고 우리는 어슬렁거리며 오래된 방을 몇 개 지나쳤다. 그 방들에는 그림과 태피스트리가 예전 모습 그대로 보존돼 있었고, 그곳에서 만난 사람들이 예전과 다른 것을 제외하면 크게 변한 점은 아무것도 없었다. 그들은 뭐라고 말할 수 없는, 너무나도 편안하고 즐거운 표정을 짓고 있었다. 그런 그들의 기분이 나에게도 전해져서 그 아름다운 궁전이 가장 좋은 의미에서 나의 것이라고 느껴졌다. 그리고 내 과거 시절의 즐거움이 현재의 기쁨에 더해지면서 내 영혼 전체가 만족감으로 충만해졌다.

과거에 지위가 낮은 궁전 하인들이 주로 거주했던 곳으로 내가 기억하고 있는 그 아름다운 옛 튜더 왕조의 방은 이제 그곳을 오가는 사람들이 이용하고 있다고 디크가 말해 주었다(클라라의 지적과 달리 그는 그곳을 잘 알고 있었다). 왜 그렇게 됐냐 하면 사람들이 여름이면 햄프턴 코트에 가는 것을 필수적인 소풍 코스로 생각하기 때문이라는 것이었다. 이는 런던이 어둡고 비참했던 시대와 마찬가지였다. 이제는 다른 모든 건물도 다 아름답게 변하고 이 나라의 모든 면이 그 궁전의 아름다움을 능가하기에 이르렀지만 그와 같은 낡은 건물에는 전통적인 쾌적함과 아름다움이 남아 있어 그것을 보기 위해서라는 것이었다. 우리는 오래된 정원이 내다보이는 몇몇 방에 들어가 보았고, 각 방에 있던 사람들로부터 따뜻한 환영을 받았다. 그들은 우리에게 말을 걸었고, 놀라움을 숨기고 예의를 갖추면서 그들에게는 이상한 나의 얼굴을 쳐다보았다. 햄프턴 코트에서는 그런 뜨내기 여행객들과 그곳의 몇몇 거주자들 외에도 여러 남녀노소를 보았다. 그들은 정원 가까이에 있는 목장의 '롱 워터(Long Water)'라고 불리던 수로를 따라 늘어서 있는 화려한 텐트들 주위에 모여 있었다. 즐거움을 사랑하는 그들은 텐트 생활을 좋아하고 그런 생활의 모든 불편함 역시 즐거움으로 받아들이는 것 같았다.

우리는 예정된 시간에 그 오래된 친구를 떠났다. 내가 노를 잡아보겠다고 살짝 우겨봤지만 딕크가 거부했다. 사실 그의 거부는 내게 그다지 실망스러운 것은 아니었다고 말하지 않을 수 없다. 왜냐하면 나는 그 아름다운 시간을 만끽하고 싶었고, 여러 가지를 이리저리 생각해야 하는 등 나름대로 해야 할 일이 너무 많았기 때문이다.

딕크는 말처럼 강인했고, 육체적인 운동이라면 무엇이든 그것을 하는 데서 최상의 기쁨을 느끼는 사람이었다. 그러니 그가 노를 젓도록 놔두는 게 지극히 당연했다. 우리는 황혼이 질 때까지도 그가 노를 젓는 것을 그만두게 할 수 없었다. 우리가 막 러니미드(Runneymede)[123]에 도착하자 달이 밝게 비추기 시작했다. 그곳에 내리 텐트를 질 곳을 찾고 있을 때(우리는 텐트 두 개를 가져갔다) 한 노인이 우리에게 다가와 인사를 하고, 우리가 밤을 지낼 곳이 있는지를 물었다. 우리가 잠잘 곳이 따로 없다는 사실을 확인한 그는 우리에게 자기 집으로 가자고 말했다. 우리는 기꺼이 그의 집으로 갔다. 클라라는 내가 이미 보았듯이 노인에게 늘 하던 대로 상냥하게 그의 손을 잡았고, 그의 집으로 가는 도중에 그 날의 아름다움에 대해 의례적인 말을 몇 마디 건넸다. 노인은 별안간 멈춰 서서 그녀를 바라보며 말했다. "이런 날을 정말로 좋아한다는 말인가?"

"그럼요. 어르신은 안 그러세요?" 그녀가 매우 놀란 표정으로 대답했다.

"글쎄," 그가 말했다. "나도 좋아하긴 했지. 젊었을 때는 말이야. 그러나 지금은 오히려 조금 쌀쌀한 날씨를 좋아하네."

그녀는 더 이상 아무 말도 하지 않고 계속 걸었다. 밤이 깊어지면서 점점 더 어두워졌다. 우리는 언덕을 올라가 문이 있는 울타리 앞에 이르렀다. 노인이 문을 열고 우리를 정원 안으로 안내했다. 정원 끝에 작은 건물이 보였고, 그 건물의 작은 창 하나에서 황색의 불빛이 비치고 있었다. 희미한 달빛으로도, 그리고 서쪽 하늘의 황혼 빛만으로도 그 정원에 꽃이 만개해있음을 알 수 있었다. 점점 차가워지는 공기를 타고 은은하게 퍼지는 꽃향기는 너무나도 감미로웠고, 그것이 야말로 6월 해질녘의 진수 그 자체인 것 같았다. 그래서 우리 셋은 본능적으로 그곳에 멈춰 섰다. 클라라가 마치 새가 노래하듯 "아!" 하고 작고 아름다운 목소리로 탄성을 질렀다.

"왜 그래요?" 노인이 약간 퉁명스럽게 말하면서 그녀의 손을 당겼다. "개는 없는데. 가시에 찔려서 발을 다쳤나?"

"아니에요. 그저 향기에 취했을 뿐이에요." 그녀가 말했다.

"그렇겠지. 근데 그리도 좋은가?" 노인이 물었다.

"그럼요. 어르신은 그렇지 않으세요?"라고 말하며 그녀가 노래하듯 웃자 디크와 나도 굵은 소리로 따라 웃었다.

노인이 말했다. "글쎄. 나는 잘 모르겠네." 그는 부끄러운 듯 말을 이었다. "그러나 자네들도 알겠지만, 물이 흘러 넘쳐 러니미드가 온통 물바다가 되면 그렇게 즐겁지는 못하겠지."

"저는 그것도 좋아합니다. 서리가 내리는 1월 아침에 이 부근에서 불어난 물 위에 배를 띄우고 노를 젓는다면 얼마나 유쾌할까요!" 디크가 말했다.

"자네는 정말로 그런 것을 좋아하나?" 노인이 물었다. "그렇다면 자네와는 더 이상 말다툼을 할 필요가 없겠군. 자, 들어가서 저녁식사를 하세."

우리는 장미꽃들 사이로 난 작은 돌길을 걸어 올라간 다음 매우 아름다운 작은 방으로 들어갔다. 방은 장식용 판자와 조각으로 꾸며져 있었고 굉장히 깔끔했다. 그러나 그 방에서 가장 눈에 띄는 장식은 밝은 색의 머리카락과 회색 눈, 햇볕에 갈색으로 그을린 얼굴과 손을 지닌 맨발의 젊은 여성이었다. 노인과 그녀는 내가 이 나라에서 처음으로 만난 시골 주민이었다. 그녀의 옷은 소박했으나, 그것은 빈곤 탓이 아니라 그녀가 그런 옷을 좋아하기 때문인 게 분명했다. 왜냐하면 그녀의 가운은 실크로 만든 것이었고, 두 손목에는 내 눈에 매우 고가의 제품으로 보이는 팔찌를 끼고 있었기 때문이다. 그녀는 창가에 깔려 있는 양피 위에 누워 있다가 우리가 들어서자 벌떡 일어나 박수를 치며 기뻐했다. 그녀는 우리를 반갑게 맞아들인 뒤 마치 춤을 추듯 우리 주위를 빙빙 돌았다.

"뭐 하는 거냐? 엘렌, 네가 정말 기쁜 모양이구나." 노인이 말했다.

그녀는 춤을 추며 노인에게 다가가 팔을 그에게 두르고 말했다. "그럼요. 할아버지도 그러셔야 해요."

"그래, 그래. 나도 무척 기쁘구나. 손님들, 앉으시지요." 노인이 말했다.

그들의 대화는 기이하게 들렸다. 나보다도 같이 간 나의 친구들이 더 기이하게 여기지 않을까 하고 나는 생각했다. 그러나 디크는 주인과 손녀가 방을 나간 기회를 잡아 나에게 슬며시 말했다. "저 노인은 불평가입니다. 아직도 그런 사람들이 더러 있지요. 제가 듣기로 한때는 저런 사람들이 꽤 골칫거리였다고 하더군요."

그가 그렇게 말하는 동안 노인이 다시 들어와, 마치 우리가 주목해 주기를 바라는 것처럼 크게 한숨을 쉬면서 우리 곁에 앉았다. 바로 그 때 그의 손녀가 먹을 것을 들고 들어왔다. 우리는 모두 배가 고팠고, 나는 그림처럼 아름답게 움직이는 노인의 손녀를 보는 데 바빴기 때문에 우리의 눈길을 끌어보려는 노인의 시도는 수포로 돌아갔다.

먹을 것도 마실 것도 우리가 런던에서 먹고 마시던 것과 조금 달랐으나 맛은 아주 좋았다. 식탁 위에 놓인 큰 그릇에는 맛있는 농어 세 마리가 들어 있었으나 노인은 부루퉁한 눈길로 말했다.

"이런, 농어군! 손님들, 더 맛있는 것을 준비하지 못해 죄송합니다. 런던에서 올라온 연어를 대접할 수 있었던 때도 있었건만 이제 시대가 처량하고 보잘것없게 됐습니다."

"하지만 지금도 그것을 대접할 수 있어요." 그 젊은 여자가 깔깔거리며 말했다. "손님들이 오실 것을 할아버지가 미리 알기만 하셨다면 말이에요."

"연어를 가져오지 못한 저희들의 실수를 용서하십시오." 디크는 먼저 싹싹하게 한 마디 한 후 말을 덧붙였다. "시대가 아무리 보잘것없게 되었다고 해도 농어는 그렇지 않아요. 이 가운뎃놈은 검은 줄무늬와 붉은 지느러미로 보아 저 강에서 잡어들과 함께 잡혔을 때는 족히 이 파운드는 나갔을 것 같네요. 그리고 연어에 대해 말씀드리자면, 어제 아침 해머스미스에서 우리가 엄청난 양의 연어를 잡는다고 제가 말했더니 여기 계신 외국인 친구께서 크게 놀라워했습니다. 저는 정말이지 시대가 나빠졌다는 말은 금시초문입니다."

디크는 약간 불만스러운 것처럼 보였다. 그러사 노인이 나를 바라보면서 예의 바르게 말했다.

"바다를 건너오신 분을 뵙게 되어 영광입니다. 그러나 저는 당신네 나라 사람들이 전반적으로 더 잘 사는 게 아닌가를 꼭 묻고 싶습니다. 추측하건대, 저는 당신의 나라가 더 활기차고 생기 넘칠 거라고 생각합니다. 경쟁이라는 게 아직도 존재할 테니 말입니다. 저는 과거 시대의 책을 꽤 많이 읽었는데 확실히 그것들이 요즈음 씌어지는 것들보다 너 생기가 있더군요. 훌륭하고 건전한 무한경쟁이라는 것이 그런 것들이 씌어지도록 한 여건이었다고 봅니다. 그렇다는 것을 우리가 역사의 기록으로부터 알 수는 없더라도 책 그 자체로부터는 알 수밖에 없지요. 그런 책에는 모험심이라는 것이 들어 있고, 지금 우리의 책들에서는 아예 없어진 것이지만 악으로부터 선을 이끌어내는 능력을 보여주는 징후가 있습니다. 따라서 이 나라의 도덕주의자나 역사가는 상상력과 지성을 보여주는 그러한 훌륭한 저술을 낳은 과거에 대해 그 불행만을 그지없이 과장하고 있다고 생각하지 않을 수 없습니다."

클라라는 즐거운 흥분이라도 느끼는 듯이 눈을 반짝이며 그의 말에 귀를 기울이고 있었다. 그러나 디크는 미간을 찡그렸고, 더욱 불만스러워진 듯 아무 말도 하지 않았다. 노인은 자기 이야기에 열을 더하면서 점차 조소하는 태도를 버렸고, 이야기도 얼굴도 매우 진지하게 되어갔다. 그러나 내가 마음속에서 만든 대답을 입에 올리기도 전에 손녀가 불쑥 나섰다.

"책, 책! 언제나 책이네요, 할아버지! 언제나 아시게 될까? 우리에게 흥미로운 것은 결국 우리가 살고 있는 이 세상이란 것을. 그리고 이 세상에 대한 우리의 사랑은 주어도 주어도 지나치지 않다는 것을. 자, 보세요!" 그녀는 창을 크게 열어젖히고 달빛이 비치는 정원의 검은 그림자 사이로 반짝이는 흰 불빛을 우리에게 보여주었다. 정원에는 약간 찬 여름밤의 바람이 불고 있었다. "보세요! 저것이 이 시대 우리의 책이에요. 두 분!" 그녀는 두 연인에게 가벼운 걸음으로 다가가서 그들의 어깨에 한 손씩 얹었다. "그리고 해외의 지식과 경험을 갖고 오신 손님, 그리고 할아버지!" (이렇게 말하는 그녀의 얼굴에 미소가 번졌다.) "그렇게 불평하시는 할아버지는 좋았던 옛날로 되돌아가시고 싶은 거죠? 그러나 제가 아는 한, 그 옛날에 할아버지와 같이 악의가 없고 게으른 노인은 두 가지 중 하나였어요. 즉 거의 죽을 정도로 굶주리거나, 사람들의 식량과 옷, 그리고 주거지를 힘으로 빼앗으려고 병사나 사람들에게 돈을 지불해야 했지요. 그래요, 저것이 바로 우리의 책이에요. 만약 우리가 그 이상의 것을 원한다면, 이 나라 전역에서 지어지는 아름다운 건물들 안에서 해야 할 일을 얼마든지 찾아내 할 수 있지 않겠어요? (과거에는 그렇게 아름다운 건물은 하나도 없었던 것으로 저는 알고 있어요.) 그런 건물들 안에서 우리는 자기 안에 있는 것이면 무엇이든 발휘할 수 있고, 자기 마음과 영혼을 자신의 손으로 표현할 수 있어요."

그녀는 잠시 말을 멈추었다. 나는 그녀를 바라보며 만일 그녀가 한 권의 책이라면 그 책의 삽화는 너무나 아름다울 것이라는 생각이 저절로 들었다. 섬세하게 햇볕에 탄 그녀의 볼이 붉게 물들었다. 그녀의 그을린 얼굴에 빛나는 회색 눈은 그녀가 말할 때면 부드럽게 우리 모두를 바라보았다. 그녀는 잠시 멈추었다가 다시 말했다.

"할아버지가 말씀하시는 책은 지적인 사람들이 그것밖에는 즐길 만한 게 거의 없고, 다른 사람들의 삶을 상상하는 것을 통해 자신의 삶이 지닌 비참함을 보상할 필요가 있었던 시대에는 그런대로 의미가 있었지요. 그런 책은 내용이 현명하고 활기가 있었고, 이야기를 풀이 가는 능력도 보여주었지만, 분명히 말하자면 그 안에는 무언가 메스꺼운 점이 있었지요. 그런 책들 가운데는 역사책에 '빈민'이라고 표현된, 우리도 어렴풋이 아는 사람들의 비참한 생활에 대해 어느 정도의 동정심을 군데군데 내보인 책도 있었습니다. 하지만 그러한 동정심의 표현은 곧 사라지고, 이야기가 끝날 무렵이 되면 남자 주인공이나 여자 주인공이 다른 사람들의 노고를 밟고 올라가 천국과 같은 딴 세계에서 행복하게 살게 되고 독자는 그런 것을 보고 만족하는 수밖에 없었지요. 그렇지 않으면 주인공이 스스로 꾸며낸 허위의 노고만(아니면 주로 그런 노고가)가 길게 이어지고 주인공의 감정이나 야망과 같은 것들에 관한 따분하고 어리석은 자기성찰이 서술된 다음에 똑같은 결말에 이릅니다. 그러나 그러는 동안에도 세계는 제 길을 그대로 걸어왔던 게 틀림없고, 무용한 사람들의 주위에서는 흙을 파고, 옷을 만들고, 빵을 굽고, 집을 짓고, 토목공사를 하는 일이 진행됐지요."

"아이쿠, 대연설이로군! 당신도 마음에 드실 것 같군요." 노인이 다시 건조하고 부루퉁한 태도로 되돌아가 말했다.

"네!" 나는 매우 강하게 말했다.

"그럼," 그가 새삼스럽게 예의를 갖추면서 말했다. "대연설의 폭풍이 잠시 잠잠해졌으니, 저의 의문을 풀어주실 답변을 해주시겠지요? 물론 당신만 괜찮으시다면."

"네? 뭐라고 말씀하셨나요?" 내가 되물었다. 솔직히 말해 그 순간 엘렌의 야릇하고 야성적인 아름다움이 노인이 한 말을 내 머릿속에서 지워버렸던 것이다.

그가 말했다. "문답식으로 묻겠습니다. 먼저 당신이 계셨던 나라에는 예전과 같은 종류의 생존경쟁이라는 것이 있습니까?"

"네. 그곳에서는 그것이 하나의 규칙입니다." 나는 이 대답으로 인해 또다시 새로운 혼란에 말려들지도 모른다는 생각이 들었다.

"두 번째 질문은 경쟁이 당신네 삶을 전반적으로 더 자유롭고 활기차게 만드는 것 아니냐는 것입니다. 그러니까 한마디로 당신들은 더욱 건강하고 행복하지 않습니까?" 그가 물었다.

나는 미소지으며 말했다. "어르신께서 우리의 생활을 조금이라도 아신다면 그런 말씀은 못 하실 겁니다. 제가 있었던 나라의 사람들과 비교하면 당신들은 정말이지 천국에 살고 있는 것처럼 보입니다."

"천국이라고요? 당신은 천국을 좋아합니까?" 그가 되물었.

"그럼요." 나는 대답하면서 무뚝뚝하게 들리지 않았을까 걱정했다. 내 말투가 좀 딱딱해진 이유는 그의 사고방식에 반감이 들기 시작했기 때문이다.

"저는 천국을 전혀 좋아하지 않습니다." 그가 말했다. "인생에는 구중중한 구름 위에 앉아 찬송가를 부르는 것 말고도 할일이 아주 많으니까요."

나는 그의 엉뚱한 말에 더욱 화가 났다. "비유 없이 간단히 말씀드리자면, 어르신께서 그리도 경탄하는 문학작품을 만들어내는 경쟁이 여전히 규칙으로 통하고 있는 우리나라에서는 대부분의 사람들이 참으로 불행합니다. 그러나 이 나라 사람들은, 적어도 제 눈에는 참으로 행복해 보입니다."

"악의에서 이런 말씀을 드리는 게 아니니 오해는 마십시오." 그가 말했다. "그런데 당신은 정말로 이 나라를 좋아하십니까?"

그렇게까지 고집스럽게 자기 방식으로 버티는 그를 보고 우리 모두는 크게 웃음을 터뜨렸다. 노인도 끼어들어 익살맞게 웃었다. 그러나 그는 결코 물러서지 않고 다시 말했다.

"엘렌처럼 아름다운 젊은 여성을 그 시절 말로 숙녀라고 불렀다더군요. 그러나 과거의 숙녀라면 지금 엘렌이 입은 것처럼 허름한 실크 옷밖에 입지 못하는 처지는 아니었을 테지요. 또한 엘렌처럼 햇볕에 얼굴을 그을릴 일도 없었을 테고요. 어떻게 생각하십니까?"

그동안 침묵으로 일관하던 클라라가 별안간 입을 열었다. "저는 어르신께서 우리의 지금 상태가 정말로 바뀌길 원한다고 생각하지 않습니다. 엘렌이 입은 드레스는 이 아름다운 계절과 너무도 잘 어울리는 멋진 옷이에요. 그리 생각하지 않으세요? 건초밭에 나가 햇볕을 쬐는 게 어때서요? 저도 여기보다 더 상류 쪽으로 가게 되면 햇볕을 쬘 거예요. 보세요, 저의 이 활기 없는 창백한 피부를. 조금이라도 볕을 쬐어야겠지요!"

그녀는 소매를 걷어 올리고서 자신의 팔을 방금 그녀 옆에 앉은 엘렌의 팔 옆에 나란히 갖다 댔다. 그녀는 어디에서도 만날 수 없을 정도로 아름다운 용모와 깨끗한 피부를 가진 여성이었다. 그래서 나는 솔직히 말해 그런 클라라의 행동이 도시에서 자란 우아한 여성이 자신을 과시하는 것처럼 보여서 조금 재미있었다. 디크는 조금 수줍어하면서 클라라의 아름다운 팔을 쓰다듬고는 그녀의 소매를 다시 내려주었다. 그녀는 팔에 그의 손이 닿자 얼굴을 붉혔다. 그때 노인이 웃으면서 말했다. "어쨌든 당신은 이런 우리의 모습을 좋아하시는 모양이군요."

　엘렌은 그녀의 새 친구에게 키스했고, 우리 모두는 잠시 침묵에 잠겼다. 갑자기 엘렌이 부드럽고 높은 목소리로 노래하기 시작했다. 우리는 모두 맑고 신비로운 그녀의 목소리에 빠져들었다. 불평가인 노인도 그녀를 사랑의 눈길로 바라보며 앉아 있었다. 다른 젊은이 둘도 차례로 노래를 불렀다. 노래가 끝나자 엘렌은 우리를 작은 침실로 안내했다. 그곳은 옛 전원시인의 이상향인 것처럼 향기롭고 청결했다. 그날 저녁의 즐거움은 내가 간밤에 느꼈던 공포, 즉 즐거움이라고 해봐야 의미를 상실한 진부한 즐거움뿐이고, 희망이라고 해봐야 절반은 두려움이나 다름없는 희망뿐이던 저 비참한 과거의 세계에서 아침을 맞게 되지 않을까 하는 공포를 말끔히 씻어냈다.

23
러니미드의 이른 아침

다음날 아침에 나를 깨우는 거친 소음은 없었지만 오래 침대에 누워 있을 수가 없었다. 세계의 모든 것이 완벽하게 깨어 있는 듯했고, 불평가인 노인이 있음에도 모두가 아주 행복해 하는 것 같았다. 그래서 나는 일어났고, 아직 이른 시간임에도 불구하고 누군가가 나보다 먼저 일어났음을 알아차렸다. 왜냐하면 작은 거실이 깨끗하게 치워져 있었고, 아침 식탁도 차려져 있었기 때문이다. 그러나 집안에서 움직이는 사람은 아무도 없었기에 문을 열고 밖으로 나갔다. 나는 넓은 정원을 한두 번 돌다가 목장을 지나 강변으로 갔다. 그곳에는 내게 낯익은 친구 같은 우리의 배가 있었다. 나는 강물에서 가벼운 안개가 피어오르다가 솟아오르는 태양에 의해 거두어지는 것을 보면서 강을 따라 조금 더 올라갔다. 잉어가 버드나무 가지 아래 수면에 무늬를 만들며 움직이는 것이 보였다. 나뭇가지에서는 잉어가 먹는 작은 벌레가 수없이 떨어졌다. 그리고 거대한 황어가 채 도망치지 못한 나방 같은 것을 쫓느라 여기저기로 물을 튀기는 소리가 들려왔다. 마치 소년시절로 되돌아간 느낌이었다. 나는 다시 보트가 있는 곳으로 돌아와 그곳에서 일이 분가량 어슬렁거리다가 작은 집을 향해 목장을 걸어 올라갔다. 강에서 조금 떨어진 언덕에는 그 집과 거의 같은 크기의 다른 집도 네 채가 있었던 것으로 기억된다. 목장은 아직 건초 베기를 하지 않은 상태였고, 가까운 비탈의 양쪽에 건초더미를 거는 목책이 각각 일렬로 서 있었다. 그러나 그곳과 떨어진 왼쪽 들판에서는 사람들이 내가 어렸을 적에 보았던 소박한 방식으로 분주하게 건초 베기를 하고 있었다. 나는 이 새롭고 좋은 시대에 건초를 베는 사람들은 어떤 모습일지 궁금했다. 게다가 그곳에 엘렌이 있을지도 모른다는 기대감까지 들어 내 걸음이 본능적으로 그곳을 향했다. 나는 건초더미 곁에 가 멈춰 서서 건초밭을 내다보았다. 내가 선 곳은 밤이슬을 맞은 건초를 말리기 위해 그것을 낮은 이랑에 펼쳐놓는 일을 하고 있는 사람들이 늘어선 긴 줄의 끝이었다. 그들 중 태반은 어젯밤에 엘렌이 입었던 것과 비슷한 옷을 입은 젊은 여자들이었다. 그들이 입은 옷은 실크로 만들어진 게 아니라 아주 화려한 자수를 놓은 엷은 모직 옷이었다. 남자들은 밝은 색채의 자수를 놓은 흰 플란넬 옷을 입고 있었다. 그들로 인해 그 건초지는 마치 거대한 튤립 화단처럼 보였다. 그들은 마치 한데 모인 가을 찌르레기처럼 유쾌하게 이야기를 나누느라 시끄러웠으나 모두들 여유 있고 솜씨 있게 일했다. 그들 가운데 남녀 대여섯 명이 내게 다가와 악수를 청하면서 아침인사를 했다. 그리고 내게 어디서 왔고 어디로 가는지 등 두세 가지 질문을 하더니 나의 행운을 빌어 준 뒤 각자 하던 일을 계속했다. 나는 그들 사이에 엘렌이 보이지 않아 실망했다. 그런데 비탈 위쪽의 건초밭에서 늘씬한 사람이 나타나더니 집 쪽으로 걸어왔다. 바로 엘렌이었다. 그녀의 손에는 바구니가 들려 있었다. 그녀는 정원 입구 부근에서 디크와 클라라를 만나 멈춰섰다. 잠시 후 디크와 클라라는 엘렌을 정원에 남겨둔 채 자기들끼리만 내게로 내려왔다. 우리 세 사람은 아침인사를 하고 가벼운 대화를 나누면서 보트 쪽으로 더 내려갔다. 우리는 잠시 그곳에 머물렀고, 그 사이에 디크는 보트 안을 정돈했다. 밤이슬에 젖으면 손상될 만한 것들을 간밤에 집 안으로 옮기느라 보트 안이 어질러졌기 때문이다. 그런 다음에 우리는 다시 집 쪽으로 걸어갔다. 정원 가까이에 이르렀을 때 디크가 내 팔에 손을 얹어 나를 멈춰 서게 한 뒤 말했다.

"잠깐 저기 좀 보세요."

나는 주변을 둘러보았다. 낮은 담장 너머로 엘렌이 보였다. 그녀는 손을 펴서 이마에 대고 햇볕을 가리면서 멀리 건초밭 쪽을 바라보고 있었다. 그녀의 황갈색 머리카락은 가벼운 바람에 출렁이고 있었고, 햇볕에 탄 얼굴에는 아직 태양의 따스함이 남아 있는 듯했으며, 두 눈은 보석처럼 밝게 반짝이고 있었다.

"보세요, 손님! 우리가 블룸즈버리에서 이야기한 그림동화의 한 장면과 똑같은 광경 아닙니까? 동화에서와 같이 우리 두 연인도 세상을 떠돌다가 아름다운 정원에 도착했습니다. 그리고 정원 가운데는 요정이 서 있네요. 저 요정이 우리에게 어떻게 할지 궁금하군요."

클라라가 새치름하게, 그러나 뻣뻣하지는 않게 물었다. "그녀는 착한 요정일까요, 디크?"

"그럼요. 그리고 지난밤의 불평가 친구와 같은 땅도깨비나 나무귀신이 없다면 더 좋은 요정이 되겠죠." 그의 대답에 우리는 모두 웃음을 터뜨렸다.

"이야기에서 왜 저만 쏙 빠져 있습니까?" 내가 물었다.

"아! 그렇네요. 당신은 사람을 보이지 않게 만드는 모자를 쓰셨다고 생각하시면 됩니다. 남들은 당신을 보지 못하지만 당신은 모든 것을 보고 계시는 거죠."

디크의 이 말은 아름답고 새로운 이 나라에서 내가 어떤 위치에 있는가에 대해 스스로 확신하지 못하는 나의 약점을 찌른 것이었다. 그러나 상황을 악화시키지 않기 위해 나는 입을 다물었다. 우리는 모두 정원에 들어가서 함께 집 쪽으로 올라갔다. 그제야 나는 클라라의 옷차림이 달라졌음을 알아차렸다. 자신의 도회석인 차람새가 우리 모두가 그토록 경탄해 마지않는 그곳 시골의 여름풍경과 어울리지 않게 너무 튀었다고 느낀 모양인지 그날 아침 그녀는 엘렌처럼 얇고 가벼운 옷을 입고 맨발에 샌들만 신고 있었다.

노인이 거실에서 우리를 즐겁게 맞으면서 말했다. "손님들, 이곳을 있는 그대로 관찰하기 위해 둘러보신 것 같군요. 그랬다면 어젯밤 여러분의 착각이 아침햇살에 의해 조금은 없어졌다고 저는 생각합니다만? 아니면, 아직도 이곳이 좋습니까?"

"너무 좋습니다." 내가 고집스럽게 대답했다. "이곳은 템스 강 하류에서 가장 아름다운 곳들 가운데 하납니다."

"아니, 템스 강을 아십니까?" 노인이 물었다.

나는 얼굴을 붉혔다. 왜냐하면 디크와 클라라가 나를 빤히 쳐다보는 것을 알아차렸고, 무슨 말을 더 해야 할지 몰랐기 때문이다. 그러나 나는 이 해머스미스의 친구들과 처음 만났을 때도 에핑 숲을 안다고 말했으니 이제 와서 새삼 새까만 거짓말을 하기보다는 말을 얼른 맞춰 넣는 게 말썽을 피하는 길이라고 생각했다.

"저는 이 나라에 와본 적이 있습니다. 그때 템스 강에도 갔었지요."

"그래요? 당신은 전에도 이 나라에 오셨었군요. 그렇다면 이 나라가 그동안 (모든 이론을 떠나 생각한다면) 아주 나쁘게 변했다고 여겨지지 않습니까?" 노인이 진지하게 물었다.

"아니요, 전혀 그렇지 않습니다. 너무나 훌륭하게 변했다고 생각합니다." 내가 대답했다.

"아! 당신은 어떤 이론에 사로잡힌 탓에 편견을 갖게 되신 모양입니다. 그러나 당신이 전에 이곳에 오셨던 시기는 우리 시대와 아주 가까운 때였던 게 틀림없으니, 그 사이에 나쁘게 되었다고 해도 그리 크게 나빠진 것은 아니겠지요. 우리는 그때도 지금과 같은 풍습으로 살았을 테니까요. 그러니까 제 말은 그보다 더 오래된 과거와 지금을 비교해 달라는 겁니다." 노인이 말했다.

"간단히 말해서, 어르신께서는 지금까지 일어난 변화에 대한 '이론'을 갖고 계시군요." 클라라가 말했다.

"나는 '사실'도 알고 있네. 손님, 저기를 보십시오. 저 언덕에서 보면 이 집을 포함해 작은 집 네 채가 눈에 들어옵니다. 그러나 제가 아는 바로는, 과거에는 저 자리에서 똑같이 바라보면 나뭇잎이 가장 무성한 여름에도 매우 크고 훌륭한 저택 여섯 채가 보였지요. 게다가 더 상류로 올라가면 윈저에 이르기까지 정원에 정원이 계속 이어졌지요. 그리고 정원마다에 대저택이 있었습니다. 아! 영국도 그 무렵에는 대단한 곳이었지요." 노인이 말했다.

나는 점점 더 화가 나서 소리쳤다. "어르신께서 말하고 싶으신 건, 사람들이 저곳의 도시풍을 탈색시키고 타락한 아첨꾼들을 모두 쫓아냄으로써 소수의 도둑놈들뿐 아니라 모든 이들이 쾌적하고 행복하게 살 수 있게 됐다는 것이죠? 그리고 그때의 도둑놈들은 어디에서나 사악과 타락의 중심이 되어 강의 아름다움을 사실상 파괴했고, 쫓겨날 무렵에는 그곳의 환경마저 파괴했다는 말씀이시죠?"

나의 갑작스런 폭발로 인해 잠시 침묵이 흘렀다. 노인이 말하는 바로 그 강의 도시화와 그 도시화가 강에 미친 영향 때문에 과거에 내가 느꼈던 고통이 떠올라 나도 모르게 폭발했던 것이다. 조금 뒤 노인이 침묵을 깨고 지극히 차분한 어조로 말했다.

"저는 당신의 말을 도무지 이해할 수 없군요. 도시풍이라든가 아첨꾼이라든가 도둑놈이라든가 타락한 자라는 것이 다 무엇인지, 왜 부유한 나라에서 소수만이 행복하고 쾌적하게 살 수 있다는 것인지? 제가 이해할 수 있는 것은 오로지 당신이 지금 화를 내시고 있고, 바로 저에 대해 화를 내시는 것인지도 모르겠다는 점입니다. 그러니 당신만 괜찮으시다면 대화의 주제를 바꾸겠습니다."

그의 이 말은 자기의 이론을 고집하던 그동안의 태도에 비하면 친절하고 우호적인 것이었다. 그래서 나는 화를 내려고 한 게 아니라 단지 내가 하는 말을 강조했을 뿐이라고 재빨리 사과했다. 그는 정중하게 머리를 숙였고, 나는 태풍이 지나갔다고 생각했다. 그때 엘렌이 돌연 끼어들었다.

"할아버지, 이 손님은 예의상 말을 삼가고 계세요. 그렇지만 손님이 정말로 할아버지께 말씀하시고 싶은 것은 말씀하시도록 해야 해요. 저는 그것이 무엇인지를 잘 알 것 같으니 손님 대신 제가 말씀드릴게요. 저는 그런 것을 여러 사람들에게서 배웠지요. 그분들은……"

"안다. 블룸즈버리의 현자와 그 무리겠지." 노인이 말했다.

"그렇다면 엘렌, 당신은 제 친척인 해먼드 할아버지를 아시겠군요." 디크가 말했다.

"네. 그리고 우리 할아버지 말씀대로, 다른 분들한테서도 배웠어요. 그분들은 저에게 여러 가지를 가르쳐 주셨지요. 그 요점은 이렇습니다. 우리는 지금 작은 집에 살고 있는데, 그것은 우리에게 밭농사보다 더 큰 일이 없기 때문이 아니라 우리 스스로가 그것을 좋아하기 때문이라는 것이지요. 우리는 원하기만 한다면 유쾌한 동료들과 큰 집에서 얼마든지 살 수 있어요." 엘렌이 말했다.

이 말을 들은 노인이 무뚝뚝하게 말했다. "물론 그렇지. 마치 내가 저 우쭐대는 무리에게 멸시당하며 그 무리 속에서 살 수 있듯이!"

그녀는 노인에게 부드러운 미소만 지어보였을 뿐 그가 한 말에는 대꾸하지 않고 우리를 향해 하던 말을 계속했다. "우리 할아버지께서 말씀하신 것과 같은 대저택이 매우 많았던 과거의 시대에는 우리 같은 사람은 좋든 싫든 오두막에서 살아야만 했어요. 그리고 그 오두막이라는 것은, 우리가 원하는 모든 것이 그 안에 있는 것이 아니라, 가구 하나 없이 텅 빈 것이었지요. 그 시대에는 먹을 것도 충분치 않았고, 우리 같은 사람이 입는 옷은 보기에도 추악하고 더러웠으며 곰팡내까지 났어요. 우리 할아버지는 오래전부터 어려운 일은 더 이상 하시지 않고, 아무 걱정 없이 방랑하거나 책만 읽으셨어요. 제 경우는 좋아하는 일이면 무엇이든 했고, 좋아하는 일이기에 열심히 했고요. 전 그렇게 하는 것이 제 자신에게도 좋다고 생각했어요. 그런 일은 제 근육을 단련시키고, 저를 남들이 보기에 더욱 아름답고 건강하며 행복한 모습으로 만들어 주기 때문이지요. 그러나 과거의 시대에는 늙어서 할아버지가 된 뒤에도 열심히 일을 해야 했고, 다른 노인들과 같이 감옥과 같은 곳에 갇혀서 절반은 굶으며 아무런 즐거움도 없이 살게 되지 않을까 하고 항상 걱정해야 했어요. 저는 지금 스무 살이에요. 그런데 제가 과거에 살았다면 어땠을까요? 아마도 이미 중년이 시작될 나이였을 테고 몇 년 뒤에는 고생과 곤궁에 시달려 쇠약하고 초췌해져서 누구도 제가 한때는 아름다운 처녀였다고 생각하지도 않게 됐을 게 분명해요. 손님, 당신이 생각하고 계셨던 것이 바로 이런 것이지요?" 그녀는 과거에 자기와 같은 사람들이 겪었을 비참함을 생각한 듯 눈물을 글썽이며 말했다.

"그래요." 나는 너무나 감동하여 말했다. "그런 것은 물론이고 그보다 더한 것도 흔했지요. 나는 우리나라에서 발랄하고 아름다운 시골처녀가 가난하고 추저분한 시골여자가 되어 가는, 당신이 방금 말한 바로 그런 끔찍한 변화를 자주 보았지요."

노인은 잠시 침묵하며 앉아 있다가 이내 자신의 본모습으로 돌아갔다. 그는 "그래, 엘렌. 너는 그런 것이 그렇게 좋다는 말이지?" 하고 특유의 어투로 말하며 자신을 위안하는 듯했다.

"네. 저는 죽음보다 삶을 사랑해요." 엘렌이 말했다.

"아, 그래?" 그가 되물었다. "나는 새커리(Thackeray)의 《허영의 도시》[124]처럼 흥미로운 내용이 가득한 좋은 옛날 책을 읽는 편이 좋아. 지금은 왜 그런 책이 씌어지지 않는 것이지? 네 블룸즈버리 현자에게라도 물어보렴."

노인의 이 비꼬는 말에 디크의 뺨이 조금 붉어졌다. 이어 침묵이 흘렀다. 나는 나서서 무슨 말이라도 하는 게 좋겠다는 생각이 들었다. "여러분은 그저 평범한 손님일 뿐인 제게 이 강에서 가장 좋은 곳을 보여주고 싶어들 하셨지요? 그렇다면 지금 바로 이동하는 게 좋지 않을까요? 아무래도 오늘은 굉장히 더울 것 같으니까요."

24
템스 강을 거슬러 올라가며: 둘째 날

그들은 나의 제안을 곧장 받아들였다. 이미 오전 7시가 지난데다 내 말대로 그날은 매우 더울 것 같았으므로 그때가 출발하기에 가장 좋은 시간이었기 때문이다. 우리는 일어나 배가 있는 곳으로 내려갔다. 엘렌은 생각에 젖어 있었다. 노인은 심술궂은 말을 한 데 대해 보상이라도 하려는 듯 아주 친절하고 예의바르게 굴었다. 클라라는 즐겁고 자연스럽게 행동했으나 조금은 가라앉은 것처럼 보였다. 그러나 그녀는 적어도 그곳을 떠나는 것을 아쉬워하지는 않는 듯했고, 기묘한 야성미를 지닌 엘렌을 이따금씩 소심하고 수줍은 눈초리로 바라보았다. 우리는 보트에 올라탔다. 디크가 자리를 잡고 앉아 말했다. "아! 정말 좋은 날씨예요." 그러자 노인은 또다시 "뭐라고? 자네는 그게 좋다는 건가?"라고 말했다. 디크는 곧바로 노를 저어 여기 저기 물풀이 자라나 있는 느린 물결 속으로 배를 띄웠다. 배가 강 한복판에 이르렀을 때 나는 뒤를 돌아보고, 우리를 초대했던 그들에게 손을 흔들었다. 엘렌이 노인의 어깨에 기대어 사과처럼 붉은 그의 건강한 뺨을 쓰다듬고 있는 게 보였다. 저 아름다운 아가씨를 다시는 만나지 못할 것이라고 생각하니 예리한 통증이 나를 덮쳤다. 그때 나는 이번에는 내가 노를 젓겠다고 고집을 부렸다. 그날 나는 상당히 오랫동안 노를 저었고, 그 탓에 우리는 목표한 지점에 꽤 늦게 도착했다. 노를 저으면서 보니 클라라는 그날따라 유난히 디크에게 다정했고, 디크는 늘 그랬듯이 더할 나위 없이 친절했고 즐거워보였다. 그런 모습을 보니 나도 좋았다. 왜냐하면 디크의 기질로 보아, 그가 어젯밤 우리가 묵었던 숙소의 요정에게 걸려들었다면 클라라의 애정 어린 손길을 당혹해하지 않고 그처럼 유쾌하게 받아들일 리가 없기 때문이었다.

그곳의 아름다운 강변에 대해서도 잠깐 말해둘 필요가 있을 것 같다. 노인이 개탄했던 대로 도시풍의 별장들이 없어진 게 분명했다. 나의 오랜 숙적이라고 할 만한 고딕풍의 철교들이 멋진 오크나무다리와 돌다리로 바뀌어 있는 것도 보기 좋았다. 우리가 지나온 곳의 양 강둑의 숲은 궁정의 사냥터 같은 말쑥함에서 벗어나 있었고, 나무들은 분명히 누군가 잘 관리하고 있는 것으로 보였지만 자연의 아름다움도 충분히 간직하고 있었다. 나는 직접적인 지식을 얻기 위해서는 이튼이나 윈저에 대해서는 전혀 모르는 척하는 것이 가장 좋다고 생각했다. 배가 대치트(Datchet) 수문 앞에서 멈추자 디크는 묻지도 않았는데 이튼에 대해 말해주었다.

"저 위에 아름다운 옛 건물이 몇 채 있습니다. 그것들은 거대한 대학이나 교육장소로 쓰이도록 중세의 어느 왕, 아마도 에드워드 6세에 의해 세워졌을 겁니다(나는 그의 분명한 착오[125])에 혼자 웃었다). 왕은 그곳에서 당시의 지식을 가난한 민중의 자녀에게 가르치고자 했습니다. 그러나 당신이 잘 아시는 시대에는 창설자의 원래 의도에 들어 있었던 좋은 점은 무엇이든 망치는 것이 당연한 사리였습니다. 저의 친척 어르신의 말씀에 따르면 저 건물들도 창설자의 좋은 의도와는 달리, 즉 가난한 사람들의 자녀에게 필요한 것들을 가르치는 대신 부자들의 자녀에게 아무 필요도 없는 것을 가르치게 되었다고 합니다. 그분의 말씀으로 미루어 보건대, 그 건물들은 '귀족계급'(저는 이 말의 뜻이 무엇인지 들었습니다만, 손님도 무슨 뜻인지 아시겠지요)이 일년 중 대부분을 자기 아들들과 함께 지내지 않고 그들을 떼어놓기 위한 장소였습니다. 아마 해먼드 할아버지라면 당신에게 이에 대한 더 많은 지식을 알려드릴 수 있을 겁니다."

"그 건물들은 지금 무엇에 사용됩니까?" 내가 물었다.

"글쎄요. 그 건물들은 귀족들의 마지막 몇 세대에 의해 크게 훼손됐습니다. 그들은 아름다운 옛 건물과 과거의 역사에 대한 모든 기록을 대단히 증오했던 것 같습니다. 그러나 그 건물들은 지금도 아름답습니다. 물론 우리는 그것들을 창설자가 의도했던 대로는 사용할 수 없습니다. 청소년을 가르친다는 것에 대한 우리의 생각이 과거와는 아주 다르게 변했기 때문이지요. 그래서 지금 그곳은 학문에 종사하는 사람들의 주거용으로 사용되고 있고, 각지에서 온 사람들이 그곳에서 배우고 싶은 것을 배우고 있습니다. 그리고 그곳에는 최고의 장서들을 갖춘 도서관이 있습니다. 그래서 과거에 죽은 왕이 되살아나 지금 그곳에서 우리가 무엇을 하고 있는지를 본다고 해도 그다지 마음이 상하지는 않으리라 생각합니다."

"그렇지만 아이들이 없어서 왕이 섭섭해 할 것 같네요." 클라라가 웃으며 말했다.

"꼭 그렇지만은 않을 거예요. 왜냐하면 지금도 배우기 위해 그곳을 찾는 아이들이 아주 많거든요. 이를 테면 보트 젓기와 수영 같은 것 말이에요. 우리도 그곳에 잠깐 들러 보면 좋겠지만, 지금은 그냥 가고 나중에 강을 다시 내려오면서 한번 들르도록 합시다." 디크가 웃으면서 말했다.

그가 말하는 동안 수문이 열렸고, 우리는 수문을 지나 계속 상류로 나아갔다. 내가 클류어(Clewer) 유역에서 노를 멈추고(나는 그때까지 계속 노를 저었다) 상류 쪽을 바라보며 "저기 높은 곳에 있는 건물은 대체 무엇입니까?"라고 묻자 그제야 그는 윈저 성에 대해 말했다.

"저것 말씀이지요? 그렇지 않아도 당신이 물어 오실 때까지 기다렸습니다. 저것은 윈저 성[126]입니다. 저곳에 가보는 것도 우리가 강을 다시 내려올 때까지 미루는 게 좋겠습니다. 여기서 봐도 멋져 보이지 않습니까? 그러나 그 대부분은 타락의 시대에 세워졌거나 추가된 것입니다. 그러나 우리는 거름시장의 경우와 마찬가지로 저 건물도 바로 저 위치에 서 있기 때문에 없애지 않습니다. 저것은 아시다시피 중세 왕의 궁전이었지만, 중세 이후로 한동안은 저의 친척 어르신이 '의회주의적 상업주의의 가짜 왕들'이라고 부르는 사람들이 중세의 왕들과 똑같은 목적으로 사용했습니다."

"맞습니다. 그건 저도 잘 알고 있습니다. 그런데 지금은 어떻게 이용되고 있습니까?" 내가 물었다.

"지금은 매우 많은 사람들이 저곳에 살고 있습니다. 결점이 많은 곳이긴 합니다만 그래도 좋은 곳입니다. 저곳에는 보관할 가치가 있는 여러 종류의 골동품들이 잘 정리돼 있습니다. 당신이 잘 아시는 시대에는 그런 곳을 박물관이라고 불렀다지요."

이 마지막 말을 들으면서 나는 물 속으로 노를 밀었고, 그런 다음 마치 내가 잘 아는 시대로부터 도망치듯 강하게 노를 당겼다. 우리는 곧이어 메이든헤드(Maidenhead) 부근의 유역을 거슬러 올라갔다. 그곳은 과거에 지독하게 도시화됐던 곳이었으나, 지금은 상류 유역처럼 쾌적하고 즐길 만한 장소가 된 듯했다.

시간이 흘러 그야말로 여름날의 아침이 되었다. 이런 날이 많다면 이 섬나라는 두말할 나위 없이 최고의 기후를 가진 곳이라고 할 만했다. 서쪽에서 가벼운 바람이 불어왔고, 아침식사 무렵이면 솟곤 하던 작은 구름들이 점점 더 높은 하늘로 올라가는 것처럼 보였다. 작열하는 태양에도 불구하고 우리는 비가 내리기를 바라기보다 오히려 비가 내릴까봐 걱정했다. 뜨겁게 내리쬐는 태양이 우리로 하여금 무더운 여름날 오후에 나무그늘 아래에 서서 끝없이 뻗은 부리밭을 바라보며 즐기는 신선한 휴식을 그리워하게 하는 마음을 불러일으켰기 때문이다. 아주 무거운 걱정에 눌려 있는 사람 외에는 누구든 그 아침에 행복 외에는 아무것도 느끼지 못했으리라. 그리고 설령 어떤 걱정이 사물의 깊은 속에 숨어 있다 해도 우리가 그것과 만나게 될 것 같지는 않았다.

우리는 건초 베기를 하고 있는 밭을 몇 군데 지나쳤지만, 나는 상류 지역에서 벌어질 잔치 생각에 푹 빠져 있는 디크와 클라라에게 많은 것을 물어볼 수 없었다. 어쨌든 나는 밭에서 일하는 사람들이 남녀 할 것 없이 모두 강인하고 잘생겼다는 것과 옷차림에 누추한 구석이라고는 전혀 없다는 것만은 분명히 알 수 있었다. 그들은 건초 베기를 위해 특별히 맞추기라도 한 것처럼 하나같이 일하기 좋도록 가벼우면서도 장식이 많은 밝은 옷을 입고 있었다.

이날도 우리는 전날과 마찬가지로 여러 종류의 배와 만났다 헤어졌다. 그 대부분은 우리 보트와 같이 노로 젓는 배이거나 돛단배였고, 그 가운데 돛단배는 강의 상류 유역에 떠다니는 배와 같은 종류였다. 그리고 가끔은 건초와 농작물을 수송하거나 기와, 석회, 목재 따위를 나르는 짐배도 보였다. 그런 배는 추진장치를 전혀 달고 있지 않은 것처럼 보였고, 키잡이 혼자 한두 명의 동승자와 담소를 나누면서 훌륭히 운항하고 있었다. 내가 그런 배 한 대를 열심히 바라보는 것을 디크가 눈치 채고는 말했다. "저것이 우리의 자연동력선(force-barge)입니다. 자연동력으로 탈것을 움직이는 것은 육상에서도 수상에서도 아주 쉽습니다."

나는 이 자연동력선이 과거에 사용된 증기동력 수송수단을 대체한 것임을 분명히 알 수 있었다. 그러나 그것에 대해서는 어떤 질문도 하지 않으려고 조심했다. 그것이 어떻게 움직이는지를 나는 결코 이해할 수 없을 것 같았고, 만약 이해하려고 하다 보면 내 속생각이 겉으로 드러나거나 내가 뭐라고 설명하기 힘든 상황에 휘말리게 될 것임이 분명했기 때문이다. 그래서 나는 "네, 물론 저도 이해합니다"라고만 말했다.

우리는 비셤(Bisham)에서 땅에 내렸다. 그곳에는 오래된 수도원의 유적[127]과 뒤에 거기에 덧붙여 지은 엘리자베스 왕조 시대의 저택이 남아 있었다. 저택은 오랜 기간 그곳에 살아온 사람들이 조심스럽게 사용해온 듯 상태가 나쁘지 않은 편이었다. 그날은 그곳에 사는 사람들이 남녀를 불문하고 대부분 밭에 나가 있었다. 그래서 우리는 노인 두 명과 젊은이 한 명만을 만날 수 있었다. 그 젊은이는 집에 머물면서 무엇인가를 쓰고 있었기에 우리가 그를 방해한 게 아닌가 하는 생각이 들었다. 그러나 열심히 글을 쓰다가 우리를 맞아준 청년은 우리의 방해에 그다지 신경 쓰지 않는 것 같았다. 그는 몇 번이나 우리에게 그곳에 머물라고 요청했고, 결국 우리는 서늘한 저녁때까지 떠날 수 없었다.

그러나 저녁때까지 그곳에 머문 것이 우리에게 문제가 되지는 않았다. 만월에 가까운 달이 찬연해 밤인데도 그다지 어둡지 않았다. 디크에게는 배에 그저 앉아만 있는 것이나 노를 젓는 것이나 매한가지였고, 우리의 배는 아주 빠른 속도로 나아갔다. 석양이 메드멘헴(Medmenham)[128]의 낡은 건물 유석을 붉게 물들였고, 그 바로 옆에는 디크가 우리에게 '매우 쾌적한 집'이라고 말한 건물들이 불규칙하게 무리지어 서 있었다. 반대편 언덕 아래의 넓은 초원에도 많은 집들이

서 있었다. 헐리(Hurley)의 아름다움이 많은 사람들로 하여금 그곳에 집을 짓고 살게 한 것 같았다. 서쪽 하늘에 상당히 낮게 떨어진 태양이 비추는 헨리(Henley)는 그 외양으로는 내가 기억하는 그 마을의 과거 모습과 별로 달라진 것이 없어 보였다. 우리가 워그레이브(Wargrave)와 시플레이크(Shiplake)의 아름다운 유역을 지나는 동안에 해가 졌으나 이내 우리 등 뒤로 달이 떠올랐다. 리딩(Reading)[129]과 캐버섬(Caversham) 부근의 둑 위에 상업주의가 초래해 놓은 혼돈을 이 새로운 사회가 어떻게 제거했는지 그 성과를 내 눈으로 직접 보고 싶었다. 그곳의 초저녁 공기가 너무나도 감미로운 향기를 풍겨서 소위 제조공장이라는 과거의 무분별한 오염 따위는 있을 수가 없을 거라고 생각되었다. 리딩은 어떤 곳이냐고 묻자 디크가 말했다.

"그곳도 나름대로 좋은 마을입니다. 최근 백 년 사이에 거의 재건됐습니다. 바로 건너편 언덕 아래 불빛을 보면 아시겠지만 저곳에는 집들이 상당히 많습니다. 사실 이 주변은 템스 강 주변에서 인구가 가장 많은 곳 중 하나입니다. 손님! 기운을 내십시오. 오늘밤 여행도 이제 막바지에 이르렀습니다. 이 근처에 머물지 못해 죄송합니다. 메이플더럼(Maple-Durham) 목장의 쾌적한 집에 사는 친구가 저와 클라라에게 템스 강을 오르는 도중에 꼭 들러 달라고 했습니다. 그러니 밤여행을 조금 더 하는 것을 양해해주시기 바랍니다."

나는 기분이 최고의 상태였기 때문에 사실 그가 내게 기운을 내라고 말할 필요는 없었다. 그때까지 본 모든 행복하고 평온한 생활이 내게 불러일으킨 호기심과 흥분은 이제 약간 줄어들었지만 기력 없는 순응과는 전혀 다른 어떤 깊은 만족감이 그것을 대신하고 있었다. 나는 정말로 다시 태어난 것 같았다.

얼마 지나지 않아 우리는 다시 배에서 내렸다. 그곳은 내가 기억하는 곳으로, 블룬트(Blunt)[130] 집안의 오래된 저택을 향해 북쪽으로 강이 급하게 굽어진 곳이었다. 오른 쪽으로는 광활한 초원이 펼쳐져 있었고, 왼쪽으로는 아름다운 고목들이 줄지어 서서 수면에 가지를 드리우고 있었다. 배에서 내리면서 디크에게 물었다.

"우리가 가는 곳이 저 오래된 집입니까?"

"아닙니다. 물론 저 집도 아직 정정하게 서 있고 훌륭한 주택이지만, 그리로 가는 것은 아닙니다. 당신은 템스 강을 잘 아시겠지요. 그러나 저에게 여기서 내리라고 한 제 친구 월터 앨런(Walter Allen)은 최근에 지어진, 그다지 크지 않은 집에 살고 있습니다. 왜냐하면 사람들이 이 주변의 초원을 매우 좋아하고, 특히 여름에 이곳에 찾아와 야외에서 텐트생활을 하는 사람들이 너무 많아졌기 때문입니다. 그래서 이 주변의 주민들이 이곳과 캐버섬 사이에 집 세 채를 지었습니다. 그리고 좀 더 상류에 있는 바즐던(Basildon)에는 아주 큰 집을 한 채 지었지요. 저기 보세요, 저 불빛이 월터 앨런의 집에서 나오는 것입니다." 디크가 말했다.

우리는 쏟아지는 달빛을 받으며 초원의 풀 위를 걸어 곧 그 집에 닿았다. 그 집은 햇볕이 풍부하게 들도록 큰 네모꼴 안뜰을 가운데 두고 그것을 감싼 형태로 낮게 지어져 있었다. 디크의 친구인 월터 앨런은 현관 기둥에 기대어 서서 우리를 기다리고 있다가, 우리가 도착하자 아무 말 없이 홀로 데리고 들어갔다. 그 집에는 사람들이 그리 많지 않았다. 대부분 이웃의 건초밭에 일하러 갔거나, 달빛이 비추는 아름다운 밤을 즐기면서 초원을 거닐고 있기 때문이라고 월터가 말해주었다. 디크의 친구는 마흔 살쯤 되어 보이는 남자였다. 그는 키가 크고, 머리카락이 검었으며, 매우 친절하고 사려 깊어 보였다. 그러나 놀랍게도 그의 얼굴에는 우수가 서려 있었고, 분명히 우리가 하는 말을 듣고자 하는 것은 틀림없었지만 약간 얼이 빠져 부주의한 것처럼 보였다.

디크는 자꾸 그를 돌아보면서 걱정하는 듯했다. 마침내 그가 입을 열었다. "오랜 친구, 혹시 내게 편지로 알려주지 않은 일이 있다면 지금 바로 말해주게? 그러지 않으면 우리는 자네에게 뭔가 안 좋은 일이 일어났을 때 우리가 와서 자네가 우리의 방문을 달가워하지 않는다고 생각하게 될 걸세."

월터는 상기된 얼굴로 눈물을 삼키며 말했다. "물론 이곳 사람들은 모두 자네와 자네의 친구들을 만나게 되어 매우 기뻐하고 있네. 그러나 좋은 날씨와 멋진 건초 베기 일에도 불구하고 우리의 상태는 별로 좋지 않다네. 한 사람이 죽었기 때문이지."

디크가 말했다. "그래? 그치만 사람이란 언젠가는 반드시 죽게 마련 아닌가? 그러니 그냥 잊어버리게나."

"그렇긴 하지. 그러나 이번에 죽은 이는 폭력에 의해 죽었고, 게다가 적어도 한 사람 이상이 그 뒤를 따라 죽을 수도 있다네. 그래서 우리는 상당히 부끄러워하고 있어. 사실 오늘밤 여기에 사람이 매우 적은 이유 중 하나는 이 때문이야."

"좀 더 말해 보게, 월터. 이야기를 풀어놓는 것이 슬픔을 몰아내는 데 도움이 될 걸세." 디크가 말했다.

월터가 말했다. "그러지. 이런 이야기는 옛 소설과 비슷하게 실처럼 길게 이어지는 게 보통이지만, 가능한 한 간단하게 얘기하겠네. 모두가 좋아하는 아주 매력적인 여성이 있다네. 그녀 역시 자기를 좋아하는 남자들 가운데 몇몇에게 관심이 있었는데, 그중 한 남자를 특히 좋아하게 됐지. 그런데 그 남자가 아닌 다른 남자(이름은 밝힐 수 없다네)가 그녀에게 홀딱 빠져서 그야말로 여러 가지 불쾌한 행동을 하곤 했어. 물론 그가 처음부터 그랬던 것은 아니어서 그녀도 처음에는 그에게 관심을 가졌지만, 시간이 지나면서 언제부터인가 그를 혐오하게 됐지. 나를 포함해 그를 잘 아는 사람들은 매일같이 상황을 악화시키는 그에게 마을을 떠나라고 충고했네. 그러나 그는 우리의 충고를 받아들이지 않았어(어쩌면 당연한 것이지). 결국 우리는 그에게 반드시 떠나라, 만약 스스로 떠나지 않으면 강제로 추방할 수밖에 없다고 말해야 했네. 그가 떠나지 않으면 우리가 떠나야 한다고 느꼈기 때문에 어쩔 수 없었어."

"그는 예상 외로 순순히 우리의 말을 받아들였다네. 그런데 갑자기 사건이 터진 거야. 내 생각에는 그가 그녀를 만나보고 나서 그녀와의 사랑에 성공한 남자를 만나 격렬한 말다툼을 벌인 것 같아. 그는 마음의 평정을 완전히 잃고서 아무도 없는 틈을 타 도끼를 집어 들고 자신의 연적을 향해 휘둘렀지. 격렬한 싸움이 벌어졌고, 먼저 공격을 당한 연적에게 치명타를 얻어 맞은 그가 그만 죽고 말았어. 그러자 이번에는 살인자가 이성을 잃고 자살을 하려고 하는 것 같네. 만일 그가 죽는다면 그를 사랑하는 여성도 자살하지 않을까 두렵다네. 우리는 재작년에 지진이 일어났을 때 속수무책이었던 것처럼 이번 사건에 대해서도 도무지 손쓸 도리가 없다네."

"정말 불행한 일이군. 그러나 그 남자는 이미 죽었고, 그를 다시 되살릴 수도 없지 않은가? 그리고 살인자도 의도적으로 사람을 죽이려 했던 게 아니지 않은가? 따라서 그가 자신이 사람을 죽였다는 사실에 계속 매어있을 필요가 없다고 생각하네. 게다가 죽어야 할 사람이 죽은 것이지 엉뚱한 사람이 죽은 것도 아닌데 그런 우발적인 사건을 놓고 계속 끙끙거려서 무엇 하겠나? 그런데 그 여성은 어떻게 됐나?" 딕크가 말했다.

"그녀는 이번 사건으로 인해 비탄보다는 공포에 빠진 것 같네. 살인자에 대해 자네가 한 말은 분명히 다 맞는 말이네. 하지만 들어보게나. 비극의 발단이 된 흥분과 질투가 그를 어떤 불길하고도 격정적인 분위기 속에 빠뜨렸고, 그는 그런 분위기에서 벗어나기가 어려운 모양이야. 우리는 그에게 이곳을 떠나라고, 바다를 건너 멀리 가라고 충고했다네. 그러나 지금의 상태로는 그 혼자 갈 수 없을 게 뻔해. 누군가가 그를 데려가야 할 텐데, 아무래도 그 일을 내가 맡게 될 것 같아. 나는 그것이 전혀 달갑지 않다네."

"자네는 그 일에 흥미를 느끼게 될 걸세. 그리고 조만간 그 남자도 이 사건을 이성적인 관점에서 볼 수 있게 될 거고." 딕크가 말했다.

"무슨 말인지 알겠네. 여하튼 이런 이야기로 자네를 불편하게 함으로써 내 마음은 조금 가벼워졌으니, 이제 이 얘기는 그만하도록 하지. 그런데 자네는 이 손님을 옥스퍼드에 모시고 가려는 건가?" 월터가 말했다.

"우리는 지금 상류로 거슬러 올라가는 중이므로 옥스퍼드를 지나가긴 할 거야. 그러나 그곳에 들르지 않을 생각이네. 늦지 않게 상류 지역에 도착해서 건초 베기에 참여해야 하거든. 이 주 후에 다시 강 하류로 내려갈 예정이니까 옥스퍼드에는 그때 들를 생각이네. 그리고 그때 이 손님께 우리 증조부로부터 들은 옥스퍼드에 대한 지식을 강의해드릴 거야." 디크가 말했다.

나는 디크의 친구가 한 이야기를 듣고 굉장히 놀랐다. 무엇보다 사람을 죽였을 경우 자기방어를 위해 그랬다는 사실을 입증하기 전에는 구속되는 게 당연한데 살인자가 구속되지 않았다는 데 대해 의문을 갖지 않을 수 없었다. 그러나 이 사건에서는 증인들에 대한 조사가 아무런 도움도 되지 않을 게 분명했다. 증인들을 아무리 많이 조사해 본들, 두 연적의 잘못된 적대적 혈기 외에는 아무것도 목격하지 못한 그들에게서 사건을 해명할 만한 다른 단서를 발견할 수 있을 리가 없기 때문이다. 그리고 살인자의 자책이라는 것은, 내가 과거에 범죄리고 들어왔던 것을 이 기이한 사람들이 어떻게 취급하는지에 대해 해먼드 노인이 내게 말해준 것을 뒷받침하는 듯했다. 비록 자책이 과도하긴 했지만, 살인자는 자신의 저지른 행위에 대한 모든 책임을 스스로 지려고 하고, 사회가 형벌을 부과하면 그것으로 자신은 면

책된다는 기대를 하고 있지 않다는 게 명백했다. 나는 나의 친구들인 그들이 처형대나 감옥을 가지고 있지 않아서 '인간 삶의 신성함'이 쉽게 손상당할 것이라고 생각하며 품었던 걱정을 더 이상 품지 않게 됐다.

25
템스 강에서의 셋째 날

다음날 아침에 우리가 보트가 있는 곳으로 내려가면서 만난 월터는 지난밤보다는 나아진 것처럼 보였지만 여전히 그 문제에서 벗어나지 못하고 있었다. 그는 불행한 살인자 친구가 해외로 추방되지 않게 되더라도 부근의 어딘가로 가서 홀로 살아가야 할 것이라고 생각하고, 직접 나서서 그 방안을 추진하려는 것 같았다. 그러나 디크와 나는 그것이 좋은 방법이 아니라고 생각했다. 디크가 말했다.

"월터, 그를 혼자 살게 해서는 안 되네! 그러면 그는 저 비극적인 사건과 자신이 범죄를 저질렀다는 생각에만 더욱 몰입하게 될 거고, 결국 스스로를 자살로 몰아가게 될 걸세."

클라라가 말했다. "길은 모르겠지만, 지라면 그에게 이렇게 말해 줄 것 같아요. 지금은 머릿속이 온통 비탄으로 가득 차 있을 테지만 계속 그 일에 매달려 스스로를 자책할 필요는 없으니 하루속히 정신을 차리라고요. 그러면 시간이 흐름에 따라 그도 다시 행복을 찾을 수 있을 거라고요. 그리고 전 그가 자살할지 모르다는 걱정도 할 필요가 없다고 봐요. 월터 씨가 우리에게 들려준 얘기로 미루어보건대, 그는 정말로 그녀를 사랑하고 있는 것 같거든요. 그렇다면 그는 그 사랑이 결실을 맺을 때까지 가능한 한 자기의 생명을 지키려 할 거예요. 뿐만 아니라 그는 자신의 삶 전체를 가치있는 것으로 만들려고 할 거예요. 말하자면 그가 비극 속에서 스스로를 돌보게 될 거란 얘기지요. 어때요? 제가 제대로 설명한 건지 모르겠네요."

월터는 잠시 생각을 하는가 싶더니 이렇게 말했다. "그래요, 당신 말이 옳을지도 모릅니다. 아마도 우리가 이번 사건을 좀 더 가볍게 다뤘어야 했나 봅니다. 그러나 손님! (나를 돌아보면서) 이런 일은 아주 드물기 때문에 우리는 거기에 온 신경을 곤두세우지 않을 수 없습니다. 우리를 고민에 빠뜨린 저 가련한 친구의 행동은 그가 인간의 생명과 그 행복을 극단적으로 존중한 탓이라는 점을 고려해서 모두가 그를 용서하게 됐으면 좋겠군요. 어쨌거나 이제 그 일에 대해서는 더 이상 논하지 맙시다. 저를 상류까지 데리고 가 주세요. 그 딱한 친구를 위해 그가 혼자 살아갈 만한 집을 한 채 찾아봐야겠습니다. 그도 그걸 원하고 있으니. 스트리틀리(Streatley) 건너편 구릉지에 적당한 집이 있다는 얘기를 들은 적이 있으니 저를 그쪽 강변에 내려주세요."

"그 집은 지금 비어 있나요?" 내가 물었다.

"아닙니다. 그러나 거기 살고 있는 남자는 우리가 그 집을 사용하고 싶다고 말하면 두말없이 비워줄 겁니다. 구릉지의 신선한 공기와 광활한 전망이 친구에게 좋은 영향을 줄 겁니다." 월터가 말했다.

"그럼요." 클라라가 웃으며 말했다. "게다가 그곳은 그의 연인이 사는 곳과 그다지 많이 떨어진 곳이 아니기 때문에 그들이 원하기만 한다면, 뭐 당연히 그렇겠지만, 서로 만나는 게 그리 어렵지 않을 거예요."

이런 이야기를 나누는 동안 우리는 보트가 있는 곳에 다다랐다. 우리는 곧바로 보트에 올라 아름답고 넓은 강에 몸을 맡겼다. 디크는 초여름 아침의 잔잔한 물결 위로 배를 저었다. 시간은 아직 6시도 되지 않았다. 우리는 금세 수문에 닿았다. 우리의 배가 차오르는 물에 밀려 점점 더 높아짐에 따라 눈에 익은 수문(pound-lock)이 보였다. 그것이 가장 단순한 시골풍 그대로 남아있다는 것이 너무 신기했다. 그래서 내가 말했다

"수문을 지날 때마다 이상하게 생각했습니다만, 당신들처럼 풍요롭고 즐거운 일을 하고 싶어 하는 분들이 이런 거친 시설로 물높이를 조절하면서 배가 지나가야만 하는 고약한 불편을 없애줄 무언가를 발명하지 않았다는 게 이상하군요."

디크가 웃으며 말했다. "친구! 물이 위에서 아래로 흐르는 고약한 습성을 버리지 않는 한 바다 반대방향으로 갈 때는 이런 시설로 수위를 단계적으로 높이며 물과 조화를 이루지 않으면 안 됩니다. 그리고 당신이 왜 메이플더럼 수문을 흠잡는지 저는 정말 모르겠군요. 제 눈에는 너무 아름답기만 한데 말이에요."

위를 올려다 보니 거대한 나무들이 가지를 드리우고 있고 나뭇잎들 사이로 태양이 반짝이고 있었다. 그리고 주위에서는 역류하는 소

리에 섞여 여름 찌르레기의 노래가 들렸다. 나는 디크가 말한 대로 그곳이 의심할 바 없이 아름답다고 생각했다. 그래서 내가 그런 수문이 없어지기를 바랐던 이유를 말할 수 없었고, 어느새 나도 더 이상 그런 바람을 갖지 않게 됐다. 나는 침묵할 수밖에 없었다. 그때 월터가 말했다.

"잘 알고 계시겠지만 손님, 지금은 발명의 시대가 아닙니다. 발명이란 것은 앞 세대가 우리를 위해 모두 다 했고, 그 가운데 우리에게 편리함을 제공하는 발명은 지금도 널리 이용되고 있습니다. 그러나 우리에게 불필요한 발명은 이용되지 않고 있지요. 실제로 얼마 전에는(그 시대가 언제였는지는 정확히 모르겠습니다만) 비록 물을 아래에서 위로 흘러 올라가게 하지는 못했지만 무엇인가 정교한 기계장치가 수문에 이용된 적이 있다고 들었습니다. 그러나 그 장치에 문제가 좀 생겼고, 그것을 해결하는 과정에서 사람들은 균형을 잡는 거대한 들보에 붙어 있는 저 간단한 뚜껑과 수문이면 충분하다는 사실을 알게 됐지요. 저런 수문은 필요하다면 언제든지 손쉽게 구할 수 있는 재료로 간단히 수리할 수 있습니다. 그래서 당신이 보시다시피 저런 수문이 여기에 남아있는 것이지요."

"또한," 디크가 바로 말을 이었다. "저런 수문은 당신도 보시듯이 아름답습니다. 기계식 시계처럼 태엽을 감는 방식으로 작동하는 기계식 수문은 그 자체로도 추악하고 강 주변의 미관까지 해칩니다. 이런 점은 저런 수문을 보존해야 할 확실한 이유가 되지요. 오랜 친구여, 안녕!" 그는 수문을 향해 이렇게 외치고는 노를 힘껏 저어 우리

배가 수문 밖으로 나가게 했다. "수문이여, 오래도록 그곳에 있으면서 영원한 젊음을 간직하라!"

우리는 계속 강을 거슬러 올라갔다. 강은 팽번(Pangbourne)이 철저히 도시화되기 이전에 내가 보았던 친숙한 모습 그대로였다. 그곳(팽번)은 여전히 분명한 시골마을이었다. 집들이 하나의 무리를 이루고 있었는데 그 모습이 너무나 아름답게 보였다. 바즐던 위로 솟은 언덕은 여전히 너도밤나무 숲으로 덮여 있었고, 그 아래로 펼쳐진 넓은 초원에는 내가 기억하고 있는 것보다 인구가 많아 보였다. 그곳에는 전원의 풍치를 훼손하지 않으려고 특별히 신경써서 설계한 듯한 큰 주택 다섯 채가 있었다. 우리가 탄 배는 고링(Goring) 수역과 스트리틀리 수역을 향해 강이 굽어지는 곳에 이르렀다. 푸른 강둑을 따라가고 있는데 풀밭에서 놀고 있는 여자아이들 대여섯 명의 모습이 눈에 들어왔다. 그들은 우리를 여행자로 알고 인사를 건넸다. 우리는 그곳에 잠시 머물러 그들과 이야기를 나누었다. 맨발에 가벼운 옷차림을 한 그들은 물놀이를 하고 있었다고 했다. 그들은 건초 베기가 시작된 버크셔(Berkshire) 쪽 목장에 가던 길로, 그들을 데리러 오기로 한 버크셔 사람들을 기다리며 즐거운 시간을 보내고 있었던 것이다. 그들은 우리에게 함께 건초밭에 가서 아침식사를 하자고 했다. 그러나 디크가 우리는 더 상류로 가서 건초 베기를 할 생각인데 이곳에서 미리 그 일을 맛보면 정작 상류에 가서는 재미가 없어질지도 모른다며 거절했다. 그러자 아이들은 마지못해 양보를 했다. 대신 그들은 내가 살던 나라와 그곳의 생활양식에 대해 질문을 했다. 그들의 질문은 내가 대답하기에 당혹스러운 것이었고, 내가 한 대답도 그들을 당혹하게 했다. 내가 다른 곳에서 만난 사람들과 마찬가지로 그 아름다운 소녀들도 우리가 메이플더럼에서 들은 것과 같은 심각한 뉴스가 없을 때는 날씨, 건초 베기, 신축된 집에 대해 이야기하거나 이런저런 새가 많다든가 하는 생활상의 모든 사소한 부분에 대해 열심히 토론한다는 사실에 나는 주목하지 않을 수 없었다. 그리고 그들은 그러한 것들을 공허하거나 상투적으로 말하지 않고 문자 그대로 진정한 흥미를 가지고 말했다. 나아가 그 모든 것에 대하여 여자나 남자나 똑같이 잘 알고 있었다. 그들은 꽃들의 이름은 물론 그 성질도 잘 알고 있었고, 이런저런 새와 물고기의 서식지에 대해서도 막힘이 없었다.

그들이 그런 지식을 갖고 있음을 확인한 것이 과거의 그곳 시골생활에 대한 나의 평가를 크게 변화시킨 것은 정말로 기이한 일이었다. 과거의 시대에는 시골사람들도 나날의 일상만 챙겼지 전원에 대해서는 거의 몰랐다. 사실 그들은 전원에 관해 다른 사람에게 말해줄 수 있는 게 전혀 없었다. 반면에 지금은 사람들이 모두 벽돌과 회반죽의 압제로부터 막 도망쳐 나온 런던 출신인 것처럼 밭과 숲, 그리고 언덕에서 일어나고 있는 모든 것에 대해 알고자 했다.

한 가지 주목할 만한 것으로, 육식을 하지 않는 종류의 새가 매우 많아졌을 뿐만 아니라 그 새들의 적인 맹금류도 전보다 더 많아졌다는 점을 말해두어야 할 것 같다. 전날 메드멘햄을 지날 때는 솔개가 우리 머리 위를 날았다. 까치도 관목 속에 정말 많이 있었고, 여러 마리의 매와 쇠황조롱이도 보였다. 바즐던 철교가 있던 자리에 새로 놓인 아름다운 다리 밑을 지날 때는 갈까마귀 한 쌍이 우리 배 위에서 까악까악 울다가 구릉의 높은 곳으로 날아갔다. 이 모든 것으로 미루어 사냥꾼의 시대는 끝났다고 나는 단정했다. 이 점에 대해서는 디크에게 물어볼 필요도 없었다.

26
완고한 거부자들[131]

여자아이들과 헤어지기 전에 우리는 건장한 청년 둘과 여성 하나가 배를 타고 버크셔 강변을 떠나는 것을 보았다. 그때 디크가 여자아이들을 좀 놀려주고 싶은 생각이 들었는지 왜 너희들과 함께 강은 건너갈 남자는 한 사람도 없으며, 배들은 다 어디로 가버렸느냐고 물었다. 그러자 그들 가운데 가장 어려 보이는 아이가 말했다. "큰 나룻배가 있긴 한데 저 사람들이 상류에서 돌을 운반해 오는 데 그것을 사용하고 있기 때문이에요."

"저 사람들이라니 누구를 말하는 거니?" 디크의 질문에 나이가 좀 더 들어 보이는 소녀가 웃으면서 대답했다. "저쪽에 가서서 직접 보시는 게 좋겠네요. 저쪽을 보세요." 그녀는 북서쪽을 가리키며 말했다. "저기 건물을 짓고 있는 게 보이시죠?"

"그래." 디크가 말했다. "그렇지만 일년 중 굳이 이때 집을 짓고 있다니 좀 놀랍군. 왜 저들은 너희들과 함께 건초 베기를 하러 가려고 하지 않니?"

이 말에 소녀들은 모두 웃었다. 그 와중에 버크셔에서 온 사람들이 강가 풀밭에 뱃머리를 댔고, 소녀들은 여전히 깔깔대면서 가볍게 배에 올라탔다. 배에 타고 있던 사람들이 우리에게 인사를 건네왔다. 배가 왔던 길로 되돌아가기 전에 키 큰 소녀가 말했다. "웃어서 죄송해요. 실은 저희가 저기서 집을 짓고 있는 사람들과 우호적인 언쟁이지만 여하튼 언쟁을 좀 벌였거든요. 저는 지금 그 이야기를 해드릴 여유가 없으니, 저들을 찾아가서 직접 한번 물어보세요. 아마 저들은 아줌마 아저씨들을 반길 거예요. 물론, 그들의 일을 방해하지 않는다는 전제하에서요."

소녀가 말을 마치자 아이들이 모두 다시 웃었다. 사공이 건너편 강변을 향해 노를 젓기 시작하자 그들은 우리에게 손을 흔들면서 귀엽게 작별인사를 했다.

클라라가 말했다. "자, 우리는 집 짓는 사람들을 만나보러 가요. 월터 씨, 서둘러 스트리틀리로 가셔야 하는 건 아니죠?"

"서두르지 않아도 됩니다. 여러분과 함께 있는 시간을 조금이라도 더 늘릴 수만 있다면 저야 기쁘지요." 월터가 대답했다.

우리는 그곳에 배를 정박해 두고 완만한 언덕을 걸어 올라갔다. 나는 아무리 생각해도 이해할 수 없어서 물었다. "근데 아까 그 아이들은 왜 웃은 건가요? 무엇이 그리 우스운 거지요?"

"저는 아이들이 웃은 이유를 대충 알 것 같습니다." 디크가 말했다. "저 언덕 위에 있는 사람들은 자신들에게 흥미 있는 일을 찾았기 때문에 건초 베기를 하러 가지 않으려고 한 겁니다. 그들이 빠진다고 해서 문제가 될 것은 전혀 없어요. 그들이 아니어도 건초 베기처럼 단순하지만 고된 일을 하려는 사람이 많으니까요. 하지만 건초 베기는 연례적인 축제인데도 참가하지 않으려고 하니까 그 아이들이 보기에는 좀 특이하고 재밌어 보였던 게지요."

"그런 거군요. 마치 디킨스의 시대에 젊은이가 일에 너무 열중하는 바람에 크리스마스도 잊은 것과 같은 이야기군요." 내가 말했다.

"바로 그거예요. 다만 그들이 젊다고만은 할 수 없습니다." 디크가 말했다.

"그런데 당신이 말한 단순하지만 고된 일이란 무엇을 뜻하는 건가요?" 내가 물었다.

"제가 그렇게 말했습니까? 그것은 근육을 단련시켜 강하게 하고, 피곤해져서 기분 좋게 침대에 들게 하는 일이라는 뜻입니다. 그러나 그 밖의 다른 측면에서는 고된 일이 아닙니다. 간단히 말씀드리면 사람을 시달리게 하는 일은 아니라는 겁니다. 저런 일은 과도하게 하지만 않는다면 언제나 즐거운 일이지요. 그런데 명심하십시오. 건초를 솜씨 있게 베려면 약간의 기술이 필요합니다. 저는 능숙하게 풀을 벨 줄 알지요."

이런 이야기를 나누는 사이에 건축 중인 집에 닿았다. 그 집은 거대하지는 않았으나, 오래된 돌담으로 둘러싸인 아름다운 과수원 옆에 지어지고 있었다. "아, 이곳을 알아요! 이곳은 집을 짓기에 좋은 아름다운 곳이지요. 예전에 이곳에는 19세기의 조잡한 집이 있었습니다. 그것을 개축하는 것을 보게 되다니 기쁜 일이에요. 새 집은 전부 돌로 지어지고 있군요. 이런 곳까지 그럴 필요는 없지만, 여하튼 멋진 일이 진행되고 있네요. 일정하게 각진 마름돌로만 지을 필요도 없는데……."

월터와 클라라는 벌써 석공용 작업복을 입은 키 큰 남자와 이야기를 나누고 있었다. 그는 마흔 살 정도로 보였으나, 보나마나 실제 나이는 그보다 더 많았을 것이다. 그는 손에 나무망치와 끌을 들고 있었다. 그 외에 대여섯 명의 남자와 수수한 작업복을 입은 두 명의 여자가 가설발판 위와 그늘진 오두막 안에서 일을 하고 있었다. 그들과 함께 일하지 않고 있던 아름다운 여성이 손에 편물을 들고 우리에게 천천히 다가왔다. 우아한 푸른 리넨 옷을 입은 그녀는 우리에게 환영의 인사를 하고 웃으면서 말했다. "당신들은 완고한 거부자들을 보러 오셨지요? 어디에서 건초 베기를 하실 겁니까?"

"옥스퍼드 바로 위쪽에서 할 겁니다. 그쪽은 건초를 베는 시기가 좀 늦습니다. 그런데 아름다운 이웃, 그 거부자들이라는 사람들과는 어떤 관계이신가요?" 디크가 말했다.

그녀가 웃으며 답했다. "저는 꼭 일을 하지 않아도 되는 운 좋은 사람입니다. 물론 가끔은 일하기도 합니다. 저쪽에 계시는 필리파 선생님이 원하실 때 모델을 서주어야 하거든요. 그분은 우리의 수석 조각가입니다. 가서서 우선 그분을 만나보시지요."

그녀는 우리를 건축공사 중인 집의 입구로 안내했다. 그곳에서는 몸집이 좀 작은 여성이 벽을 향해 서서 망치와 끌을 이용해 일을 하고 있었다. 그녀는 자신이 하고 있는 일에 깊이 열중한 것처럼 보였고, 우리가 곁에 다가가도 돌아보지 않았다. 그런데 아직 소녀처럼 보이는 키 큰 여성이 그 옆에서 일을 하다가 우리를 알아보고 매우 기뻐하는 표정을 지었다. 그녀는 클라라와 디크를 차례로 바라보았다. 그 외 다른 사람들은 별로 우리를 주목하지 않았다.

푸른 옷을 입은 소녀가 조각가의 어깨에 손을 얹고 말했다. "필리파! 그렇게 정신없이 일만 하시면 할일이 금방 없어지고 말 거예요. 그럼 어떡하시려고요?"

그러자 조각가가 급히 돌아섰다. 마흔 살쯤 돼 보이는(그렇게 보였다) 그녀는 부드럽기는 하지만 약간 토라진 목소리로 말했다. "케이트! 실없는 소리 하지 마. 나를 방해하지 말고 놔둘 수 없겠어?"

이 말을 마치고서야 그녀는 우리를 발견하고 하던 일을 잠시 멈추었다. 그러고는 우리에게 환영의 미소를 지어보였다. "보러 와 주셔서 고맙습니다. 하지만 제가 계속 일을 한다고 해서 불친절하다고 생각하시지는 않기 바랍니다. 사월과 오월에는 제가 병이 들어 아무 일도 하지 못했다는 것을 말씀드리면 양해해주시리라 믿습니다. 이 탁트인 바깥 공기와 태양, 그리고 작업까지. 다시 기분이 좋아진 저는 지금 한 시간 한 시간이 즐거울 따름입니다. 죄송합니다만, 저는 작업을 계속하겠습니다."

그녀는 이렇게 말하고는 꽃과 인물을 엷게 부조하는 조각 일에 열중했다. 그녀는 망치를 두드리며 말했다. "보시다시피 우리가 집을 짓고 있는 이곳은 이 근방에서 가장 아름다운 곳이라고 모두가 입을 모으는 곳이지요. 그런데 이곳에는 오랫동안 무가치한 건물이 거추장스럽게 서 있었습니다. 우리 석공들은 그 건물을 완전히 철거하고, 이곳에 어울리는 가장 아름다운 집을 짓겠다고 몇 번이나 다짐했었지요."

말하면서도 그녀는 조각에 열중했다. 그러자 키 큰 감독이 다가와서 그녀의 말을 거들었다. "맞아요. 그래서 우리는 이 건물의 외벽에 꽃과 인물을 곁들인 화환 조각을 새겨 넣기로 했고, 그렇게 하기 위해 다듬은 돌만 쌓고 있는 겁니다. 그동안 이런저런 문제가 우리의 작업을 방해해왔어요. 가장 큰 문제는 바로 필리파의 병이었습니다. 물론 그녀 없이도 우리가 화환무늬를 새겨넣는 게 가능했겠지만."

"가능했을 거라고요?" 벽을 바라보고 일하던 필리파가 불평을 했다.

"아무튼 이분은 최고의 조각가이고, 그녀 없이 조각을 시작하는 것은 인정머리 없는 일이었습니다. 그런 연유로," 그가 디크와 나를 보면서 말했다. "조각 일이 늦어져 우리는 건초 베기에 갈 수 없게 됐지요. 그러나 보시다시피 우리는 이 멋진 날씨 속에서 지금 빠른 속도로 일을 하고 있기 때문에 밀을 수확하는 일에 일주일이나 열흘 정도의 시간은 충분히 낼 수 있다고 생각하고 있고, 실제로 밀 베기를 하러 갈 수 있을 겁니다. 우리는 저 뒤의 북쪽과 서쪽으로 펼쳐진 경작지로 갈 예정인데, 그때 그곳에 오시면 훌륭한 밀 베기 일꾼들을 보시게 될 겁니다."

"허풍이 너무 심하신 거 아녜요!" 머리 위의 가설발판에서 누군가가 소리쳤다. "우리 감독은 돌을 하나하나 쌓는 것보다 밀 베기가 더 쉬운 일이라고 생각한답니다."

이 농담에 모두 웃었다. 키 큰 감독도 함께 웃었다. 그때 한 젊은이가 작은 탁자를 들고 와서는 돌을 쌓아둔 창고의 그늘에 두고 갔다. 조금 뒤 그는 잔가지로 만든 커다란 술병과 목이 긴 잔들을 가지고 돌아왔다. 감독이 적절하게 자리배치를 해서 우리를 돌덩이 위에 앉게 하고는 말했다.

"자, 여러분! 저의 허풍이 진실이 되도록 건배합시다. 그렇게 하지 않으시면 저는 여러분이 제 말을 믿지 않는다고 생각하겠습니다. 거기 위에 있는 사람들!" 그는 가설발판을 올려다보면서 말했다. "내려와서 한잔들 하세요." 노동자 세 명이 건축공의 발을 가진 사람들답게 사다리를 달려 내려왔으나, 앞서 농담을 했던 사람(꼭 이렇게 불러야 한다면)을 제외하고는 다른 사람들은 대답도 하지 않았다. 농담을 했던 사람은 돌아보지도 않고 외쳤다. "여러분, 내려가지 못해 죄송합니다. 전 하던 일을 계속해야 해요. 제 일은 그쪽 감독의 일처럼 지휘하는 것이 아니라서요. 그러나 여러분! 건초 만드는 사람들의 건강을 위해 여기서 건배하려 하니 잔 하나를 올려 보내 주십시오." 필리파도 자기가 좋아하는 일에서 떨어지려 하지 않았다. 그때 다른 여성 조각가가 왔다. 필리파의 딸인 그녀는 키가 크고 강인해 보이는 소녀로 검은 머리카락과 집시 같은 얼굴을 갖고 있었고, 아주 공손했다. 다른 사람들은 우리 주변에 모여 잔을 부딪쳤고, 가설발판 위의 남자들도 돌아서서 우리의 건강을 위해 건배했다. 그러나 입구에서 열심히 일하는 몸집 작은 여성은 건배에 참여하지 않았고, 그녀의 딸이 곁에 가서 건드려도 어깨만 으쓱할 뿐이었다.

우리는 이별의 악수를 나누고, 그 완고한 거부자들을 뒤로 한 채 언덕을 내려가 배가 있는 곳으로 걸어갔다. 몇 발자국 가지 않아 우리의 귀에는 바즐던의 작은 평야 위로 벌이 붕붕거리고 종달새가 노래하는 소리와 사람들이 연장을 놀리는 소리가 조화롭게 섞여 들려왔다.

27
템스 강의 상류

우리는 스트리틀리의 아름다운 풍광에 둘러싸인 버크셔 쪽 강변에 월터를 내려준 뒤 과거에 화이트 호스(White Horse) 산기슭[132]의 작은 언덕 아래 나무가 우거진 시골이었던 곳으로 계속 갔다. 반쯤 도시화된 지역과 소박한 시골의 조화는 더 이상 볼 수 없었으나, 버크셔 쪽의 여전히 친숙하고 아직 변하지 않은 언덕의 풍경을 보니 내 마음속에서 기쁨의 감정이 용솟음쳤다(과거에도 그랬듯이).

우리는 점심식사를 하기 위해 월링퍼드(Wallingford)에 보트를 댔다. 이 오래된 마을의 거리에서는 불결과 빈곤의 흔적이 사라졌고, 수없이 많았던 추악한 집들이 다 없어진 대신 아름다운 집들이 많이 세워져 있었다. 그럼에도 이 마을은 내가 잘 기억하는 옛 마을 그대로인 것처럼 보여 신기한 느낌이 들었다. 사실 그 마을은 기대한 그대로의 모습이었다.

식사 자리에서 우리는 해먼드 노인의 시골 판처럼 보이는, 참으로 총명하고 지적인 노인을 만났다. 그는 알프레드 대왕[133]의 시대에서부터 의회전쟁[134]에 이르기까지 이 전원지역의 오래된 역사에 대해 지극히 상세한 지식을 가지고 있었다. 의회전쟁 시대의 여러 사건들은 윌링퍼드 일대에서 벌어졌다. 더욱 흥미로웠던 점은, 그가 지금과 같은 상태로 변화가 진행되던 시기에 관한 상세한 기록을 갖고 있다는 점이었다. 그는 우리에게 그런 것들에 대해 이야기해 주었다. 특히 사람들이 도시를 떠나 시골로 이주하던 이야기, 도시에서 자란 사람들은 그들대로, 시골에서 자란 사람들은 그들대로 상실했던 생활의 기술을 서서히 되찾아 가던 이야기를 그로부터 들었다. 그에 따르면 당시에 생활의 기술이 상실된 정도가 매우 심각해서 시골이나 작은 마을에서는 목수나 대장장이를 아예 찾아볼 수 없게 됐고, 사람들이 빵 굽는 방법까지 잊어버렸다고 한다. 그래서 이를테면 윌링퍼드의 경우 빵이 런던에서 아침 일찍 열차로 신문과 함께 배달됐다는 것이었지만, 그 설명을 나는 잘 이해할 수 없었다. 시골에 온 도시사람들은 기계가 움직이는 것을 주의 깊게 관찰해서 기계로부터 수작업의 요령을 알아내는 방법으로 농업기술을 익혔다고 했다. 왜냐하면 당시에는 밭이나 그 주변의 모든 일이 노동자들은 전혀 그 이유도 모르는 채 사용한 정밀한 기계에 의해 처리됐기 때문이었다는 것이다. 노동자 가운데 노인들은 젊은이들에게 톱과 대패를 사용하는 방법이나 대장간 일과 같은 약간의 수작업을 하나하나 가르쳤다. 그 무렵에는 갈퀴에 물푸레나무 손잡이를 고정시키는 것 정도만이 사람이 할 수 있는 일이었거나 그런 일조차도 사람이 할 수 없었기 때문에 5실링의 가치가 있는 일을 하는 데 무려 1천 파운드짜리 기계를 동원하고 다수의 노동자들이 반나절이나 걸려서 이동해야만 했다는 것이다. 특히 노인은 생활의 기술을 복구하는 일에 열심히 매달린 어떤 시골마을의 기록을 우리에게 보여주었다. 그것은 과거에는 지극히 사소한 것으로 생각되던 문제에 대해 그 진상을 파악해내려고 그들이 진지하게 탐구한 과정을 기록한 것이었다. 이를테면 시골에서 쓰는 세탁용 비누를 만들려면 알칼리와 기름을 어떤 비율로 섞는 게 적당한가, 양의 다리를 삶기 위해서는 정확하게 몇 도의 끓는 물에 넣어야 하는가 하는 것들이었다. 그 모두가 그 이전의 시기에는 시골의 집회에서도 나타났음에 틀림없는 당파감정 같은 것은 조금도 없는 상태에서 이뤄진 일이었다는 게 매우 흥미로웠고 교훈적이기도 했다.

그 노인의 이름은 헨리 모섬(Henry Morsom)이었다. 그는 식사를 마치고 조금 쉰 뒤 기계시대 말기부터 그때까지의 기계제품과 수공예품을 많이 수집해 놓은 큰 홀로 우리를 안내했다. 그는 우리와 함께 둘러보면서 세심하게 설명해주었다. 거기에 있는 것들도 대단히 흥미로웠고, 임시변통의 기계작업 시대(앞서 말한 내란 직후에 최악이었던 시대)에서 새로운 수공예 시대의 초기로 이행하던 시기의 변화를 보여주었다. 물론 두 시대가 중첩된 경우가 많았고, 새로운 수공예 시대도 처음에는 매우 서서히 진전됐던 것으로 보였다.

"여러분이 반드시 기억해야 하는 것은," 골동품 수집가 노인이 말했다. "수공예는 과거에 흔히 물질적 필요라고 불렸던 것이 낳은 결과가 아니었다는 점입니다. 반대로 그 무렵에는 기계가 너무 많이 발전했기 때문에 필요한 일의 거의 전부를 기계로 얼마든지 할 수 있었지요. 그리고 사실 당시나 그 이전의 사람들은 대부분 기계가 수공예를 완전히 대체하리라고 생각했습니다. 언뜻 보면 그럴 수 있는 일이었지요. 그러나 덜 논리적인 다른 관점도 있었습니다. 그 관점은 자유의 시대가 오기 전에 부유한 사람들 사이에 퍼졌고, 자유의 시대가 시작된 뒤에도 없어지지 않았습니다. 그것은 세간의 일반적인 일상사는 전적으로 자동기계에 의해 이루어질 것이고, 보다 지적인 사람들의 에너지는 과학과 역사에 대해 연구하고 고귀한 예술을 추구하는 데 쓰이게 될 것이라는 관점이었습니다. 이런 관점은 당시에는 당연한 것이었지만 지금은 터무니없는 것으로 여겨지고 있습니다. 우리가 지금 행복한 인간사회 전체를 결속시키는 열쇠라고 생각하는 '완전한 평등에 대한 갈망'을 그렇게 무시한다는 것은 기묘한 일이 아닙니까?"

나는 대답하지 않고 좀 더 생각했다. 디크도 생각에 잠긴 듯하다가 곧 말했다. "기묘하다고요? 글쎄요, 어르신. 저는 잘 모르겠습니다. 제 증조부께 자주 들었습니다만, 우리 시대 이전에 모든 사람이 가졌던 단 하나의 목표는 일을 회피하는 것이었고, 적어도 그들은 그것만이 목표가 될 수 있다고 생각했습니다. 따라서 나날의 생활이 그들에게 강제하는 일이, 그들 스스로 선택했다고 생각되는 일보다 더욱 일답게 여겨졌을 겁니다."

모섬이 말했다. "바로 그렇습니다. 여하튼 그들은 자신들의 잘못을 곧 깨달았고, 노예와 노예소유자만이 기계를 움직이는 것만으로 살아갈 수 있다는 점을 알아차리기 시작했습니다."

여기서 갑자기 클라라가 입을 열고 얼굴을 조금 붉히면서 말했다. "그들의 잘못은 그들이 영위한 노예생활에서 생겼던 것 아니겠어요? 그들은 인류만 제외하고는 살아 있는 것이든 살아 있지 않은 것이든 모든 것을 다 자연이라고 불렀고, 그런 자연을 한쪽에 두고, 인류를 다른 한쪽에 두었지요. 그렇게 생각한 사람들은 분명 자연을 그들의 노예로 삼고자 했을 겁니다. 왜냐하면 그런 사람들은 자연을 그들 밖에 있는 것으로 생각했을 것이기 때문이지요."

"그렇습니다. 그리고 그들은 기계에 의존하는 삶에 대한 반감을 갖게 될 때까지는 어떻게 하면 좋을지를 몰랐습니다. 생각할 여유가 있었던 사람들 사이에서는 대변혁 이전에 이미 기계에 의존하는 삶에 대한 반감이 일어나기 시작했고, 그 반감은 사람들이 알아차리지 못하는 사이에 널리 퍼졌습니다. 그리고 마침내 일이 아닌 것으로 가장된 즐거운 노동이 기계적인 노동을 구축하기 시작했습니다. 과거의 사람들은 기계적인 노동을 최소한으로 줄여보려고만 했지 그것을 완전히 제거하려고 하지는 않았습니다. 게다가 그들은 자신들이 바란 것처럼 기계적인 노동을 최소한으로 줄이는 일이 가능하지도 않다는 사실을 알게 됐지요." 모섬이 말했다.

"그럼 새로운 혁명의 기운이 대두된 것은 언제입니까?" 내가 물었다.

"대변혁 이후 반세기 사이에 그런 기운이 현저해졌습니다. 수공예품이 점점 더 많이 요구되는데도 기계는 수공예품을 만들어낼 수 없다는 이유에서 기계가 하나씩 하나씩, 결국은 완전히 다 버려졌습니다. 여기를 보십시오." 그가 말했다. "여기에 당시의 수공예품이 몇 개 있습니다. 수공예 기술이 거칠고 미숙하긴 하지만 견고하며, 사람들이 만드는 즐거움을 느끼면서 제작한 것임을 알 수 있습니다." 모섬이 말했다.

"아주 묘하게 생겼군요." 수집가가 우리에게 보여준 것들 가운데 항아리를 하나 들어올리며 내가 말했다. "야만인이나 미개인의 작품과는 전혀 다르지만 문명에 대한 증오라고 할까, 뭐 그런 것이 작품에 녹아 있군요."[135]

"네. 이런 것들에서 섬세함을 찾으려고 해서는 안 됩니다. 그 시대에는 실제로 노예였던 사람이 아니면 섬세한 것을 만들 수 없었습니다. 그러나 이제," 모섬은 나를 좀 더 앞으로 안내하면서 말했다. "우리는 수공예의 비결을 습득했고, 자유로운 공상과 상상력에 매우 세련된 수공예 기술을 결합시켰습니다."

나는 그가 가리키는 것들을 바라보면서 그 정교함과 풍부한 아름다움에 감탄했다. 그것들은 생활 그 자체를 즐거움으로 받아들이고, 인류의 공통된 욕구를 만족시키는 일과 그렇게 하기 위한 준비를 하는 일이 최선의 인간에게 알맞은 일임을 마침내 알게 된 사람들이 만든 작품이었다. 나는 잠시 생각에 잠겼다가 말했다.

"그 뒤에 오는 것은 무엇입니까?"

노인이 웃으며 말했다. "그건 저도 모릅니다. 그것이 올 때 비로소 알게 되겠지요."

이때 디크가 말했다. "자, 우리는 오늘의 여행을 마무리해야 하니까 이제 슬슬 강가로 내려갑시다. 어르신도 함께 가시겠습니까? 우리 친구가 어르신의 이야기를 더 듣고 싶어 하는 것 같은데요."

"옥스퍼드까지 함께 가지요. 저는 그곳 보들리언 도서관(Bodleian Library)[136]에서 책을 한두 권 빌려야겠습니다. 여러분은 그 옛 도시에서 주무실 예정입니까?" 모섬이 말했다.

"아닙니다. 저희는 좀 더 상류로 갈 겁니다. 상류 쪽에서 건초 베기를 할 계획이거든요." 디크가 말했다.

모섬은 고개를 끄덕였다. 우리는 함께 거리로 나가 마을의 다리가 놓인 지점보다 조금 위쪽에 매 둔 배에 올라탔다. 디크가 노걸이에 노를 걸고 있을 때 배 한 척이 낮은 아치를 통과해 우리 쪽으로 다가왔다. 그 배는 얼핏 보기에도 매우 화려한 작은 배였는데 밝은 녹색의 꽃이 우아하게 그려져 있었다. 배가 아치를 통과하자 그 배처럼 밝고 화려한 옷을 입은 사람이 자리에서 일어섰다. 가벼운 푸른 옷을 입은 여성이었다. 다리 아래로 부는 바람에 그녀의 옷깃이 휘날리고 있었다. 내가 아는 얼굴인 듯했다. 그녀가 우리 쪽으로 머리를 돌리자 아름다운 얼굴의 윤곽이 좀 더 뚜렷해졌다. 그녀는 다름 아닌 러니미드의 풍요한 정원에서 보았던 아름다운 요정 엘렌이었다. 나는 너무 기뻤다.

우리는 멈춰 서서 그녀를 반갑게 맞았다. 디크는 배 안에 서서 큰 소리로 따뜻한 인사를 건넸다. 나도 디크처럼 따뜻하게 인사하고 싶었으나 생각대로 되지 않았다. 클라라는 그녀를 향해 우아한 손을 흔들었고, 모섬은 고개를 끄덕이고는 흥미로운 눈길로 그녀를 바라보았다. 엘렌은 자기 배를 우리 배 옆에 나란히 세우고, 갈색으로 그을린 아름다운 얼굴을 붉히면서 말했다.

"여러분! 세 분이 돌아오시는 길에 러니미드를 지나실지, 만일 그렇다면 그곳에 들르실지 궁금했어요. 할아버지[137]와 저는 한두 주 동안 그곳에 없을지도 몰라요. 할아버지께서 북쪽에 계신 형제를 만나러 가고 싶어 하시는데 혼자 가시게 하고 싶지 않거든요. 그래서 저도 함께 가려고 하는데, 그러면 여러분을 다시 만날 수 없게 되잖아요. 그게 너무 아쉬워서 이렇게 뒤쫓아 왔어요."

"그랬군요. 그렇게 말씀해주시니 너무 기쁜 걸요. 그렇잖아도 클라라와 저는 당신을 보러 가려고 했습니다. 그때 당신이 없으면 아마 나중에 다시 한 번 더 찾아가려고 했을 겁니다. 아무튼 당신은 여기까지 혼자 노를 저으며 오시느라 조금 지쳤을 테니 이제부터는 가만히 앉아만 계세요. 우리가 두 개 조로 나뉘어 노를 젓도록 하지요." 디크가 말했다.

"좋아요. 그렇게 말씀하실 줄 알고 제 배의 키를 챙겨왔지요. 이것을 걸 수 있게 좀 도와주시겠어요?" 엘렌이 말했다.

그녀는 자기 배의 뒤쪽으로 가서 그 배의 고물이 디크의 손 가까이에 가도록 자기 배를 우리 배 쪽으로 밀었다. 우리 배에서는 디크가, 엘렌의 배에서는 그녀가 각각 무릎을 꿇고 갈고리에 키를 걸치기 위해 몇 차례 시도했지만 실패를 거듭했다. 이런 놀이용 배의 키를 거는 일과 같이 그다지 중요하지 않은 것을 하는 방식에는 전혀 변한 게 없었다. 나는 아름다운 얼굴의 두 젊은이가 함께 키 거는 일에 몰두하는 모습을 보면서 그 둘이 매우 가까워진 것 같다는 생각이 들었다. 잠깐 동안이었지만 어떤 아픔이 내 가슴을 뚫고 지나갔다. 클라라는 자기 자리에 앉아서 돌아보지 않은 채, 그러나 전혀 딱딱하지 않은 목소리로 말했다.

"우리 어떻게 나눌까요? 디크, 당신이 엘렌의 배에 타지 않겠어요? 우리 손님에게 실례를 범하려는 것은 아니지만, 어쨌든 당신이 노를 더 잘 저으니 그게 낫겠어요."

디크는 일어나서 그녀의 어깨에 손을 얹으며 말했다. "아니에요. 손님이 노를 저을 수 있는 한 젓도록 합시다. 연습을 하셔야 하니까요. 더구나 우리는 서두를 필요도 없어요. 옥스퍼드에서 그리 멀리 갈 필요도 없고요. 설령 우리가 가다가 강 위에서 밤을 맞이한다 해도 달이 뜰 것이고, 달이 뜨면 오늘밤은 흐린 날의 한낮 못지않게 밝을 겁니다."

나도 가세했다. "그뿐 아니라 배가 물결을 따라 흘러 내려가게 하는 것보다는 그래도 제가 노를 젓는 것이 나을 겁니다."

이 말이 대단한 농담이기라도 하다는 듯 모두가 웃음을 터뜨렸다. 나는 그 속에 섞인 엘렌의 웃음소리를 들으면서 지금까지 들은 소리 중에서 가장 기분 좋은 소리라고 생각했다.

결론만 말하자면, 나는 새로 온 배에 의기양양하게 올라타 노를 잡고 보란 듯이 저었다. 이 묘하게 매력적인 젊은 여성과 가까이 있으니 이 행복한 세계가 더욱더 행복하게 느껴졌다. 그녀는 내가 이 새롭게 변한 세계에 와서 만난 사람들 가운데 가장 익숙하지 않을 뿐 아니라 가장 의외의 여성이었다. 이를테면 클라라는 아름답고 쾌활하고 유쾌하나 겉치레 없는 보통의 젊은 여성과 그리 다르지 않았다. 또 이 세계에서 만난 다른 여성들도 과거에 내가 알았던 젊은 여성들의 개선된 표본이라고 해도 그리 틀리지 않을 것 같았다. 그러나 엘렌은 보통의 젊은 여성과는 전혀 다른 아름다움을 지녔을 뿐 아니라 모든 점에서 흥미를 불러일으켰다. 나는 그녀가 다음에는 무슨 말을 하고 어떤 행동을 해서 나를 놀라게 하고 즐겁게 할지 언제나 궁금했다. 그녀가 실제로 한 말이나 행동에 무언가 놀랄 만한 점이 있다고 말하려는 것은 아니다. 그러나 그녀의 모든 말과 행동은 새로운 방식이었고, 내가 모든 사람에게서 조금씩 느낀 흥미롭고 즐거운 삶을 무한하게 느낄 수 있게 해줬다. 그녀의 그런 측면은 내가 만난 그 누구보다도 더 두드러졌고 매력적이었다.

우리는 다시 출발했고, 벤싱턴(Bensington)과 도체스터(Dorchester) 사이의 아름다운 수역을 쾌적한 속도로 지나갔다. 이제 오후도 절반이 지나 날씨는 무덥다기보다 따뜻했고, 바람은 전혀 없었다. 더 높이 가볍게 올라간 구름은 진주처럼 하얗게 보였다. 그 구름이 따가운 햇볕을 부드럽게 만들었다. 구름은 그러나 하늘의 엷은 푸름을 모두 가리지는 못했고, 그 때문에 하늘이 더욱 높고 짙게 보였다. 한 마디로 하늘은 단순히 무한한 대기가 아니라 시인들이 가끔 노래한 대로 둥근 천장과 같았고, 너무나도 광대하고 빛으로 가득 차 있어 우리의 정신을 전혀 억누르지 않았다. 테니슨[138)]이 '연(蓮)을 먹는 사람들

(Lotos-Eaters)의 나라' [139]를 노래하면서 그곳은 언제나 오후뿐인 나라라고 말했을 때 그가 머릿속에 떠올렸음에 틀림없는 그런 오후였다.

선미에 기대고 있는 엘렌은 완전한 즐거움에 젖은 것처럼 보였다. 그녀가 주위의 모든 것을 바라보면서 무엇 하나도 놓치지 않고 있다는 것을 나는 알아차렸다. 그녀를 바라보노라니 그녀가 솜씨 좋고 능숙하며 멋진 디크에게 약간의 사랑을 느끼고 자신도 어쩔 수 없어 우리를 뒤쫓아 온 게 아닌가 했던 불편한 생각이 내 마음속에서 사라졌다. 그랬던 게 사실이라면 우리가 지나치는 주변 경관이 제아무리 아름다웠다고 해도 그녀가 그렇게 즐거워하지는 못했을 것이기 때문이다. 그녀는 그다지 말을 많이 하지 않았다. 그러나 우리가 실링퍼드(Shillingford) 다리[140](새로 놓여졌으나 과거의 모습도 어느 정도는 남아 있었다)를 막 지났을 때 마침내 그녀는 그 다리의 우아한 아치 너머를 바라보며 배를 세워 달라고 한 뒤 내게 말했다.

"저는 이 유역에 처음 왔어요. 전에 이곳에 와보지 못했던 것을 기뻐해야 할지 슬퍼해야 할지 모르겠어요. 이 모든 것을 처음 본 것도 분명 즐거운 일이지만, 한두 해 전에 이곳에 왔다면 그 사이에 내가 깨어 있거나 꿈꾸고 있을 때 이 모든 것들에 대한 기억이 내 생활에 섞여 들었을 테니 얼마나 즐거웠을까요! 여기서 시간을 끌기 위해 디크가 천천히 가고 있어 너무 좋습니다. 당신은 이 강에 처음 왔을 텐데 어떻게 느끼세요?"

나는 그녀가 나를 함정에 빠뜨리려 한다고는 생각하지 않으나, 어떻든 함정에 빠져 말했다. "처음이라고요? 처음이 아닙니다. 여러 번

와봤습니다. 저는 이 유역을 잘 알고 있습니다. 정말이지 저는 해머스미스부터 크리클레이드(Cricklade)까지 템스 강이라면 구석구석 잘 압니다."

그 순간 엘렌의 두 눈이 놀라움에 가득 찬 채 내게 고정됐다. 전에 러니미드에서 내가 거기 있던 사람들을 혼란에 빠뜨리는 말을 했을 때도 그녀는 그런 표정을 지었었다. 나는 일이 복잡해질지도 모른다는 당혹감에 얼굴이 붉어졌다. 그래서 실수를 감추기 위해 이렇게 말했다. "당신이 이 상류 유역에 한 번도 와보지 않았다는 게 믿기지 않는군요. 템스 강변에 살고 있고 노도 잘 저으니 여기까지 오는 게 그다지 어려운 일이 아니었을 텐데요." 그러고는 환심을 사기 위해 이렇게 덧붙였다. "누구라도 당신을 위해서라면 기꺼이 노를 저으려고 했을 텐데."

그녀는 웃었다. 그러나 나의 아첨 때문이 아니라 (내 말은 너무도 당연한 사실이었으니 웃을 이유가 없었다) 그녀 마음속에 인 어떤 생각 또는 감정 때문이었다. 그녀는 상냥하지만 예리한 눈길로 나를 주시하며 말했다.

"글쎄요. 저는 집에서 할 일이 많아요. 할아버지도 돌봐드려야 하고, 저를 특별히 좋아하는 청년 두셋을 상대해 줘야 합니다. 물론 그들 모두를 동시에 즐겁게 해줄 수는 없지만 말이에요. 하지만 그렇다 하더라도 손님께서 이상하게 생각하실 수도 있겠네요. 그러나 제가 이 주변을 모른다는 것보다 당신이 이 지역을 아신다는 것이 저는 더 이상한 걸요. 제가 아는 바에 의하면 당신은 영국에 오신 지 겨우 며

칠밖에 안 되는데 말이에요. 물론 당신은 이 나리에 관한 책이나 그림을 보신 적이 있겠지요. 하지만 그렇다 하더라도 저는 잘 이해가 되지 않는군요."

"그럴 겁니다. 게다가 저는 템스 강에 대한 책을 전혀 읽지 못했습니다. 사실 유일하게 영국적인 강이라고 할 수 있는 템스 강에 대해 읽을 만한 책을 쓰겠다는 생각을 누구도 하지 못한 것은 우리 시대의 작은 어리석음 중 하나였습니다."

이 말이 내 입에서 튀어나오자마자 나는 또 실수를 저질다는 걸 깨달았다. 나는 정말 스스로에게 화가 났다. 정말로 나는 긴 설명에 들어가거나 《오디세이》 같은 거짓말 시리즈를 시작하고 싶지 않았다. 어쩐 일인지 엘렌도 내 심정을 안 듯 나의 실수를 더 이상 추궁하지 않았다. 그녀의 꿰뚫는 듯한 눈길도 부드럽게 바뀌었다. 그녀는 말했다.

"그렇군요. 여하튼 이 강을 잘 아시는 당신과 함께 여행하게 되어 기뻐요. 저는 팽번만 지나면 이 강에 대해 거의 아는 게 없는데 당신을 통해 제 궁금증을 풀 수 있을 테니까요."

그녀는 잠시 멈추었다가 다시 말을 이었다. "그러나 저도 제가 아는 부분에 대해서는 당신 못지 않은 지식을 가지고 있다는 점을 알아주셨으면 해요. 어쨌든, 제가 이처럼 아름답고 흥미로운 템스 강에 대해 무관심했다는 것을 생각하니 당신께 미안한 생각이 드는군요."

그녀의 귀여운 투정과 애정 어린 말에 나는 감동을 받았다. 그녀는 나에 대한 의구심을 풀 기회를 다음으로 미룬 게 틀림없었다.

우리는 곧 데이 수문(Day's Lock)에 닿았다. 디크와 그의 두 동승자는 미리 도착해서 우리를 기다리고 있었다. 디크는 마치 내가 지금까지 한 번도 본 적이 없는 것을 보여주겠다는 듯 나를 배에서 내리게 했다. 나는 엘렌과 함께 그를 따라 갔다. 우리는 내가 잘 아는 제방을 거쳐 그 건너에 길쭉하게 서 있는 교회로 들어갔다. 지금 그 교회는 도체스터[141]의 선량한 주민들에 의해 여러 가지 목적으로 사용되고 있었다. 마을의 게스트 하우스이기도 한 그곳에는, 숙박시설을 이용을 하려면 돈을 내야 했던 과거의 시대에 흔히 사용됐던 붓꽃 모양 문장(紋章)의 간판이 아직 남아 있었다. 나는 이번에는 그 모든 것에 익숙하다는 기색을 전혀 내비치지 않았다. 우리는 제방의 둑 위에 잠시 앉아 시노던(Sinodun)과 그 주위의 윤곽 뚜렷한 도랑, 그리고 그것과 짝을 이룬 휘튼햄(Whittenham)의 작고 둥근 언덕을 바라봤다. 그때 나를 주의 깊게 바라보는 엘렌의 시선이 느껴졌다. 긴장한 나는 하마터면 "이곳은 정말이지 조금도 변하지 않았군요!"라고 큰 소리로 외칠 뻔했다.

우리는 다시 애빙던(Abingdon)[142]에 정박했다. 그곳은 월링퍼드와 마찬가지로 내게는 낯익기도 하고 새롭기도 한 곳이었다. 19세기의 퇴락으로부터 구제되기는 했으나, 그 외 다른 점에서는 그다지 변하지 않았기 때문이다.

오스니(Oseney)를 거쳐서 옥스퍼드를 우회할 때 해가 졌다. 우리는 오래된 성 근처에 일이 분간 배를 멈추고 헨리 모섬을 내려주었다. 지금 강에서 바라다보이는 탑과 첨탑들은 그곳이 학자들로 가득했던 과거의 시대에 내가 다 본 것들이었다. 과거에 내가 마지막으로 방문했을 때 그곳에서는 자연이 나날이 황폐해지고 있었고 '19세기적 활기와 지적 생활'이라는 각인이 점점 더 뚜렷해지고 있었다. 하지만 이제 그곳은 더 이상 지적인 곳이 아니었고, 본연의 아름다움으로 되돌아가 있었다. 그리고 힝크시(Hinksey)의 작은 언덕에는 아주 아름다운 돌로 지어진 집 두세 채가 새로이 자라났다(내가 일부러 '자라났고'라는 표현을 사용한 것은 그 집들이 마치 언덕의 일부인 것처럼 보였기 때문이다). 그 집들은 가득 찬 강물과 초원을 행복하게 내려다보고 있었다. 초원의 풀은 일찍 씨를 맺으니 석양이 비추지 않았다면 온통 회색의 물결로 보였으리라.

철도는 이미 자취를 감추었고, 템스 강에 놓여 있던 여러 개의 다리도 없어졌다. 우리는 곧 메들리 수문(Medley Lock)을 지나 포트 메도우(Port Meadow) 앞의 강물이 철썩이는 넓은 수역에 들어섰다. 그곳에는 거위가 많았는데, 그 수가 과거에 비해 조금도 줄어들지 않았다. 나는 불완전한 협동사회였던 고대로부터 재산권을 둘러싸고 복잡한 투쟁과 폭정이 펼쳐지던 시대를 지나 완전한 공산주의가 실현돼 평안하고 행복한 이때까지 포트 메도우[143]의 이름과 쓰임새가 그대로 유지돼 왔다는 것이 흥미로웠다.

나는 고드스토(Godstow)에서 다시 배에서 내려, 내가 기억하는 것과 거의 동일한 상태로 보존된 오래되고 아름다운 수녀원의 유적을 보았다. 그 옆 절벽에 걸린 높은 다리 위에 서서 보니, 회색 돌로 지은 집들로 이루어진 작은 마을이 얼마나 아름다운지를 어스름 속에서도 알 수 있었다. 그곳은 돌이 많은 곳으로 집을 지을 때 벽과 지붕을 모조리 회색 돌로 지어야 했다. 만약 그렇게 짓지 않았다면 집들이 주변의 경관을 망쳐 놓았을 것이다.

우리는 그곳을 뒤로 하고 다시 노를 저었다. 이번에는 엘렌이 내 대신 노를 저었다. 우리는 조금 더 상류에 있는 어살[144]을 지났고, 다시 달빛을 받으며 3마일쯤 더 가서 작은 마을에 닿았다. 그 마을 사람들은 대부분 건초밭에다 텐트를 치고 거기서 생활하고 있었다. 덕분에 우리는 사는 사람이 거의 없는 한 집에 들어가서 잠을 청할 수 있었다.

28
좁아진 강

다음날 아침, 우리는 6시가 되기도 전에 출발했다. 다음 숙박지까지는 25마일이나 더 가야 하는데 디크가 땅거미가 지기 전에 그곳에 도착하겠다는 계획을 세웠기 때문이다. 즐거운 여행이었지만, 템스 강 상류를 잘 모르는 사람에게는 별로 할 말이 없다. 엘렌과 내가 한 배에 올라타자, 디크는 내가 자신의 배에 타고 두 여성이 함께 녹색 배를 타는 게 어떻겠느냐고 제안했다. 그러나 엘렌이 그 제안을 거절했다. 그녀는 나를 자신의 흥미로운 동반자라고 선언하며 이렇게 말했다. "여기까지 와서 제 동반자와 헤어지고 싶지 않아요. 저를 정말로 즐겁게 해주실 수 있는 분은 이 분뿐이라고요." 그러고는 나를 돌아보며 덧붙였다. "당신이 듣기 좋으라고 하는 말만은 아니에요."

클라라는 엘렌의 말을 듣고 얼굴을 붉혔지만, 내심 좋아하는 것처럼 보였다. 나는 그때까지도 그녀가 엘렌을 두려워한다고 생각했지만, 실은 그렇지도 않은 모양이었다. 나는 다시 젊어진 것처럼 느껴졌다. 내 청춘시절의 희망이 현재의 즐거움과 뒤섞였다. 그러나 순간의 즐거움은 곧 사라지고 통증과 같은 것이 스멀스멀 올라오는 것을 느꼈다.

강물이 급격히 좁아지면서 짧게 휘어지는 수역을 지날 때 엘렌이 말했다. "그동안 넓은 강만 주로 봐왔는데 이곳의 좁은 강을 보니 정말 좋군요. 강이 굽어지는 곳이라면 어디에서든 머물고 싶다는 생각이 들어요. 오늘 밤에 목적지에 도착하면 영국이 얼마나 작은 나라인지를 깨닫게 될 것 같아요. 영국에서 가장 큰 이 강의 끝에 다다르는 것이니까 말이에요."

"이 강이 크다고 할 수는 없지요. 그러나 아름답긴 합니다." 내가 말했다.

"그래요. 이 작고 아름다운 나라를 마치 아무런 특징도 없는 추악한 황야인 것처럼, 즉 보호돼야 할 섬세한 아름다움이 전혀 없고 순환하는 계절, 변화무쌍한 기후, 다양한 토질을 지녔음에도 불구하고 신선한 기쁨을 주지 못하는 곳인 것처럼 취급한 시대가 있었다고는 정말 상상하기 어려워요. 그렇지 않나요? 사람들이 어쩌면 그렇게 자신들에게 잔혹할 수 있었을까요?" 엘렌이 말했다.

"그리고 서로에 대해서도 그랬지요." 내가 대답했다. 그때 나는 돌연 결심을 하고는 말했다. "저 자신이 그런 시대에 살았기 때문에 그런 추악한 과거에 대해서는 당신보다 제가 더 쉽게 상상할 수 있다는 사실을 말씀드려야 할 것 같군요. 저는 당신이 이미 제게서 그런 점을 발견했고, 또 제가 하는 말을 다 믿어줄 거라는 생각이 들었습니다.

그래서 당신에게는 아무것도 숨기지 않으려고 해요."

그녀는 잠시 침묵한 뒤에 입을 열었다. "제대로 보셨어요. 사실 저는 여러 가지를 물어보고 싶어서 당신을 뒤쫓아 왔답니다. 당신이 우리와 다르다는 것을 알았거든요. 저는 그런 점에 이끌렸고, 저 역시 당신을 즐겁게 해드려야겠다고 결심했습니다. 그런데 거기에는 장애물이 있었어요." 얼굴이 붉어진 그녀가 말을 이었다. "바로 디크와 클라라 때문이었어요. 우리는 곧 친한 친구가 될 거니까 당신에게는 말씀드릴게요. 우리나라에는 아름다운 여성이 매우 많습니다. 그런데도 저는 지금까지 가끔 남자들의 마음을 흔들어 그들을 불행에 빠뜨렸지요. 이것이 제가 러니미드 오두막에서 할아버지와 단 둘이 외롭게 사는 이유 중 하나예요. 그러나 그렇게 살아도 문제가 완전히 해결되지는 않더군요. 그곳도 사막은 아니기 때문에 사람들이 찾아오고, 외롭게 사는 제 모습이 그들의 흥미를 끌고, 그들 중에는 제멋대로 저에 대한 이야기를 꾸며대는 이도 있었지요. 제가 보기에는 당신도 제게 흥미를 느끼시는 것 같은데……. 그렇지만 이제 이런 얘긴 그만 두기로 해요. 오늘 밤이나 내일 아침에 저는 당신께 한 가지 부탁을 드릴거예요. 그 부탁을 들어주신다면 저는 정말 기쁠 거예요. 결코 당신께 폐가 될 만한 일은 아니랍니다."

나는 그녀를 위해서라면 무엇이든 하겠노라고 진심으로 대답했다. 나는 내 나이와 그 나이를 드러내는 명백한 징후들에도 불구하고 (다시 청춘으로 돌아간 듯한 느낌이 일시적인 것만은 아니라고 생각하긴 했지만) 이 놀라운 젊은 여성과 함께 있는 것이 너무나도 행복하게 느껴졌고, 나에 대한 그녀의 신뢰를 다소 오버해서 받아들일 준비가 돼 있었다.

그녀는 너무나도 상냥한 웃음을 지어 보이며 말했다. "알겠어요. 자 그럼 그 문제에 대해서는 일단 접어두기로 하고, 이제 우리가 지나고 있는 이 새로운 지역을 둘러보기로 해요. 이것 보세요. 강의 모습이 다시 바뀌고 있어요. 강 폭이 넓어졌고, 강물은 매우 천천히 흐르네요. 그리고 저기 좀 보세요. 나루터가 있어요!"

나는 배의 속도를 줄이고 나루터에 매달린 밧줄을 끌어당기면서 그녀에게 그 나루터의 이름을 알려주었다. 왼쪽으로 오크나무들로 뒤덮인 둑이 이어졌다. 나는 그 둑 곁을 지나서 강이 다시 좁아지고 깊어진 곳을 거쳐 키 큰 갈대의 벽을 뚫고 배를 저어 갔다. 우리 배가 일으킨 물결이 수면을 덮고 있는 갈대를 흔들자 그 속에 있던 참새와 개개비들이 날아올랐다. 그 새들의 울음소리가 무겁고 조용한 오전의 강가에 세차게 울려퍼졌다.

그녀는 즐거운 미소를 짓고 있었다. 쿠션에 기댄 채 새로운 그곳 광경을 유유히 즐기는 모습은 그녀의 아름다움을 더욱 부각시켰다. 아무런 움직임 없이 그런 자세로 조용히 앉아 있는 그녀는 지친 사람의 모습이 아니라 심신이 강인한 사람이 느긋하게 쉬고 있는 모습이었다.

"보세요!" 그녀가 힘 들이지 않고 자리에서 벌떡 일어나 우아한 자세로 몸의 균형을 잡으면서 말했다. "저 앞에 있는 아름답고 오래된 다리 좀 보세요!"

"저는 그것을 안 봐도 됩니다." 나는 그녀의 아름다움에서 눈을 떼지 않은 채 말했다. "그게 뭔지 알고 있으니까요. 그런데 (웃으면서) 우리는 과거에 그것을 '오래된 다리(Old Bridge)' [145]라고 부르지는 않았어요." [146]

그녀는 나를 다정하게 내려다보며 말했다. "제게 더 이상 경계심을 갖지 않으시는 걸 보니 이제 우리가 정말로 친해졌나 보네요!"

그녀는 사려 깊은 눈으로 계속 나를 바라보며 서 있다가, 템스 강에서 가장 오래된 그 다리[147] 아래의 아치들 가운데 중간의 한 아치를 통과할 때에야 자리에 앉았다.

"아, 참으로 아름다운 들판이에요! 좁은 강이 이토록 매력적일 줄은 정말 몰랐어요. 모든 것이 작고, 강둑의 모습은 빠르게 변하고, 금방이라도 어떤 기이한 것이 튀어나올 것 같은 느낌이 들어요. 넓은 강에서는 느껴보지 못한 모험심 같은 게 느껴져요."

나는 기쁨에 들떠 그녀를 올려다보았다. 내가 생각하고 있는 것을 그대로 말하는 그녀의 목소리는 마치 사랑스러운 손길과 같았다. 그녀는 나와 눈이 마주치자 햇볕에 그을린 뺨을 붉히며 말했다. "이 말은 반드시 해야 할 것 같아요. 이번 여름에 할아버지께서 저를 컴벌랜드(Cumberland)에 있는 로마시대 성벽[148] 근처로 데리고 가실 거예요. 그러니까 저의 이번 여행은 남부지방에 이별을 고하는 것이지요. 물론 저는 기꺼이 할아버지를 따라 떠날 생각이지만, 한편으로는 슬프기도 해요. 어제 저는 할아버지와 제가 사실상 템스 강변을 영원히 떠나는 것이나 다름없다는 말을 디크에게 하려 했지만 용기를 내지 못했지요. 그러나 당신에게만큼은 말해야 할 것 같네요."

그녀는 말을 그치고 잠시 깊은 생각에 잠긴 듯 했으나, 곧 미소를 지으며 말했다.

"저는 이곳저곳으로 이사다니는 것을 좋아하지 않아요. 일상의 사소한 것들에까지 깊은 정을 주는 타입이거든요. 자기 삶을 주변의 모든 것과 조화시키고 그 속에서 행복을 느끼면서 사는 사람에게는 그것을 버리고 모든 것을 다시 새롭게 시작하는 것이 고통이랍니다. 그것이 아무리 작고 사소한 것일지라도 말이에요. 아마 당신이 사셨던 나라에서는 이런 저의 생각이 소심하고 모험심 없는 생각이라고 여겨졌을 테지요? 그래서 저는 경멸당했을 거고요?"

그녀는 마치 어루만지는 듯한 눈길로 나를 바라보았다. 나는 서둘러 대답했다.

"아, 아닙니다. 절대로 그렇지 않아요. 이번에도 당신은 제가 생각하고 있던 것과 똑같은 내용의 말을 하는군요. 그런데 저는 당신에게 그런 말을 들으리라고는 전혀 예상하지 못했습니다. 지금까지 들은 이야기들을 종합해볼 때 저는 이 나라 사람들이 거주지를 자주 바꾼다고 생각했거든요."

"글쎄요. 사람들은 자유롭게 이사할 수 있는 건 맞아요. 그렇지만 유람단 말고는, 특히 지금 우리처럼 수확이나 건초 베기를 하기 위해서 유람하는 경우를 제외하면 사람들이 옮겨 다니는 일은 그리 많지 않아요. 물론 제 생각이 집에만 머물러 있는 사람들의 생각과는 다소 다른 면이 있기도 하지요. 아무튼 저는 당신과 함께 서부지방에 가 보고 싶어요. 다른 생각은 전혀 하지 않고 말이에요." 그녀는 웃으며 말을 맺었다.

"저는 생각해야 할 게 많은데요." 내가 말했다.

29
템스 강 상류에서의 휴식

얼마 지나지 않아 초원이 튀어나온 곳을 강물이 감싸고 흐르는 곳에 이르렀다. 잠시 쉬면서 도시락을 먹기 위해 배에서 내린 우리는 거의 언덕이라고 할 수 있을 만한 아름다운 둑 위에 몸을 맡겼다. 눈앞에 펼쳐진 드넓은 초원 위에서는 사람들이 부지런히 낫을 움직이고 있었다. 조용하고 아름다운 들판에서 나는 전과는 달라진 한 가지 새로운 점을 발견했다. 여기저기 나무가 심어져 있고 게중에는 과일나무도 눈에 띄었다. 그곳은 멋진 나무에 공간을 내주는 데 전혀 인색하지 않았다. 버드나무의 가지는 잘려져 있었으나, 그것은 오히려 미관을 고려한 것이었다(이를 두고 시골에서는 가지치기를 한다고 말한다). 즉 나무란 나무는 모조리 베어내어 반 마일에 걸친 전원의 쾌적함을 파괴하기 보다는 가지를 쳐내는 순서에 따라 세심하게 신경을 써서 잘라줌으로써 나무를 더 풍성하게 하는 작업이었다. 이처럼 들판은 해먼드 노인이 말했듯이 모든 사람의 생계를 위해, 그리고 즐거움을 위해 만들어진 정원처럼 관리되고 있었다.

이 둑, 아니 언덕의 초지에서 우리는 점심식사를 했다. 아침 일찍부터 움직였기에 점심을 먹기에는 다소 이른 시간이긴 했다. 템스 강의 가늘어진 강물이 전원의 정원들 사이를 거쳐 우리가 있는 둑 아래로 굽이쳐 흘렀다. 우리가 앉은 자리에서 이백여 미터 떨어진 곳에는 숲이 우거진 아름다운 작은 섬이 있었고, 서쪽 비탈에는 좁은 풀밭 위로 무성하게 자란 잡목들이 있었다. 북쪽으로는 강가에서부터 완만히 경사져 오르는 목초지가 광활하게 펼쳐져 있었다. 꽤 멀리 떨어진 곳에 있는 나무들 사이로 기묘한 첨탑이 있는 오래된 건물이 보였고, 그 건물 주변에는 회색 집들이 몇 채 모여 있었다. 그보다 가까워 보이는 강가에서 백 미터쯤 떨어진 곳에는 매우 현대적인 돌집이 서 있었다. 그 집은 단층의 넓은 사각형 모양으로 지어져 있었다. 그 집과 강 사이에는 아직 어리고 호리호리한 배나무 가로수만이 서 있을 뿐 정원은 따로 없었다. 그 집은 대단한 장식은 없었지만 주위의 나무들처럼 자연스러운 품격을 지니고 있었다.

우리는 상쾌한 6월의 낮에 이 모든 것을 내려다보면서 즐거움이라기보다는 행복감에 더 가까운 기분에 휩싸여 앉아 있었다. 엘렌은 두 팔로 자기 무릎을 감싸고 내게 기대 앉아 낮은 목소리로 속삭였다. 만일 디크와 클라라가 무언의 행복한 사랑을 나누고 있지 않았다면 필경 엘렌의 말을 들었을 것이다.

"친구, 당신네 나라에도 들일을 하는 사람들의 집이 저런가요?"

내가 대답했다. "글쎄요, 여하튼 부자들의 집은 저렇지 않습니다.

그들이 사는 집은 대지의 표면에 찍힌 더러운 얼룩일 뿐이에요."

"이해할 수 없군요. 엄청난 억압을 받는 노동자들이 아름다운 집에서 살 수 없다고 한다면 이해가 될 거예요. 아름다운 집을 만드는 데는 시간과 여유, 그리고 근심에 짓눌리지 않은 정신이 필요하니까요. 가난한 사람이 좋은 것을 누리며 생활할 수 없다는 것은 충분히 이해해요. 그러나 시간도, 마음의 여유도, 건축자재도 가진 부자가 자신이 사는 집을 훌륭하게 만들지 않는 것은 도무지 이해할 수가 없군요. 저는 당신이 지금 저에게 무슨 말씀을 하시고자 하는지 압니다." 그녀는 나를 똑바로 바라보고 얼굴을 붉히면서 말했다. "선조들이 남긴 오래된 흔적인 저런 것(첨탑을 가리키며)을 제외하고는 부자들의 집과 그 집에 속한 것은 대부분 추악하고 천박했다고 말하시려는 거죠? 그러니까 그걸 달리 표현해서……, 뭐라고 하더라?"

"저속하다." 내가 말했다. "우리는 그렇게 말했습니다. 부자들이 사는 집의 추악함과 저속함은 그들이 가난한 사람들에게 강요한 비루하고 헐벗은 삶을 반영하는 것이었습니다."

그녀는 양미간을 지푸리며 생각에 잠기는가 싶더니 이내 납득한 듯 밝아진 얼굴로 말했다. "무슨 뜻인지 알겠어요. '삶의 평등'이 이루어지기 이전 시대의 소위 예술이라는 것에 대한 기록이 아주 많이 남아 있는데, 우리 가운데서 그런 것에 관심이 있는 사람들이 때때로 쓰는 말이에요. 물론 그 시대의 사회 상태가 모든 추악함의 원인이었던 것은 아니라고 말하는 사람도 더러 있어요. 즉 그 시대 사람들의 생활상이 추악한 것은 그들이 스스로 원해서 그렇게 된 것일 뿐, 만일 그들이 자기 주위에 아름다운 것들을 두고 싶어했다면 그렇게 됐을 거라는 얘기지요. 지금도 한 개인 혹은 한 무리의 사람들이 무엇인가를 아름답게 가꾸려고 한다면 그렇게 할 수 있는 것과 마찬가지로 말이에요. 아니, 기다려주세요! 당신이 지금 무슨 말을 하시려는지 알아요."

"안다고요?" 내가 웃으며, 그러나 가슴에 두근거림을 느끼며 말했다.

"그럼요." 그녀가 말했다. "소리 내어 말하지 않으셔도 당신은 이미 제게 이런저런 방식으로 얘기해주고 계세요. 이런 말을 하시고 싶은 거죠? 불평등의 시대에는 부자들이 자신들의 생활을 장식하는 데 필요한 것을 스스로 만들어 내지 않고 그들로부터 궁박한 생활을 강요당하는 사람들에게 그것을 만들도록 강제했고, 그 당연한 결과로 황폐한 생활이 초래됐으며, 그러한 실패한 생활 속에서 생산된 궁박하고 추악한 것들이 부자들의 생활을 장식하게 되면서 결국 예술이 죽고 말았다고요. 그리고 그것이 바로 부자들이 사는 삶의 본질적인 상태였다고요. 아닌가요?"

"네, 맞습니다." 나는 그녀를 응시하며 대답했다. 그녀는 일어나 물가에 서 있었다. 부드러운 바람이 그녀의 아름다운 옷자락을 살짝 흔들었다. 그녀는 한 손은 가슴에 얹고, 다른 한 손은 아래로 내려뜨린 채 꽉 쥐고 있었다.

"그렇군요! 그랬어요! 우리 둘의 생각이 같다는 게 증명됐어요!" 그녀가 말했다.

나는 그녀에게 흥미 이상의 감정을 느끼고 감탄하면서도, 이런 상황이 어떤 결과로 이어질지 몰라 걱정되기 시작했다. 내가 마음속에 품게 된 것을 잃게 될 때 이 새로운 시대가 제공해 줄 구제책이 무엇일지 궁금했다. 그때 디크가 일어서서 그답게 힘찬 목소리로 소리쳤다. "엘렌, 혹시 지금 손님과 말싸움하고 있는 겁니까? 아니면 우리가 모르는 것에 대해 쉽게 알아들을 수 있게끔 설명해달라고 손님을 괴롭히고 있는 거예요?"

"아니에요. 말싸움이라니 당치 않아요. 우리는 벌써 서로 좋은 친구가 된 걸요. 그렇지요, 손님?" 그녀는 내가 자기를 이해했음을 확신하고는 기쁜 미소를 지으며 말했다.

"맞습니다." 내가 대답했다.

"게다가," 그녀가 말했다. "손님이 너무 잘 설명해 주신 덕분에 저는 손님을 깊이 이해할 수 있게 됐답니다."

"그렇군요. 러니미드에서 처음 본 순간부터 저는 당신이 놀라우리만치 예리하고 명민한 정신을 지니고 있다는 걸 알았습니다. 이건 당신을 기분 좋게 만들려고 그저 꾸며서 하는 말이 아니라," 디크가 빠르게 말했다. "사실입니다. 그런 당신과 좀 더 오래 같이 있고 싶지만, 그럴 수 없군요. 우리는 이제 출발해야 합니다. 아직 반도 못 갔고, 해가 지기 전에는 반드시 목적지에 도착해야 하니까요."

말을 마친 디크는 클라라의 손을 잡고 보트가 있는 강가로 내려갔다. 엘렌은 잠시 생각에 잠겨서 땅을 내려다보며 서 있었다. 내가 디크를 따라 가려고 그녀의 손을 잡자 그녀가 말했다.

"저에게 많은 것을 얘기해 주세요. 제가 더 많은 것을 보다 분명히 알 수 있도록 말이에요."

나는 대답했다. "네. 반드시 그러지요. 달리 무엇을 더 할 수 있겠습니까, 저 같은 노인이……."

그렇게 말하는 내 목소리에는 쓰라림이 깃들어 있었으나, 그녀는 그것을 눈치 채지 못했다. 그녀는 말했다. "이건 단지 저 자신만을 위한 부탁이 아니에요. 그동안 저는 과거의 시대를 상상해 보는 것만으로도 충분히 만족했어요. 그 시대 전부를 그려볼 수는 없어도, 최초한 그 시대에 살았던 몇 사람 정도는 그려볼 수 있었지요. 저는 요즘 사람들이 과거의 역사에 너무 무관심하다는 생각을 가끔 해요. 해먼드 할아버지처럼 지적이지만 노인인 분의 손에 역사를 너무 많이 맡겨 두었지요. 누가 알겠어요? 우리는 지금 행복하지만, 시대는 변할 수 있어요. 우리가 어떤 변화를 추구하려는 충동에 사로잡힐지도 모르지요. 많은 것이 이전에도 있었던 일들의 한 국면이라는 점을 제대로 알지 못한다면, 파멸적이고 속임수이며 열등한 것을 매우 근사한 것으로 착각하여 거부하지 않게 되거나 붙잡으려고 하게 될 수 있어요."

우리가 배가 있는 쪽으로 천천히 내려갈 때 그녀가 다시 말했다. "저에게도 곧 아이들이 생길 거예요. 아마 제 삶이 끝나기 전까지 많은 아이들이 생기겠지요. 그것이 제가 바라는 바이기도 하고요. 물론 그 아이들에게 어떤 특별한 지식을 강요할 수는 없겠지만, 저는 그 아이들의 몸이 저를 닮는 것처럼 저의 사고방식 가운데 일부가 그들에게 심어질 수 있다는 생각을 하지 않을 수 없어요. 그리고 그것은 저의 근본적인 부분, 다시 말해 저를 둘러싼 여러 가지 문제와 사건에 의해 생겨난 일시적인 감정이나 생각이 아닌 부분일 거라고 생각해요. 어떻게 생각하세요?"

그녀는 내 생각을 그대로 받아들이려고 하지는 않았으나 그녀의 아름다움, 상냥함, 그리고 열성이 하나가 되어 나로 하여금 그녀가 생각하는 대로 생각하게 만들었다. 나는 그때 분명 그렇다고 생각했고, 그것이야말로 가장 중요한 점이라고 생각한다고 대답했다. 그녀가 보트에 가볍게 뛰어 올라 나에게 손을 내밀었을 때 나는 그녀의 눈부신 우아함에 매료되어 잠시 서 있었다. 우리는 보트를 타고 템스 강을 거슬러 올라갔다. 어디로 가는 것이었을까?

30
여행의 끝

우리는 계속 갔다. 나는 엘렌에게 새로운 열정을 느꼈고, 그런 감정이 나를 어디로 데려갈지 몰라 점점 더 불안해졌다. 하지만 그럼에도 불구하고 한편으로는 강과 둑에 커다란 흥미를 갖지 않을 수 없었다. 변화하는 경관을 결코 지루해하지 않고 바라보는 그녀의 모습은 그 경관에 대한 나의 흥미를 더욱 부추겼다. 그녀는 꽃이 핀 둑의 구석구석과 콸콸 소리를 내며 돌아가는 모든 소용돌이를 애정과 흥미가 뒤섞인 눈길로 바라보았다. 그것은 나도 한때 충분히 느껴보았던, 그리고 이 경이롭게 변한 사회에 와서도 완전히 잃어버리지 않은 애정 어린 흥미와 비슷한 것이었다. 강의 이곳저곳이 세심하게 관리된 것을 보고 즐거워하는 내 모습에 엘렌도 기뻐하는 것 같았다. 구석구석이 살뜰한 손길로 아름답게 손보아져 있었고, 어려운 수로공사도 솜씨 있게 처리돼 있었으며, 유용한 시설물은 아름다우면서도 자연스럽게 시공돼 있었다. 그 모든 것이 나를 너무나 기쁘게 했다. 엘렌도 내가 기쁨을 느끼는 것을 보며 함께 기뻐했지만, 어떤 부분에 대해서는 약간의 혼란을 느끼기도 하는 것 같았다.

"놀라신 것 같네요. 저 모습이 너무나 아름다워서인가요?" 우리가 물레방아[149]를 막 지났을 때 그녀가 말했다. 물레방아는 배가 지나갈 정도의 수로만 제외하고는 강폭 전체에 걸쳐 있었다. 그것은 고딕 양식으로 지어진 사원처럼 나름의 아름다움을 지니고 있었다.

"네. 너무 놀랐습니다. 놀라지 않을 수 없었어요." 내가 말했다.

그녀가 미소 띤 얼굴로 나를 바라보며 말했다. "당신은 과거의 역사에 대해 잘 알고 계시니 여쭐게요. 지금 이 부근의 시골에 이토록 큰 즐거움을 더해주는 이 좁은 강에 대해서도 사람들은 전혀 관심을 기울이지 않았던 모양이지요? 이런 좁은 강을 관리하는 것은 쉬운 일이었을 텐데. 이런 참, 제가 깜박했네요." 그녀는 나의 눈을 들여다보면서 말했다. "지금 우리가 생각하는 시대에는 그런 즐거움이 완전히 무시됐다는 것을 말이에요. 그때는 강을 어떻게 관리했나요? 당신이……," 그녀는 "살고 있는 시대에는?"이라고 말하려다 고쳐 말하는 듯했다. "당신이 기록을 갖고 있는 시대에는?"

"그 사람들은 강을 잘못 관리했지요." 내가 말했다. "19세기 전반까지 강은 시골사람들의 주요 교통로로 이용됐지요. 그래서 강 자체나 제방에 대해서는 약간의 주의가 기울여졌지만 그 경관에 대해서까지 신경을 쓰는 사람은 없었다고 해야 할 겁니다. 그럼에도 강은 웬만큼 정돈되어 있었고 아름다웠습니다. 그러나 당신도 들어서 알고 있겠지만 철도라고 하는 것이 놓여지자 시골사람들은 자연수로도 인공수로도 사용하지 못하게 됐습니다. 당시만 해도 인공수로가 매우 많았지요. 좀 더 상류로 가면 우리도 그것들을 볼 수 있을 겁니다. 철도 때문에 그 수로들은 대중에게 완전히 폐쇄돼 버렸지요. 그리고 사람들은 수로가 아닌 철도를 이용하여 물자를 수송할 수밖에 없게 됐습니다. 게다가 사유도로로 이동하는 철도를 이용하려면 최대한 높은 요금을 물어야만 했지요."150)

엘렌은 크게 웃었다. "그랬었군요. 알아둘 만한 가치가 있는 이야기인 걸요. 우리 역사책에는 그런 이야기가 정확히 서술돼 있지 않거든요. 당시의 사람들은 지독한 게으름뱅이였던 게 분명해요. 지금 우리는 조바심을 내거나 싸움질을 하지 않습니다만, 누군가가 우리에게 그런 터무니없는 짓을 한다면 누구라도 나서서 그에 반대하고 수로를 이용해야 한다고 말할 거예요. 참, 저도 그런 멍청한 사례를 하나 알고 있어요. 2년 전에 라인 강을 따라 여행을 하다가 폐허가 된 옛 성터에 들르게 되었는데, 그곳도 철도를 놓는 과정에서 폐허가 됐다고 하더라고요. 아, 제가 강에 대한 당신의 이야기를 방해했군요. 계속 말씀해주세요."

"아닙니다. 제 얘기야 뭐, 모두 간략하게 말할 수 있는 바보 같은 이야기들인 걸요." 내가 말했다. "강은 실용적이거나 상업적인 가치를 상실했지요. 즉 돈을 버는 데 소용이 없게 된 겁니다."

그녀가 고개를 끄덕이며 말했다. "당신이 방금 말한 그 이상한 말이 무슨 뜻인지 알아요. 계속 말해주세요. 그래서요?"

"네, 강은 철저히 무시됐고, 결국은 방해물이 됐지요."

"음, 알 만해요. 철도라든가 도둑귀족 같은 것에 방해가 됐겠지요." 그녀가 말했다.

"그래서 그들은 계략을 꾸며 런던의 어느 단체[151]에 강을 이관했습니다. 그 단체는 자기들이 무언가 하고 있다는 것을 증명하기 위해 강을 훼손했습니다. 나무를 베어낸다든가, 그래서 둑을 무너뜨린다든가, 쓸데없이 강바닥을 긁어낸다든가, 긁어낸 것들을 밭에 버려 밭을 못 쓰게 만든다든가 하는 짓을 했지요. 그러나 대부분은 당시의 표현대로 말하면 '주인다운 무위(無爲)'에 젖어 있었습니다. 즉 그들은 급료만 축내고 하는 일은 아무것도 없었지요."

그녀가 말했다. "급료를 축낸다는 것은 아무 일도 하지 않으면서 다른 사람들의 몫을 가질 수 있다는 얘기죠? 만일 그뿐이었다면, 그들을 조용히 있게 하는 다른 방법을 찾을 수 없었다면 그들로 하여금 그렇게 하도록 내버려두는 게 나았을 수도 있겠죠. 그러나 일단 급료를 지급 받은 이상 그들은 아무것도 하지 않고 있을 수 없었을 겁니다. 그래서 결국 나쁜 짓을 하게 됐을 거고요. 왜냐하면," 갑자기 그녀가 격앙된 목소리로 말했다. "그 모든 일이 거짓과 가식에서 나온 것일 테니까요. 이는 강의 보호관들에게만 해당되는 얘기가 아니라 제가 지금까지 읽은 책에 나오는 '주인'이라는 사람들 모두에게 해당되는 얘기예요."

"맞습니다. 그런 압제에서 해방된 당신들은 얼마나 행복한가요!" 내가 말했다.

"왜 한숨을 쉬세요?" 그녀가 상냥하면서도 조금은 걱정스러운 듯이 말했다. "이런 상태가 오래 지속되지 않을 거라고 생각하시는 것 같군요."

"당신에게는 오래 계속될 겁니다." 내가 답했다.

"당신에게는 그렇지 않고요?" 그녀가 물었다. "세상의 모든 사람들에게 다 그럴 거예요. 그러니 걱정 말아요. 당신네 나라에 그런 시기가 다소 늦게 찾아온다고 해도 오래지 않아 함께 보조를 맞추게 될 테니까요. 그런데 혹시," 그녀가 재빨리 말했다. "당신은 곧 당신네 나라로 돌아가실 생각이세요? 그렇다면 앞서 제가 부탁드리겠다고 한 것을 지금 말씀드릴게요. 만약 제 부탁, 아니 제안이라고 하지요. 그것을 들어주신다면 당신의 걱정도 금세 사라질 거예요. 우리가 지금 가고 있는 곳에 도착하면 그곳에서 함께 살지 않으시겠어요? 마치 오랜 친구 같은 당신과 헤어지기 싫어요." 그러고 나서 그녀는 나를 보더니 웃으며 말했다. "당신은 제가 읽은 이상한 옛 소설에 나오는 우스꽝스러운 인물처럼 허위의 슬픔을 품으려고 하시는군요."

나는 정말로 그런 기분이 들었지만 인정하지 않았다. 대신 더 이상 한숨을 쉬지 않고 강과 그 주변의 대지에 대해 내가 알고 있는 약간의 역사를 이 유쾌한 동료에게 얘기하기 시작했다. 시간은 더할 나위 없이 즐겁게 지나갔다. 뜨거운 오후이기는 했으나 우리 두 사람은 함께 (그녀는 나보다 노를 더 잘 저었고 피곤해 하지도 않았다) 디크와 보조를 맞추면서 노를 저어 올라갔다. 마침내 우리는 또 다른 오래된 다리[152] 밑을 지났다. 거대한 느릅나무와 느릅나무보다는 어리지만 멋지게 성장한 아름다운 밤나무가 뒤섞인 숲과 경계를 이룬 초지가 보였다.

초지는 대단히 넓었다. 강가 둑 위에 있는 버드나무를 제외하면 강의 굴곡진 부분이나 집들의 주변에만 나무가 서 있었고, 그 외에는 광활한 초지가 펼쳐져 있었다. 흥분한 디크는 배 안에서 벌떡 일어서더니 이것은 무슨 밭이고 저것은 무슨 밭이라며 우리를 향해 소리쳤다. 건초밭과 그곳에서의 수확에 대한 그의 열광이 우리에게도 전염되어 우리는 열심히 노를 저었다.

마침내 우리는 강 옆으로 배를 끌 수 있도록 길을 낸 약간 높은 둑이 있는 곳에 이르렀다. 둑은 살랑거리는 갈대밭으로 덮여 있었다. 그 반대편에는 강물에 아랫동이 잠긴 버드나무로 둘러싸인 더 높은 둑이 있었고, 그 위에는 느릅나무 고목이 서 있었다. 화려한 복장을 한 사람들이 그 둑으로 다가오는 게 보였다. 그들은 뭔가를 찾는 것 같았는데 그것은 다름 아닌 우리, 즉 디크와 그 일행이었다. 디크가 노를 놓는 것을 보고 우리도 노를 놓았다. 우리는 둑 위에 있는 사람들에게 큰 소리로 인사를 건넸다. 그러자 둑에서도 부드럽고 높은 목소리가 메아리처럼 들려왔다. 그곳에는 열 명가량의 남녀노소가 모여 있었다. 검게 물결치는 머리카락과 깊은 회색 눈을 가진 키가 크고 아름다운 한 여성이 우리를 향해 우아하게 손을 흔들며 말했다.

"내 친구 디크! 당신이 오기만을 기다렸어요. 왜 이렇게 노예처럼 정확한 시간에 도착했어요? 어제 도착해서 우리를 놀라게 해주지 않고!"

디크가 거의 눈치 챌 수 없을 정도로 머리를 우리 배 쪽으로 슬쩍 기울이며 말했다. "그렇게 빨리 강을 거슬러 올 수 없었어요. 이곳이

초행길인 사람들에게 볼 것이 좀 많아야지요!"

"하긴, 그렇긴 해요." 그 품위있는 여성이 말했다. 품위란 바로 그녀에게 적합한 말이었다. "참, 동쪽에서 오는 수로를 잘 기억해 두세요. 지금부터 그 수로를 종종 이용해야 하니까요. 디크, 그리고 이웃들! 저 구비를 돌면 나오는 갈대밭에 멋진 나루터가 있으니 어서 가서 그곳에다 배를 대세요. 짐은 우리에게 주시거나, 뒤에 있는 젊은이들에게 주세요."

"아니, 물길로 이동하는 게 편해요. 친구들을 원래 내려야 할 곳으로 데려가고 싶기도 하고요. 우리는 이대로 얕은 여울까지 갈 테니 여러분들은 둑에서 천천히 우리를 따라 걸어오면서 함께 얘기를 나눕시다."

그는 노를 잡고 다시 젓기 시작했고, 우리는 급한 구비를 돌아 북쪽으로 조금 더 갔다. 얼마 지나지 않아 느릅나무가 늘어서 있는 둑이 나타났다. 그 모습이 마치 나무들 사이에 집이 있다고 말하는 것 같아서 나는 곧 회색 벽을 보게 될 줄 알았다. 하지만 거기에는 아무것도 없었다. 우리가 노를 저어 나아가는 동안 둑 위로 걸어오는 사람들이 말을 걸어왔다. 그들의 부드러운 목소리는 뻐꾸기의 노래, 지빠귀의 부드럽고 강한 속삭임, 건초밭의 길게 자란 풀 속을 걸어가는 뜸부기의 끝없는 울음소리와 섞여 들려왔다. 들판의 풀 속에 핀 클로버 꽃들이 내뿜는 향기가 파도처럼 밀려왔다.

우리는 물이 깊고 물살이 세차게 소용돌이치는 곳을 몇 분간 헤치고 나아가 마침내 얕은 여울에 도착했다. 석회석 자갈이 깔린 작은 강변에 보트를 갖다 댄 후 상류지역 친구들의 팔에 안겼다. 이로써 우리의 여행은 끝이 났다.

나는 그 유쾌한 사람들로부터 혼자 떨어져 나와 강가에서 몇 피트 위에 강을 따라 놓인 마찻길에 올라가 주위를 둘러보았다. 강은 내 왼쪽에 있는 넓은 목초지를 지나 아래로 굽이쳐 흐르고 있었다. 목초지는 성숙한 열매를 맺은 풀들로 인해 회색빛으로 물들어 있었다. 유유히 흐르는 강물은 둑이 굽어진 부분에서 사라졌다. 내 기억에는 목초지 건너편에 수문이 있었다. 그러나 지금 그곳에는 수문 대신 박공으로 덮인 물방앗간이 서 있었다. 나무가 무성한 낮은 산등성이가 우리가 온 방향인 남쪽과 남동쪽의 강변 평야를 에워싸고 있었고, 산기슭과 그 위쪽의 경사면에는 낮은 집들이 몇 채 서 있었다. 조금 오른쪽으로 눈을 돌리니 산사나무의 잔가지들과 들장미의 긴 줄기들 사이로 고요한 저녁의 태양 아래 저 멀리까지 펼쳐진 편편한 전원이 보였다. 양을 키우는 목장처럼 보이는 언덕이 부드러운 창공과 맞닿아 있는 모습도 보였다. 내 바로 앞에는 느릅나무의 큰 가지들이 이곳 사람들의 주택을 거의 다 가리는 바람에 집들의 모습이 제대로 보이지 않았다. 그러나 마찻길의 오른쪽으로는 아주 간소하게 지어진 회색 집이 몇 채 보였다.

나는 그곳에 선 채 꿈결 같은 기분에 젖어 아직 잠에서 덜 깨어난 듯 두 눈을 비볐다. 그러자 화려한 옷을 입은 저 아름다운 남자들과 여자들이 나날이, 계절마다, 매년 희망 없이 무겁게 걷는 발걸음으로 이 대지를 닳게 했던 등이 굽고 다리가 가늘고 긴 남자들과 수척하고 쾡한 눈을 가진 추한 모습의 여자들로 변하는 모습을 볼 것 같은 기분이 들었다. 그러나 그런 변화는 일어나지 않았다. 나는 강에서 평야로, 다시 평야에서 언덕으로 펼쳐지는 이 아름다운 시골의 풍경을 떠올렸다. 부를 포기하고 풍요를 얻은 이 행복하고 사랑스러운 사람들의 모습을 마음속에 그렸다.[153] 이내 내 마음에 기쁨이 넘쳤다.

31
새로운 사람들 속의 오래된 집

엘렌이 아직 좁은 강변에 있는 행복한 친구들 곁을 떠나 내게로 왔다. 그녀는 내 손을 쥐면서 부드럽게 속삭였다. "저를 저 집으로 데려가 주세요. 다른 사람들은 기다릴 필요 없어요. 그러고 싶지 않아요."

나는 그 집으로 가는 길을 몰랐기 때문에 이곳에 사는 사람의 안내를 받아야 한다고 말하려고 했다. 그러나 내 발이 거의 무의식적으로 마치 아는 곳을 찾아가듯 길을 따라 움직였다. 흙을 쌓아 올려 만든 길을 지나 우리는 강물이 역류하는 지점 옆에 있는 작은 밭에 이르렀다. 오른쪽으로는 새로 지었거나 오래된 작은 집 몇 채와 헛간이, 앞쪽으로는 회색 돌로 지은 헛간과 담쟁이가 무성한 벽이, 그리고 그 조금 위로는 몇 개의 회색 박공이 보였다. 길은 강이 역류하는 지점인 여울에서 끝났다. 우리는 그 길을 건넜고, 이번에도 거의 무의식적으로 나의 손이 담쟁이가 무성한 벽에 있는 문의 빗장을 들어 올렸다. 이제 우리는 오래된 집으로 통하는 작은 돌길 위에 섰다. 운명은 디크의 손을 빌어 기이하게도 나를 이 새로운 사람들의 세계로 데리고 왔다. 나의 동반자는 즐거운 놀라움과 기쁨에 젖어 긴 숨을 내쉬었다. 그도 그럴 것이 그 담벼락과 건물 사이에 있는 정원에는 6월의 꽃들이 뿜어내는 향기가 진동을 하고, 서로 엉키듯이 피어 있는 장미는 처음 보는 사람의 마음을 완전히 사로잡을 만큼 아름다웠다. 잘 손질된 작은 정원 특유의 상큼함과 풍요로움이 느껴졌다. 지빠귀는 큰 소리로 노래했고, 비둘기는 지붕 위에서 구구하고 울어댔다. 건너편의 키 큰 느릅나무에서는 새로 난 잎들 사이에서 까마귀가 재잘재잘 지저귀고 있었고, 박공 주변에서는 박새가 구슬픈 울음을 울며 날아다니고 있었다. 그리고 그 집 자체가 이 한여름의 모든 아름다움을 지키는 수호자처럼 보였다.

엘렌은 또다시 내가 생각하는 것을 그대로 말했다. "제가 이곳에 와서 보고 싶었던 것이 바로 이거예요. 도시와 법정에서 벌어지는 소동과는 동떨어진 먼 과거 시대의 소박한 시골사람들이 박공을 두텁게 붙여 지은 오래된 집은 근래에 만들어진 그 어떤 아름다운 것들 속에 서 있어도 여전히 멋져요. 그러니 우리 친구들이 이 집을 세심하고 소중하게 다루고 있는 것도 당연해요. 저는 이 집이 마치 오늘의 행복한 시대를 기다리면서 저 혼란하고 소란스럽던 과거의 행복 부스러기들을 모아 그 안에 간직해 왔다는 느낌이 들어요."[154]

그녀는 나를 집 가까이로 데리고 올라갔다. 그러고는 햇볕에 그을린 멋진 갈색 팔과 손을 이끼 낀 벽에 올려놓고 마치 그것을 애무하듯 쓰다듬으며 탄성을 터뜨렸다. "아! 아! 이 대지, 계절, 날씨, 그리고 그것에 관련된 모든 것들, 그것에서 태어난 모든 것들……. 얼마나 사랑스러운가요!"

나는 그녀에게 단 한 마디도 하지 못했다. 그녀의 기쁨과 환희는 예리하고 격정적이었으며, 그녀의 아름다움은 너무도 섬세하고 강력하고 완벽했다. 내가 거기에 무슨 말을 더해도 평범하고 무익했으리라. 나는 갑자기 다른 사람들이 나타나 그녀가 나에게 선사한 이 황홀한 분위기를 깨뜨리지 않을까 두려웠다. 그러나 우리가 거대한 박공의 모서리에 잠시 서 있는 동안 아무도 오지 않았다. 조금 떨어진 곳에서 즐거운 목소리를 들려왔다. 나는 그들이 우리가 있는 이 집과 정원 쪽이 아닌 반대쪽의 거대한 목초지를 향해 강을 따라 걸어가고 있음을 알았다.

우리는 뒤로 약간 물러서서 집을 올려다보았다. 모든 문과 창문이 태양에 건조된 향기로운 대기를 향해 열려 있었다. 창턱에는 마치 이 낡은 집에 대한 애정을 다른 사람들과도 함께 나누겠다는 듯 축제를 기념하는 꽃줄 장식이 걸려 있었다.

"들어가요. 집 안에 분위기를 망칠 만한 게 전혀 없었으면 좋겠어요. 당연히 그런 게 있을 리는 없겠지만. 서둘러요! 곧 다른 사람들에게로 돌아가야 하잖아요. 그들은 텐트 쪽으로 갔을 거예요. 집은 건초밭에서 일하는 사람들의 십분의 일도 수용할 수 없기 때문에 그들을 위해서 텐트를 마련해 놓거든요." 엘렌이 말했다.

그녀는 나를 문 쪽으로 이끌면서 한숨과 함께 이런 말을 중얼거렸다. "대지, 거기서 태어난 것들, 그리고 그곳에서의 생활! 그 모든 것에 대한 내 큰 사랑을 제대로 표현하고 보여줄 수 있다면!"

우리는 안으로 들어가 이 방 저 방을 돌아보았으나, 장미가 가득한 현관에서부터 거대한 목재로 만든 고풍스러운 다락방에 이르기까지 사람이라고는 전혀 찾아볼 수 없었다. 과거에는 이곳 장원의 농부와 소몰이꾼들이 잠을 자는 곳이었을 다락방은 작은 침대와 쓸모없어 보이는 것들, 즉 시든 꽃다발, 새의 날개, 찌르레기 알의 껍데기, 진흙이 묻은 낚시미끼용 벌레 등이 널려 있는 걸로 봐서 지금은 아이들이 자는 곳 같았다.

어디를 가도 가구는 조금밖에 없었는데 가장 필요하고 심플한 것들이었다. 어느 곳에서나 내가 주목했던, 장식에 대한 이 나라 사람들의 사치스러운 사랑이 여기에서는 집이나 집의 부속물 자체가 과거로부터 전해 내려온 전원생활의 장식이라는 느낌에, 그리고 그런 집을 새삼스럽게 다시 장식하는 것은 그 집이 지니는 자연미를 없애는 것에 불과하다는 생각에 굴복한 듯했다.

우리는 엘렌이 애무하듯 쓰다듬었던 벽 위에 있는 방에 들어가 앉았다. 그곳에는 오래된 태피스트리가 걸려 있었다. 그것은 원래 예술적인 가치가 없는 것이었던 듯하나 그동안 완전히 탈색돼 이제는 그곳의 조용함과 완벽하게 조화를 이루는 회색의 색조를 띠고 있었다. 그것 대신에 더욱 밝고 뚜렷한 것으로 그 방을 장식했다면 어울리지 않았으리라.

그곳에 앉아서 나는 엘렌에게 생각나는 대로 몇 가지 질문을 했지만 그녀의 대답은 거의 듣지 않았다. 나는 침묵에 잠겨서 내가 그 낡은 방 안에 있다는 사실, 그리고 헛간 지붕과 반대쪽 창 밖에 있는 비둘기집에서 비둘기들이 구구대는 소리 외에는 아무것도 의식하지 못했다.

그렇게 보낸 시간은 겨우 이삼 분이었으나, 마치 생생한 꿈을 꾼 듯 많은 시간이 흐른 듯했다. 그제야 엘렌의 모습이 눈에 들어왔다. 그녀는 이제는 색이 바래 매우 흐릿해지고 희미해져서 그런대로 볼 만해진, 하찮은 디자인의 태피스트리와는 대조적으로 생명력과 기쁨과 희망에 가득 찬 듯한 모습으로 앉아있었다.

엘렌은 부드러우면서도 마음속을 훤히 다 들여다보는 것 같은 눈빛으로 나를 바라보며 말했다. "또 과거와 현재를 비교하고 계시군요."

"그래요. 지혜로우며 즐거움을 사랑하고 불합리한 속박을 허용하지 않는 당신이 과거의 시대에 살았으면 어땠을까 하는 생각을 하고 있었어요. 이제 모든 것이 획득되거나 실현됐고 또 그런 상태가 지속된 지도 이미 오래이건만, 여전히 나는 거듭해서 생명이 낭비되던 그 긴긴 세월이 떠올라 마음이 아픕니다." 내가 말했다.

"많은 세기에 걸쳐, 수많은 시대에 걸쳐 그랬다는 거죠!" 그녀가 말했다.

"그래요. 정말 그랬지요." 나는 다시금 침묵에 잠겼다.

그녀가 일어서며 말했다. "당신이 또다시 꿈에 잠기지 않게 해야겠어요. 반드시 떠나야만 한다면, 가시기 전에 볼 수 있는 것은 모두 다 보도록 하세요."

"돌아간다고요?" 내가 말했다. "다시 돌아가다니, 무슨 말입니까? 나는 당신과 함께 북쪽으로 가게 되는 것 아닌가요?"

슬픈 웃음을 지으며 그녀가 말했다. "아직은 아니에요. 그러니 지금은 그 얘길 하지 말아요. 무슨 생각을 하세요?"

나는 우물거리며 말했다. "나에게 말하고 있었습니다. 과거와 현재? 아니 현재와 미래, 암담한 절망과 희망의 비교를 말해야 하는 것 아닌가라고요."

"무슨 말인지 알겠어요." 그녀는 이렇게 말하며 내 손을 잡더니 흥분한 목소리로 외쳤다. "자, 아직 시간이 있어요. 가요!" 그녀는 나를 밖으로 이끌었다. 계단을 내려가 로비에 있는 작은 옆문을 통해 집 밖으로 나갔을 때 그녀는 마치 자신의 돌연한 신경과민을 내가 잊기를 바라는 것처럼 낮은 목소리로 말했다. "자, 가요. 사람들이 우리를 찾으러 오기 전에. 그리고 하나 더, 당신은 너무 쉽게 꿈꾸는 듯한 사색에 잠기세요. 그것은 활기찬 가운데서도 평안한 우리의 생활, 즉 일이 즐거움이고 즐거움이 일인 생활에 당신이 아직 익숙해지지 못해서예요."

아름다운 정원에 들어섰을 때 그녀가 다시 입을 열었다. "제가 저 소동과 압제의 과거 시대에 살았다면 어땠을까 궁금하다고 하셨죠? 저는 역사를 공부해서 과거의 시대에 대해 상당히 안다고 생각해요. 우리 아버지는 토지를 경작하는 일개 농부셨으므로 과거였다면 저도 분명 가난했을 거예요. 아마 저는 그런 가난을 견딜 수 없었을 거고, 그래서 저의 아름다움과 현명함과 쾌활함을," (그녀는 얼굴을 붉히거나 거짓 부끄러움의 웃음도 짓지 않고 말했다) "아마 부유한 남자들에게 팔며 제 삶을 허비했을 겁니다. 저는 선택의 여지도, 삶에 대한 의지도 없었을 거예요. 그래서 부유한 남자들로부터 즐거움을 얻지도 못했을 것이고, 그렇다고 참된 흥분을 얻기 위한 행동의 기회조차 가질 수 없었을 거예요. 빈곤이나 사치, 둘 중 하나에 의해 저는 어떤 식으로든 파멸했을 겁니다. 그렇게 생각하지 않으세요?"

"정말 그랬을 겁니다." 내가 말했다.

그녀가 말을 더 이어가려고 하는데 작은 느릅나무가 그늘을 드리우고 있는 밭으로 통하는 울타리의 작은 문이 열리더니 디크가 들어와 잰걸음으로 정원의 오솔길을 걸어 올라왔다. 잠시 후 나와 엘렌 사이에 선 그는 우리 어깨에 손을 얹고 말했다. "사람들이 없는 사이에 두 분이 조용히 이 오래된 집을 둘러보시리라 짐작했습니다. 이 집은 비슷한 집들 중에서도 가장 진귀해 보이지 않습니까? 자, 이제 함께 갑시다. 저녁식사 시간이 됐습니다. 손님, 오늘의 식사는 아마 긴 잔치가 될 것 같으니 그전에 먼저 수영을 하시지 않겠습니까?"

"그러지요." 내가 말했다.

"자 그럼, 실례하겠습니다. 엘렌! 당신을 돌보기 위해 클라라가 올 겁니다. 아마 이곳 친구들 중에서는 그녀가 가장 편할 거예요."

그가 말하는 동안 클라라가 왔다. 나는 다시 한 번 엘렌을 바라보았다. 그리고 과연 그녀를 또다시 볼 수 있을지 의심하면서 돌아서서 디크를 따라갔다.

32
잔치의 시작

디크는 나를 작은 들판으로 데려갔다. 그곳은 정원에서 바라보았던 곳이었다. 화려한 색의 텐트들이 질서정연하게 열을 이루며 펼쳐져 있었다. 대여섯 명의 남자, 여자, 아이들이 텐트 주변의 풀 위에 앉거나 누워 있었다. 그들은 모두 즐거움에 들떠 있었다. 마치 소풍을 온 듯한 분위기였다.

디크가 말했다. "지금 있는 사람 수로 봐서는 무슨 볼 만한 쇼를 벌일 수 있을까 싶으시겠지만, 내일은 사람 수가 더 많아질 겁니다. 건초를 베는 일은 시골 일에 그다지 숙달되지 않은 사람도 해볼 만한 일이라서 다양한 사람들이 참여하지요. 그들 중에는 과학자들이나 치밀한 연구자와 같이 주로 앉아서 생활하는 사람들도 많습니다. 그들에게서 건초밭에서 일하는 즐거움을 빼앗은 것은 좋은 일이 아니예요. 그래서 그들이 일을 하러 오면, 감독을 비롯해서 꼭 필요한 전문 인력을 제외한 기존의 숙련된 일꾼들은 원하든 원하지 않든 간에 모두 옆으로 물러나 휴식을 취합니다. 그게 서로를 위해서도 좋지요. 그들 중 일부는 이곳 말고 주변의 다른 시골에 가기도 합니다. 아시겠지만 과학자나 역사가 같은 일반 연구자들은 풀을 펼쳐 놓고 건조시키는 일을 시작하기 전까지는 필요하지 않습니다. 그 일은 모레부터나 시작될 겁니다." 이렇게 말하면서 그는 작은 들길을 지나 강변 목초지 위에 있는 둑길로 나를 이끌었다. 그리고 그곳에서 왼쪽으로 돌아 키가 매우 큰 건초가 빽빽이 들어찬 들판에 난 오솔길을 거쳐 어살과 물레방아보다 위쪽에 있는 강가로 나를 데리고 갔다. 수문 위쪽으로 넓게 펼쳐진 수역에서 우리는 즐겁게 수영을 했다. 그곳은 둑에 의해 물이 막혀 있어서 강이 실제보다 훨씬 커보였다.

"밥맛이 훨씬 좋을 것 같은데요." 다시 옷을 입고 건초밭에 난 오솔길로 돌아오는 길에 디크가 말했다. "일 년 중 수없이 맞는 즐거운 식사 중에서도 이 건초 베기 무렵의 식사가 가장 즐겁습니다. 옥수수 추수 잔치 때보다도 즐거워요. 옥수수 추수 잔치는 한 해가 끝나기 시작하는 시점에 하는 거라서 흥겨움이 끝난 뒤에 찾아오는 어두운 나날, 모든 것이 베어진 밭, 텅 빈 정원과 마주할 수밖에 없기 때문이지요. 게다가 그때는 다시 봄이 오기까지 너무나 먼 시기이기도 해요. 그래서인지 사람들이 죽음을 믿는 계절 역시 가을이지요."

네기 말했다. "이상하게 말씀하시는군요. 계절의 순환이란 끝없이 되풀이되는, 당연한 것인데." 그러나 이곳 사람들은 그런 것에 대해서는 정말 어린아이와 같았고, 맑은 날이라든가 어두운 밤이라든가 밝은 밤이라든가 하는 날씨에 대해서도 엄청난 관심을 갖고 있는 것 같았다.

"이상하다고요? 계절이 오고가는 것에 대해 느끼는 것이 이상하다고요?" 그가 물었다.

"그러니까… 당신도 그렇게 보시겠지만 한 해가 변화하는 과정을 아름답고 흥미로운 드라마로 본다면, 이 멋진 여름의 풍요에 대해서와 마찬가지로 겨울에 대해서도, 겨울의 수고와 고통에 대해서도 즐거움과 관심을 갖는 게 당연하겠지요."

"그럼, 제가 그렇지 않다는 겁니까?" 디크가 조금 흥분해서 말했다. "다만 저는 극장에 앉아서 자신은 아무런 역할도 하지 않고 그저 눈앞에서 연극이 진행되는 것만 쳐다보고 있을 수는 없습니다." 그러나 그는 곧 쾌활하게 웃으면서 말을 이었다. "저는 문학적이지 않은 사람이어서 엘렌처럼 자신을 분명하게 설명하기가 어렵습니다만 이것 하나는 꼭 말씀드리고 싶군요. 저도 그 연극의 일부이고, 따라서 그 기쁨만이 아니라 그 괴로움도 느낀다는 것을요. 제가 먹고 마시고 자는 것을 누군가 다른 사람이 저를 위해 대신 연기해주는 것이 아니라 저 자신이 그 연극의 일역을 맡고 있다는 겁니다."

엘렌과 마찬가지로 디크 역시 적어도 그 나름대로는 내가 아는 시대에는 극소수의 사람들만 갖고 있었던, 대지에 대한 열렬한 사랑을 갖고 있었다. 내가 아는 시대에는 변화무쌍하게 펼쳐지는 한 해의 드라마와 대지가 그 생명력으로 인간에게 다가오는 것에 대한 일종의 극심한 혐오감이 지식인들을 지배하는 감정이었다. 사실 그 시대에는 삶을 즐겨야 할 것이 아니라 인내해야 하는 것으로 생각하는 것이 오히려 시적이고 상상력이 풍부한 태도로 간주됐다.

그렇게 사색에 잠겨 있던 나는 디크의 웃음소리에 의해 옥스퍼드서의 건초밭이라는 현실로 되돌아왔다. "이상하네요." 그가 말했다. "풍요한 여름의 한가운데서 겨울과 그 궁핍에 대해 부심해야 한다는 생각이 불현듯 듭니다. 이는 제가 지금까지 한 번도 해본 적이 없는 생각인데, 아마도 당신이 제게 심어주신 것이겠지요? 그러니까 당신이 제게 일종의 사악한 마법을 건 거예요." 그러더니 그는 재빨리 덧붙였다. "아아, 그저 농담이니 심각하게 받아들이지 마십시오."

"네. 심각하게 받아들이진 않겠습니다." 이렇게 말하기는 했지만 사실 나는 그의 말에 불편함을 느꼈다.

우리는 둑길을 건넜지만 집으로 가지 않고, 이제 막 꽃이 피려고 하는 밀밭 옆 오솔길로 갔다. 내가 말했다. "집이나 정원에서 식사하려는 게 아닌가 보군요. 물론 저도 집이나 정원에서 식사를 할 거라고 생각하지는 않았습니다. 그렇다면 어디에서 모이나요? 사람들이 다 모이기에는 집들은 대부분 너무 작은 것 같은데……."

"맞습니다. 이 시골지방의 집은 작습니다. 그렇지만 오래된 멋진 집은 많지요. 사람들은 그렇게 작지만 멋진, 서로 어느 정도 거리를 두고 떨어져 있는 집에서 살고 있습니다. 식사는 교회에서 열리는 잔치에서 하게 됩니다. 그 교회가 고대 로마시대에 조성된 서쪽 마을의 교회나 북쪽 숲 속에 있는 마을의 교회[155]처럼 거대하고 아름다우면 더없이 좋겠지만, 그렇지는 않습니다. 그 교회는 작아요. 그래도 우리가 모두 들어갈 수 있을 만큼의 크기는 되고, 나름대로 아름답기도 하답니다."

교회에서 식사를 한다는 것이 좀 새로웠다. 머릿속에 중세 교회의 잔치[156] 광경이 떠올랐다. 그러나 나는 아무 말도 하지 않았다. 우리는 곧 마을을 가로지르는 도로에 들어섰다. 앞뒤로 둘러보았으나 우리 앞쪽에 두 무리의 사람들만 드문드문 흩어져 걸어가고 있었다. 그 모습을 보고 디크가 말했다. "우리가 상당히 늦은 것 같군요. 모두 벌써 간 모양입니다. 그러나 다들 멀리서 온 최고의 손님인 당신을 기다리고 있을 겁니다."

나는 서두르는 그를 따라 보리수가 늘어선 길을 걸어 그 끝에 있는 교회 앞에 도착했다. 열린 문틈으로 즐거운 웃음소리와 흥겨운 잡담 소리가 한데 뒤섞여 와자지껄하게 들려왔.

"자, 여깁니다!" 디크가 말했다. "이렇게 무더운 밤에는 이곳이 가장 시원하지요. 들어갑시다. 당신을 보면 모두 기뻐할 거예요."

사실 나는 수영을 했음에도 불구하고 그동안의 여행기간 중 그 어느 때보다 무겁고 숨이 막혔다.

우리는 교회 안으로 들어갔다. 교회는 아담하고 간소했다. 내부에는 세 개의 둥근 아치에 의해 본당과 분리된 작은 측랑(側廊)과 내진(內陣)이 있었고, 작은 건물규모에 비해서는 다소 여유 있는 좌우 수랑(袖廊)이 있었다. 창들은 대부분 우아한 14세기 옥스퍼드셔풍이었다. 현대의 건축에서 주로 사용하는 장식이 전혀 없는 것으로 보아 그곳은 청교도들이 중세의 성자나 역사에 관한 이야기가 담긴 벽화를 모조리 없애버린 뒤로 새로운 장식을 하려는 시도를 전혀 하지 않았던 것 같았다. 그러나 이날의 현대풍 잔치를 위한 장식은 화려하게 돼 있었다. 아치마다 꽃줄이 달려 있었고, 바닥에는 꽃을 꽂은 거대한 화병이 놓여 있었다. 서쪽 창 아래에는 두 개의 커다란 낫이 서로 교차된 모양으로 걸려 있었다. 하얗게 갈린 낫의 날이 주위를 둘러싼 꽃들 사이에서 번쩍였다. 그러나 이날 최고의 장식은 탁자에 둘러앉은 아름답고 행복해 보이는 남자와 여자들이었다. 휴일 복장을 한 그들의 밝은 얼굴과 화려하고 풍성한 머리카락은 마치 페르시아 시인[157]이 쓴 시구처럼 '햇볕 속의 튤립 화단' 같았다.

교회의 건물은 작았으나 내부는 널찍해 보였다. 사실 아무리 작은 교회라도 집의 용도로 사용하기에는 상당히 크기 마련이며, 더구나 이날 밤에는 좌우 수랑에 탁자를 십자로 놓을 필요도 없었기 때문이다. 그렇지만 앞서 디크가 말한 것처럼 학자들이 건초 베기에 합류하기 위해 이곳에 오는 날부터는 탁자를 다시 십자로 배치해야 할 것 같았다.

나는 그 잔치에 참여해 진정으로 그 분위기를 즐기고자 하는 사람이 지을 법한 미소를 머금고 입구에 서 있었다. 디크는 내 곁에 서서 그곳에 있는 사람들을 둘러보고 있었다. 그들이 자신의 동료라는 게 무척 자랑스러운 듯했다. 내 반대쪽에는 클라라와 엘렌이 가운데에 디크의 자리를 만들어 두고 앉아 있었다. 두 여성은 웃음 띤 아름다운 얼굴을 각자 자기 옆사람에게 돌린 채 대화를 나누고 있어서 나를 보지 못한 것 같았다. 나는 디크가 안으로 안내해 주리라 생각하고 그를 향해 돌아섰다. 때마침 그도 내쪽으로 얼굴을 돌렸다. 그의 얼굴은 언제나처럼 즐거운 미소를 띠고 있었다. 그런데 정말 이상하게도 그는 내 시선에 아무런 반응도 보이지 않았다. 아니, 그는 내 존재에는 전혀 신경을 쓰지 않는 듯했다. 이윽고 나는 그곳 사람들 가운데 나를 보고 있는 사람이 아무도 없다는 사실을 알아차렸다. 오래전부터 예감해온 어떤 끔찍한 일이 갑작스레 현실로 닥친 듯했고, 날카로운 통증이 나를 덮쳤다. 디크는 나에게 말 한마디 하지 않고 혼자 앞으로 걸어갔다. 내가 서 있는 곳에서 3야드도 안 되는 곳에 클라라와 엘렌이 앉아 있었다. 내가 그녀들을 안 지는 며칠 되지 않았지만, 나는 그녀들이 내 친구라고 생각했다. 그때 클라라의 얼굴이 나를 정면으로 향했다. 나는 호소하는 듯한 눈길로 그녀의 시선을 끌어보려고 했으나 그녀는 나를 알아보지 못하는 것 같았다. 나는 엘렌 쪽으로 눈을 돌렸다. 순간적이긴 했지만 그녀는 나를 알아보는 듯했다. 그러나 곧 그녀는 밝은 얼굴을 슬픔으로 물들이더니 비탄에 젖은 듯 머리를 흔들었다. 다음 순간 나의 존재를 아는 듯한 표정은 그녀의 얼굴에서 완전히 사라졌다.

온몸에 힘이 쭉 빠져 아무런 말도 할 수 없었다. 가슴 시린 고독감이 밀려왔다. 나는 조금 더 기다리다가 돌아서서 현관 밖으로 나갔고, 보리수가 늘어선 길을 지나 큰길에 들어섰다. 6월의 무더운 밤이었다. 수풀에서는 지빠귀가 소리 높여 울고 있었다.

나는 무의식적으로 여울 곁에 있는 오래된 집 쪽으로 다시 얼굴을 돌렸다. 그리고 마을의 십자탑 유적 방향으로 발길을 돌렸을 때 교회에 있던 유쾌하고 아름다운 사람들과는 너무도 대조적인 모습의 한 남자와 마주쳤다. 그는 늙어 보였지만, 이제는 반쯤 잊혀진 나의 예전 상식으로 보기에는 쉰을 갓 넘긴 정도였을 것이다. 그의 얼굴은 더럽다기보다는 거칠고 거무튀튀했다. 그의 두 눈은 둔한데다 흐릿했고, 몸은 구부러졌으며, 장딴지는 가느다랬고, 걸음걸이는 질질 끌면서 절뚝거렸다. 그의 옷은 내가 오래전부터 익히 보아온 불결한 누더기였다. 내가 지나가자 그는 약간은 선의와 예의로, 그러나 아주 비굴한 태도로 자기 모자에 손을 대고 인사했다.

표현할 수 없을 정도로 충격을 받은 나는 급히 그의 곁을 지나 마을 아래에 있는 강가로 연결된 길을 따라 서둘러 걸어갔다. 별안간 소년시절에 꾸었던 악몽처럼 검은 구름이 넘실대며 피어오르는 게 보였다. 잠시 동안 나는 내가 어둠 속에 있다는 것 외에는 아무것도 의식하지 못했다. 내가 걷고 있는 건지, 앉아 있는 건지, 아니면 누워 있는 건지도 분간할 수 없었다.

* * *

나는 우중충한 해머스미스의 내 방 침대에 누워 그동안의 일을 머릿속에 떠올렸다. 그 모든 것이 꿈이었음을 깨달은 나는 그로 인해 내가 절망에 빠진 것은 아닌지를 생각해 보았다. 그러나 이상하게도 나는 그리 크게 절망하고 있지 않았다.

그런데 그것은 정말 꿈이었을까? 그렇다면 내가 의혹과 고투에 찬 이 시대의 편견과 불안, 그리고 불신에 여전히 사로잡힌 채 그 모든 새로운 생활을 외부자로서만 바라보고 있다고 그렇게까지 철저하게 의식했던 이유는 무엇일까?

나는 그 친구들이 그야말로 실재하는 사람들이라고 생각했으나 그들 속에 있던 나 자신은 그들과 아무런 관련도 없는 사람처럼 느껴졌다. 그리고 나는 그들이 나를 거부하면서 다음과 같이 말할 때가 곧 올 것이라는 예감을 갖고 있었다.

"아니, 그렇게 되지는 않을 겁니다. 당신은 우리와 함께일 수 없습니다. 당신은 전적으로 과거의 불행한 시대에 속하므로 우리의 행복조차 당신을 지치게 만들 겁니다. 다시 돌아가세요. 당신은 이제 우리를 보았고, 당신네 시대의 의심할 여지가 없다는 모든 처세훈에도 불구하고 이 세계를 위해 아직도 평안의 시대가 예비돼 있다는 것을 두 눈으로 직접 확인했습니다. 평안의 시대에는 지배와 굴종이 모두 우정으로 바뀌지만, 그 전에는 그렇게 되지 않을 겁니다. 그러니 그때까지는 다시 돌아가 계십시오. 그리고 살아 있는 동안 당신은 당신 주변의 모든 사람이 다른 사람에게 자기 자신의 것이 아닌 삶을 살도록 강요하는 동시에 자기 자신의 참된 삶도 전혀 돌보지 않는, 즉 죽음을 두려워하면서 삶도 증오하는 사람들을 계속 보시게 될 겁니다. 자, 돌아가세요. 그리고 우리를 보시게 된 것에 의해 당신은 당신의 고투에 약간의 희망이라도 더했으니 좀 더 행복해 하십시오. 설령 어떤 고통과 노고가 필요하다고 해도 우정과 평안, 그리고 행복의 새로운 시대를 조금씩 건설해가기 위해 분투하면서 살아가십시오." 마지막으로 본 엘렌의 슬픈 표정도 이렇게 말하는 것 같았다.

그래, 정말 그렇다! 내가 본 대로 다른 사람들도 볼 수 있다면 그것은 하나의 꿈이라기보다 오히려 하나의 비전이라고 말할 수 있으리라.

| 역자 해설 |

윌리엄 모리스의 생애와 사상

이 글은 역자가 쓴 《윌리엄 모리스의 생애와 사상》(개마고원)을 대폭 줄이면서 새로운 내용을 넣어 보완하고 다듬어, 이 책 《에코토피아 뉴스》만을 읽는 독자들을 위해 준비한 글이다. 역자는 모리스에 관한 3부작으로 《윌리엄 모리스의 생애와 사상》과 《에코토피아 뉴스》 외에 《모리스 디자인》(아트북스)을 내놓으니, 독자들이 이 3권을 함께 봐주기를 기대한다.

생활사회주의와 즐거운 노동

오늘날 우리는 기계보다 인간을, 물질보다 자연을 앞세우고 창조적이고 자유로운 노동과 민중의 일상을 중시하는 새로운 현대사상, 그리고 시대적 절망을 물리칠 수 있는 새로운 유토피아를 모색하고 있다. 이 책 《에코토피아 뉴스》의 저자인 윌리엄 모리스(William Morris)는 바로 그런 모색의 선구자였다. 모리스의 사상은 일찍이 영국의 현대 사상가인 톰슨(E. P. Thompson)에 의해 널리 알려졌다. 톰슨은 1960년에 창간된 뒤 지금도 간행되고 있는 〈뉴 레프트 리뷰(New Left Review)〉의 초기 편집자였고, 그 창간사에서 다음과 같은 모리스의 말(1885년)을 인용했다.

우리가 그 실현을 위해 노력해야 하는 것은 새로운 사회다. 그것은 수렁과 같은 오늘날의 전제정치를 걷어냄으로써 개량되어 원활하게 움직이게는 되더라도 '계급질서'라는 점에서는 변함이 없는 사회가 아니다. 그것은 계급 사이의 대립이 완화되고 은폐되어 체제의 안정을 위해서는 서로 상대방을 만류하려고 움직여야 하는 계급들로 조직된, 우둔하고 쓸모없는 인민대중의 사회가 아니다.[158]

지금으로부터 120여 년 전에 씌어진 모리스의 이 구절을 인용하면서 톰슨은 20세기 후반에 와서 사회주의가 쇠퇴한 가장 큰 원인은 그것을 너무나도 좁게 생각한 '계급론적 정치'에 있다고 지적하고 사회주의의 인도적인 힘을 정치, 경제, 사회, 문화 등 모든 차원의 언어로 발전시켜야 한다고 주장했다. 모리스가 말한 사회주의는 빈곤과 착취가 그 결과로 낳는 법칙적인 것이 아니었다. 모리스의 사회주의는 새로운 사회에 대한 적극적인 신념, 곧 우리는 의식적이며 사고하는 인간이라는 신념에 근거하고 생활에 뿌리를 둔 인간적인 것이었다. 바로 이러한 '생활사회주의'의 이념을 톰슨은 1세기 전의 모리스에게서 발견했다. 톰슨은 자신이 추구하는 새로운 사회는 과거에 이미 모리스가 추구했던 것과 같다고 천명하면서 모리스를 재평가했으며, 그 같은 재평가에 터를 잡고 현대사회를 새롭게 조망해보고자 했다.

톰슨이 모리스의 말을 빌려 주장한 것은 사회주의를 이룩하기 위한 폭력혁명의 필요성이 아니라 생활의 모든 분야에 걸친 사회주의 투쟁이었다. 모리스와 톰슨 두 사람은 '무모한 낭비'에 토대를 둔 상업주의 체제로부터 '친밀한 상식'에 토대를 둔 사회주의 체제로의 이행은 기존의 의회나 행정에 의해서는 실현될 수 없다고 생각했다.

다시 말해 국가 중심의 체제를 극복하고 생활자치가 이루어지는 상식의 민중사회를 건설하지 않고는 사회주의의 실현이 불가능하다는 것이었다. 《에코토피아 뉴스》는 바로 그러한 모리스의 생활사회주의를 결정적으로 보여주는 그의 대표작이다.

톰슨과 마찬가지로 〈뉴 레프트 리뷰〉에 참여했던 영국의 대표적인 현대 사회주의자인 레이먼드 윌리엄스(Raymond Williams)가 말했듯이, 모리스는 실제로 자라나는 사회적 힘, 다시 말해 조직화된 노동계급의 힘에 보편적인 가치를 부여했다는 점에서 사상사에서 중요한 위치를 차지한다.[159] 모리스는 〈어떻게 나는 사회주의자가 되었는가?(How I Became a Socialist?)〉라는 글에서 자신의 사상이 형성된 과정을 회고하면서 19세기에 주류를 이루었던 실리적 자유주의자들에 대해 다음과 같이 비판했다.

현대의 사회주의가 대두하기 전까지 거의 모든 지식인은 오늘날의 문명에 만족했거나 만족한다고 자처했다. 또한 그들은 대부분 그렇게 만족했기에 몇몇 야만시대의 잔재를 제거함으로써 현대문명을 완성시키는 일 외에는 해야 할 일을 찾지 못했다. 간단히 말해 그것이 자유주의의 사고방식이었고, 현대의 번영하는 중산계급에게는 당연한 사고방식이기도 했다. 사실 그들은 기계적 진보에 관한 한 사회주의가 그들로 하여금 풍요한 생활방식을 향유하도록 내버려두기만 한다면 더 바랄 것이 없었다.

그러나 이처럼 만족하는 사람들 외에 사실상 만족하지 못하고 문명의 승리에 대해 막연한 반감을 갖고 있으면서도 자유주의의 무한한 세력 앞에서 침묵을 강요당한 사람들이 있었다. 마지막으로, 위에서 말한 자유주의에 대해 공공연히 반발한 소수가 있었다. 바로 칼라일과 러스킨이다. 러스킨은 내가 생활사회주의를 믿기 전에 그 이념으로 나를 인도해준 스승이다.[160]

칼라일(Thomas Carlyle, 1795~1881)과 러스킨(John Ruskin, 1819~1900)을 계승한 모리스는 당연히 자본주의 내지 자유주의 문명에 반발했다. 그러한 19세기 문명에 대해 반대하는 근거를 그는 다음과 같이 설명했다.

아름다운 것을 만들어내고자 하는 욕망과 더불어 나의 일생을 지배한 감정은 현대문명에 대한 혐오였으며, 지금도 나는 그것을 혐오한다. 그 기계력의 지배와 낭비, 국민은 그토록 빈곤하고 국민의 적들은 그토록 부유한 현실, 인생의 불행을 만드는 그 엄청난 제도에 대해서 무슨 말을 할 수 있을 것인가! 현대문명의 어리석음만 아니라면 누구나 즐길 수 있는 소박한 즐거움에 대한 멸시, 노동자에게 확실하고도 유일하게 위안이 되는 예술을 파괴해 버린 끈덕진 몽매함에 대해 무슨 말을 할 수 있을 것인가? 역대에 걸친 인류의 노력은 지저분하고 방향 없고 추악한 혼란 외에는 아무것도 가져오지 못했다. 미래는 따분하고 지저분한 문명이 세계에 정착하기 이전의 시대가 남긴 마지막 잔영까지 말끔히 쓸어내어 버림으로써 오늘날의 모든 악을 더욱 강화시킬 것처럼 보였다. 참으로 암담한 전망이었다. 나 자신을 하나의 유형이 아닌 개성의 측면에서 이야기한다면, 나는 추상적 이론이나 종교는 물론 과학적 분석에도 무관심하지만 지구와 지구상의 생활에 대해서는 깊은 사랑을 갖고 있고, 과거의 인류역사에 대해 애정을 품고 있다. 이런 나 같은 성격의 사람에게는 미래에 대한 전망의 암담함은 특히 절실했다. 생각해 보라! 모든 것이 잿더미 위의 회계사무소에서 끝나야 하는가?[161]

또한 모리스는 당시 마르크스 등에 의해 주장된 사회주의는 국가사회주의라는 점에서 참된 사회주의가 아니라고 생각했다. 왜냐하면 국가를 해체하여 자유사회를 확립하는 것이 사회주의이기 때문이라는 것이었다. 나아가 모리스는 제 목적에서 벗어난 사회체계의 자체 메커니즘이 갖는 중요성을 과대평가했다는 이유에서 페이비언 협회(Fabian Society) 류의 개량적 사회주의도 비판했다. 페이비언주의자들은 조잡하고 불완전한 국가사회주의 외에는 아무것도 보지 못하고 있다는 이유에서였다. 그리고 그는 그러한 국가사회주의는 많은 것을 사회주의에서 추방했다고 보았고, 그것을 비사회주의라고 불렀다.

오늘날 대부분의 비사회주의자들이 사회주의라고 생각하는 것이 내게는 사회주의의 '기계적 적용' 외에 다른 어느 것도 아니라고 생각된다. 그것은 사회주의의 본질이 아니라고 본다. 강제에 의해 뒷받침되고, 엄청난 부정부패에 의해 굴러가고, 모든 것이 성공적인 사업가의 이익을 위해 움직여지고, 과거에는 멋진 발명이라고까지 생각됐고, 봉건주의가 붕괴한 이래 계속 존재해온 견고한 사회적 결합인 것처럼 간주되는 보수권력의 자유방임주의라는 수렁에 비하면 그 계획(비사회주의)은 공공이익이라는 미명 하에 사무적인 관리를 한다는 점에서는 좋은 측면이 있긴 하다. (중략) 공원을 비롯한 야외공간의 공공적 확보, 숲의 보호, 무료 도서관의 설립 등을 통해 시민들이 도시생활에서 느끼는 고통을 완화시키고자 하는 시도를 누가 비난할 수 있겠는가? 아니, 이러한 사회주의의 기계적 적용은 더 널리 이용될 수 있다. 그러면 노동자들은 임금인상과 노동시간 단축을 확보할 수 있게 되고, 산업이 지역자치단체에 의해 가동되어 생산자와 소비자 모두에게 이익이 돌아갈 것이다. 노동자들의 가옥을 개량하고 상업적 투기꾼의 손에서 경영권을 빼앗을 수도 있고, 아이들의 교육을 위해 사람들이 더 많은 시간을 투자할 수도 있다. (중략) 이처럼 그 이점은 엄청나나 궁극적인 판단은 그러한 개혁이 어떻게 행해졌느냐, 어떤 정신에 의해 행해졌느냐에 달려 있다. 또는 그 과정에서 조건의 평등을 향해 사람들이 희망을 품을 수 있게 하고, 사회주의의 가능성과 실행성에 대해 사람들이 신념을 가질 수 있게 해주는 어떤 것이 이루어졌는가에 달려 있다.[162]

이러한 비판 위에 서서 모리스는 이상적인 사회주의는 개인의 자유롭고 충만한 생활에 대한 존중을 그 기본으로 하는 것이라고 주장했다.

먼저 사회주의의 실현은 사람들을 행복하게 만드는 것이어야 한다. 그렇다면 사람들을 행복하게 만드는 것은 무엇인가? 그것은 바로 자유롭고 충만한 생활이며, 삶을 의식하는 것이다. 또는 우리의 에너지를 즐겁게 사용하는 것이고, 나아가 에너지를 발산한 뒤에 우리에게 필요하게 되는 휴식을 누리는 것이다. (중략) 따라서 미래사회에 대한 나의 이상은 무엇보다도 먼저 개인적 의사의 자유와 그 향유다. 그러나 이것을 오늘의 문명은 무시하고 있다.[163]

모리스는 사회주의가 인간의 개성을 무시한다는 허버트 스펜서(Herbert Spencer)의 비판을 반박했다. 그는 "사회주의자는 다른 사람들과 조금도 다름없이 인간이 평등하다는 것을 당연한 것으로 믿고 있다"면서 "새로운 사회에서 개성이 상실될 우려는 전혀 없다"[164]고 주장했다.

모리스는 당시의 자본주의 아래서 중산계급이 누리는 생활이 미래의 모든 계급에게 이상이 된다고 보지 않았다. 그는 자신이 꿈꾸는 새로운 사회에 대해 다음과 같이 말했다. "무엇보다도 먼저 인간의 동물적 생활이 아무런 구속 없이 자유롭게 보장돼야 한다. 따라서 나는 모든 금욕주의의 완전한 폐지를 요구한다. 사랑, 즐거움, 배부름, 수면에서 조금이라도 타락의 느낌을 갖는다면 우리는 그런 만큼 나쁜 동물이고, 따라서 처참한 인간이다." 그는 좋은 음식물과 주거는 육체적인 건강을 가져다주는 기본조건이고, 이런 기본조건이 충족된 뒤에는 "소박한 생활을 즐겁게 느끼고, 손발을 움직이며 체력을 사용하는 것을 즐기고, 태양과 바람과 비 속에서 노닐고, 인간동물로서 육체적 욕구를 적절하게 충족시키는 것에서 기쁨을 느낄 수 있다"고 말한다.[165]

그러나 본능적 자유에 대한 이러한 주장이 모리스가 사적인 관계에서 아무런 구속도 받지 않는 개인주의를 신봉했음을 뜻하지는 않는다. 예컨대 그는 성적 욕구 충족의 새로운 방식은 기존 사회의 법적, 경제적 구속에 위배될지는 몰라도 새로운 사회의 시민들이 공유하게 될 성격에 의해 새롭게 규정될 것이라고 생각했다. 모리스의 생각은 전형적인 아나키스트나 공산주의자의 생각과 같지 않았다. 모리스는 순수한 아나키즘에 대해서는 '조직이 없는 독재'나 '가장 강력한 개인의 지배'와 같다고 보아 찬성하지 않았다. 그러나 그는 관습의 구속으로부터의 자유를 희구했기에 철학적 아나키즘에 매력을 느꼈다. 따라서 그는 정부든 교육이든 도덕이든 모든 형태의 권위가 최소한으로 축소되기를 희망했다. 그가 추구한 사회는 집단이익을 위해 모든 것을 조직하는 사회가 아니라 개인적인 욕구의 충족에 필요한 틀을 제공하는 사회였다.[166]

또한 노동을 생활의 중심적인 즐거움으로 만드는 것이 모리스가 꿈꾼 새로운 사회의 기본이었다. 그는 각자의 능력을 노동에 맞추기보다 노동을 각자의 능력에 맞추면 노동의 방식이 결정적으로 역전

될 수 있다고 믿었다. 새로운 사회에서는 노동이 강제적으로 배분되지 않으며, 불쾌한 노동은 기계로 대체될 수 있다고 보았다. 그는 모든 기계의 폐지를 주장하지 않았다. 다만 인간이 기계의 주인이어야지 기계의 노예여서는 안 되고, 제거돼야 하는 기계는 일반적인 기계가 아니라 상업적 폭군이 된 거대한 기계라는 것이었다. 그는 노동력을 절감하는 기계의 역할을 인정했으나, 생활의 간소화를 통해 기계에 대한 수요와 그 개발이 축소돼야 한다고 생각했다.

모리스는 즐거운 노동은 큰 만족감을 주기 때문에 노동이 즐거워지면 사람들이 노동을 피하기보다 오히려 그것을 추구하게 된다고 보았다. 모든 노동이 다 즐거울 수야 없으니 즐겁지 않은 노동도 있겠지만, 무엇인가가 실현된다고 느끼며 일하는 사람은 자신의 의지로 일을 하므로 즐겁지 않은 노동이라도 그것을 오래 계속할 수 있다고도 했다. 육체적 노동과 창조성의 결합이 자기만족과 자기실현의 열쇠라고 본 것이다. 모리스는 미래사회에서는 노동의 분업 대신 노동의 다양성이 있게 된다고 보았다. 대부분의 사람들은 한 가지 이상의 직업을 갖게 되나 그것은 모두 여가활동과 같은 것이 된다고 그는 생각했다.

모리스는 미래사회에서는 공장도 변해야 한다고 보았다. 공장은 훌륭한 정원 속에 멋지게 디자인된 건물이 돼야 하고, 쓰레기나 공해가 없고 식당, 보육소, 학교, 음악공연장, 미술관, 그리고 아름다운 조각과 그림이 걸린 사교센터 등을 갖춘 곳이어야 한다는 것이다. 그런 공장에서 이루어지는 노동은 기예적이면서도 지적인 교육, 음악, 연극과 결합될 것이다. 따라서 그런 공장에서 일하는 사람은 교양을 갖추게 되고 예술을 사랑하게 되어 창조적 예술활동으로 이끌리게 된다고 그는 주장했다.[167]

모리스는 물질에 대한 수요를 간소화하고 노동을 다양화하기 위해서는 인구를 재배치할 필요가 있다고 보았다. 즉 거대한 도시는 작게 나누고, 사람들이 시골에서 살 수 있게 해야 한다는 것이었다. 물론 그가 꿈꾼 시골은 빈곤과 비굴에 젖은 저주의 땅이 아니었다. "시골은 자연의 아름다움으로 충만하고 지성과 활기로 가득 찬 곳이 돼야 한다"[168]고 그는 생각했다. 모리스는 이러한 변혁에 의해 현대적인 의미의 정부는 존재하지 않는 지방분권 사회가 실현되기를 기대하며 이렇게 말했다. "모든 시민이 모든 사항에 책임을 느끼고 관심을 기울일 수 있을 정도로 정치의 단위는 작아져야 한다. 그리고 시민은 생활을 국가라고 하는 추상적인 것에 맡겨서는 안 된다."[169]

모리스는 국가 대신 유연한 연방제의 사회를 꿈꾸었다. "정치적 실체로서의 국가는 없어지고 다양한 공동사회의 연방화가 이루어져야 한다"[170]는 것이었다. 그리고 소규모의 시골이나 지역적 동업단체에서는 직접민주주의가 행해져야 한다고 그는 주장했다. 분산되고 통합되고 안정된 미래사회에 대한 모리스의 구상은 1886년 이후 그가 알게 된 아나키스트 크로포트킨(Peter Kropotkin)의 영향을 받은 결과였다. 모리스는 당시의 아나키스트들과 마찬가지로 사유재산 제도가 폐지되면 민법이 불필요하게 되고 범죄가 감소한다고 보았고, 사유재산 제도가 폐지되고 모든 일이 각 지역의 공적 의견에 의해 통제되는 사회를 꿈꾸었다.[171] 모리스가 꿈꾼 그러한 이상사회는 그가 죽은 지 100년이 지난 지금도 실현되지 못하고 있다. 그러나 그가 제기한 문제들은 이 지구상에서 인류가 살아남고자 한다면 지금이라도 풀어내야 할 중요한 문제들이다. 자연파괴, 전쟁위협, 경쟁강화에 기울여지는 무익한 노력이 민중의 창조성 발휘와 희망의 실현 쪽으로 돌려져야 할 필요가 여전히 있기 때문이다.

모리스는 권력이 중시되는 불평등한 사회에서는 가치 있는 진보가 이루어질 수 없다고 보았다. 일상생활의 내용에서 만족을 가져다주지 못하는 진보는 가치가 없다고 믿었던 것이다. 모리스에게 진보의 목표는 나날의 노동이 단조롭지 않게 되게 하고, 여가생활이 늘어나게 하는 것이었다. 그러나 사람들이 일상의 노동에서 만족을 느끼지 못한다면 여가란 무의미하다고 그는 생각했다. 무엇보다도 창조적인 노동의 실현이야말로 그가 추구한 목표였다. 그는 노동의 양을 줄이고, 의식주의 수준을 높이고, 교육의 기회를 일반화하면 사람들이 모두 자신의 건강과 지성을 향상시킬 수 있고, 완전한 민주주의와 평등에 부응하는 책임감과 창조적인 상상력을 갖추게 된다고 믿었다.

젊은 시절의 모리스

모리스는 1834년에 태어나 1896년에 죽었다. 이 시기는 영국의 '제2단계 산업화의 시대'(1840~1895)였다. 제2단계 산업화의 시대는 면직 중심으로 진행된 제1단계 산업화의 한계를 넘어 석탄과 철강 등 광공업이 발전하고 철도가 건설된 시대였고, 영국이 명실 공히 '세계의 공장'으로 일컬어지게 된 시대였다. 또한 이 시기는 빅토리아 여왕이 영국을 지배한 시대이기도 했다. 그녀는 모리스가 세 살이었을 때 왕위에 올랐고, 모리스가 죽은 1896년보다 5년 뒤에 죽었다.

동시에 이 시기는 자본주의가 여러 가지 사회문제를 빚어낸 기간이기도 했다. 고도성장은 중산계급의 융흥을 가져왔다. 특히 1840년대부터 1870년대까지에 중산계급이 사회의 주도세력으로 부상했다. 그러나 미숙련 노동자를 비롯한 도시 노동자들의 노동조건과 생활환경은 도리어 더욱 악화되어 갔다. 또한 도시인구의 급증과 함께 빈민굴이 생겨났고, 매연을 비롯한 각종 공해문제가 발생했다. 그리고 물질적 번영과 근대과학의 발전이 진전되면서 전통적인 종교는 쇠락했다. 모리스는 바로 그런 시대에 살았다.

가장 정평이 난 모리스 선집[172]을 낸 에이사 브리그스(Asa Briggs) 교수는 선집의 편집자 서문에서 모리스의 활동을 연대기적 과정으로 살펴볼 필요가 있다고 강조했다. 이는 모리스의 삶과 활동이 시대에 따라 변화를 보였고, 시대별로 몇 가지 특징을 보여주기 때문이라는 것이다. 누구나 자신의 시대상황이나 시대정신에서 벗어나 살 수 없으므로 이러한 분석은 인간을 고찰하는 데 당연한 것이라고도 할 수 있으나 특히 모리스의 경우에는 반드시 그렇게 분석해볼 필요가 있다는 것이다. 이는 모리스가 그만큼 시대와 치열하게 대결했음을 뜻한다.

모리스의 삶은 3등분해 볼 수 있다. 1세부터 21세까지는 '출생과 성장'의 시기, 22세부터 41세까지는 '예술가'의 시기, 그리고 42세부터 62세까지는 '정치가'의 시기였다. 우연히도 각 시기는 약 20년씩이다. 그러나 21세부터 죽을 때까지의 기간 가운데 전반은 예술가로만, 후반은 정치가로만 산 것은 아니다. 전반은 그러했으나 후반은 예술가인 동시에 정치가로 살았다고 할 수 있다.

예술가로서의 모리스는 주로 시인과 디자이너(여기서 디자이너란 옷의 디자이너를 말하는 것이 아니라 공예, 건축, 장식미술 전반의 디자이너를 가리킨다)로서의 모리스를 말한다. 그는 생전에는 디자이너가 아닌 시인으로 더 유명했으나 사후에는 디자이너로 훨씬 더 유명해졌다. 그는 살아있을 때 옥스퍼드대학으로부터 시학 교수로 와달라는 초청을 받았을 뿐 아니라 테니슨의 뒤를 이을 계관시인으로 추대됐을 정도로 저명한 시인이었다. 그는 중세 민중시나 아이슬란드 신화의 늠름하고 힘찬 운율을 재현한 새로운 시형을 창조했고, 상징과 현실을 상호침투시켜 기묘한 조화를 이루어냈다는 평가를 받았다.

그러나 오늘날 예술가 모리스는 디자이너로서 더 빛난다. 그는 단순한 디자이너가 아니라 디자인의 이론가이자 실천가였으며, 공예는 물론 건축과 장식미술에 걸쳐 최초의 현대적 디자이너였다는 평가를 듣고 있다. 그는 처음에는 건축, 그 다음에는 회화로 돌았다가 결국은 디자인에 정착했다. 그는 건축에 대한 공부를 1년도 채 하지 않았고 평생 집 한 채 짓지 않았으나 현대의 건축에 가장 큰 영향을 끼친 사람으로 간주되고 있다. 그는 건축을 '모든 예술의 총화', '모든 예술의 기초', '인간생활의 외부적 환경 전체를 포함하고 우리 모두에게 관계되며 모든 것의 도움을 요하는, 가장 수준 높은 인간협동의 사례'로 보았다. 그래서 그는 공예나 장식미술도 건축의 일부로 보았다.

그러나 오늘의 우리에게 더욱 중요한 것은 그의 '생활사회주의'다. 엥겔스가 그를 가리켜 '뿌리 깊게 센티멘털한 사회주의자'라고 한 것[173]은 그가 이데올로그이기보다 예술가의 열정을 가진 사람이라는 점을 두고 한 말이었으나 생활 전반에 대한 모리스의 관심과 노력이 지닌 의의를 과소평가한 것이었다. 사회주의자로서 그는 논리적으로나 이론적으로, 특히 경제문제와 관련해서는 많은 결점을 지니고 있었다고 볼 수도 있다. 하지만 생활사회주의자라는 그의 독창적인 사고는 지금의 우리에게도 많은 시사점을 던져준다. 예를 들어 그는 '계급투쟁'을 경제적인 차원에서만 보지 않고 야만에서 문명으로 나아가는 인간의 진보, 그리고 정치에서 예술로 나아가는 생활 전체를 뜻했다.

예술가 모리스는 중세의 고딕 예술을 중시했다. 그는 선배인 러스킨으로부터 고딕 예술의 중요성을 배웠다. 모리스는 러스킨의 《베니스의 돌(The Stones of Venice)》을 새로 간행하면서 그 서문에 "러스킨은 '예술은 노동의 즐거움을 표현하는 것'이라는 교훈을 고딕 예술에서 이끌어냈다"고 썼다. 이것은 바로 모리스 사상의 핵심이 된다. 그 연장선에서 모리스는 분업생산 공정이 인간에게서 노동의 즐거움을 빼앗아 갔다고 생각했다. 기계가 생산을 주도하게 되면서 인간은 자유를 잃고 소외의 상태에 빠지게 됐다는 것이다. 그 절정이 산업혁명이었고, 그 결과로 자본주의가 성립됐다. 그것은 고딕 예술의 정신을 근본적으로 부정하는 것이었고, 노동의 즐거움이 아니라 노동의 괴로움이 인간의 삶을 지배하는 세계를 낳았다. 영국에서 그러한 과정은 1840년대를 전후한 시기에 가장 두드러지게 진전됐다. 그 때는 바로 모리스가 10대를 보낸 시기였다.

모리스는 1834년 4월 24일에 런던과 가까운 에섹스(Essex) 주의 월섬스토(Walthamstow)에서 태어났다. 월섬스토는 런던의 동북부에 있는 왕실 전용의 에핑 숲(Epping Forest, 1882년에 공원이 됨. 월섬스토와 에핑 숲은 《에코토피아 뉴스》의 2장에 나온다)으로 둘러싸인 경치 좋은 교외의 마을로서 부유한 상공인들이 저택을 짓고 살았던 곳이다. 1870년대에 철도가 놓이기 전까지만 해도 그곳은 시골이었다. 그 시골에서 태어나고 자란 '숲 속의 시골아이'가 철도로 상징되는 19세기의 경제대국 영국을 비판한 것이 바로 모리스의 삶이었다고 할 수도 있다.

모리스의 아버지는 부유한 증권중개업자였다. 당시에 증권중개업자는 변호사와 함께 자본가들의 자본수익을 늘려주는 일을 하는 첨단의 전문직업인이었다. 모리스가 6세가 된 1840년에 그의 일가는 부근에 있는 우드퍼드(Woodford, 이곳도 《에코토피아 뉴스》의 2장에 나온다)로 이사했다. 역시 에핑 숲으로 둘러싸인 그곳의 대저택에는 양조장, 빵공장, 저장실이 있었고, 넓은 부속농장에서 하인들이 옛날식으로 축제를 벌이기도 했다. 훗날 민중의 미를 추구하는 생활예술가이자 사회주의자가 된 모리스는 당연히 어린 시절에 자신이 경험한 '부르주아적인 안락한 생활'을 혐오했다. 그러나 그가 자연미를 그대로 살려 만든 벽지나 염직물, 그가 쓴 문학작품과 편지, 강연 등에 나타나는 '자연의 색, 냄새, 맛에 대한 풍부한 감성'은 바로 그러한 어린 시절에서 비롯됐다고 볼 수 있다.

《에코토피아 뉴스》에서 우리는 에핑 숲에 대한 그의 묘사를 읽을 수 있다. 아니, 어쩌면 이 책에 나오는 자연묘사가 모두 다 어린 시절에 그가 에핑 숲에서 본 것들에 대한 기억에 근거한 것이었는지도 모른다. 그렇다면 이 책은 21세기의 미래를 묘사한 것이라기보다 본격적인 산업화가 시작되기 전이었던 저자 모리스의 어린 시절을 묘사한 것이라고 볼 수도 있다. 사실 모리스는 이 책에서 미래세계는 자신의 어린 시절과 같다고 말한다. 어린 시절의 기억은 그의 평생을 지배했다. 만년에도 그는 검푸른 숲, 낙엽 진 나무들, 저지대의 녹색 초지, 들판을 흐르는 시내, 가득 핀 들꽃, 거대한 지평선 등 어린 시절에 본 낭만적인 풍경을 회상하곤 했다.

1847년에 모리스의 아버지가 죽자 그의 가족은 다시 월섬스토로 이사했다. 그들은 그곳의 워터 하우스(Water House, 지금은 '윌리엄 모리스 미술관'이다)에서 1856년까지 살았다. 그곳은 지금 모리스를 사랑하는 사람들의 가장 중요한 순례지가 돼 있다. 건물 안에는 모리스의 작품이 그와 함께 미술공예 운동을 했던 사람들의 작품과 함께 전시돼 있다.

모리스는 14세였던 1848년에 말버러 칼리지(Marlborough College, 칼리지라고 하나 우리 식의 대학이 아닌 사립 기숙학교였다)에 입학했다. 그는 그곳에서 아무것도 배우지 못했다고 나중에 회상했으나 재학 중에 홀로 학교 도서관에서 고고학과 고딕 건축에 관한 책을 열심히 읽었고, 아름다운 시골에서 산보를 즐겼다. 학교 부근에는 영국 남부의 다른 지역에서는 거의 다 파괴되어 없어진 고대의 유적, 특히 거대한 고분들이 즐비했다. 모리스는 그런 유적을 찾아다니거나 고독한 독서를 하면서 학창시절을 보냈다. 모리스는 1851년 가을에 학생들이 일으킨 조직적인 소란과 관련해 퇴학 처분을 받았고, 옥스퍼드대학에 입학하기 위해 개인 가정교사에게 고전학을 배웠다.

그해에 런던에서 세계박람회가 열렸다. 그것은 영국 자본주의의 승리를 구가하는 화려하고 큰 잔치였다. 수정궁(Crystal Palace)이라고 불린 박람회장 건물은 그 어떤 건축의 전통으로부터도 벗어난 것이었다. 길이가 564미터에 이르는 거대한 이 건물은 철과 유리로 세워졌다. 전시장 입구에는 4미터 높이의 철제 항아리가 설치됐고, 거기에 '과학과 공업의 승리'라는 이름이 붙여졌다. 그 꼭대기에는 여왕의 남편이자 왕립 예술협회의 총재인 앨버트 공의 조상이 놓였고, 그 둘레에는 천문학을 대표하는 아이자크 뉴턴, 철학을 대표하는 프랜시스 베이컨, 문학을 대표하는 윌리엄 셰익스피어, 공학을 대표하는 제임스 와트의 입상이 놓였다. 이 박람회에는 40여 개 국가에서 온 약 1만 5천 명의 출품자가 작품을 전시했고, 144일간에 걸쳐 640만 명이 관람했으며, 18만 6천 파운드의 순이익이 났다. 빅토리아 여왕도 29일간이나 박람회장을 방문했다. 그러나 17세의 모리스는 이 박람회를 관람하기를 거부했다. 당시의 그에게 자본주의에 반대하는 입장이 명확하게 확립됐다고 볼 수는 없으나, 이미 그런 입장이 기본적인 인생관으로서 그의 내면에 자리 잡기 시작했던 게 분명하다.

모리스는 1853년에 옥스퍼드대학에 입학했고, 4년간 이 대학을 다녔다. 당시 옥스퍼드에서는 막 철도가 설치되는 등 새로운 개발이 시작됐고, 노동자가 사는 붉은 벽돌집이 많이 들어섰다. 이에 따라 고풍스럽던 이 대학도시는 급변하고 있었다. 학생들이 넘쳐나 식사도 밖에서 해야 했고 잠자리도 뒤죽박죽이었다. 교수들은 게을렀고, 전통적인 개인교수제가 사라져 수업이 집단적으로 행해졌고, 그런 분위기에 모리스는 절망했다. 게다가 옥스퍼드는 원래 종교개혁 운동의 중심이었는데 당시에는 그 열기가 가라앉았다. 이에 모리스는 홀로 역사, 특히 중세사에 대한 공부에 열중했다. 그는 또한 당시의 일반적인 저술이나 시, 사회문제, 노동법 등에도 관심을 기울였고, 기독교 사회주의에도 주목했다. 그는 셰익스피어, 테니슨, 칼라일, 러스킨, 킹슬리 목사(Charles Kingsley, 1819~1875, 소설가이자 시인이기도 했다) 등의 저작을 읽고 친구들과 토론했다.

특히 킹슬리와 러스킨이 모리스에게 큰 영향을 주었다. 킹슬리는 노동자계급을 중심으로 보통선거권을 요구하는 운동인 차티스트 운동에 대해 동정적이었고, 노동자계급의 비참한 삶을 사회에 고발했다. 모리스는 킹슬리의 견해에 공감했다. 하지만 예술과 시의 매력에 도취된 당시의 모리스로서는 그의 해결책에까지 공감할 수는 없었다. 그에게는 예술에 더욱 깊이 매진하는 길 외에는 사회문제로 향하는 길이 없었다. 그것은 바로 러스킨의 길이었다. 러스킨은 모리스가 옥스퍼드대학에 입학했을 당시에 이미 《근대화가론(Modern Painters)》(1834)과 《건축의 일곱 등불(The Seven Lamps of Architecture)》(1849)을 저술한 저명한 평론가였다. 모리스는 특히 러스킨의 《베니스의 돌(The Stones of Venice)》(1851~1853)에 들어 있는 '고딕의 본질'이라는 제목의 2권 6장을 읽고 깊은 감동을 받았다.

기계의 노예로 전락한 산업혁명 이후의 노동자와 달리 중세의 직인은 노동에서 즐거움을 느끼면서 손으로 고딕 건축물을 만들었다는 점을 러스킨은 찬양했고, 모리스는 그런 러스킨의 견해에 공감했다. 노동은 즐거워야 한다는 것이 러스킨의 사상이었고, 그것은 모리스에게도 평생의 이념이 되었다. 모든 노동이 즐거운 것으로 묘사된 이 책 《에코토피아 뉴스》에서도 우리는 그러한 모리스의 이념을 엿볼 수 있다. 러스킨은 사회와의 정신적 상호관계가 예술의 본질이고, 예술은 예술가의 정신생활을 표현하는 것이며, '생활의 질'은 예술가를 통해 표현된다고 보았고, 그 연장선에서 창조적 노동의 역할을 새롭게 조명하고자 했다. 러스킨 이전에도 일하는 인간을 기계의 노예로 타락시키는 상황에 대해 주목하고 항의한 사람들이 있었지만, 사람이 살기 위해 일하는 가운데 경험하는 즐거움이 사회의 기초가 돼야 한다고 단호하게 주장하고 이런 생각을 예술에 대한 자신의 견해에 관련시킨 사람은 러스킨이 처음이었다.

모리스는 또한 칼라일의 《과거와 현재(Past and Present)》(1843)[174]에 나오는 수도원 공동체에 공감했다. 《과거와 현재》는 12세기의 영국에 존재했던 이상적인 모습의 교회를 기준으로 해서 산업자본주의의 도덕을 공격한 책으로 신비주의와 도덕적 분노의 과격한 문장으로 가득 차 있었으나, 자본주의에 의해 인간의 모든 가치가 금전적 가치로 환원되는 점에 대한 칼라일의 혐오는 모리스에게 깊은 감동을 주었다. 모리스는 칼라일과 러스킨을 통해 중세에는 사회적 의무를 건전하게 이행하는 생활양식이 존재했고, 중세 예술은 자유롭고 행복한 직인들의 자기표현 활동이었음을 알게 됐다. 모리스는 언제나 건축물을 스케치했고, 친구들과 함께 성당과 수도원을 방문했다. 그는 또한 가구와 카펫의 디자인을 조사하기 시작했으나 옛날 물건에만 탐닉했던 것은 아니다. 그는 당대의 채색장식, 색타일, 스테인드글라스 등에도 흥미를 느꼈다. 모리스는 러스킨이 찬양한 고딕 건축을 실제로 보기 위해 1854년 여름에 프랑스의 북부지방과 벨기에를 여행했다. 그는 특히 북프랑스를 사랑해 그 뒤에도 여러 차례 그곳을 찾았다.

모리스와 그의 친구들은 정치적, 사회적 문제에 열중하게 되면서 대학 초년에 자신들이 지녔던 수도원 생활에 대한 꿈이 현실도피에 불과하다는 점을 자각했다. 이런 자각은 당시의 사회를 묘사한 찰스 디킨스(Charles Dickens, 1812~1870)의 소설이 그들에게 영향을 준 탓이기도 했다. 그들은 퍼시 셸리(Percy Bysshe Shelley, 1792~1822), 존 키츠(John Keats, 1795~1821), 알프레드 테니슨(Alfred Tennyson, 1809~1892) 등의 시에도 빠져들었다.

1855년에 모리스는 매년 900파운드를 상속받게 되었다. 그는 그것을 갖고 친구들과 함께 문학잡지를 발간하기로 하고 그 준비에 들어 갔다. 이즈음에 그는 친구들과 함께 프랑스를 다시 여행하던 중 파리에서 우연히 라파엘 전파(Pre-Raphaelite Brotherhood)의 전시회장을 방문하게 되고, 거기서 로세티(Dante Gabriel Rossetti, 1828~1882)의 작품을 보고 압도당했다. 그때 모리스는 자신이 일생을 바쳐야 할 대상은 교회가 아니라 예술이라고 결심하고 건축가가 되기로 다짐했다. 그가 건축을 선택한 것은 건축이 모든 예술의 기반이자 정점이라고 생각했기 때문이다. 그는 평생을 두고 다른 예술은 건축에 의해 지배되고 평가받아야 한다고 생각했고, 건축의 전통을 상실한 민족은 어떠한 건전한 예술도 갖지 못한다고 주장했다. 당시로서는 열등한 직업이었던 건축가가 되기 위해 모리스는 옥스퍼드대학을 졸업한 1856년 초에 옥스퍼드에 사무실을 갖고 있었던 조지 에드먼드 스트리트(George Edmund Street)의 제자가 됐다. 스트리트는 고교회파(高敎會派)에 속하는 고딕 부흥주의자이자 이탈리아와 스페인의 고딕 건축에 정통한 건축 전문가였으며, 모리스와 마찬가지로 플랑드르 회화와 교회음악에 깊은 관심을 갖고 있었다.

모리스는 친구들과 함께 계획한 잡지 〈옥스퍼드 케임브리지 매거진(Oxford and Cambridge Magazine)〉의 창간호를 1856년 1월에 간행하고 이어 12월호까지 내면서 거기에 자신의 시를 발표했다. 그는 또한 목판화, 점토조소, 조각, 채색원고 등에도 흥미를 가졌다. 이 해에 모리스는 로세티의 영향을 강하게 받고 있었다. 로세티는 "마음에 시를 간직한 자는 그림을 그려야 한다"고 주장했고, 모리스에게 그림을 그리는 재주가 있다면서 그림 그리기를 권유했다. 모리스는 그의 권유를 받아들여 건축과 함께 회화에도 열중했고, 그 해 말에는 미술에만 전념하기로 했다. 이로써 그의 건축 공부는 9개월 만에 중단됐다.

모리스가 라파엘 전파를 알게 된 것은 러스킨을 통해서였다. 라파엘 전파에 속하는 로세티와 헌트(William Holman Hunt), 밀레(Sir John Everett Millais) 등은 왕립 아카데미로 대표되는 전통적인 화풍에 반기를 들고 자연으로의 복귀, 라파엘 이전으로의 회귀를 주장하며 1848년에 단체를 만들었고, 1849년과 1850년에 작품을 발표했다. 러스킨은 이때까지만 해도 그들을 주목하지 않았으나 1851년에 신문 〈더 타임스〉에서 그들을 공격하는 내용의 기사를 보고 그들이 자신과 같은 의도를 지니고 있다는 사실을 알게 됐다고 한다.

라파엘 전파의 화가들은 자연에 대한 정직한 태도를 주장했고, 15세기의 이탈리아 미술에서 영감을 얻었다. 러스킨은 라파엘 전파 화가들의 기술적 결함을 비판하면서도 동시대 화가들 가운데서는 그들이 자신의 이상에 가장 가깝다고 느꼈다. 그는 그들을 옹호하는 글을 〈더 타임스〉에 발표했고, 그 글을 중심으로 1851년에 《라파엘 전파론(Pre-Raphaelitism)》이라는 책을 간행했다. 사실 그의 이 글은 라파엘 전파를 전면적으로 옹호한 것이라기보다는 터너(Joseph Mallord William Turner, 1775~1851)를 논하면서 밀레를 터너주의자로 강변한 것이었지만, 어쨌든 이 글을 계기로 러스킨은 밀레 및 로세티와 접촉하게 됐다. 그 뒤 러스킨은 1854년에 기독교 사회주의자들이 노동자 교육을 위해 설립한 성인교육 기관인 노동자대학(Working Men's

College)에서 로세티와 함께 미술교육을 담당했다. 이 학교는 지금도 런던에 남아 있고 노동자 교육을 계속하고 있다. 모리스는 라파엘 전파 화가들과 더욱 깊게 사귀면서 1856년 말부터 1859년 초까지는 화가가 되기 위해 노력했다.

1856년에 모리스는 레드 라이언 거리의 스튜디오로 이사했다. 그때 그는 아틀리에에 가구를 들여놓으면서, 좋은 그림을 그리려면 그림을 그리기에 적합한 환경에서 살아야 한다고 생각했다. 그래서 그는 그런 가구를 구입하고자 했으나 구할 수가 없자 스스로 그런 가구를 만들었다. 이것이 그가 디자이너가 되는 계기였다. 그는 벽에 가구의 탁본을 걸어 놓고 바위처럼 딱딱하고 무거우며 강렬한 중세풍의 가구를 만들었다. 그것은 당시에 유행하던 우아하고 안락한 가구와는 정반대의 것이었다. 모리스가 디자인한 가구에 로세티가 단테와 초서의 저작 등과 관련된 그림을 그려 넣었다. 그러나 이때 모리스와 그의 친구들이 한 이런 작업은 어디까지나 개인적인 필요에 의한 것이었을 뿐 그들이 나중에 모색하게 되는 본격적인 디자인 혁명을 추구한 것이 아니었다. 모리스는 1859년까지 그곳에 살면서 그림 그리기에 열중했다.

1857년 여름에 로세티는 옥스퍼드대학 박물관과 학생회관의 천장과 10개의 벽면에 '아서 왕의 죽음'을 주제로 프레스코화를 그리게 되자 모리스와 번 존스(Burne Jones, 1833~1898), 그리고 라파엘 전파의 화가들을 그 작업에 참여시켰다. 프레스코화에 익숙하지 않았던 그들은 결국 실패했으나, 모리스는 자신이 담당한 부분을 완성한 뒤

천장 부분에 식물 문양의 장식까지 그렸다. 작업은 실패로 끝났으나 모리스는 중세 고딕식 프레스코화의 공동제작에서 엄청난 즐거움을 맛보았다. 뜻이 맞는 친구들과 떠들썩하게 지내면서 비록 서툴지만 열심히 그림을 그렸던 그때의 즐거움은 그에게 평생 잊지 못할 경험이 되었다. 이러한 공동제작의 즐거움 역시 《에코토피아 뉴스》에서 묘사되고 있다.

모리스는 1857년에 옥스퍼드에서 극도로 빈곤한 마부의 딸인 제인 버든(Jane Burden, 1839~1914)과 만났고, 2년 뒤에 그녀와 결혼했다. 그녀는 극장에서 로세티에 의해 '발견'되어 그의 모델이 됐고, 모리스를 위해 모델이 되어주기도 했다. 제인은 로세티를 사랑했고, 로세티에 대한 그녀의 사랑은 모리스와 결혼한 뒤에도 평생 이어졌다. 그녀가 모리스와 결혼한 이유는 모리스가 주변의 누구보다도 부자였기 때문이다. 모리스 역시 그녀가 자신을 사랑하지 않는다는 사실을 잘 알고 있었으나 죽기까지 37년간을 그녀와 함께 살았다. 모리스는 평생 그녀 외에 다른 여인을 알지 못했다. 그는 오직 그녀에게만 충실했으나 그녀는 오직 돈을 보고 그와 함께 살면서 평생 로세티와 불륜을 저질렀다. 결혼할 때 모리스는 25세, 제인은 19세였다. 결혼 후에 제인은 남편과의 계급차이에 따른 문화적, 지적 격차를 줄이기 위한 교육을 받았다. 마치 오드리 헵번(Audrey Hepburn)이 주연한 뮤지컬 〈마이 페어 레이디(My Fair Lady)〉의 원작인 조지 버나드 쇼(George Bernard Shaw)의 《피그말리온》에서처럼. 사실 〈마이 페어 레이디〉에 나오는 히긴스 교수의 어머니는 그 모델이 제인이었다. 쇼는 모리스의 집에 자주 드나들었고, 모리스의 둘째 딸인 메이와 결혼할 뻔하기도 했다.

모리스는 1858년 3월에 그의 첫 시집인 《궤너비어의 항변(The Defence of Guenevere)》을 출판했다. 이 시집은 시인 로버트 브라우닝(Robert Browning)으로부터 '유일하게 새로운 시집'이라는 격찬을 들었으나 당시의 비평가들로부터는 대체로 무시당했다. 그 충격으로 모리스는 그 후 5년간 아무것도 쓰지 않았다. 1858년 여름에 모리스는 친구들과 함께 프랑스를 다시 방문했고, 그곳에서 자신과 제인의 신혼집인 레드 하우스(Red House)의 설계에 몰두했다. 이 작업은 그를 긴장에서 벗어나게 했을 뿐 아니라 로세티의 지배에서도 해방시킴으로써 그로 하여금 그림을 영원히 포기하게 만들었다.

레드 하우스 역시 모리스가 디자인한 가구처럼 딱딱하고 무거운 중세 고딕풍이었으나 간결하게 지어졌다. 외관보다는 실제 생활의 편의를 중시한 집이었던 것이다. 또한 치장을 위한 벽 없이 붉은 벽돌을 그대로 드러낸데다가 건물 정면의 모습을 우선시하지 않았다는 점에서 당시의 통상적인 건축물과는 전혀 다르게 설계됐다. 대신 내부 구조를 솔직하게 드러내 보여주었다는 점에서 당시로서는 지극히 대담한 건물이었다. 레드 하우스는 현대 디자인의 선구인 미술공예운동의 요람인 동시에 현대 주택의 효시가 됐다는 점에서 현대의 디자인과 건축의 역사를 말할 때 빼놓을 수 없는 건물이다. 독일 태생의 영국 건축사학자 페프스너(Nikolaus Pevsner)에 따르면 이 건물은 현대 기능주의 건축의 선구로서 중세의 고딕 건축과 현대의 건축가인 라이트(Frank Lloyd Wright, 1867~1959)의 유기적 건축을 이어준 징검다리였다고 평가된다.

그러나 아무리 그 역사적 가치를 평가받고 있다고 해도 그것은 어디까지나 모리스와 그의 친구들이 자신들의 개인적인 취향에 따라 만든 하나의 건축물에 지나지 않았다. 그들이 추악한 디자인을 이 세상에서 쫓아내고 아름다운 것들을 사람들에게 만들어주어야 한다는 사명감에서 본격적으로 디자인 사업에 착수한 것은 1861년에 모리스 회사를 만들고 나서부터였다. 어느 날 모리스와 그의 친구들이 레드 하우스에서 이야기를 나누던 중 농담 반 진담 반으로 회사를 만들자는 말이 나왔다. "실내 장식부터 가구 디자인까지 모든 일을 혼자서 했던 중세의 예술가와 같이 우리도 한번 그렇게 해보면 어떨까?" 하는 이야기였다. 이런 말이 나온 배경에는 산업혁명 이후에 기계와 산업이 사람들로부터 노동의 즐거움을 빼앗은 데 대한, 추악하기 짝이 없던 당시의 생활공간에 대한, 그리고 그런 생활공간을 빚어낸 당시의 사회에 대한 불만이 깔려 있었다. 모리스와 그의 친구들은 중세의 직인들이 수작업으로 실현했던 아름다움을 복원하는 작업을 통해 그런 시대와 사회에 대항하고자 했다.

모리스의 디자인과 문학

모리스와 그의 친구들은 1861년에 '모리스, 마셜, 포크너 회사(Morris,

Marshall, Faulkner and Company)'를 차렸다. 이 회사는 곧 모리스회사 (Morris & Co.)로 알려지게 된다. 당시에 27세였던 모리스를 비롯한 7명의 공동 경영자는 1파운드씩만 출자했고, 필요한 자금의 대부분인 100파운드는 모리스의 어머니로부터 빌렸다. 그러나 실질적인 주도자는 모리스였다. 그는 회화나 조각 같은 순수예술만이 아니라 공예도 예술이라고 생각했다. 그러나 다른 동료들의 생각은 달랐다. 예를 들어 로세티는 마지못해 모리스회사의 공동 경영자가 됐으나 자신이 하는 순수예술을 공예류와 엄격하게 구별했으므로 자신의 이름을 회사이름 속에 넣는 것에 대해 반대했다. 로세티는 모리스회사를 위해 뛰어난 디자인 작품을 만들기도 했으나 디자인이란 수준이 낮은 것이라는 생각을 버리지 않았다. 그래서 결국 회사이름에는 예술가가 아닌 측량 및 위생공학 기사였던 마셜(Petre Paul Marshall, 1830~1900)과 뒤에 수학교사가 된 포크너(Charles James Faulkner, 1834~1882)의 이름이 들어갔다.

모리스회사의 사업내용은 저렴한 비용으로 벽화, 장식, 스테인드글라스, 금속세공, 보석, 조각, 자수, 가구 등 모든 것을 아름답게 만들어준다는 것이었다. 모리스회사의 작품은 극도의 중세적 경향을 띠었다. 모리스와 그의 친구들은 일반인에게 염가로 제품을 제작해준다고 했으나 초기의 실제 주문은 친구들의 호의에 의한 것이 대부분이었다. 모리스회사가 널리 알려진 것은 창립 다음해인 1862년에 열린 제2회 만국박람회를 통해서였다. 모리스는 이 박람회에 중세풍의 가구, 자수, 스테인드글라스 등을 출품해 호평을 받았다. 그 뒤에는 일반인의 의뢰도 많아져 회사의 경영이 차차 순조로워졌다. 모리스 회사는 4년 뒤인 1866년에는 성 제임스 궁전과 사우스 켄싱턴 박물관(현재의 빅토리아 앤드 앨버트 미술관)으로부터 내장공사를 의뢰받았다. 이로써 모리스회사는 사회적으로 인정받게 됐다.

모리스회사의 초기 작업은 교회를 위한 장식이 그 중심이었다. 당시 영국에서는 국교회에 의한 교회의 신축이나 개축이 많이 행해졌고, 그에 따라 내부 장식에 대한 수요가 많아졌기 때문이다. 1865년에 모리스는 레드 하우스를 팔고, 회사와 집을 런던의 중심부인 블룸스버리로 옮겼다. 이렇게 했어도 모리스는 회사의 적자를 메울 수가 없었다. 모리스는 1862년부터는 소박하고 자연주의적인 벽지를 디자인했으나 주목을 받지는 못했다. 모리스는 그 뒤 10년간 벽지나 직물의 디자인은 하지 않고 스테인드글라스 제작에 집중했다.

아내와 로세티의 만남이 계속되자 1871년에 모리스는 로세티에게 아예 셋이 함께 살자고 제안했다. 그래서 세 사람은 옥스퍼드셔에 있는 켈름스콧 매너 하우스(Kelmscott Manor House)에서 살게 됐다. 그곳은 참으로 아름다웠고, 모리스는 그곳을 '지상낙원'이라고 불렀다. 그곳에는 산업혁명기에도 철도가 부설되지 않았고, 지금까지도 그 조용한 시골의 풍경과 생활이 그대로 보존되고 있다. 모리스는 자신이 디자인한 염직물에 그 지방을 흐르는 템스 강 지류의 이름을 붙일 정도로 그곳을 사랑했다. 켈름스콧 매너 하우스는 비극의 삼각관계만 제외하면 모리스에게 참으로 이상적인 생활공간이었다. 그러나 본질적으로 도시인이었던 로세티는 그곳을 싫어했다. 그가 그곳에서 산 것은 오직 모리스의 아내인 제인 버든과의 사랑 때문이었다. 1874년에 모리스는 세 사람의 미묘한 동거를 중단했으나 로세티와 제인의 관계는 그 뒤로도 계속됐다.

모리스의 업적 가운데 실내장식가로서 그가 한 역할만큼 지속적인 영향을 미친 것은 다시없다. "사는 데 도움이 된다고 생각되지 않거나 아름답다고 믿어지지 않는 것은 일체 집에 두지 말라"는 것이 모리스의 주장이었다. 간결한 생활양식, 바로 그것이 모리스의 신조였다. 모리스는 회사를 운영하는 동안에 직접 디자인한 가구는 없으나 언제나 실내장식의 전체 계획을 책임졌다. 그리고 1877년 이후에는 강연을 통해 미술공예 운동의 이론가가 됐다.

모리스가 가구 디자인에 관심을 갖게 된 것은 1850년대 당시에 영국에서 사용되던 가구들을 사치에 찌든 것으로 보고 경멸하게 되면서부터였다. 모리스가 디자인한 가구의 양식은 1858~1860년에 작업한 레드 하우스의 실내장식에서 발전된 것이었다. 그것은 당시 유행하던 밝고 부드러운 색조 및 곡선적 구조와는 대조적인 어두운 청색 및 중세적이고 시골풍이며 기하학적인 구조를 가진 것이었다. 또한 그것은 매우 간소하고 강직한 인상을 주는 것이었다. 수작업에 의한 조형의 아름다움이야말로 모리스회사가 제작한 제품의 기본이었다. 수작업에는 노동 본래의 즐거움이 있고, 기계를 이용한 제작보다 수작업이 더 아름답고 훌륭하게 물건을 만들 수 있다는 모리스의 신념이 그 바탕에 깔려 있었다. 따라서 모리스의 수작업은 예술적 양심에 따른 것이었지 무엇이나 손으로 만든 것이 최고라고 하는 오늘날의 풍조와는 전혀 다른 것이었다.

모리스의 디자인 가운데 가장 유명한 것은 벽지 디자인이다. 모리스의 벽지 디자인은 레드 하우스의 정원에 핀 꽃들로부터 모티브를 얻은 것이었다. 그것은 자연주의식의 사실적 묘사가 아니었고, 그렇다고 해서 단순한 기하학적 무늬도 아니었으며, 유기적인 도안을 규칙적으로 배열한 것이었다. 그가 1862년부터 1896년에 죽기 전까지 디자인한 벽지는 모두 41점이다. 초기에 비해 후기로 갈수록 디자인이 점점 더 세련되어진다. 후기의 작품을 보면 식물의 무늬가 무한히 반복적으로 퍼져나가 한정된 화면 안에서도 마치 꽃들이 계속 성장하고 있는 듯한 착각을 불러일으킨다.

건축 및 디자인에 대한 모리스의 기본적인 원칙은 '단순함'과 '직접성'이다. 그는 고딕의 진수를 단순함으로 이해하고 그것을 현대적으로 표출했다. 모리스의 디자인은 단순성, 솔직성, 직접성(용도에 대하여 직접적이고 형태로서 직선적인 특성)을 결합시킨 것으로, 현대의 디자인으로 직접 연결된다. 모리스의 디자인이 지닌 이런 특징이 바로 그의 창조성을 보여주는 것이라고 페프스너는 지적한 바 있다.[175] 모리스는 좋지 않은 염색의 문제점을 해결하기 위해 직접 염색을 배우기도 했고, 직조를 취급하면서부터는 4개월간 모두 516시간을 직기 앞에서 보내기도 했다.

한편 모리스는 자신의 첫 시집에 대해 적대적인 비평가들이 준 충격에서 벗어나 산문시의 연작인 《지상낙원(Earthly Paradise)》을 썼으나 출판사가 나서지 않았다. 그래서 모리스는 그 첫 부분인 1편을 《제이슨의 삶과 죽음(The Life and Death of Jason)》이라는 제목을 달아 1867년에 자비로 출판했다. 그런데 《제이슨의 삶과 죽음》은 비평가들은 물론이고 일반인들 사이에서도 인기를 끌었고, 그 덕분에 1870년에 《지상낙원》의 2편과 3편을 발간할 수 있었다. 이때부터 모리스는 '지상낙원의 시인'으로 알려지면서 빅토리아 시기의 가장 유명한 시인이 됐다.

《지상낙원》은 중세와 고대의 고전에서 찾아낸 몇 개의 이야기로 구성됐다. 전염병으로 저주받은 스칸디나비아를 벗어나 전설 속의 지상낙원을 찾아 나선 사람들이 오랜 방랑 끝에 그리스 문화와 북유럽 문화가 혼합된 애틀랜틱 섬(Atlantic Island)에 도착한다. 그곳 시민 대표와 피난민들이 문답하는 구성으로 씌어진 중세 예찬의 이야기가 바로 《지상낙원》이다. 그 중 한 구절을 보자.

> 잊어라, 매연으로 뒤덮인 여섯 나라를.
> 잊어라, 내뿜는 증기와 피스톤 소리를.
> 잊어라, 추악한 마을의 확대를.
> 오히려 생각하라, 풀밭에서 쉬지 않고 일하는 사람들을,
> 그리고 작고 청결한 런던의 꿈을.[176]

이 시를 도피주의 시로 비난힐 수도 있겠지만, 사실 이 시는 당시 사람들의 느낌을 그대로 반영한 것이었다. 이 시는 자신들이 만들어낸 엄청난 변화에 놀라고, 과학적 발견에 의해 종교적 신념이 흔들리

고, 무정한 경제적 경쟁 속에서 개인적으로 불안을 느끼고, 유례가 없는 풍경의 악화를 목격하게 되자 영원히 안정된 나라를 갈구하고, 죽음의 공포를 잊어버리고 싶어 한 당시 사람들의 느낌 바로 그것이었다. 모리스는 당시의 추악함과 빈곤에 절망하며 이 시를 썼다.

모리스의 시에는 많은 약점이 있다고 전문가들은 지적했다. 사실 그는 시를 매우 쉽게, 멋대로 썼다. 그는 사회와 격리된 문학 전문가들을 혐오했고, 반대로 민중 공동의 문화에서 시의 소재와 주제를 찾고자 했다. 그는 시에만 정신을 집중하는 것에 반대했고, 자신은 취미의 차원에서 시를 쓴다고 했다. 그는 더 나아가 노동자가 베를 짜면서 시를 써야 한다고 했고, 시는 수공업과 같은 것이라고 주장했다. 이처럼 그는 일상생활 속에서 시를 쓰는 태도를 찬양했고, 그런 태도를 스스로 실천했다. 그는 1855년 이후에 씌어진 시를 그다지 좋아하지 않았고, 간결한 언어로 직접적인 정서를 읊은 고대와 중세의 시를 좋아했다. 그것은 '민중의 마음 그 자체에서 나온 것'[177]이기 때문이라는 것이었다.

1868년부터 모리스는 아이슬란드의 전설에 관심을 갖고 그것을 번역하기 시작했다. 그는 아이슬란드 설화를 번역해 1869년에 《강자 그레티르 이야기(The Story of Grettir the Strong)》, 그 이듬해에는 《폴숭족과 니블룽족의 이야기(The Story of the Volsungs and Niblungs)》를 펴냈다. 1871년 여름에 그는 친구들과 아이슬란드를 방문했다. 이 여행에서 그는 우호적이고도 인내심이 강한 그곳 사람들에게서 교훈을 얻었다. 이때 그는 "계급차별에 비하면 극도의 빈곤도 악이 아님을 철저히 인식했다"고 썼다. 그는 열심히 일하는 그곳 사람들이 과거의 전설에서나 볼 수 있었던 상호부조의 정신을 지니고 있음을 발견했다. 다음해에 모리스는 런던의 서부에 있는 볼튼 하우스로 이사했고, 거기서 시집 《사랑은 모든 것(Love is Enough)》을 간행했다.

1873년에 모리스는 다시 아이슬란드를 방문했다. 그는 1869년에 독일, 1873년 봄에 이탈리아, 1874년에 벨기에를 방문했으나 이들 나라에서는 그다지 깊은 인상을 받지 못했다. 특히 이탈리아 여행에서 그는 그곳의 르네상스 예술에 실망했다. 그의 생애에서 가장 중요했던 여행은 앞서 말한 1854~1855년의 북프랑스 여행과 1871~1873년의 아이슬란드 여행이다. 그에게 아이슬란드는 자연의 고딕 예술이었다. 특히 그는 세계 최초로 민주적인 의회가 열린 곳인 싱크베트릴를 방문하고 감격했다. 1875년에 모리스는 《북의 세 사랑 이야기(Three Northern Love Stories)》와 베르길리우스의 《아이네이스》를 번역해 간행했다. 이듬해에는 《폴숭족 시구르드와 니블룽족의 멸망(The Story of Sigurd the Volsung and the Fall of the Niblungs)》을 간행했다. 1877년에는 옥스퍼드 대학의 시학 교수로 지명되었으나 고사했다.

1870년대에 모리스는 디자인 제작상 여러 가지 실험을 거듭했다. 그야말로 긴장과 고통의 나날이었다. 그는 1874년에 기존의 모리스회사를 해산하고 1875년에 단독으로 경영하는 모리스회사를 세웠다. 그동안에도 실질적으로는 혼자서 회사를 경영했으나 공동 경영자가 여럿이어서 자신에게 돌아오는 수입이 너무 적었기 때문이다. 그러나 다른 공동 경영자들은 이런 결정에 반발했다. 모리스는 그들에게

1인당 1000파운드라는 당시로서는 큰 액수의 보상금을 지불했다. 그 후 그는 로세티와는 영원히 결별했다.

고건축 보호와 생활예술론

모리스는 예술에 대한 자신의 신념에 따라 정치활동에 나섰다. 다시 말해 부자든 가난한 자든 누구나 평등하게 아름다운 것을 누릴 수 있게 하기 위해서는 사회를 변화시키지 않으면 안 된다는 예술적 생활 사회주의의 신념에서 정치에 나선 것이었다. 모리스의 정치활동은 1876년 이후에 본격적으로 시작됐으나, 사실 그는 옥스퍼드대학에 입학했을 때부터 정치활동에 관심을 갖고 있었다. 당시에 그는 고교회파의 견해에 동조하면서 중세에 열중하고 있었고, 정치적 급진주의에는 반대했다. 그러나 번 존스를 비롯한 친구들의 영향으로 그러한 생각에서 차츰 벗어났다.

모리스는 1876년에 처음으로 정치에 적극 관여했다. 그것은 발칸반도를 둘러싼 외교문제와 관련해 전쟁을 부추기는 세력에 대항하는 활동이었다. 그는 이 활동에서 실패를 맛본 뒤에도 노동조합이나 급진적 노동운동가들과 계속 연대했다. 그는 진보적인 반제국주의 외교정책과 빈곤의 해소가 기존의 그 어떤 정당에 의해서도 실현될 수 없다고 생각하고 1883년에 사회주의 단체인 민주연맹(Democratic Federation)에 가입한다.

이즈음에 모리스는 역사적 건축물 보호를 위한 운동에도 나섰다. 1877년 3월에 건축가인 조지 길버트 스콧을 비롯한 고딕 부흥주의자들이 튜크스버리 성당(Tewkesbury Abbey)을 복구한다는 미명 아래 역사적 건축물을 파괴하려고 하자 모리스는 "필요한 것은 '복구'가 아니라 '보호'"라며 강력하게 반발했다. 그러나 이 성당은 결국 모리스의 주장과 달리 '복구' 됐다. 그러자 모리스는 "고건축물은 교회의 애완물이 아니라 '민중의 성장과 희망의 성스러운 기념물'"이라고 주장하면서 고건축물을 파괴하는 폭거를 저지하기 위한 일반 시민들의 조직을 결성할 것을 제안했다. 그 결과로 '고건축물 보호협회(The Society of Protecting Ancient Buildings)'가 창설됐다.

여기서 주목할 점은 모리스가 '복구'에 반대한 이유다. 당시 영국에서는 고딕의 부흥이라는 미명 아래 멋대로 고건축물에 손을 대는 '복구가 아닌 폭력적인 파괴'가 전개됐다. 이에 대해 모리스는 옛날 건물은 옛날 건물 그대로 놔두어야 하며 일체 손을 대어서는 안 된다고 주장했다. 과거의 것에 현대의 가치관, 그것도 지극히 자의적인 가치관을 불어넣으려고 해서는 안 된다는 것이었다. 그는 고건축물은 현재의 소유물이 아니라 과거의 것이자 미래의 것이라고 생각했다. 따라서 그는 고건축물을 '복구'하는 것은 미래에 대한 책임의 포기이자 과거에 대한 모독이라고 느꼈다. 그는 중세의 건축은 중세 직인들의 자유롭고 행복한 노동에 의해 가능했던 것이라고 주장했고, 그러한 노동이 전제되지 않은 단순한 형식만의 부활에 반대했다.[178]

모리스는 고건축물 보호를 위한 기금을 모으고 고건축물 보호운동을 확산시키기 위해 예술, 건축, 디자인에 관한 강연을 시작했다. 이때 그가 한 강연은 취미의 차원이 아니라 그야말로 본격적인 것이었다. 그는 1877년부터 죽은 해인 1896년까지 거의 20년간 200여 개의 주제로 600회가 넘는 강연을 했다. 특히 1877년 12월의 첫 강연은 모리스의 사상과 행동의 전개에서 중요한 변곡점이 됐다고 볼 수 있다. 이때부터 모리스가 사회주의자를 자처하게 되는 1883년까지 6년간은 그가 사회주의에 이르는 과도기였다.

이 기간에 모리스는 '생활예술의 회복'을 주장했다. 그것은 '참된 건축의 회복'과 같은 것이었다. 다시 말해 그는 고딕 양식을 복구하려는 사람들과 달리 생활예술로서의 참된 건축을 되살릴 것을 주장했던 것이다. 그는 1877년 12월의 첫 강연에서는 '일상생활 속 몸 주위의 것들을 아름답게 만드는 예술'을 가리키기 위해 '장식예술(Decorative Arts)'이라는 말을 사용했으나 나중에 첫 강연집으로 펴낸 《예술의 희망과 불안(Hopes and Fears for Art)》(1882, 5개의 강연을 모은 책)에서 이 말을 '생활예술(Less Arts)'로 바꾸었다. 모리스가 말한 'Less Arts'는 '소예술'로 옮길 수도 있겠으나 나는 이것을 '생활예술'이라고 옮긴다. 왜냐하면 'Less Arts'라는 말이 그가 '대예술'이라고 부른 조각과 회화에 대응되는 가옥, 도장, 문짝, 도자기, 유리제품, 직물, 카펫, 가구 등인데 이런 것들은 모두 '생활예술'로 부르는 것이 우리말에 맞는다고 생각하기 때문이다.

그가 장식예술을 '생활예술'이라고 부른 것은 그 가치를 폄하해서가 아니었다. 거꾸로 그는 생활예술 없이는 예술 전체, 예술 자체가 있을 수 없다고 생각했다. 대예술이 있으므로 생활예술이 있는 것은 사실이지만 생활예술이 부흥되는 것은 곧 예술의 종합성이 부흥됨을 말하는 것이고, 대예술이 상실한 본래 예술의 기능은 생활예술의 부흥에 의해서만 회복된다는 것이었다. 그는 대예술과 생활예술의 분열에서 시대의 위기를 보았고, 당시 예술의 상태를 뿌리 없는 나무에 비유했다.

> 예술가는 일상생활로부터 유리되어 그리스와 이탈리아의 몽상에 사로잡혀 있다. (중략) 게다가 극히 소수의 사람들만 이해하는 체하고 감동하는 시늉을 하고 있을 따름이다. (중략) 나는 소수를 위한 예술을 원하지 않는다. 마찬가지로 소수를 위한 교육도, 소수를 위한 자유도 원하지 않는다.

만인이 나누어 가질 수 없는 것이라면 예술이 무슨 소용인가? 만인이 나눌 수 있는 예술을 모리스는 생활예술이라고 불렀다. 제작자에게나 사용자에게나 행복을 느끼게 하고 민중을 위해 민중에 의해 이루어지는 생활예술이야말로 모든 예술의 근본이라고 모리스는 믿었다.

사회주의자로서의 활동

1883년 1월에 모리스는 당시 영국에서 유일한 사회주의 단체였던 민주연맹(Democratic Federation)에 가입하고 그 집행부에 참여했다. 1881년에 창설된 이 단체는 1884년에 사회민주연맹(Social Democratic Federation)으로 이름이 바뀌었다. 그 전에 모리스는 자유당의 좌익 급진파에 속했으나 그런 이데올로기에 따라 실제로 활동하지는 않았다. 또한 이제 민주연맹에 가입했다 해서 그가 곧바로 급진적인 사회주의자로 전향한 것은 아니었다.

1880년대에 영국의 사회주의는 아직 초창기이긴 했으나 '사회주의의 부흥'이라고 부를 만한 상황이 펼쳐졌다. 영국의 사회주의 운동은 1834년에 로버트 오언이 전국노동조합연합(Grand National Consolidated Trades Union, 흔히 Grand National로 약칭)을 만든 때부터 1848년에 차티스트 운동이 와해된 때까지 전개됐다가 그 뒤 30여 년간은 공백기를 거쳤다. 그러다가 1880년대에 사회주의 운동이 부흥되기 시작한 것이었다. 공백기는 엥겔스가 말했듯이 영국의 산업이 세계시장을 독점함에 따라 생겨난 이익이 영국 내 노동자계급에게 어느 정도 배분됐기 때문에 초래된 것이었다. 그러나 1880년대 이전에 영국의 노동자계급은 착실하게 조합조직을 구축했고, 자신들의 생활과 산업활동, 그리고 정치행동의 안정된 양식을 확보했다. 영국의 노동자계급이 확보한 생활과 행동의 양식은 노동운동이 사회주의 정당의 지도 아래 형성된 유럽대륙의 그것과는 현저히 다른 비정치적인 것이었다. 영국의 부르주아도 사업에만 전념했고, 정치에 대해서는 경제활동의 자유를 방해하는 것들을 제거해주는 것 이상을 바라지 않았다.

그런데 1870~1880년대에 세계시장에 대한 영국 산업의 독점이 끝나면서 영국에 심각한 공황이 닥쳤다. 임금하락, 실업증가, 사회불안에 아일랜드 문제와 제국주의 전쟁 문제가 겹쳤고, 대중운동이 광범하게 확산됐다. 1868년에 이어 1880년에 두 번째로 자유당이 집권했으나 여러 국내문제는 물론이고 아일랜드 문제와 제국주의 전쟁 문제도 해결하지 못해 급진적 지식인들이 자유당 정권에 등을 돌리고 사회주의로 나아갔다. 그러나 당시 영국의 지식인들에게 사회주의란 시장에 대한 국가의 간섭을 늘리는 정도를 의미했고, 생산이 아닌 분배에 치중된 것이었다. 그들에게는 국유화도 사적 소유에 대한 제한을 늘리는 것에 지나지 않았다. 1880년대에는 노동자계급의 일부도 급진화됐으나 자유당에 종속돼 있었기에 사회주의적 구상을 갖지 못했고, 지식인들도 나름대로 사회주의를 모색했으나 이런 움직임은 소수만의 그룹 안에서 논의되는 정도에 그쳤다.

1881년에 민주연맹이 결성된 것은 바로 위와 같은 상황에서였다. 민주연맹은 영국에 망명한 독일 마르크스주의자들의 세례를 받은 영국인들에 의해 결성된 영국 최초의 사회주의 정치조직이었다. 민주연맹의 첫 활동은 토지의 국유화를 요구하는 아일랜드 토지동맹과 연대해서 자유당 정부의 아일랜드 탄압 정책을 비판하는 것이었다. 마르크스와 교분이 있는 헨리 메이어스 하인드먼(Henry Mayers Hyndman, 1842~1921)이 민주연맹의 지도자가 됐다. 그는 민주연맹의 창립대회에서 마르크스의 이름을 밝히지 않고 그의 사상을 요약한 책을 배포했다는 이유로 마르크스의 신용을 잃었다. 그러나 그는 그 뒤 십수년간 영국에 마르크스 사상을 나름대로 열심히 전파했다.

홉스봄이 지적했듯이 하인드먼은 경제이론과 계급투쟁의 측면에서는 마르크스주의를 추종했으나 당시에 지배적이었던 인종차별적 제국주의자의 요소도 지닌 사람이었다. 그는 혁명주체로서의 노동자계급을 무시했고, 그 자신의 권위주의적인 성격대로 국가사회주의적인 방향으로 나아갔다. 그는 영국에 최초로 마르크스를 소개한 사람이었으나 혁명이론으로서의 마르크스주의를 제대로 이해하지 못했다. 당시에 영국의 급진주의자들 사이에서는 마르크스보다는 헨리 조지(Henry George, 1839~1897)가 더 인기 있었다. 단일조세론과 토지국유화를 주장한 그의 저서 《진보와 빈곤(Progress and Poverty)》은 당시에 10만 부 이상이나 팔렸다. 토지의 사유가 모든 빈곤의 원인이라고 설파한 이 책은 민주연맹에 참가한 지식인들의 바이블이었다.

민주연맹은 사실 이와 같은 성격의 단체였으나 당시로서는 사회주의 단체로 간주됐다. 민주연맹은 1882~1883년에 은행, 철도, 토지의 국유화를 비롯한 국가자본주의적 정책과 8시간 노동시간제 실시, 노동자주택 개선과 같은 사회개량적 정책을 사회주의를 지향하는 기본 정책노선으로 삼았다.

모리스는 정치적으로 두 가지를 희망하고 추구했다. 하나는 해외에서 제국주의에 반대하는 것이었고, 다른 하나는 국내에서 빈곤과 비참을 근절하는 것이었다. 그러나 1882년에 그는 이런 자신의 두 가지 희망이 기존의 정당에 의해 실현되기를 기대할 수 없다고 판단했다. 그는 노동자계급 또는 민중에게 기대를 걸었다. 그도 헨리 조지의 저작을 읽었다. 그러나 그는 존 스튜어트 밀(John Stuart Mill)의 푸리에(Fourier) 비판을 읽고 나서는 헨리 조지보다 푸리에의 이상사회 구상에 공감해 "사회주의는 필요한 변혁이고 우리의 시대에 실현될 수 있다는 확신"[179]을 갖게 됐다.

모리스는 발칸반도에서의 전쟁에 반대한 '동방문제협회'에서 활동하면서 노동조합 지도자들과 알게 됐으나 그들이 전적으로 자본주의 정치가들의 영향 아래 있는데다가 선거권만 확보하면 된다고 생각한다는 점에 절망했다. 그는 또한 자유당이 행동력을 결여하고 있고 특히 아일랜드에 대한 탄압을 추구한다는 점에 실망했다. 그래서 그는 자유당 정부에 반대하는 운동에 참여했으나, 그 운동은 곧 분열됐다.

결국 그는 민주연맹이 지닌 여러 가지 결점에도 불구하고 사회주의에 대한 믿음에서 1883년에 이 연맹에 가입했다. 이어 그는 프랑스어로 번역된 마르크스의 《자본론》을 소개받아 읽었고(당시에는 아직 영역본이 없었다), 하인드먼과 함께 《사회주의 기초(Socialism Made Plain)》라는 문건을 썼다. 이 문건은 1883년에 열린 민주연맹의 대회에서 이 연맹의 정식 정책으로 승인됐다. 모리스는 그 다음해에 역시 하인드먼과 함께 민주연맹의 강령에 대한 해설서인 《사회주의 원리 요강(A Summary of the Principles of Socialism)》을 썼다. 모리스는 이처럼 하인드먼을 비롯해 영국 사회주의의 첫 단추를 끼운 벨퍼드 백스, 마르크스의 막내딸인 엘레아노르 마르크스, 그리고 그의 남편인 에드워드 에이블링 등과 함께 활동했다.

모리스는 1883년 3월에 '예술, 부, 재산'에 관한 강연을 한 것을 시작으로 연속적인 강연을 통해 예술의 변혁을 통한 사회주의 실현의 전망을 제시하고 문명비판에도 나서는 등 적극적인 활동을 벌여나갔다. 그가 1884년 말까지 한 강연들 가운데 특히 중요한 것으로는 '예술과 민중-사회주의자의 항변', '금권정치 하의 예술',[180] '유용한 노동과 무용한 노고', '예술과 사회주의-현대 영국사회주의자의 목표와 이상',[181] '고딕 부흥론', '예술과 노동', '건축과 역사', '직물 짜기',[182] '중세와 현대의 직인'[183] 등을 꼽을 수 있다. 당시 그의 사회주의는 소박한 것이었다. 그것은 부자도 가난한 자도 없는 세계를 만들고 싶다는 말 한마디로 뭉친 민주연맹의 환상과 직결된 것이기도 했다. 그는 자본가의 착취에 의해 노동자가 고통을 당하는 것을 이해하는 데 왜 경제학 따위를 공부할 필요가 있느냐고 반문하기도 했다.

그의 소박한 사회주의 사상은 그의 디자인 사상과 밀접하게 관련된 것이었다. 왜 이 세상에는 저렇게 추악한 물건들이 많은가? 기계로 생산되었기에 추악한 것이다. 그렇다면 왜 기계를 사용하는가? 이윤추구에 혈안이 된 자본가들이 대량으로 제품을 만들기 때문이다. 그렇다면 그 시스템은 어떻게 무너뜨릴 수 있는가? 이런 의문에 해답이 되는 실천적인 수단이 바로 그의 사회주의였다.

모리스는 민주연맹이 1884년 1월부터 발간하기 시작한 주간 기관지 〈정의(Justice)〉를 지원하고 그 가두판매에도 나섰으며, 매월 두세 편의 글을 이 기관지에 기고했다. 노동자들이 많은 맨체스터나 버밍엄 등에서 강연을 하기도 했다. 1884년 여름에는 런던의 하이드 파크에서 열린 영국 최초의 사회주의자 옥외집회에서 연설을 했고, 해머스미스에 민주연맹의 지부를 설립하기도 했다. 그러는 동안에 민주연맹은 조직이 확대되는 등 눈부신 발전을 해나갔다. 당시 민주연맹에 가입한 사람들 가운데는 1889년의 런던 부두파업을 이끈 기계공 톰 맨과 존 번스, 가스공조합을 조직한 윌 손 등 영국 노동조합 운동의 지도자도 여럿 있었다.

그러나 하인드먼은 자신의 권위주의적인 성격 탓에 민주연맹에 대한 자의적인 독재적 지배권을 유지하고자 했고, 민주연맹의 세력이 확대되자 의원을 배출하는 의회정당으로 연맹을 전환시키려고 정치적 타협을 획책했다. 이에 모리스는 에이블링 부부 및 노동조합 지도자들과 함께 1884년 12월에 민주연맹을 탈퇴하고 사회주의자동맹(Socialist League)을 결성했다. 그는 노동자계급을 혁명의 주체로 믿지 않고 국가에 의한 사회주의 내지 국가사회주의를 구상한 하인드먼과 결별할 수밖에 없었다. 그는 '노동자들이 스스로 혁명의 주체가 되도록 하는 일에 교육을 통해 기여하는 것'이 자신과 사회주의 단체의 역할이라고 생각했다. 여기서 '교육'이란 말이 오해되어서는 안 된다. 그것은 사회주의를 노동자들에게 가르치는 것을 뜻하는 게 아니라 노동자들이 '민중의 희망'을 자각하도록 문제를 제기해주고 그들로 하여금 스스로 그 문제를 해결하게 하는 것을 뜻한다.

1885년에 모리스는 사회주의자동맹이 간행하기 시작한 월간 기관지 〈코먼웰(Commonweal)〉의 편집을 맡고 재정도 부담했다. 이 기관지는 이듬해에 주간으로 바뀌었고 평균 2000~3000부씩 팔렸다. 모리스는 잡지를 만들어 펴내는 일 외에도 강연여행, 집필, 지부지도, 시위참가 등으로 매우 바쁜 나날을 보냈다. 그는 한 해에 120회나 강연했다. 그의 이런 열성적인 활동으로 1886년 여름에는 사회주의자동맹의 가입자가 700명으로 늘어났고, 모리스가 지도한 해머스미스 지부의 회원도 100명을 넘었다. 그러나 그들은 이미 탄압을 받고 있었다. 1885년경부터 경찰은 사회주의자들의 집회를 탄압하기 시작했다. 모리스도 체포되어 벌금을 물기도 했다. 1886년과 1887년에는 실업자가 급격히 늘어나면서 대규모 가두시위가 이어졌다. 1887년에는 미조직 숙련노동자들이 적극적으로 조직되기 시작해 탄광, 섬유, 운수 분야에서 노동자들의 조합이 등장했고, 파업이 끊이지 않았다.

탄압은 더욱 극심해졌다. 마침내 1887년 11월 13일에 《에코토피아 뉴스》에도 나오는 '피의 일요일(Bloody Sunday)' 사건이 터졌다. 런던의 트라팔가 광장에 모인 노동자들이 무방비 상태에서 군경의 공격을 받아 두 명의 노동자가 살해되고 100명 이상이 다쳤다. 살해된 노동자들에 대한 장례식을 겸한 시위 때는 모리스의 시 〈죽음의 노래(Death Song)〉가 울려 퍼졌다. 피의 일요일 사건은 사회주의자들로 하여금 국가권력과 자본주의의 무자비한 무력을 다시 인식하게 했고, 약하고 분열된 사회주의 운동의 문제점을 통감하게 했다. 또한 이 사건으로 인해 사회주의에 대한 모리스의 생각에도 변화가 일어났다. 사회주의자동맹의 내분까지 겹치면서 사회주의의 실현에 대한 모리스의 기대가 꺾이기 시작했다. 물론 사회변혁에 대한 꿈을 버리지는 않았으나, 이제는 그것이 쉽게 달성되는 것이 아니라고 생각하게 된 것이다. 그는 1890년에 《에코토피아 뉴스》를 〈코먼웰〉에 연재할 때는 20세기 초엽에 혁명이 가능할 것처럼 거기에 썼으나 불과 1년 뒤인 다음해에 이 작품을 단행본으로 간행할 때는 그 시점을 1952년으로 고쳤을 정도로 혁명의 전망에 대해 비관했다.

모리스는 의회정치에 대한 실망에서 사회주의자가 되었으나 민주연맹, 사회민주연맹, 사회주의자동맹을 거치면서 사회주의자로 활동하는 과정에서 더욱 더 큰 절망을 경험했다. 그러나 만년의 그를 체념에 젖은 모습으로만 볼 수는 없다. 그는 사회주의에 대한 순수한 신념을 끝까지 버리지 않았다. 《에코토피아 뉴스》가 바로 그 증거라고도 말할 수 있다.

여기서 우리는 모리스가 사회주의자동맹의 역할을 순수하게 '혁명을 향한 교육'에 한정했다는 점에 주목할 필요가 있다. 물론 그가 말한 교육은 단순히 가르치는 것을 뜻하는 게 아니라 참여를 포함하는 넓은 의미의 교육을 뜻하는 것이었다. 이와 관련해 그는 다음과 같이 말했다.

우리는 단순히 논의를 하기 위한 단체이거나 철학협회여서는 안 된다. 참된 민중운동에 대한 우리의 견해를 틀림없이 분명하게 밝힐 수 있을 때 우리는 그 운동에 참여해야 한다. 이는 조직에서 교육이 가장 중요한 부분임을 뜻한다. '혁명을 향한 교육(Education towards Revolution)'이야말로 우리의 정책이 어디에 있어야 하는가를 단 세 단어로 표현해주는 말이라고 나는 생각한다.[184]

모리스의 노동자 교육이 중세와 연결시켜 사회주의적 미래의 예술에 대해 강의하는 것에 그쳤다고 보는 것은 잘못된 견해다. 그는 의회를 통한 개혁 내지 정치투쟁의 유효성을 일관되게 부정했다. 이런 그의 태도는 의회제 국가는 절대로 '민중의 희망'을 실현할 수 없다는 인식에서 비롯된 것이었다. 그는 국가가 민중 위에 서서 민중을 일체화하려는 시도에 대해 극도로 경계했고, 이런 그의 태도는 국가와 '민중의 희망'을 통합하려는 움직임을 철저히 거부하는 것이었다. 그는 또한 민중을 애국심의 덩어리로 묶어 국가와 합치는 것을 거부했다. 이런 점에서 그는 아나키스트였다. 물론 그는 모든 조직을 부정하고 허무주의나 폭력주의로 치달리는 극단적인 아나키스트와는 다르다. 그러나 그는 모든 개량주의적 움직임에 반대하고 '교육'과 '불만의 배양'에 치중했다는 점에서 명백히 아나키스트였다.

하인드먼에 반대해 모리스와 함께 사회민주연맹을 탈퇴하고 사회주의자동맹 결성에 참여한 에이블링 부부는 비록 하인드먼과는 다른 근거에서였으나 정당을 결성하고 선거에 참가해야 한다고 주장하면서 1884년에 동맹에서 탈퇴했다. 그 후 사회주의자동맹은 아나키스트들이 중심이 됐고, 모리스도 그들과 함께 활동했다. 그러나 사회주의자동맹은 1889년에 해체됐다. 모리스는 해머스미스 지부를 '해머스미스 사회주의자협회(Hammersmith Socialist Society)'로 개편하고 1896년에 죽기까지 이 협회를 중심으로 활동했다. 만년에 그는 의회를 통한 개량적 투쟁에 노동자들이 참가하는 것의 교육적 의의를 인정했다.

앞에서 말했듯이 모리스는 1883년에 49세가 되어서야 《자본론》을 프랑스어 번역으로 읽었다. 그에게 《자본론》은 쉽게 이해되지 못했다. 그는 《자본론》의 역사적인 부분은 즐겁게 읽었으나 경제에 관한 부분은 정말 읽기가 고통스러웠다고 나중에 회상했다. 당시 영국에서의 마르크스 이해는 홉스봄이 평가했듯이 대륙에 비해 훨씬 유치했다. 그러나 홉스봄은 모리스에 대해 당시의 가장 독창적인 마르크스주의 이론가였다고 평가했다. 이는 모리스의 《에코토피아 뉴스》와 《존 볼의 꿈(A Dream of John Ball)》을 두고 한 말이다.

만년의 모리스

모리스는 오랜 공백기를 거쳐 1886~1887년에 호머의 《오디세이》를 번역했고, 다시 시를 쓰기 시작했으며, 극작에도 손을 댔다. 1887년에 그는 《상황이 바뀌다, 또는 너프킨스가 깨우치다: 사회주의 촌극(The Tables turned, or Nupkins Awakened: a Socialist Interlude)》를 써서 가을에 상연했다. 이듬해에는 《존 볼의 꿈》을 《어느 왕의 교훈(A King's Lesson)》과 함께 간행했고, 두 번째 강연집인 《변혁의 징조(Signs of Change)》와 인쇄예술 작품으로 로망스와 시로 엮은 《볼핑족의 집에 대한 이야기(A Tale of the House of the Wolfings)》도 간행했다. 이어 1889년에 《산의 뿌리(The Roots of Mountains)》, 1890년에 《화려한 평야의 이야기(The Story of the Glittering Plain)》, 1891년에 선집 《노변의 시 (Poems by the Way)》와 《북유럽 전설 문고》 1권을 잇따라 간행했으며, 《북유럽 전설 문고》는 1995년까지 모두 5권이 간행됐다.

모리스는 1892년에 계관시인이었던 테니슨이 죽자 계관시인으로 추대됐으나 사절했다. 대신 그는 '예술노동자 길드'의 마스터에 선출됐다. 1894년에는 로망스 《세계 저편의 숲(The Wood beyond the World)》를 펴냈고, 1895년에는 고대 영시인 《베어울프 이야기(The Tale of Beowulf)》를 번역했다. 모리스가 만년에 쓴 시 가운데 특히 주목되는 것은 〈코먼웰〉에 연재된 '희망의 순례자'다. 그 중에서 가장 아름다운 부분은 '3월의 바람이 전하는 메시지'다.

귀를 기울여라! 3월의 바람이 민중의 말을 전한다,
그들이 그곳에서 보낸 초췌하고 가혹한 삶을.
우리, 그리고 우리의 사랑이 그 삶 한가운데 있는데
나의 사랑은 비틀거리고, 너의 아름다움은 사라진다.

우리가 사랑과 여유 속에서 사랑했던 이 땅,
이젠 하늘에, 손이 닿지 않는 높이에 있다.
바다 같은 평야 너머의 넓은 언덕도 그들에게 즐거운 곳이 아니고,
선조의 회색 집도 더 이상 가르침의 이야기를 해주지 않는다.

(중략)

사랑이여, 쉼터로 돌아오라. 빛도, 불도,

그리고 바이올린의 옛 울림과 발자국 소리도.

그곳에 휴식과 소망이 있고,

그곳에서 내일의 봉기가 꽃피우리니.[185]

모리스는 오늘날 소설이라고 부르는 장르에는 손을 댄 적이 없으나 산문시라고도 할 수 있는 '로망스'를 썼다. 사실 《에코토피아 뉴스》나 《존 볼의 꿈》도 로망스에 속한다. 그의 로망스는 전기의 작품(1855~1856년에 〈옥스퍼드 케임브리지 매거진〉에 실린 것들)과 후기(1888~1896년)의 작품으로 구분된다. 후기의 로망스 작품은 그가 사회주의 활동을 시작한지 5년이 지나서부터 죽기 전까지 씌어졌고, 특히 예이츠(William Butler Yeats, 1865~1939)에 의해 애송됐다. 전기의 작품이든 후기의 작품이든 그의 로망스는 자연과 중세를 노래한 것이라는 점에서는 모두 같다. 그러나 아일랜드의 작가인 루이스(Clive Staples Lewis, 1898~1963)가 말했듯이 모리스가 생각한 중세란 사실 상상 속의 중세였지 기독교 신비주의, 아리스토텔레스 철학, 궁궐풍의 연애 등으로 상징되는 실제의 중세와는 무관한 것이었다.

모리스는 사회주의자로 활동하면서 시 쓰기와 함께 디자인 작업도 계속했다. 디자인 업무가 늘어나게 되자 그는 1881년에 런던 교외의 윔블던과 가까운 원들(Wandle) 강가의 머턴 애비(Merton Abbey)에 공장을 지었다. 그는 2만 8천 제곱미터에 이르는 방대한 부지를 빌려 그곳에 공장을 세웠고, 3년 뒤에는 직공을 100명 가까이 고용했다. 따라서 모리스는 상당한 정도의 자본가가 되었다고 할 수 있다. 그런데 그 공장에는 사용자와 노동자 간의 대립관계가 과연 없었을까? 모리스가 자신의 예술적인 양심에 따랐다면 그 공장에서는 노동자들이 기계를 사용하지 않고 수작업을 하면서 노동의 즐거움을 누렸어야 하는데 과연 그랬을까?

현실은 너무나도 달랐다. 모리스의 엄격한 감독 아래 노동자들은 기계를 사용하며 힘든 노동에 시달려야 했다. 또 하나의 모순은 좋은 물건을 만들고자 한 것이 결국은 가격이 높은 사치품을 만드는 결과가 되고 말았다는 점이다. 열렬한 사회주의자였던 모리스도 만년에는 사회변혁이 결코 쉬운 일이 아님을 인정하지 않을 수 없었다. 자신이 꿈 꾼 이상사회를 실현하기란 매우 어려우며 자신이 성급했다는 것을 알게 되면서, 또 지병인 중풍이 더욱 심해지면서 아직 50대 후반인 모리스는 급격히 늙어갔다.

현실세계가 준 고통스러운 좌절감은 그로 하여금 모든 것이 뜻대로 되는 내면적인 유토피아로 이끌리게 했다. 그래서 1890년대에 모리스는 무엇보다도 책 만드는 일에 몰두했다. 책 디자인은 만년의 모리스에게 '최후의 반려'였다. 그의 책 디자인 운동은 그 자신이 말한 대로 "보기에 즐겁고 읽기가 쉬우며 '분명하게 아름다움을 주장할 수 있는' 책을 만든다"는 것이었다. 당시의 조잡하고 무신경한 인쇄물들에 참을 수 없는 분노를 느꼈기 때문이다.

1883년에 켈름스콧 하우스 곁으로 이사해온 활판인쇄 전문가 에머리 워커(Emery Walker)의 자극을 받아 책 디자인에 흥미를 느낀 그는

1889년에 인쇄소 설립을 결심했다. 그는 이듬해에 이웃집을 빌려 인쇄소를 차렸고, 1891년부터 실질적인 책 제작을 시작했다. 그 해에 그는 '개인출판(private press)'이라는 새로운 활동을 시작했다. 켈름스콧 출판사라고 이름 지어진 그 작은 출판사는 모리스 자신이 좋아하는 책만을 아름답게 만들어낸다는 목적으로 설립됐고, 처음부터 이익은 도외시됐다. 모리스의 책 디자인 운동을 계기로 1890년대 이후에 영미권에서 인쇄부흥 운동이 일어나기도 했다.

1896년 10월 3일에 모리스는 해머스미스에 있는 자택인 켈름스콧 하우스에서 62세로 죽었고, 사흘 뒤에 부근에 있는 성 조지 교회의 묘지에 매장됐다. 그가 죽은 지 4년 뒤인 1900년에 프랑스 파리에서 열린 만국박람회의 영국관은 모리스회사에 의해 장식됐다. 이는 19세기에서 20세기로 전환하는 시점에 모리스의 디자인이 영국을 대표하는 디자인으로 인정받았음을 뜻하는 것이다. 1895년부터 1905년 사이의 10년간 최고조에 이른 영국의 예술공예 운동(Arts and Crafts Movement)에는 130여 개 단체가 참여했다. 이 운동은 바로 모리스의 영향 아래서 태어나고 자라나 꽃피운 '모리스의 유산'이었다.

모리스에 대한 평가

건축사학자인 페프스너가 모리스를 '현대 디자인의 아버지'라고 부른 이래 지금까지도 그에 대한 그러한 평가는 변하지 않았다. 그럼에도 불구하고 그가 만약 지금 살아 있어 20세기의 디자인을 본다면 19세기의 디자인에 대해 품었던 분노보다도 더 큰 분노를 느꼈을 것이 틀림없다. 그래서 그는 "나는 이 따위의 아버지가 아니다"라고 외쳤을 것이다. 그러나 19세기 말부터 20세기 초에 걸쳐 모리스의 영향을 받지 않은 디자이너가 없었다는 점, 그에 대해 반발했든 그를 추종했든 간에 현대의 디자인은 모두 그의 영향을 받았다는 점에서 그 자신이 싫어하건 좋아하건 그는 현대 디자인의 아버지임에 틀림없다. 수작업이라는 것의 사회적, 윤리적 의미를 재고하라고 촉구한 점에서도 그는 20세기의 예술에 큰 영향을 끼쳤다. 예를 들어 독일 바이마르에 개설됐던 조형학교 바우하우스(Bauhaus)가 초기에 내세운 '계급차이가 없는 새로운 길드를 창설하자'는 구호는 바로 모리스가 했던 말이다.

노동은 즐거워야 한다. 바로 이것이 모리스가 견지한 삶의 테마였다. 그런데 오늘의 우리는 어떠한가? 여가를 얻기 위해, 또는 소비를 하기 위해 노동을 하고 있지 않은가? 거꾸로 말하면 우리는 노동의 즐거움을 느끼지 못하므로 소비에 빠지고, 노동은 소비라는 쾌락을 위해 어쩔 수 없이 치러야 하는 고역으로 타락한 것이 아닐까? 모리스가 살았던 1세기도 전의 시대에 비해 지금은 과연 무엇이 얼마나 달라졌을까?

그의 탄생 100주년인 1934년에 영국을 비롯해 전 세계적으로 모리스를 회상하는 성대한 잔치가 이어졌다. 레닌이 말했듯이 지배계급은 혁명가가 살아 있을 때는 그를 냉혹하고 잔인하게 박해하고 증오하며 그에 대한 중상비방을 일삼고, 혁명가가 죽은 뒤에는 그를 무해한 성자로 변모시켜 대중을 기만하고 그의 혁명이론을 속화시켜 그 이론의 혁명성을 둔화시킨다. 모리스도 탄생 100주년에는 무해한 성자로 기려졌다. 보수당 당수까지도 그가 위대한 시인이자 공예가였다고 찬양했다. 그러나 혁명가로서의 그에 대해서는 그 누구도 말하지 않았다. 이러한 점은 지금도 마찬가지다.

그는 물론 위대한 예술가였으나, 그의 어떤 작품도 그가 참으로 혁명적인 사회주의자로 살고자 했던 점을 무시하고서는 이해할 수 없다. 자본주의의 전복과 노동자계급의 승리를 위해 싸운 사회주의자로서의 그를 무시하고서는 그가 만든 하나의 무늬조차 제대로 이해할 수 없다.

그의 탄생 100주년을 맞아 그를 사회주의자로서 정확하게 재평가하고자 한 아노트(R. Page Arnot)의 글186)이 발표됐고, 콜(G. D. H. Cole)이 편집하고 서론을 쓴 선집이 간행됐다. 그 뒤에 콜은 《사회주의사상사 제2권 마르크스주의와 아나키즘 1850~1890년》(1957년)의 14장 '영국 사회주의의 부활-윌리엄 모리스'에서 모리스에 대해 진정하게 '혁명적'인 사회주의자였다고 평가했다. 그는 모리스가 노동자계급 운동의 연대정신을 신뢰했고, 일상의 노동에서 발휘되는 노동자의 창조성을 중시했다는 점에 주목했다.

《에코토피아 뉴스》의 이상사회

〈코먼웰〉에 1890년 1월부터 10월까지 연재되고 1891년 단행본으로 발간된 《에코토피아 뉴스(News from Nowhere, or An Epoch of Rest: Being Some Chapters from a Utopian Romance)》는 꿈 이야기를 하는 형식으로 돼 있다. 곧 꿈속에서 약 250년 뒤의 템스 강변 사회주의 사회를 체험한 내용을 이야기하는 형식이다. 이는 《존 볼의 꿈》이 꿈속에서 500년 전인 14세기로 돌아가 켄트 지역의 반란농민들과 함께 런던으로 진군하기 전에 하루를 같이 보낸 이야기인 것과 같다.

《에코토피아 뉴스》에 그려진 미래사회는 1952년에 혁명이 일어나고 다시 200년간의 이행기를 거친 뒤인 2150년대의 사회주의 사회다. 그런데 그 미래사회는 SF류의 화려한 미래가 아니라 《존 볼의 꿈》의 배경과 거의 같은 중세의 정경이다. 그러나 중요한 것은 중세에 대한 모리스의 동경이 아니라 중세적인 이상사회에 비추어 본 현실사회의 모습에 대한 그의 비판이다. 모리스가 《에코토피아 뉴스》를 쓴 것은 유토피아 그 자체를 묘사하기 위해서가 아니라 현실사회를 비판하기 위해서였기 때문이다.

《에코토피아 뉴스》는 모리스가 집필 당시에 사회주의 단체에서 실제로 주장했던 바를 강조하는 것으로 시작된다. 그것은 19세기 상업문명에 대한 비판, 혁신운동의 잘못된 방향인 개량주의와 국가사회주의에 대한 비판, 사회주의 혁명의 필연성에 대한 강조 등이다. 이런 것들이 전제된 가운데 1952년에 트라팔가 광장에서 일어난 유혈충돌을 기점으로 전개되는 사회주의 혁명이 이 책에서 가장 긴 장인 17장에서 상세히 묘사된다. 폭력적인 충돌, 전국적인 파업, 군인들의 사기 상실 등으로 이어지는 그 사실적인 묘사의 박진감은 '프랑스 내전'에 대한 마르크스의 묘사를 능가한다. 그러한 과정을 거쳐 실현된 이상사회는 참으로 아름답다. 여성은 건강하고 아름다우며, 남성은 멋지고 활달하다. 누구나 실제 나이보다 젊게 보이고, 40대의 여성도 얼굴에 주름이 없다.

그곳에서는 물건이 필요에 따라 만들어진다. 사람들은 이웃이 사용할 물건을 마치 자기 자신을 위해 만들듯이 만든다. 자신의 손이 미치지도 않는 정체불명의 시장을 위해 물건을 생산하지 않는다. 따라서 모든 물건은 훌륭하고 그 목적에 완전히 적합하다. 조잡한 물건은 만들어지지 않는다. 사람들은 무엇이 필요한지를 알기 때문에 필요 이상으로 물건을 만들지 않는다. 필요 없는 물건을 엄청나게 대량으로 생산하지 않기에 물건을 생산하는 즐거움을 곰곰이 생각할 여유가 있다. 손으로 하기에 지겨운 작업은 크게 개선된 기계로 하지만, 손으로 하기에 즐거운 작업은 모두 기계를 사용하지 않고 손으로 한다. 따라서 모든 일이 다 즐겁고, 누구나 일을 피하지 않고 오히려 일을 하고자 한다.

《에코토피아 뉴스》는 32개 장으로 구성돼 있다. 1장 '토론과 취침'은 꿈을 꾸게 된 사정을 설명한다. 어느 추운 겨울에 사회주의자 동맹에서 미래사회에 대한 토론이 있었던 날에 '우리의 친구'는 집으로 돌아가 잠을 자다가 꿈을 꾼다는 것이다. 2장 '아침의 수영'은 꿈의 시작이다. 화창한 6월의 어느 날 아침에 깨어난 주인공이 템스 강가로 간다. 어제와 달리 강물이 너무 맑아 수영을 한다. 그가 만난 젊은 뱃사공 남자는 표정이 밝고 아름답다. 주변을 돌아보니 매연을 내뿜던 공장이 모두 사라졌다. 대신에 너무나도 아름다운 돌다리가 있고, 강변에 아름다운 집과 키 큰 나무가 늘어서 있다. 보트를 태워 준 뱃사공에게 돈을 주려고 하자 그는 일에 대한 보수로 돈이 지급되는 일은 없다고 말한다.

   3장에서는 게스트 하우스에서 아침식사를 하는 장면이 묘사된다. 게스트 하우스에는 고딕식 곡선으로 된 창이 있고, 멋지고 힘찬 조각 상도 있다. 마루는 대리석으로 모자이크돼 있고, 실내에는 자유로운 분위기가 넘친다. 그곳에서 일하는 여성들은 친절하고 행복해 보인다. 4장에서는 여행 도중에 들러본 시장의 모습이 그려진다. 거리는 중세 고딕풍의 시골 모습이고, 숲 속에 집들이 흩어져 있다. 여기까지는 산업화가 현대사회에 끼친 환경오염과 화폐숭배가 빚어낸 경제적 갈등에 대한 비판이자 그러한 것들이 제거된 새로운 사회에 대한 찬가다.

   물론 이러한 유토피아는 19세기 말 당시보다 인구가 훨씬 적었던 중세의 모습을 그린 것이라는 점에서 공상적이라는 비판도 가능하다. 그러나 모리스는 인구가 적은 사회를 묘사한 것이 아니라 인구가 도시에 집중되지 않고 농촌으로 분산된 사회를 염두에 두고 그러한 서술을 했다는 점에 유의할 필요가 있다. 이는 예를 들어 주인공이 해먼드 노인을 만나러 갈 때 큰길에는 사람들이 많기 때문에 숲길로 돌아서 갔다고 하는 부분이나 시골인데도 전보다 집이 많아진 곳도 있다고 하는 부분에서 알 수 있다. 모리스는 도시와 농촌 사이의 차이가 해소된 유토피아를 묘사한 것이다. 그는 도시와 시골이 적절한 균형을 이루도록 해야 한다고 주장했고, 도시의 성장을 제한해 시골의 자연, 심지어는 불필요한 공간이나 황무지도 자연 그대로 놔둘 것을 주장했다.[187]

《에코토피아 뉴스》에서 모리스가 묘사한 이상사회의 인간은 자유로운 개인이다. 새로운 사회의 생활은 "무엇보다도 먼저 인간의 동물적 생활을 자유롭고 아무런 구속 없이 보장하는 것"이어야 한다는 것이다. 이는 모든 금욕주의의 폐지를 요구하는 것이다. 그는 사람들이 "인간동물로서 육체적 욕구를 충족시키는 것에서 기쁨을 느낄"[188] 수 있게 해야 한다고 말한다.

에코토피아의 자유는 교육의 자유로부터 비롯된다. 5장 '거리의 아이들'을 보면 아이들은 숲 속 텐트에서 여름을 보내면서 혼자 살아가는 법을 배우고 야생동물을 관찰한다. 그곳에는 학교가 없다. 정규 교육장으로서의 학교라는 '아이들 농장(boy farm)'은 사라졌다. 그곳 사람들은 '교육'이란 라틴어의 '이끌어내다'에서 비롯된 말이라는 정도만 알고 있다. 교육은 자연 속에서 살아가는 법을 스스로 배우거나 어려서부터 어른들을 본받아 일하는 즐거움을 배우는 것이라고 그곳 사람들은 말한다. 책을 통한 교육은 유토피아의 교육방식이 아니다. 책을 통한 교육이 무시되는데도 그곳 사람들의 지적 수준은 매우 높다. 아이들은 원한다면 쉽게 고전에 대한 공부를 할 수 있다. 그러나 15세가 되기 전에는 몇 권의 이야기책 외에는 책을 읽지 말도록 권유된다. 또한 일찍부터 글자를 쓰면 추악한 글자를 쓰게 되므로 너무 일찍 글자를 쓰도록 장려되지 않는다.

모리스는 부모의 억압적 태도로부터 아이들을 해방시키기 위해 근본적인 변화가 필요하다고 생각했다. 그는 부모가 있는 가정보다 사회가 아이들에게 더 교육적일 수 있으며, 아이들은 끼리끼리 어울리며 스스로 자란다고 생각했다. 관리되고 통제되는 학교교육은 기계적인 군대식 억압체제일 뿐이라는 그의 비판은 오늘날 더욱 적절하게 들린다. 그는 교육은 결코 강요되어서는 안 되고, 교육을 강제로 하는 것은 무의미하다고 생각했다. 그는 책을 통해 지식을 배우는 것보다는 신체적 기능을 자연스럽게 익히는 것이 더 중요한 교육이라고 생각했다. 예를 들어 수영, 목공, 양털 깎기, 요리, 빵 굽기, 재봉일 등이 그런 것이다. 이런 것은 누구나 두세 시간이면 쉽게 배울 수 있으면서도 평생토록 중요한 기능이라는 것이다. 그는 사회변혁이 조기에 달성되기 어렵다고 생각하게 된 뒤로는 교육의 중요성을 더욱 강조했다. 그리고 노동자들이 스스로 지도자가 되도록 돕는 교육이 중요하다고 생각했다. 이런 교육의 의미에 대해 그는 다음과 같이 말한 바 있다.

불만이 자연스럽고 당연하다고 해도 그것이 전부는 아니다. 낡은 질서를 전복하려는 경우에는 그 목표가 무엇인지를 알아야 한다. 낡은 질서는 강제적으로밖에 전복될 수 없다는 게 나의 신념이고,

그런 만큼 혁명은 무지하지 않고 상식을 갖춘 혁명이어야 한다는 것이 더욱 중요하다. 무엇보다도 지금 우리가 원하는 것은 운동의 중대한 시기에 대중을 교육할 수 있는 인재, 그리고 그들의 지도자가 되어 활약할 고결하고 유능한 수완가의 집단이다. 이런 지도자와 조직가들의 대부분이 노동자여야 한다는 것은 두말할 필요도 없다.[189]

에코토피아의 자유에는 사랑의 자유도 중요하다. 《에코토피아 뉴스》의 9장은 바로 '사랑에 대하여'다. 모리스는 개인적 관계에 대한 엄격한 규제를 모두 거부했다. 그는 기존의 결혼제도는 재산과 관련된 계약제도나 마찬가지라고 생각했다. 그는 '사랑의 계약'을 강요하는 식으로 불가능한 의무를 요구하는 일은 없어져야 한다고 주장했다. 그는 남녀 간의 기계적인 평등은 기대하지 않았다. 그는 모성의 부정을 통해 양성평등을 추구한 페미니스트들에 반대했다. 그는 사회가 경제적 의존에서 벗어나면 모성이 인류 초기의 사회에서와 같이 다시 존중받게 될 것이라고 믿었다.

《에코토피아 뉴스》 6장에서는 혁명 직후에 유한계급의 질병인 게으름, 즉 태만의 병을 치료하느라 애를 먹었다는 이야기가 나온다. 이는 노동을 중시하는 모리스의 관점을 보여주는 대목이자 당시의 게으른 귀족과 부르주아를 풍자한 것이다. 그 대목을 인용해보자.

우리 시대의 초기에는 태만이라고 불리는 질병에 유전적으로 감염된 사람들이 많았다고 합니다. 그들은 과거의 저 나쁜 시절에 자신을 위해 다른 사람들에게 강제로 노동을 시킨 사람들, 그러니까 역사책에 노예소유자나 노동사용자로 기록된 사람들의 직계 후손이었지요. 태만이라는 병에 감염된 사람들은 그들의 시간 전부를 상점에서 보냈습니다. 그것 말고는 그들이 도움이 될 만한 일이 거의 없었거든요. 사실 한때는 그들이 그런 일을 하도록 강제되었다고 나는 생각합니다. 왜냐하면 그들, 특히 그들 중 여성이 태만이라는 질병에서 벗어나지 못하면 차마 볼 수 없을 정도로 추하게 변하고, 아이를 낳아도 추한 아이를 낳았기 때문입니다.[190]

《에코토피아 뉴스》 7장을 보면 유토피아에는 감옥이 존재하지 않는다는 이야기가 나온다. 그곳 사람들은 과거에 감옥이 있었다는 사실을 역사책을 통해 알고 있을 뿐이고, 만약 이웃이 감옥에 갇혀 있다면 그런 사실을 알고서 어떻게 다른 사람들이 행복할 수 있겠느냐고 반문한다. 8장 '나이든 친구', 10장 '질의응답', 11장 '정부에 대하여' 등에서는 에코토피아의 정치에 대한 설명이 나온다. 국회의사당 건물이 거름창고로 쓰인다고 한 것은 의회정치에 대한 모리스의 강한 불신이 반영된 부분이다. 해먼드 노인은 거름을 통해서는 비옥함이라도 얻을 수 있으나 과거의 정치는 단지 "심각한 견해차이가 있는 듯 가식하는 것이었을 뿐"이라고 비판한다. 모리스는 국가조직이나 생산의 결정 및 분배를 담당하는 조직도 구상하지 않았고, 그 밖의 다른 사회조직과 제도에 대해서도 구체적인 모습을 보여주지 않음으로써 다분히 아나키스트적인 관점을 보여주었다.

모리스는 국가사회주의는 참된 사회주의가 아니라고 보았다. 그는 만년에 이르러 혁명 이전에 추구하는 사회개혁의 유효성을 인정했으나 중도에 그치는 개혁을 목표로 삼는 데 대해서는 거부하는 태도를 끝까지 바꾸지 않았다. 모리스는 궁극의 목적의식이 유지되지 않는 한 그 어떤 운동도 실패할 것이라고 생각했다. 구소련과 동구가 해체되는 것을 지켜본 우리는 다음과 같은 모리스의 경고가 적절했음을 알 수 있다.

> 내가 알고 싶고 여러분도 고려하기를 바라는 것은, 노동자의 향상이 어느 정도 진척되더라도 사회주의에 이르는 길로는 걸음이 전혀 나아가지 않고 결국 정지하고 말 수도 있다는 점이다. 요컨대 시민화된 상업사회의 거대한 조직은 사회주의를 몰살시킬 것이다.[191]

모리스의 유토피아 사상

모리스의 사회주의와 유토피아 사상은 마르크스와 러스킨을 결합시킨 것이라고 할 수 있다. 곧 현대적 기술을 거부한 러스킨과 자본주의 사회소식을 거부한 마르크스의 결합이다. 그러나 모리스는 마르크스와 달리 자본가계급을 타도한다고 해서 사회주의의 이상이 실현된다고 보지 않았다. 사람들이 임금노예 상태에서 벗어나도 여전히 기계의 노예에 머물러 있을 수 있기 때문이라는 것이다. 따라서 모리스는 자본주의의 종언은 곧 기계시대의 종언이어야 한다고 주장했다.

모리스가 상정한 미래사회는 일종의 공동체이지만 그 공동체는 집단적이고 군사적인 조직이 아니라 빈곤과 불평등이 해소된 상태에서 사람들이 일에서 기쁨을 느끼며 살아가는 공동체다. 거기에서는 농촌이 바쁠 때는 도시에서 지적인 일에 종사하던 사람들이 내려가 함께 일한다. 그때 농촌사람들은 도시사람들에게 맞는 일감을 주어 그들이 쉽고도 단순한 노동의 기쁨을 맛보게 해준다. 모리스의 유토피아에서는 과거의 기차가 없어지고 대도시도 해체된다. 이러한 공업화에 대한 부정은 마르크스와 다른 점이라고 할 수 있다. 마르크스는 사회주의 혁명에는 생산력의 발전이 필수적이라고 보았다. 그러나 모리스는 생산력의 발전과 노동의 분화에 따른 전문성 심화를 그다지 높게 평가하지 않았다.

모리스의 유토피아에도 문제는 있다. 우선 그 실현 가능성의 문제가 있다. 외국무역이 배제되고, 경제활동이 지극히 좁은 범위에서 이루어진다. 그것은 작은 섬에서나 가능한 이야기이고, 현대의 국가에서는 정말 꿈같은 이야기다. 모리스의 유토피아에서는 모든 노동이 즐겁다고 하지만 기계가 여전히 사용되는 이상 누군가는 그 기계를 만들어야 하고, 누군가는 기계에 얽매인 노동을 해야 한다. 특히 그레이엄 휴(Graham Hough)가 《최후의 낭만주의자들(The Last Romantics)》[192]에서 이런 비판을 했다.

모리스의 유토피아는 종래의 전통적인 유토피아 문학이 그린 유토피아와 다르다. 전통적인 유토피아 문학은 이상사회 건설의 계획안, 즉 그 사회적 질서와 조직을 설득력 있게 묘사하는 것이었다. 따라서 자연을 완전히 지배하고자 하는 인간의 욕망을 전제로 하여 법률에 의해 통제되는 도시를 구상한 것이 전통적인 유토피아였다. 그리고 그 특징은 합리성, 인공, 규제, 조화, 금욕주의 등이었다. 토머스 모어(Thomas More)의 《유토피아(Utopia)》[193]도 이런 일반적인 모델과 다르지 않다. 모어의 유토피아에서는 노동이 자연지배의 수단으로 간주되고, 유토피아 자체가 이성과 금욕주의에 의해 지배된다. 그리고 시민에게 적합하지 않은 노동은 노예가 담당하는 것이 이성적이라고 여겨진다.

모리스의 유토피아는 프랜시스 베이컨(Francis Bacon)의 《뉴 아틀란티스》 이후에 또 하나의 전통이 된 '과학의 발전에 의한 유토피아'와도 다르다. 모리스는 오히려 문명의 발전은 인간의 행복에 결코 도움이 되지 않는다고 보았다. 모리스의 유토피아는 그가 살던 시기의 다른 유토피아 구상들과도 달랐다. 1888년에 미국에서 에드워드 벨러미(Edward Bellamy, 1850~1898)가 쓴 책 《2000년에 1887년을 회상함(Looking Backward 2000~1887)》이 발간됐다. 이 책은 2년 만에 미국에서 39만 부, 영국에서 4만 부가 팔려 베스트셀러가 됐다. 이 책에서 이상사회를 주도한 정당으로 묘사된 국민당과 같은 조직을 만들려는 운동까지 생겨날 정도였다.

벨러미의 이 책에서는 보스턴에 사는 부유한 남자인 줄리우스 웨스트가 당시의 사회상, 특히 노동운동을 혐오하여 불면증에 걸려 치료를 위해 의사를 찾아가 그 의사의 최면술로 잠들었다가 2000년에 깨어나 사회문제가 완전히 해결된 이상국가 미국의 시민이 된다. 그런데 그 이상국가는 모든 자본을 통합한 국가가 단일의 트러스트가 되어 산업을 통제하고 모든 노동을 조직하고 관리하는 국가공산주의 형태의 사회다. 즉 기계적인 관리조직을 통해 혼란스러운 사회에 질서가 부여되고 기술의 발전에 의한 생산력 향상으로 평화롭고 풍요한 생활이 실현된다는 것이 벨러미의 유토피아다. 당시 사람들은 이런 미국식 유토피아에 대해서는 열광했지만 모리스의 유토피아에 대해서는 냉담했다. 미국식 유토피아가 더욱 그럴듯했고 현실적 가능성도 있는 것처럼 보였던 것이다.

벨러미가 그린 사회는 20세기에 실제로 현실화됐다. 그러나 그것은 진정한 이상사회라기보다 비참한 비이상사회였다. 그럼에도 불구하고 벨러미는 토머스 모어 이래 유토피아 문학의 전통을 답습한 덕분인지 계속해서 인기를 누렸다. 기술의 힘과 인간에 대한 합리적 규제를 통해 자연과 환경에 대한 인간의 통제를 실현한다고 하는 것이, 다시 말해 모어와 베이컨을 결합하고 엘리트 신앙, 과학기술자 중시, 계층질서의 보수주의를 추가한 것이 벨러미의 유토피아였다. 이는 전제국가로 향하는 것이었다.

모리스는 벨러미를 통렬하게 비판했다.[194] 벨러미는 완전히 중앙집권화된 국가에 의해 움직이는 국가사회주의를 구상하고, 기계에 의존하는 생활을 최상의 삶으로 본다고 모리스는 비판했다. 그것은 기계적인 삶의 체제를 구상한 것에 불과하며, 그런 조직과 기계의 발달에 의해서는 인간의 행복이 달성될 수 없다는 것이었다. 미래의 이상사회는 노동을 최저한으로 경감시킴으로써 인간의 에너지 지출을 감소시킨 사회가 아니라 노동의 고통을 최저한으로 경감시켜 인간의 에너지 지출이 즐거운 것이 되는 사회여야 한다고 모리스는 주장했다.

모리스의 유토피아를 마르크스의 이상사회와 함께 서양의 전통적인 천년왕국론과 같다고 보는 견해[195]도 있으나 천년왕국과 유토피아는 전혀 다른 것이다. 왜냐하면 천년왕국은 《요한 묵시록》 20장에서 보듯 그리스도가 부활해서 메시아왕국을 세우고 1000년간 세상을 지배한다는 것으로, 그 왕국에서는 기독교 순교자들만이 시민으로 살아갈 수 있기 때문이다. 기본적으로 쾌락주의적인 천년왕국과 노동을 중시하는 모리스의 유토피아가 혼동되어서는 안 된다.

모리스의 유토피아가 유래한 뿌리를 굳이 서양의 전통에서 찾는다면 그것은 15~18세기에 유행한 전원시극인 파스토랄(Pastoral)에 배경으로 등장하곤 했던 아르카디아(Arcadia)다. 아르카디아는 그리스의 남부에 있는 펠로폰네소스 반도의 중앙 산악지대를 가리키며, 고대 그리스 시대 이래로 아름다운 풍광과 순박한 인정이 존재하는 목가적 이상향으로 간주됐다. 그곳은 인간과 자연환경이 융화되고, 이성적인 것과 자연적인 것이 일치되고, 인간의 욕망이 단순화된 곳으로 여겨졌다. 모리스의 이상사회가 이런 아르카디아의 전통을 이었다고 말하는 것은 가능하다.[196]

20세기 영국의 지식인들 가운데 모리스의 영향을 가장 깊게 받은 사람은 소설가 조지 오웰(George Orwell, 1903~1950)이었다. 우리나라에서는 누구도 오웰을 아나키스트로 보지 않으나 오웰이 추구한 것은 아나키즘의 사회였다. 그리고 이런 점에서 그는 진정한 모리스의 후예였다. 특히 오웰은 모리스의 《에코토피아 뉴스》로부터 큰 영향을 받았다. 모리스와 마찬가지로 오웰도 압박 받는 사람들, 즉 당대의 영국 노동자들이나 식민지 농민들이야말로 미래 이상사회의 주인공이라고 생각했다. 오웰의 사회주의도 모리스의 사회주의처럼 자유와 정의를 중심으로 한 지극히 소박한 것이었고, 마르크스주의와는 달랐다. 전통을 중시했다는 점에서도 오웰은 모리스와 일치한다. 이런 측면에서 보면 어쩌면 모리스와 오웰은 맹목적인 진보가 아닌 건강한 보수의 입장에 서 있었다고 말할 수도 있겠다. 교육에 대해서도 오웰은 모리스와 마찬가지로 지식인 중심이 아니라 노동자와 민중 중심으로 이루어져야 한다고 주장했고, 국가가 교육을 통제하는 것은 위험하다고 생각했다.[197]

모리스의 유토피아는 미래 이상사회의 조직기구를 상세히 설명하기보다는 그곳에 사는 사람들이 어떻게 행동하는지를 보여줌으로써 노예적인 정신을 갖지 않고 자유롭게 행동하는 새로운 인간의 모습을 제시했다고 볼 수 있다. 마리 루이즈 베르네리(Marie-Louise Berneri)는 이런 점을 강조해 지적하면서 다음과 같이 설명했다.[198]

《에코토피아 뉴스》의 설득력 있는 매력은 그러한 생활양식을 선택한 이유를 설명하는 유토피아 주민들의 확신에 찬 주장에 있는 것이 아니라 이야기 전체에 흐르는 아름다움, 자유, 정적, 그리고 행복한 분위기에 있다. (중략) 《에코토피아 뉴스》에서 일부만 약간 발췌해 소개하는 것만으로는 이 작품의 가치를 제대로 전달할 수 없다. 왜냐하면 이 작품은 그림의 좋고 나쁨을 평가할 때와 마찬가지로 전체를 보고 평가해야 하기 때문이다.

새로운 사회에서는 제도뿐만 아니라 인간도 변한다. 그러나 모리스는 제도가 변하면 인간도 변한다는 점을 객관적으로 서술하지 않았다. 대신 그는 새로운 인간이 없는 새로운 사회는 참으로 새로운 사회라고 할 수 없고, 새로운 인간이 되고자 하는 생각보다 새로운 인간을 지향하는 감수성이야말로 새로운 사회의 도래에 관건이 된다고 믿었다.

여기서 새로운 감수성이란 생활의 질에 대한 감수성, 즉 생활에 대한 감각을 말한다. 그것은 생활을 지배하는 모든 구조에 비판적으로 작용한다. 모리스는 19세기의 다른 유토피아 작가들과 달리 산업혁명이 초래한 비참에서뿐만 아니라 산업발전에 대한 신앙에서도 벗어난 세계를 그렸다. 그 세계의 관능적인 평안은 현실사회에 대한 날카로운 부정의 기능을 수행한다. 모리스의 이런 부분을 두고 자본주의의 종언과 기계시대의 종언을 무리하게 결부시킨 것이라고 비판하는 것은 타당하지 않다. 모리스는 자본주의의 논리와 근대기술의 체계 둘 다를 근저로부터 비판하는 토대로 새로운 감수성을 제시한 것이다.

베르네리는 유토피아를 두 가지 경향으로 분류한다. 하나는 물질적 복지, 개인을 매몰시키는 집단, 위대한 국가 등을 통해 인류의 행복을 추구하는 방향이고, 다른 하나는 어느 정도의 물질적 충족을 요구하면서도 행복이란 인간 개성의 자유로운 발현에 따르는 결과이지 자의적인 도덕이나 국가에 의존해서는 실현되지 않는다는 신념을 유지하는 방향이다. 전자는 권위주의적 유토피아, 후자는 비권위주의적 유토피아라고 부를 수 있다. 베르네리는 비권위주의적 유토피아를 제시한 사람으로 모리스와 프랑스의 백과전서 편찬자이자 철학자인 드니 디드로(Denis Diderot, 1713~1784)를 들었다. 제러드 윈스탠리(Gerrard Winstanley, 1609~1676),[199] 모리스 드 사드(Maurice de Sade, 1740~1814), 조지 오웰도 권위주의적 유토피아를 부정했으나 모리스처럼 비권위주의적 유토피아를 그리지는 않았다. 반면에 권위주의적 유토피아의 경향은 플라톤에서 시작되어 모어를 거쳐 마르크스로 이어졌다.

모리스의 비권위주의적 유토피아는 바로 아나키즘의 유토피아다. 이 점은 이미 과거에 G. D. H. 콜에 의해, 최근에는 헐스(James W. Hulse)[200]에 의해 특히 강조됐다. 특히 헐스는 모리스와 러시아의 아나키스트인 크로포트킨(P. A. Kropotkin, 1842~1912) 사이의 사상적 연관성을 지적했다. 그러나 콜이 지적했듯이 모리스는 국가를 필요로 하지 않는 생활양식을 사람들이 몸에 익히기 전에는 기존질서를 파괴해도 이상사회를 실현하는 데는 소용이 없다고 주장했다는 점에서

크로포트킨과 구별된다. 이런 관점에서 모리스는 교육을 중요시했다.

마르크스주의에 대한 참된 변증법적 파악에 노력한 칼 코르쉬(Karl Korsch)에 따르면 마르크스의 생산력 개념에는 사회적 생산력으로서의 '혁명적 계급 그 자체'가 포함되며, 사회적 생산력의 발전은 프롤레타리아의 행동으로 나타난다. 따라서 노동자계급은 새로운 생산력의 성숙을 자신의 자주적 행동에 의해 증명해야 한다. 이러한 노동자계급의 자기형성 과정을 모리스는 민중의 집합적 무의식의 의식화, 곧 교육이라고 보았다.

예술가 모리스와 혁명가 모리스

1996년부터 간행되기 시작한 《윌리엄 모리스 라이브러리》의 첫 권은 디자인에 관한 책이 아니라 《정치논문집 1883~1890(Political Writings, 1883~1890)》이다. 그만큼 그의 정치사상에 대한 관심이 높아졌다고 볼 수 있다. 사회주의 사상가로서의 모리스에 대한 재조명은 특히 1955년에 톰슨(E. P. Thompson)이 써서 펴낸 책 《윌리엄 모리스: 낭만가에서 혁명가로(William Morris: Romantic to Revolutionary)》를 계기로 이루어졌다. 톰슨은 이 저서를 통해 예술가 모리스와 혁명가 모리스를 하나로 보면서 후자는 전자의 필연적 발전임을 논증하고, 그의 사회주의가 예술가의 우연적인 공상이 아니라 투철한 역사관과 과학적

입장에 토대를 두고 평생에 걸쳐 실천적으로 투쟁한 결과임을 실증적으로 밝히려고 노력했다.

톰슨은 1950년대 후반에 나타난 영국 신좌익(뉴레프트)의 기수로서 당시 소련의 스탈린식 사회주의 체제와 영국 노동당이 추구한 복지국가 체제, 그리고 그 두 가지를 혼합한 국가사회주의를 비판함과 동시에 영국 노동자계급이 주체적 혁명의 능력의 상실한 상황을 어떻게 극복할 것인가에 최대의 관심을 기울였다. 그래서 그는 무엇보다도 먼저 노동자계급의 혁명적 전통을 재발견하고자 노력했다. 톰슨은 모리스야말로 바로 그런 전통을 체현한 사람이었다고 생각했다.

모리스와 톰슨은 계급이란 어떤 집단의 사람들이 자신들과 다른 이해관계를 공통적으로 갖는 사람들에 대립하여 자신들의 이해관계가 지닌 공통성을 느끼고 자신들을 남들과 구별할 때 생긴다고 보았다. 모리스와 톰슨은 계급의 자각화가 없다면, 즉 계급의식이 없다면 계급은 존재하지 않는다고 생각했다. 그리고 노동자계급의 계급의식은 사회의 모든 영역에서(정치와 경제는 물론이고 문화, 종교, 노동조합 활동 등에서도) 노동자계급의 투쟁운동이 성립되면서 함께 나타난다고 보았다. 곧 노동자계급의 성립은 노동자계급 '의식'의 형성을 뜻한다는 것이다.

여기서 이해관계의 공통성이란 단순히 개별적 이익의 산술적 총화를 말하는 것이 아니다. 계급의식은 개인적 이익 이상으로 위대한 가치인 사회적 연대의 본능과 직결되는 것이며, 자본가계급의 이윤추구 의지를 억제해야 한다는 노동자계급의 의식으로 이어진다. 따라서 사회주의를 실현하기 위해서는 사회를 구성하는 인간의 기본적인 동기를 근원적으로 변혁하지 않으면 안 된다는 것이다. 그런데 톰슨은 그러한 노동자계급의 성립이 마르크스가 말한 공장프롤레타리아가 아니라 몰락한 숙련직인들에 이루어졌고, 숙련직인들의 평민적 급진주의가 노동자계급의 전통을 형성했다고 보았다. 숙련직인들의 급진주의가 사회주의 운동의 터전이 됐다는 것이다.

페이지 아노트나 G. D. H. 콜과 마찬가지로 톰슨도 모리스를 단순한 사회주의자가 아니라 혁명적 사회주의자라고 평가했다. 여기서 '혁명적'이라는 수식어는 모리스가 혁명운동에 실제로 참가했거나 마르크스주의자였다는 것을 뜻하는 것이 아니다. 그것은 그의 혁명 사상이 '생활의 질'의 근본적인 변혁을 지향했고, 사회조직과 그것을 구성하는 사람들의 동기를 완전히 변화시키는 것을 목표로 삼았으며, 사회적 생산을 인간의 참된 욕구에 따르도록 재조직할 것을 요구했다는 점을 가리킨다. 곧 모리스의 혁명은 근원적 혁명으로서의 문화의 혁명을 뜻했다.

소련이 해체된 뒤로 우리는 흔히 사회주의가 패배했다고 말한다. 그러나 사회주의의 패배 또는 부활은 어제 오늘의 일이 아니다. 모리스가 시로 노래한 존 볼(John Ball, ?~1381)이 1381년에 와트 타일러(Watt Tyler, ?~1381)의 반란에서 패배할 때부터 사회주의는 꿈이었고, 최근에도 1차 세계대전 뒤에 독일, 프랑스, 이탈리아, 스페인의 사회주의 정당과 노동운동이 군국주의에 굴복했다. 러시아혁명은 스탈린주의로 변질되어 결국은 종결됐고, 2차 세계대전 이후 미국을 비롯해 전 세계에 걸쳐 민주주의가 후퇴했다. 자본주의의 세계화가 압도하고 있는 지금은 사회주의가 영원히 끝난 것처럼 보이기도 한다.

그러나 소수파는 물론 다수파의 압제에도 굴복하지 않고 언제나 자신의 의견에 따라 행동한다는 자기결정권에 토대를 둔 참된 민주주의로서의 사회주의는 오늘날 대중문화를 형성하고 있는 재즈, 로큰롤, 포크송, 대중시위 등에 여전히 영향을 끼치고 있고, 소로(Henry David Thoreau, 1817~1862)의 사상과 모리스의 사상에 대한 재조명이 이루어지는 데서 보듯 우리에게 정치, 예술, 교육, 생활 등에 대한 새로운 시각을 제공한다.

이러한 대중문화의 사적(私的) 측면이 갖는 중요성을 우리는 모리스를 통해 인식할 수 있다. 게다가 모리스는 소로와 달리 마르크스가 말한 변혁의 물질적 기초를 도외시하지 않았다는 점에서 우리 시대에 더 적절성을 갖는다. 대중문화의 사적 측면이 단지 체험의 직접성을 강조하는 것에 그치고 무형식의 에너지 분출에 불과한 것이 된다면, 또는 새로운 풍속이라는 유행의 변화에만 머문다면 대중문화도 결국 기존의 체제에 흡수되는 운명에서 벗어나지 못할 것이다.

우리는 모리스의 생활예술 추구에서 보듯이 문화의 변혁이 사회주의 실현의 기초임을 이해하고 대중문화의 천박성에서 벗어나야 한다. 이는 마르크스가 말한 '물질적 기초'를 단순히 물질에 한정시키기보다는 생활과 생명의 리듬, 우주의 리듬으로 연결되는 예술의 차원으로 승화시켜야 할 필요가 있다는 말이기도 하다.

| 주석 |

🕸🕸🕸

1) 사회주의자동맹(Socialist League)을 말한다. 《에코토피아 뉴스》는 이 동맹의 기관지인 〈코먼윌〉에 연재된 것으로, 그 독자라면 '동맹'이 '사회주의자동맹'을 지칭한다는 것을 알 수 있었다. 이 동맹에 대해서는 뒤의 [역자 해설]을 참조하라.
2) 여기서 모리스가 말하는 아나키스트란 폭탄테러를 자행하는 폭력주의적 아나키스트를 말한다. 따라서 [역자 해설]에서 설명하겠지만, 이 책에서 모리스가 보여주는 '자유, 자치, 자연을 존중하는 아나키즘'과는 구분되는 것이라고 보아야 한다.
3) 서쪽 교외란 해머스미스(Hammersmith)로, 윌리엄 모리스가 1878년부터 1896년에 죽을 때까지 살았던 곳이며, 이 책을 쓸 때도 그는 이곳에 살았다. 지금은 런던의 한 구로 되어 있다.
4) 런던의 지하철은 1863년에 개통되었고, 당시의 증기기관차는 뜨거운 열기를 뿜어내어 환기에 문제가 많았다.
5) 해머스미스 현수교를 말한다. 모리스는 1887년에 개통된 이 다리를 싫어했다. 현수교(懸垂橋, suspension bridge)란 샌프란시스코의 금문교나 우리나라의 남해대교처럼 강의 양 언덕을 줄이나 쇠사슬로 가로질러 잇고 그 줄이나 쇠사슬에 매달아 놓은 다리를 말하는 것으로, 적교(吊橋)라고도 한다.
6) 템스 강의 작은 섬. 해머스미스보다 약간 상류 쪽에 있다.
7) 수면의 높이가 변함에 따라 상하로 움직이게 설치된 잔교.
8) 과거에는 런던 교외였으나 지금은 런던의 한 구가 되어 있다.
9) 템스 강 남쪽에 있는, 해머스미스 동쪽의 런던 교외(지금은 구임).
10) 퍼트니 서쪽에 있는 16세기 건축물.
11) 연어로 유명한 스코틀랜드 중부의 강. 1890년대 템스 강에서는 상업적인 낚시를 하는 이가 거의 없었다.
12) 해머스미스보다 템스 강 상류에 있는 조선 공장.
13) 이탈리아의 피렌체에 있는 오래된 다리. 단테가 베아트리체를 만난 곳으로 유명하나, 이런 이야기는 모리스의 친구인 로세티의 그림에 그려진 내용으로 로세티가 만들어낸 이야기라는 추상도 있다.
14) 〈코먼윌〉에 연재한 것에는 1971년으로 되어 있었으나 나중에 모리스가 수정했다. 수정의 이유는 분명하지 않으나, 뒤에서 보듯이 1952년 혁명이 발생하고 50년 정도의 이

행기가 있다고 했기 때문이라고 생각된다. 여기서 우리는 모리스가 말하는 미래 사회의 성립과정에 대해 약간 살펴볼 필요가 있다.

뒤의 9장에서 보게 되겠지만 주인공이 미래사회를 방문하는 시점은 1952년 혁명에서 200년 뒤다. 그러나 미래사회가 구축된 것은 혁명에서 150년 정도 지났을 때부터라고 12장에 나오므로 1952년부터 반세기는 이행기에 해당된다고 볼 수 있다. 그 고난에 찬 시행착오의 이행기에 대해서는 10장과 18장 및 27장에서 설명된다. 특히 10장에서는 근본적인 도시 탈피에 의한 시골의 부활과 인구의 분산이 설명되고, 27장에서는 손에 의한 공예의 부흥이 설명된다.

한편 모리스는 17장에서 자신이 이상으로 삼는 사회에 대한 희망이 19세기 말에 시작됐다고 했으므로 9장에서 말한 200년이란 19세기 말부터라고 봐야 한다는 견해도 있다. 이 견해에 따르면 12장에서 150년이라고 한 것은 1952년부터 150년을 뜻하는 것이 된다.

두 견해는 50년 정도의 시차를 보이는데 이는 모리스가 미래사회로 가는 일정의 계산에 대해 명확한 확신을 갖지 않았던 탓으로 보인다. 그러나 누구라도 그런 계산을 명확하게 할 수는 없으리라. 중요한 것은 혁명이 일어나도 미래사회로 가는 길은 대단히 어렵고, 적어도 1~2세기에 걸친 장기간의 세월이 필요하다고 모리스가 보았음은 분명하다는 점이다.

15) 1837~1901년.
16) 1327~1377년.
17) 런던 교외 미들섹스의 시골 지명으로, 그곳에는 1851년에 개설된 정신병원이 있었다. 지금 그곳에는 프라이언 병원(Friern Hospital)이 있다.
18) 맞배지붕 집에 ㅅ자 모양으로 붙인 지붕 또는 벽.
19) 고딕 건축에서 창의 윗부분을 장식하는 나뭇가지나 곡선 무늬.
20) 표현이 완곡하지 않다는 뜻.
21) 벽이나 천장 등에 칠한 회반죽이 마르기 전에 그려 넣은 수채화.
22) 15세기 중반에 런던에 세워진 중세 상인 저택의 홀. 토마스 모어가 1523~1524년에 살았다.
23) 이탈리아 북부의 도시.
24) 옥스퍼드 대학 식당에서 학장과 교수가 앉는 탁자가 하이 테이블이다. 학생들은 그것보다 낮은 탁자에 앉아 식사를 한다.
25) 사회주의자동맹의 해머스미스 지부는 모리스 소유의 켈름스콧 하우스(Kelmscott House) 안에 있던 개조된 마차 차고에서 강연과 집회를 했다.
26) 모리스는 런던 북부의 에핑 숲 끝에 있는 월섬스토에서 태어났다. 지금 그곳은 런던에

편입돼 있고, 1968년에 개통된 그곳 지하철역에는 모리스가 디자인한 기념벽이 있다. 그러나 그의 생가는 없어졌고, 모리스가 살던 곳 부근의 다른 집이 모리스 기념관으로 이용되고 있다.
27) 땔감 등에 사용하기 위해 나무 꼭대기 부분의 가지, 즉 우듬지를 쳐내어 새 가지들이 무성하게 자라도록 한 것을 말한다. 에핑 숲의 운명에 대한 손님, 즉 주인공의 슬픔은 모리스의 감정을 반영하고 있다.
28) 에핑 숲은 한때 왕실용 사냥터였고, 그 숲의 남쪽에 있는 궁전도 사냥을 위해 지어진 것이다. 지금 그곳은 자연사박물관으로 활용되고 있다.
29) 에핑 숲 속에 있는 하이 비치는 아름다운 너도밤나무가 많기로 유명하다.
30) landscape garden이란 19세기 전반에 유행한 정원 양식으로서 자연 경관을 인공적으로 만드는 것을 뜻한다.
31) 일반적으로 장인들 가운데서는 구두수선공이 정치적으로 가장 진보적이라고 여겨졌다.
32) 1890년 모리스의 나이.
33) 월터 스콧(Sir Walter Scott, 1771~1832)은 스코틀랜드의 소설가이자 시인으로 《호수의 귀부인(The Lady of the Lake)》(1810), 《아이반호(Ivanhoe)》(1819) 등으로 유명하다. 모리스는 어려서부터 그의 작품을 애독했다.
34) 디킨스의 소설 《우리 모두의 친구(Our Mutual Friend)》(1864~1865)에 나오는 청소부. 그는 부유한 청소 도급업자를 위해 일하다가 그의 상속인이 되어 '황금의 청소부'로 불린다.
35) 그러나 디킨스의 소설에 나오는 보핀은 문맹자이며 작가가 아니다.
36) 웨섹스는 중세 영국 남서부에 있었던 앵글로색슨 왕국.
37) 중세에 프랑스를 중심으로 궁정을 찾아다니며 시를 낭송하던 시인.
38) 중세 이슬람 양식.
39) 11세기에 세워진 8각형 세례당.
40) arcade or cloister. 아케이드는 줄지어 늘어선 기둥에 의해 지탱되는 아치 모양의 건조물을 말하고, 클로이스터는 교회나 수도원 등의 안뜰을 둘러싼 보행복도를 말한다.
41) lean-to. 집의 본채에 잇대어 지은 집.
42) Mote-house의 mote란 고대 앵글로색슨 시대에 각 지역의 자유민들이 공적인 문제를 토의하기 위해 정기적으로 연 인민집회를 뜻하는 옛 영어. 이와 유사한 moot는 고대 노르드 사회에서 마찬가지 집회를 뜻한 옛 노르드어. 이 책에 나오는 미래 사회에서도 모든 소규모의 자치행정 단위에 그러한 집회장이 있다. 이는 현대의 관료제 사회에 반대되는 사회구조를 상정한 것으로, 모리스가 찬양한 고대사회의 직접민주주의를 상징

한다.
43) 19세기까지는 대부분 농토였으나, 1950년대와 1960년대에 많은 카리브인들이 모여 살던 곳.
44) 예전에는 켄싱턴 궁전의 토지였으나 1841년에 일반인들의 공원이 됐다.
45) 런던에서 가장 오래되고 중요한 교회로, 템스 강변에 있는 영국 국회의사당의 뒤에 서 있다. 역대 왕들의 무덤이 있고, 대관식 등 각종 화려한 의식이 벌어지는 장소로 유명하다.
46) 모리스는 1877년 이후 고건물보호협회(Society for the Protection of Ancient Building)의 회원으로 활동했다. 이 책이 쓰여지기 직전부터 이 협회는 웨스트민스터 사원을 재건축으로부터 구하기 위해 노력했다.
47) 만일 '이상한 고물연구가협회'가 고건물보호협회를 가리키는 것이라면, 모리스는 스스로를 비웃는 농담을 한 셈이다. 이는 당시 모리스를 이상한 사람으로 취급한 여론에 대한 조롱이기도 하다.
48) 런던 시내에 있는 고전주의 양식의 대성당으로, 모리스가 싫어했다.
49) 1530년대에 헨리 8세가 세인트 제임스 궁전을 짓고 난 뒤 런던에서 유행의 중심지가 된 거리.
50) 앞의 2장에 나온 고대 화폐에 대한 대화를 생각하라.
51) 터키담배의 일종.
52) 고급 독일산 백포도주.
53) 생강 성분이 함유된 청량음료. 이름에는 비어(맥주)라는 말이 들어 있지만 알콜이 함유되지 않은 음료다.
54) 성 마틴 교회.
55) 국립미술관(National Gallery of Art).
56) 트라팔가(Trafalgar) 해전에서 승리한 넬슨 제독의 동상을 받치고 있는 원기둥.
57) 이 부분은 1887년 11월 13일의 '피의 일요일(Bloody Sunday)' 사건을 묘사한 것이다. 그 전 몇 달 동안 실업노동자들의 항의집회가 잇따라 열린 트라팔가 광장에서 11월 8일 집회가 금지되자 11월 13일 모리스를 비롯한 사회주의자들이 언론의 자유를 요구하는 거대한 항의시위를 벌였다. 이에 대해 경찰은 시위대 진압 및 소란 금지 명령을 발동했고, 시위대는 무장한 근위병에 의해 진압됐다. 시위대 중 3명이 죽고, 200명 이상이 부상했다. 모리스는 이 사건에 대한 당의 소극적인 태도를 보고 페이비언주의자들처럼 사회주의 운동을 평화롭게 전개하기는 불가능하다고 믿게 됐다. 뒤의 17장에서는 1952년 트라팔가에서 펼쳐진 투쟁이 혁명의 1단계였다는 설명이 나온다.
58) 런던 중심부에 있는 광장으로 런던 서쪽의 템스 강변에 있다. 집회와 공적 모임의 장

소로 이용되는 이 광장은 그 대부분이 1830년대에 조성됐다. 광장의 중앙에는 유명한 해군 장군인 넬슨 제독(Admiral Lord Nelson)의 기념비가 서 있는데 그 높이가 50미터를 넘는다.
59) 1834~1838년에 지어진 런던 최고의 미술관. 13세기의 지오토(Giotto)부터 20세기의 피카소(Picasso)에 이르기까지 2200여 점의 걸작을 소장하고 있다. 그중에서도 특히 네덜란드, 초기 르네상스 시대의 이탈리아, 그리고 17세기 스페인의 작품들이 유명하다.
60) 국가가 없는 미래사회이므로 '국립'이란 말이 이해될 수 없다.
61) 마르크스는 《자본론(Das Kapital)》에서 19세기 유리공장의 열악한 노동조건을 상세히 설명했다.
62) 이 부분은 〈코먼윌〉에 이 글을 연재할 때는 없었지만 단행본에서 보충된 것이다. 이는 존 러스킨이 옥스퍼드 대학에서 미술교수로 있던 1874년에 오스카 와일드(Oscar F. O. W. Wilde)를 비롯한 학생들에게 도로공사를 시켰던 것을 가리킨다고 보는 견해가 있다.
63) 대영박물관에서 조금 떨어진 런던의 거리. 원래는 웨스트민스터 사원의 수도사들이 경작하던 '길쭉한 밭'이었다.
64) 《잠언집》이 아니라 《시편》 제90장 10절에 나오는 말.
65) 《리처드 3세(King Richard III)》의 3막 4장, 33~36절. 《리처드 2세(King Richard II)》의 2막 1장에도 나온다.
66) 1753년에 지어진 세계에서 가장 오래된 박물관으로, 인류 역사의 진귀한 유산이 소장된 94개의 전시실이 4킬로미터에 이른다.
67) 모리스는 고전주의 그리스 양식으로 지어진 대영박물관을 추악한 건물로 보았다.
68) 혁대가 붙어 있고 주머니가 많이 달린 사냥 및 낚시용 상의. 노포크 주의 지명에서 유래한 이름이다.
69) 디크(애칭)의 본명.
70) 여기서 말한 200년이 19세기 말부터인지 1952년 이후부터인지에 대해서는 논쟁이 있음을 앞의 주 14)에서 설명했다.
71) 호머의 《오디세이(Odyssey)》를 모리스가 1887년에 번역한 책의 8권 2장 pp. 579~580을 일부러 약간 틀리게 인용한 것임.
72) 프로크루스테스는 그리스 신화에 나오는 도적으로, 서로 만든 침대에 사람을 눕히고 침대에 맞게 그 사람의 신체를 잡아 늘이거나 줄였다. 모리스는 프로크루스테스의 침대를 개인과 그 본능, 취향, 욕망을 억압하는 국가중심 사회를 비판하는 비유로 사용하고 있다.

73) 실제의 제목은《가정을 보살펴야 했던 남자(The Man Who was to Mind the House)》이며, 모리스는 1858년 다센트(G. W. Dasent)의《노르웨이 민화집(Popular Tales from the Norse)》(에든버러, 1858)에서 이 민화를 읽었다.
74)《출애굽기》20장 5절.
75) 5세기 무렵 잉글랜드의 남동쪽에 침입한 게르만족.
76) Phalanstery는 프랑스의 푸리에(François Charles Marie Fourier, 1772~1837)가 구상한 계획적인 협동사회를 말한다. 1600명으로 구성된 이 협동사회에서 사람들은 각자의 능력에 따라 일하며, 계급과 결혼은 폐지된다. 이런 협동사회는 1840년대에 미국에서 실험된 바 있으나, 모리스는 그것을 계획과잉이라고 비판했다. 이러한 비판은 15장에도 나온다.
77) 토머스 후드(Thomas Hood, 1799~1845)가 1843년에 당시의 저임금 노동의 남용에 항의하는 뜻을 담아 지은 시로, 노동자들의 시위를 촉발했다.
78) 대영박물관이 있는 거리.
79) 아이자크 월턴(Isaack Walton, 1593~1683)은 낚시에 대한 책의 저자로 유명하다. 모리스도 낚시를 즐겼고, 고향인 월섬스토로 흐르는 리 강에서도 낚시를 했다. 스트랫퍼드와 올드퍼드는 1890년대에 공업지대였다.
80) 템스 강 남쪽에 있는 132미터 높이의 언덕.
81) 런던 남쪽의 마을.
82) 해먼드가 짐작했듯이 19세기에 추악한 빈민굴이 있었던 곳들이기 때문.
83) 런던 중심지에서 북쪽으로 멀리 떨어진 산자락에 있는 마을.
84) picturesque란 18세기 말에 유행한 미학 개념으로, 이성적이고 합리적인 고전미가 아니라 의외성과 풍부한 상상력을 지닌 개성미를 강조했다. 모리스는 여기서 인공적인 폐허를 도입한 풍경정원의 취미를 풍자하고 있다.
85) 여기서 말하는 150년이 1952년부터인지 21세기 초엽부터인지에 대해서는 논쟁이 있음을 주 14)에서 언급했다.
86)《요한복음》8장 11절.
87) 닐스 호레보우(Niels Horrebow)가 쓴《아이슬란드의 자연사(Natural History of Iceland)》(1758) 중 '제77장 뱀에 대하여'를 말한다. 이 장의 내용은 "아이슬란드 전체를 통하여 어떤 종류의 뱀도 볼 수 없다"는 게 전부다. 직업정치가들을 증오한 모리스의 태도를 엿볼 수 있다. 그러나 여기서 '없다'고 말한 정치란 의회정치와 정당정치를 말하는 것이고, 다음 장에서 보듯이 미래사회에도 정치 자체는 존재하는 것으로 돼 있다.
88) 코뮌은 지방의 최하위 자치체인 면(面)이나 읍(邑), 워드는 구(區), 패리시는 교구(教

區)라고 번역할 수도 있으나 그렇게 하는 게 반드시 정확한 것은 아니므로 여기서는 원어 그대로 표기한다.
89) 앞의 주 42) 참조.
90) 푸리에는 일이 '매력적인 노동'의 원리에 따라 행해져야 한다고 믿었다. 즉 모든 사람이 자신에게 가장 적합한 일에 종사하여야 하고, 사람들에게는 다양한 정념이 있고 각자 만족을 추구하므로 일도 그것에 따라 다양해야 한다고 주장했다.
91)《마태복음》 7장 16절에 나오는 말.
92) 여기서 황인종이란 아메리카 인디언(Red-skin)을 말하고, 본문의 사건은 1763년에 디트로이트 부근의 영국 요새가 오타와(Ottawa)족의 공격을 받자 북아메리카의 영국 총독인 제프리 애머스트가 천연두 병균을 넣은 모포 등을 오타와족에게 배포한 사건을 말한다.
93) 영국 탐험가 스탠리(Sir Henry Morton Stanley, 1841~1904)는 우리나라에도 초등학교 교과서나 아동을 위한 전기물을 통해 소개되어 잘 알려져 있으나, 그가 아프리카 여행 중에 만난 그곳 원주민들에게 가혹한 공격을 했다는 사실은 그다지 잘 알려져 있지 않다. 일제시대부터 우리에게 알려진 그의 영웅담은 1871년에 나일강 수원지 탐험에 나섰다가 행방불명이 된 리빙스턴(David Livingstone, 1813~1873)을 발견했고, 이어 두 사람이 함께 탕가니카 호수를 탐험했다는 이야기다. 그 후 스탠리는 벨기에 왕 레오폴드 2세에 의해 콩고로 파견되어 그곳 식민지에 콩고자유국을 건설하고 아메리카 식민지 획득 경쟁에도 적극 참여했다. 스탠리의 탐험은 영국의 아프리카 식민지화에 크게 기여했다. 모리스가 이 책을 쓴 1890년에 스탠리는 3회째의 아프리카 탐험을 마치고 영국에 돌아와 런던에 머물면서 국민적 영웅 대접을 받고 있었으니 그를 비판한 모리스의 용기는 대단한 것이었다. 모리스와 사회주의자동맹은 제국주의를 "현지 주민을 착취하고 문화를 파괴해서 세계를 황폐하게 만드는 것"이라며 "그것은 자본주의를 연명하기 위한 정책"이라고 비판했다. 그들은 특히《에코토피아 뉴스》가 실린 잡지인 〈코먼웰〉를 통해 영국의 아프리카 식민정책은 사회주의의 도래를 지연시킨다는 이유에서 그것을 격렬히 비난했다.
94) (모리스의 주) 여기서 내가 '우아하다(elegant)'고 한 것은 페르시아풍이 우아하다고 말하는 경우의 우아함을 이야기하는 것이지, 아침산책을 위해 외출하는 부유하고 우아한 귀부인을 말할 때의 우아함과는 다르다. 그런 귀부인에게는 '세련됨을 과시하는(genteel)'이라고 표현하는 게 옳다.
95) 독일의 동화작가이자 언어학자인 야콥 그림(Jacob Grimm, 1785~1863)과 빌헬름 그림(Wilhelm Grimm, 1786~1859) 형제가 펴낸 《가정 동화집(Household Tales)》 (1814)에 포함된 동화들. 본문의 〈일곱 마리의 백조〉는 사실은 〈여섯 마리의 백조〉이

고, 〈충직한 헨리〉는 〈개구리 왕, 또는 철 헨리(The Frog-King, or Iron Henry)〉(독일에서는 하인리히)를 가리킨다.

96) 우리가 보통 도자기라고 하는 것은 도기와 자기를 함께 부르는 말이다. 도기(crockery)란 오지그릇, 오지, 옹기라고도 하는 것으로서 흙으로 만든 것을 초벌로 구운 다음에 오짓물을 입혀 다시 구워낸 그릇이고, 자기(porcelain)란 사기그릇이라고도 하는 것으로 도기보다 고급의 그릇을 말한다.

97) 이는 셰익스피어의 《네 멋대로》 제2막 제7장에 나오는 대사에 빗댄 표현이다. "모든 세상은 무대"로 시작하는 그 대사는 인생의 7단계에 대해 말하는 부분이다. 그 대사에서는 제2의 어린 시절이 아무것도 아닌 것으로 묘사되기 때문에 여기서 손님(나)이 스스로 무례했다고 반성하는 것이다.

98) 앞의 6장에서 주인공인 손님은 해먼드 노인을 보고 자신의 미래 분신이라고 느낀다. 한편 15장에서는 해먼드 노인이 자신의 조부를 "희생자들 가운데 한 사람"이자 "순수한 예술가로서 천재이자 혁명가였다"고 말하는데, 이는 모리스 자신을 이상화해 가리킨 표현이기도 하다. 사실 해먼드가 말하는 것은 대부분 모리스가 강연이나 글에서 말한 것이다.

99) 구빈세는 빈민구제를 위한 비용을 조달하고자 도입됐던 조세다. 로마에서는 특정한 빈민들에게 필요한 물건을 할인가격으로 팔았다가 뒤에는 무상으로 지급했고, 2세기께부터는 빈민가정 아동의 교육을 위해 화폐와 곡물을 지원하는 제도로 바뀌어 시행되기도 했다.

100) 이하에서 설명되는 1952년 트라팔가 광장의 대학살은 혁명을 유발한 사건이다. 그런데 그 설명은 사실 앞에서 언급된 1887년 11월13일의 '피의 일요일' 사건에 대한 설명의 반복이다. 그러나 그 희생의 규모는 비교할 수 없을 정도로 큰 것으로 묘사되고 있다. 사망자가 1887년에는 3명이었으나 1952년에는 1천 명에서 2천 명 사이였다고 기술되고 있다.

101) 윌리엄 글래드스턴(William Gladstone, 1809~1898)을 말함. 영국의 자유주의 정치가였던 그는 본래는 보수당원이었다가 자유주의자로 변신하여 1868년 2차 선거법 개정 후 자유당 내각의 총리(1차 글래드스턴 내각, 1868~1874)가 되어 소위 자유주의의 황금시대를 열었다. 그 후 보수당의 디즈레일리(Benjamin Disraeli, 1804~1881)가 정권을 잡았으나, 1876년에 불가리아에서 터키 정부가 대규모 학살을 벌인 사건(동방문제)을 둘러싸고 디즈레일리 내각에 대한 반대운동을 벌여 1880년 다시 정권을 잡았다(2차 글래드스턴 내각, 1880~1885). 그 사이에 3차 선거법 개정(1884)이 이루어졌고 이어 3차(1887), 4차(1892~1894)의 글래드스턴 정권이 수립됐다. 모리스가 정치활동에 뛰어든 것은 1876년의 동방문제를 계기로 한 것이었고, 그

때는 자유주의 급진파인 글래드스턴을 지지했다. 그러나 1880년대에 모리스는 사회주의로 돌아섰다.
102) 프랑스 대혁명을 말한다. 대혁명 기간에 국민공회가 만든 각종 혁명위원회 중에서 가장 유명한 것이 공안위원회였다. 이 공안위원회는 1793년 4월에 설치됐고, 이 위원회를 통해 자코뱅당의 로베스피에르(Robespierre, 1758~1794)가 권력을 장악했다.
103) 1887년 학살사건에서는 런던시경 본부장인 찰스 워런(Charles Warren)이었다.
104) 아마도 1715년의 폭동령(Riot Act)과 같은 것을 읽은 것 같다. 이 법은 12인 이상이 소요를 목적으로 집회한 경우 그 법령을 읽어주고 즉시 해산하도록 명하며, 해산하지 않는 사람은 모두 체포한다는 내용이었다.
105) 모리스가 국가사회주의자라고 불렀던 당시의 페이비언 사회주의자나 마르크스주의자들은 1887년의 사건을 혁명의 끝이라고 생각했으나, 모리스는 그들과 반대로 그것을 혁명의 시작이라고 생각했다.
106) 〈더 타임스(The Times)〉를 말한다. 1887년 사건에 대한 〈더 타임스〉의 보도태도는 정확하고 동정적이었다고 모리스는 보았다.
107) 1887년에 트라팔가 광장에서 벌어진 시위의 지도자 가운데 모리스의 친구인 존 번스와 커닝햄 그레이엄은 체포되어 투옥됐다. 재판에서 찰스 판사는 사건의 개요를 설명하면서 배심원들에게 그들이 유죄라는 인상을 심어주었기에 모리스 측은 찰스 판사에 대해 편파적이라고 비판했다. 여기서 모리스는 바로 이 재판을 비판하고 있다.
108) 19세기 영국에서는 글래드스턴이 이끄는 자유당과 디즈레일리가 이끄는 보수당이 대립했다. 디즈레일리는 1881년에 죽었고, 1887년 당시에는 솔즈베리가 보수당을 이끌고 있었다.
109) 〈데일리 텔레그래프〉는 1880년대 중반까지는 진보적이었으나 1890년대에는 상당히 보수적인 입장을 취했다.
110) 1890년에 발행된 세 가지 사회주의 계열 신문은 모리스의 《에코토피아 뉴스》가 연재된 사회주의자연맹의 〈코먼웰〉, 아나키스트들의 기관지인 〈자유(Freedom)〉, 사회민주연맹(Socialist Democratic Federation)의 기관지인 〈정의(Justice)〉였다.
111) 1952년에 폭동이 일어났으니 1880년대는 '40년 전'이 아니라 '70년 전'이라고 하는 게 옳다. 어쩌면 모리스가 원래는 폭동이 일어난 시점을 1920년대로 잡고 여기서 '40년 전'이라고 한 것인지는 모르나, 《에코토피아 뉴스》를 〈코먼웰〉에 연재할 때나 단행본으로 낼 때나 폭동이 일어난 해를 1952년이라고 했으니 '40년 전'이라고 한 것은 분명 잘못된 것이나.
112) 보이콧이란 1880년에 아일랜드에서 영국인 지주 C. G. 보이콧(Boycott)에 대해 소작인들이 비폭력 배척운동을 벌인 사건에서 유래한 말이다.

113) 런던 동부의 노동자들이 사는 지역.
114) 1871년 봄에 프랑스에서 파리코뮌이 성립되자 보수주의자들이 사회주의 정권을 억압하기 위해 조직한 단체.
115) 중세 기독교 저술가들은 《세상의 멸시에 대하여(De contemptu mundi)》와 같은 제목의 책들을 썼다.
116) 혁명 이후 사회주의 사회의 실현에 이르는 과정에 대해서는 앞의 주 14)를 참고하라.
117) cockney란 본래 런던 출신, 특히 노동자계급이 모여 사는 이스트 엔드 출신을 지칭하는 말이지만, 여기서 모리스는 이것을 그런 의미로 사용한 게 아니라 신흥 중산계층의 속물성을 풍자하기 위한 말로 사용하고 있다.
118) 햄프턴 코트 가운데 16세기에 지어진 서쪽 부분을 말한다.
119) 17세기 말의 명예혁명 때 네덜란드에서 와서 잉글랜드의 왕이 된 오렌지공 윌리엄 3세(William III Orange, 1650~1702, 재위 1869~1702). 그는 명예혁명을 하고 권리선언을 승인했다.
120) 햄프턴 코트 가운데 17세기에 지어진 동쪽 부분을 말한다.
121) 16세기에 헨리 8세를 위해 지어진 궁전.
122) 모리스가 이 글을 쓰기 전인 1876년에 완성된 철교.
123) 러니미드는 윈저 성에서 남동쪽으로 5킬로미터 떨어진 템스 강 남쪽의 강변 초원으로 1215년에 존 왕이 마그나 카르타(Magna Carta)를 조인한 곳이다.
124) 윌리엄 새커리(William Thackeray, 1811~1863)의 《허영의 도시(Vanity Fair)》(1847~1848)는 19세기 빅토리아 시대 중산계층의 위선과 불평등을 비판하고 풍자한 소설이다.
125) 이튼 학교는 1440년에 헨리 6세에 의해 세워졌다. 에드워드 6세는 16세기에 많은 학교를 세웠으나 이튼 학교를 세우지는 않았다.
126) 11세기 노르망디공 윌리엄 1세가 궁전으로 세우고, 12세기 헨리 2세 때에 목조에서 석조로 바꾸었으며, 14세기 에드워드 3세 때 성을 세웠다. 런던에서 서쪽 교외로 약 35킬로미터 지점의 템스 강변에 있다. 본래는 웨스트민스터 대성당의 소유였으나 윌리엄 1세 이후 왕의 것이 되었다.
127) 비셤 수도원(Bisham Abbey)은 14세기에 세워졌으나 1536년과 1539년의 수도원해산법에 의해 정부에 의해 몰수됐고, 16세기 후반에는 이곳에 사적 건물이 지어졌다.
128) 영국에서 가장 오래된 마을의 하나로, 12세기의 교회, 수도원, 저택, 술집 등이 남아 있다.
129) 런던에서 서쪽으로 약 60킬로미터 떨어진 곳으로 중세에는 섬유 거래의 중심지였고, 산업혁명 후에는 기계와 제철 등의 공업이 발달한 상공업 도시가 됐다.

130) 모리스는 Blunt라고 했지만 이는 Blount를 잘못 쓴 것이다. 메이플더럼 저택은 리처드 블로운트 경(Sir Richard Blount)에 의해 16세기 말에 지어진 저택이다. 한편 블런트(W. S. Blunt, 1840~1922)는 영국의 시인, 여행가, 정치평론가로 모리스의 친구였다. 그는 특히 영국의 제국주의 정책에 반대하고 아일랜드, 이집트, 인도의 민족주의 운동을 옹호했다.
131) 이 장은 〈코먼웰〉에 연재될 당시에는 없었던 것으로, 단행본에서 추가된 부분이다. 연재 당시에 노동자에 대한 묘사가 충분하지 못하다는 비판을 받고 모리스가 추가로 쓴 것이다.
132) 버크셔의 구릉지대로, 산기슭이 파헤쳐져 백마와 같은 모습이 됐다.
133) 871~899년에 재위한 고대 영국 웨섹스의 왕으로서 데인인의 침략으로부터 나라를 지켰다.
134) 17세기 영국혁명 당시에 의회를 둘러싸고 벌어졌던 분쟁. 모리스가 살았던 19세기에 정당들이 의회에서 벌인 분쟁을 가리키는 것으로 볼 수도 있다.
135) 모리스는 문명이 자본주의에 의해 철저히 부패하게 됐으므로 문명의 참된 재생이 이루어지기 전에 야만시대가 필요하다고 보았다. 따라서 1952년의 혁명 이후 50년간의 과도기에는 야만시대의 요소가 나타난다고 보았다. 모리스가 말하는 야만은 그런 긍정적인 요소를 갖고 있다.
136) 옥스퍼드대학교에 있는 도서관으로 1602년에 세워졌다.
137) 원저에는 아버지로 나오나, 22장에서는 할아버지였으므로 할아버지로 번역한다.
138) 앨프레드 테니슨(Alfred Tennyson, 1809~1892)은 빅토리아 시대의 영국을 대표하는 계관시인(1850~1892)으로《인 메모리엄(In Memoriam)》《이녹 아든》 등을 썼다.
139) 《앨프레드 테니슨 시집》(1832)에 나오는 '연을 먹는 사람들(Lotos-Eaters)'은 호머의 《오디세이》중 아홉 번째 노래에도 나온다. 오디세우스가 표류한 아프리카 북쪽 해안에 사는 그들은 Lotus(연)를 먹고 자아를 잊어버리며 즐거움에 잠겨 살았다고 한다.
140) 1829년에 놓인 돌다리. 모리스는 철교를 혐오했지만 이 돌다리는 좋아했다.
141) 로마시대부터 발달한 마을.
142) 14세기 이래 정기시장이 서 온 마을.
143) 홍수의 범람지로 유명하다.
144) 물고기를 잡기 위해 강에 설치한 장치.
145) 실제 이름은 '오래된 다리'라는 뜻의 '올드 브리지(Old Bridge)'가 아니라 '뉴 브리지(New Bridge)'다. 이것은 1250년에 놓인 다리로, 모리스의 시대에도 템스 강에서 가장 오래된 다리였다.
146) 그 이유는 다리의 이름이 New Bridge이기 때문이다.

147) 모리스는 뉴 브리지를 가장 오래된 다리라고 했지만, 사실은 조금 더 상류 쪽에 있는 래드코트 다리가 뉴 브리지보다 25년 앞서 놓여졌으니 래드코트 다리가 가장 오래된 다리다. 뉴 브리지란 이름 자체가 래드코트 다리보다 새로운 것이라는 뜻이다.
148) 로마 황제 파트리아누스가 2세기에 세운 110킬로미터의 석벽.
149) (모리스의 주) 나는 여러 가지 목적을 위해 사용되는 수많은 물레방아가 템스 강 전역에 있었음을 반드시 말하고 싶다. 그 어느 것도 내가 보기에는 추하지 않았고, 그 가운데는 매우 아름다운 것도 많았으며, 그 주변의 정원들도 놀라울 정도로 사랑스러웠다.
150) 템스 강과 세번(Severn) 운하에 대한 이야기다. 한때 선박수송의 중심 루트였던 운하는 철도의 등장과 함께 더 이상 사용하지 않게 됐다. 모리스가 이 책을 쓴 기간에는 대서부철도회사(The Great Western Railway)가 운하를 폐쇄하기 위해 그것을 매수하려고 했고, 1983년에 실제로 매수했다.
151) 1866년에 세워진 템스강보존위원회(The Tames Conservancy Authority)를 말한다. 이 위원회는 해머스미스에 있는 모리스의 집 맞은 편 강변의 버드나무 숲을 벌채하는 등 템스 강 주변의 자연을 훼손했다.
152) 13세기에 세워진 래드코트 다리(Radcot Bridge)로서 템스 강의 다리 중 가장 오래된 것이다. 여기서 상류 쪽으로 4킬로미터 더 간 지점에 여행의 최종 목적지인 켈름스콧 마을이 있다.
153) 부(riches)와 풍요(wealth) 사이의 구별은 모리스에게 대단히 중요했다. 그는 영어에서 원래 wealthy man은 생계를 이어가는 데 필요한 곡식을 풍부하게 가진 사람을, rich man은 동포를 지배하는 데 필요한 권력을 가진 사람을 각각 뜻하는 말이었다면서 wealthy는 품위 있는 생활을 꾸려가는 것을, rich는 타인을 지배하는 것을 각각 뜻하는 말로 구별해 써야 한다고 주장했다.
154) 이 집은 모리스의 집이었던 켈름스콧의 집이다. 모리스는 이 집을 1871년에 친구인 화가 로세티와 함께 빌렸고, 1874년부터는 혼자서 빌려 죽을 때까지 사용했다. 이 집은 16세기 후반 엘리자베스 여왕 시대에 세워졌다.
155) (모리스의 주) 시런세스터(Cirencester)와 버퍼드(Burford)를 지칭하는 것임.
156) 교회에서 열리는 잔치로, 반드시 종교적인 의식은 아니다.
157) 여기서 페르시아 시인은 우마르 하이얌(1040?~1123)을 가리키는 것으로 생각된다. 우마르 하이얌의 시는 19세기의 영국 시인인 에드워드 피츠제럴드가 번역해 출간한 《루바이야트》에 의해 영어권에서 널리 읽혀졌다. 그 안에는 튤립을 노래한 부분이 많고 '햇볕 속의 튤립 화단'이라는 표현도 거기서 나왔다는 말도 있으나, 최근에는 17세기의 서사시 《샤나메(Shah nameh)》(왕의 책이라는 뜻)의 387행에 나오는 혼례행

진에 대한 묘사 가운데 "그 에스코트 줄이 마치 하늘이 대지에 튤립을 심은 듯했다"는 부분을 모리스가 인용한 것으로 보는 견해가 유력하다. 모리스는 1883년에 프랑스어 번역으로 《샤나메》를 읽었고, 한때 이것을 영어로 번역하려고 했다(선집 17권, xxii~iii).

158) William Morris, Commonweal, July 1885; E. P. Thompson, Editorial of New Left Review, No. 1. 1960, p. 2.
159) Raymond Williams, Culture and Society, 1780~1950, 나영균 역, 『문화와 사회』(이화여자대학교출판부, 1988), 209쪽.
160) Asa Brigs, William Morris-Selected Writings and Designs, Penguin Books, 1968, p. 35.
161) Asa Briggs, 위의 책, p. 36.
162) May Morris ed., The Collected Works of William Morris, (Russel & Russel, 1966), vol. 23, pp. 264~265. 이하 이 책은 《전집》으로 인용한다.
163) Commonweal, 18 May 1889; Norman Kelvin ed., The Collected Letters of William Morris, (Princeton University Press, 1984), vol. 2, p. 306. 이하 이 책은 《서간집》으로 인용한다.
164) Justice, 26 April, 1884.
165) 《전집》 제23권, p. 17.
166) 《전집》 제23권, p. 254; Commonweal, 18 May; 17 Aug. 1889.
167) 《전집》, 제22권, p. 422.
168) 《전집》, 제16권, pp. 71~72.
169) 《전집》, 제22권, p. 424.
170) 《전집》, 제22권, p. 426.
171) Commonweal, 22 June 1889.
172) Asa Briggs ed., William Morris-Selected Writings and Designs: Penguin Books, 1968.
173) 1886년 9월 3일, 라파르그 부인에게 보낸 편지에서.
174) 박시인 역, 세계문학전집 제59권, 을유문화사, 1963.
175) 페프스너, 《근대건축과 디자인》, 29쪽.
176) 《전집》, 제3권, p. 3.
177) 《서간집》, 제2권, p. 515.
178) Gothic Architecture, A Lecture for the Arts and Crafts Exhibition Society, 1889년 강연, 1893년 간행.

179) Morris, How I Became A Socialist, Justice, June 16, 1894.
180) Art under Plutocracy, A Lecture delivered at Oxford, Nov. 14, 1883.
181) Art and Socialism: A Statement of the Aims and Ideals of the English Socialists Today, A Lecture at Leister, Jan. 23, 1884.
182) Textile fabrics: A Lecture at the International Health Exhibition, July 11, 1884.
183) The Mediaeval and the Modern Craftsman, An Address published in "Merry England'. Oct., 1884.
184) Commonweal, Mar. 1886.
185) 《전집》, 제24권, pp. 369~370.
186) William Morris, a Vindication, (Martin Lawrence, 1934). 이 책은 그 후 William Morris, the Man and the Myth, (Lawrence and Wishart, 1964)로 복간되었다.
187) 《전집》, 제23권, p. 209.
188) 《전집》, 제23권, p. 17.
189) Daily News, 6 Jan. 1885.
190) Asa Briggs, 위의 책, p. 215.
191) 《전집》, 제23권, p. 267.
192) Graham Hough, The Last Romantics (Gerald Duckworth, 1947; Methuen, 1961).
193) 노재봉 역, 《유토피아》, 삼성출판사, 1976년.
194) Commonweal, June 1989.
195) News from Nowhere(Routledge and Kegan Paul, 1979)에 서문을 쓴 James Redmond의 견해.
196) Northrop Frye, Varieties of Literary Utopias, in The Stubborn Structure, Essays on Criticism and Society, Methuen, 1970.
197) George Woodcock, The Crystal Spirit: A Study of George Orwell, Little, Brown & Co., 1966.
198) Marie-Louise Berneri, Journey through Utopia, London, 1950.
199) 16세기에 영국에서 공산적 농경운동을 벌였던 디거즈(Diggers)의 지도자. 디거즈는 영국 청교도혁명 당시 토지를 잃은 소농들이 결집한 정치운동 세력이었다.
200) James W. Hulse, Revolutionists in London, A Study of Five Unorthodox Socialists, Clarendon Press, 1970.